imaginist

白先勇作品

为了人与书的相遇

白先勇 著

尋根記

我的寻根记

广西师范大学出版社
·桂林·

图书在版编目（CIP）数据

我的寻根记 / 白先勇著；刘俊编选．
—桂林：广西师范大学出版社，2019.4
（白先勇作品集）

ISBN 978-7-5598-1646-7

Ⅰ．①我… Ⅱ．①白… ②刘… Ⅲ．①短篇小说－小说集－中国－当代
Ⅳ．①I247.5

中国版本图书馆 CIP 数据核字 (2019) 第 039130 号

广西师范大学出版社出版发行

广西桂林市五里店路9号　邮政编码：541004
网址：www.bbtpress.com

出 版 人：张艺兵
责任编辑：黄平丽
特约编辑：武　霖　田南山
制　　作：陈基胜　马志方

全国新华书店经销
发行热线：010-64284815
山东鸿君杰文化发展有限公司

开本：850mm×1168mm　1/32
印张：15.25　字数：270千字　图片：4幅
2019年4月第1版　2019年4月第1次印刷
定价：69.00元

一九四六年七月九日，抗战胜利周年纪念，十兄弟姐妹聚齐留影

一九八七年首次回大陆上海虹桥路老家

一九八七年首次回南京在南京大学演讲留影

八〇年代台北文学会议留影：

左起丘彦明、李欧梵、郑树森、白先勇、张错、葛浩文

牡丹因缘

我与广西师范大学出版社

白先勇

我与广西师范大学出版社因《牡丹亭》而开始结缘。二〇〇四年由我领队制作的昆曲连台大戏三本青春版《牡丹亭》在台北首演一炮而红，我们在演出的同时由台湾远流出版社出版了《姹紫嫣红牡丹亭》，此书由我策划，收编了我们改编的二十七折青春版《牡丹亭》剧本，并有学者专家的阐释文章。书中汇辑多幅历来饰演《牡丹亭》名角影像，尤为珍贵。此书出版，在台湾反应甚佳，第一版一售而罄。同年青春版《牡丹亭》赴大陆巡演，到苏州、杭州、北京、上海等地。我们觉得《姹紫嫣红牡丹亭》应该出大陆版。远流找到合作对象：广西师范大学出版社。这也可以说是一种特殊机缘，天作之合。我原籍广西桂林，由自己家乡的出版社来出版第一本有关青春版《牡丹亭》的书，特别有意义。出版后，刚巧五月全国书市在桂林召开，这是出版界的一个盛会，广西师范大学出版社的负责人之一刘瑞琳女士邀请我到桂林，为《姹紫嫣红牡丹亭》开新书发布会，我当然高兴，因为又可以乘机返乡一趟。发布会的场面多少出我意料之外，一下子来了五六十家媒体，记者发问非常热烈，《姹紫嫣红牡丹亭》的知名度也就从此散开了。

我觉得这本书的出版有多重意义：首先这是大陆出版第一本有关青春版《牡丹亭》的书，对这出戏起了先头宣传部队的作用。这部书最大的特色是用繁体字直排，这样书本身便蕴涵着一种古籍雅意。而这部书的装帧又特别精美，设计大方，图片悦目，难怪二〇〇五年这部书夺得了南方报业集团举办的首届华语图书传媒大奖。这是一份十分难得的殊荣。早些年大陆有些出版社出版古籍采用繁体字直排，这些年比较少见，而广西师范大学出版社出版《姹紫嫣红牡丹亭》竟用了繁体直排，而又获得大奖，我认为有其深远的文化意义。我很佩服出版社领导人的眼光。

接着广西师范大学出版社出版我的一本选集《青春·念想》，我跟出版社以及出版社的同仁们关系就更加密切了。因为这些年昆剧青春版《牡丹亭》经常到北京演出，我亲自领军到北京就有五次，每次演出我们都需要各界的支援，广西师范大学出版社驻北京的同仁在这方面，上下一体，对我们可说是做到仁尽义至，从联络媒体宣传到人员协助，无一不全力以赴，当然，演出时，出版社的同仁们一直是我们最热烈的啦啦队。出版社同仁给予我如此坚定的精神支持与鼓励，我想他们一定也认同我们推广昆曲是在兴灭继绝抢救我们的文化瑰宝，他们努力出版，一样在从事文化大业。其实我们的追求殊途同归，所以能够彼此欣赏。二〇〇六年适逢广西师范大学出版社成立二十周年社庆，在桂林总部盛大举行。为了替出版社庆祝，我们特地把青春版《牡丹亭》送到桂林，在广西师范大学校园连演三天，那真是盛况空前，每晚演出场里挤得水泄不通。前一年我在广西师大演讲，曾经许愿，有机会我一定要把我制作的《牡丹亭》带到桂林，让广西师大的同学及乡亲们看到这出戏。第二年，我们真的做到了，而且还替出版社热闹了一番。我跟出版社结的可说是“牡丹缘”。

中国出版业竞争激烈，广西师范大学出版社能够脱颖而出，名列前茅，诚非易事。国外如美国的哈佛、哥伦比亚，英国的牛津、剑桥，这几家名校的出版社在英美以及全世界的学术文化界举足轻重，广西师范大学出版社的影响不仅普及全国并能跨越海外。广西师大出版社能够建立如此优良声誉，绝非偶然，我还没看见他们出版过一本浅俗媚众的读物。

家乡能产生如此高层次的文化亮点，我深引以为傲。当总编辑刘瑞琳来跟我商洽出版我的作品集，我欣然同意，并感到义不容辞。刘瑞琳女士刚刚被《中国新闻周刊》选为“十年影响力人物”。在此，我特别要向她致谢，同时也要感谢为这套书花费大量精力的执行编辑刘哲双及曹凌志。

二〇一〇年八月十二日

我的乡音也没有改，还能说得一口桂林话。

在外面说普通话、说英文，见了上海人说上海话，见了广东人说广东话，因为从小逃难，到处跑，学得南腔北调。

在美国住了三十多年，又得常常说外国话。

但奇怪的是，我写文章，心中默诵，用的竟都是乡音，看书也如此。

目 录

评论：从当代到古典

（代序）蓦然回首[1]

许多年了，没有再看自己的旧作。这次我的早期短篇小说由远景出版社结集出版，又有机会重读一遍十几年前的那些作品，一面读，心中不禁纳罕：原来自己也曾那般幼稚过，而且在那种年纪，不知哪里来的那许多奇奇怪怪的想法。

讲到我的小说启蒙老师，第一个恐怕要算我们从前家里的厨子老央了。老央是我们桂林人，有桂林人能说惯道的口才，鼓儿词奇多。因为他曾为火头军，见闻广博，三言两语，把个极平凡的故事说得鲜龙活跳。冬天夜里，我的房子中架上了一个炭火盆，灰炉里煨着几枚红薯，火盆上搁着一碗水，去火气。于是老央便问我道："昨天讲到哪里了，五少？""薛仁贵救驾——"我说。老央正在给我讲《薛仁贵征东》。那

1　此文原为《寂寞的十七岁——白先勇早期短篇小说集》（远景出版社，一九七七年三月版）所作"后记"，现作为本书的一篇代序。

是我开宗明义第一本小说，而那银牙大耳，身高一丈，手执方天画戟，身着银盔白袍，替唐太宗征高丽的薛仁贵，便成了我心中牢不可破的英雄形象，甚至亚历山大、拿破仑，都不能跟我们这位大唐壮士相比拟的。老央一径裹着他那件油渍斑斑、煤灰扑扑的军棉袍，两只手手指甲里乌乌黑黑尽是油腻，一进来，一身的厨房味。可是我一见着他，便如获至宝，一把抓住，不到睡觉，不放他走。那时正在抗日期间愁云惨雾的重庆，才七八岁，我便染上了二期肺病，躺在床上，跟死神搏斗。医生在灯下举着我的爱克斯光片指给父亲看，父亲脸色一沉，因为我的右边肺尖上照出一个大洞来。那个时候没有肺病特效药，大家谈痨色变，提到肺病两个字便乱使眼色，好像是件极不吉祥的事。家里的亲戚佣人，一走过我房间的窗子便倏地矮了半截弯下身去，不让我看见，一溜烟逃掉，因为怕给我抓进房子讲“故仔”，我得的是“童子痨”，染上了还了得。一病四年多，我的童年就那样与世隔绝虚度过去，然而我很着急，因为我知道外面世界有许许多多好玩的事情发生，我没份参加。嘉陵江涨大水，我擎着望远镜从窗外看下去，江中浊浪冲天，许多房屋人畜被洪流吞没，我看见一些竹筏上男男女女披头散发，仓皇失措，手脚乱舞，竹筏被漩涡卷得直转，我捶着床叫：“嗳嗳！嗳嗳！”然而家人不准我下来，因为我还在发烧，于是躺在床上，眼看着外面许多生命一一消逝，心中只有干着急。得病以前，我受父母宠爱，在家中横行霸道，一旦隔离，拘禁在花园山坡上一栋小房子里，我顿感打入冷宫，十分郁郁不得志起来。一个春天的傍晚，园中百花怒放，父母在园中设宴，一时宾客云集，笑语四溢。我在山坡的小屋里，悄悄掀开窗帘，窥见园中大千世界，一片繁华，自己的哥姊，堂表弟兄，也穿插期间，个个喜气洋洋。一霎时，一阵被人摒弃、为世所遗的悲愤兜上心头，禁不住痛哭起来。那段期间，火头军老央的“说唐”，便成为我生活中最大的安慰。我向往瓦岗寨的英雄世界，秦叔宝的英武，程咬金的诙谐，尉迟敬德的鲁莽，对于我都是刻骨铭心的。当然，《征西》中的樊梨花，亦为我深深喜爱。后来看京戏，《樊江关》，樊梨花一出台，头插雉尾，身穿锁子黄金甲，足蹬粉底小蛮靴，一声娇叱盼顾生姿，端的是一员俊俏女将，然而我看来很眼熟，因为我从小心目中便认定樊梨花原该那般威风。

病愈后，重回到人世间，完全不能适应。如同囚禁多年的鸟，一旦出笼，惊慌失措，竟感到有翅难飞。小学、中学的生涯，对我来说，是一片紧张。我变得不合群，然而又因生性好强，不肯落人后，便拼命用功读书，国英数理，不分昼夜，专想考第一，不喜欢的科目也背得滚瓜烂熟，不知浪费了多少宝贵光阴。然而除了学校，我还有另外一个世界，我的小说世界。一到了寒暑假，我便去街口的租书铺，抱回来一堆一堆牛皮纸包装的小说，发愤忘食，埋头苦读。还珠楼主五十多本《蜀山剑侠传》，从头至尾，我看过数遍。这真是一本了不起的巨著，其设想之奇，气魄之大，文字之美，功力之高，冠绝武林，没有一本小说曾经使我那样着迷过。当然，我也看张恨水的《啼笑因缘》、《斯人记》，徐讦的《风萧萧》，不忍释手，巴金的《家》、《春》、《秋》也很起劲。《三国》、《水浒》、《西游记》，似懂非懂地看了过去，小学五年级便开始看《红楼梦》，以至于今，床头摆的仍是这部小说。

在建国中学初三的那一年，我遇见了我的第二位启蒙先生，李雅韵老师。雅韵老师生长在北平，一口纯正的京片子，念起李后主的《虞美人》，抑扬顿挫。雅韵老师替我开启了中国古典文学之门，使我首次窥见古中国之伟大庄严。雅韵老师文采甚丰，经常在报章杂志发表小说。在北平大学时代，她曾参加地下抗日工作，掩护我方同志。战后当选国大代表，那时她才不过二十多岁。在我心目中，雅韵老师是一个文武双全的巾帼英雄。在她身上，我体认到儒家安贫乐道，诲人不倦，知其不可而为之的执著精神。她是我们的"国文导师"，她看了我的作文，鼓励我写作投稿，她替我投了一篇到《野风》杂志，居然登了出来，师生皆大欢喜。她笑着对我说："你这样写下去，二十五六岁，不也成为作家了？"她那句话，对我影响之深，恐怕她当初没有料及，从那时起，我便梦想以后要当"作家"。中学毕业，我跟雅韵老师一直保持联系，出国后，也有信件往来，六九年我寄一封耶诞卡去，却得到她先生张文华老师的回信，说雅韵老师于九月间，心脏病发，不治身亡，享年才五十。雅韵老师身经抗日，邦灾国难，体验深刻，难怪她偏好后主词，“恰似一江春水向东流”，她念来余哀未尽，我想她当时自己一定也是感慨良多的吧。

高中毕业，本来我保送台大，那时却一下子起了一种浪漫念头。我在地理书上念到长江三峡水利灌溉计划，Y.V.A. 如果筑成，可媲美美国的 T.V.A.，中国中部农田水利一举而成，造福亿万生民。我那时雄心万丈。我要去长江三峡替中国建一个 Y.V.A.。一面建设国家，一面游名川大山，然后又可以写自己的文章。小时游过长江，山川雄伟，印象极深。当时台大没有水利系，我便要求保送成功大学。读了一年水利工程，发觉自己原来对工程完全没有兴趣，亦无才能，Y.V.A. 大概轮不到我去建设。同学们做物理实验，非常认真在量球径，我却带了一本《琥珀》去，看得津津有味。一个人的志趣，是勉强不来的，我的“作家梦”却愈来愈强烈了。有一天，在台南一家小书店里，我发觉了两本封面褪色、灰尘满布的杂志《文学杂志》第一、二期，买回去一看，顿时如纶音贯耳，我记得看到王镇国译华顿夫人的《伊丹 · 傅罗姆》，浪漫兼写实，美不胜收。虽然我那时看过一些翻译小说，《简 · 爱》、《飘》、《傲慢与偏见》、《咆哮山庄》，等等，但是都是顺手拈来，并不认真。夏济安先生编的《文学杂志》实是引导我对西洋文学热爱的桥梁。我做了一项我生命中异常重大的决定，重考大学，转攻文学。事先我没有跟父母商量，先斩后奏。我的“作家梦”恐怕那时候父母很难了解。我征求雅韵老师的意见，本来我想考中文系。雅韵老师极力劝阻，她说西洋文学对小说创作的启发要大得多。她本人出身国文系，却能做如此客观的忠告，我对她非常感佩。台大放榜，父母亲免不得埋怨惋惜了一番，台湾学校的风气，男孩子以理工为上，法商次之，文史则属下乘，我在水利系的功课很好，是系里的第一名，但那只是分数高，我对数理的领悟力，并不算强。我解说了半天，父亲看见大势已定，并不坚持，只搬出了古训说：“行有余力，则以学文。”我含糊应道：“人各有志。”母亲笑叹道：“随他吧，‘行行出状元’。”她心里倒是高兴的，因为我又回台北家中来了。

进入台大外文系后，最大的奢望就是在《文学杂志》上登文章，因为那时《文学杂志》也常常登载同学的小说。我们的“国文老师”经常给《文学杂志》拉稿。有一次作文，老师要我们写一篇小说，我想这下展才的机会来了，一下子交上去三篇。发下来厚厚一叠，我翻了半天，一句评语也没找到，开头还以为老师看漏了，后来一想不对，三篇总会看到一篇，一定是老师不赏识，懒得下评。顿时脸上热辣辣，赶快把那一大叠稿子塞进书包里，生怕别人看见。“作家梦”惊醒了一半，心却没有死，反而觉得有点怀才不遇，没有碰到知音。于是自己贸贸然便去找夏济安先生，开始还不好意思把自己的作品拿出来，借口去请他修改英文作业。一两次后，才不尴不尬地把自己一篇小说递到他书桌上去。我记得他那天只穿了一件汗衫，一面在翻我的稿子，烟斗吸得呼呼响。那一刻，我的心在跳，好像在等待法官判刑似的。如果夏先生当时宣判我的文章“死刑”，恐怕我的写作生涯要多许多波折，因为那时我对夏先生十分敬仰，而且自己又毫无信心，他的话，对于一个初学写作的人，一褒一贬，天壤之别。夏先生却抬起头对我笑道：“你的文字很老辣，这篇小说，我们要用，登到《文学杂志》上去。”那便是《金大奶奶》，我第一篇正式发表的小说。

后来又在《文学杂志》上继续发表《我们看菊花去》（原名《入院》），《闷雷》本来也打算投到《文学杂志》，还没写完，夏先生只看了一半，便到美国去了。虽然夏先生只教了我一个学期，但他直接间接对我写作的影响是大的。当然最重要的是他对我初“登台”时的鼓励，但他对文字风格的分析也使我受益不少。他觉得中国作家最大的毛病是滥用浪漫热情、感伤的文字。他问我看些什么作家，我说了一些，他没有出声，后来我提到毛姆和莫泊桑，他却说：“这两个人的文字对你会有好影响，他们用字很冷酷。”我那时看了许多浪漫主义的作品，文字有时也染上感伤色彩，夏先生对于文学作品欣赏非常理智客观，而他为人看起来又那样开朗，我便错以为他早已超脱，不为世俗所扰了，后来看了《夏济安日记》，才知道原来他的心路历程竟是那般崎岖。他自己曾是一个浪漫主义者，所以他才能对浪漫主义的弊端有那样深刻的认识。

大三的时候，我与几位同班同学创办《现代文学》，有了自己的地盘，发表文章自然就容易多了，好的坏的一起上场，第一期我还用两个笔名发表了两篇：《月梦》和《玉卿嫂》。黎烈文教授问我："《玉卿嫂》是什么人写的？很圆熟，怕不是你们写的吧？"我一得意，赶快应道："是我写的。"他微感惊讶，打量了我一下，大概他觉得我那时有点人小鬼大。现在看来，出国前我写的那些小说大部分都稚嫩得很，形式不完整，情感太露，不懂得控制，还在尝试习作阶段。不过主题大致已经定型，也不过是生老病死，一些人生基本永恒的现象。倒是有几篇当时怎么会写成的，事隔多年，现在回忆起来，颇有意思。有一年，智姊回国，我们谈家中旧事，她讲起她从前一个保姆，人长得很俏，喜欢戴白耳环，后来出去跟她一个干弟弟同居。我没有见过那位保姆，可是那对白耳环，在我脑子里却变成了一种蛊惑，我想戴白耳环的那样一个女人，爱起人来，一定死去活来的——那便是玉卿嫂。在宪兵学校，有一天我带上地图阅读，我从来没有方向观，不辨东西南北，听了白听，我便把一张地图盖在稿纸上，写起《寂寞的十七岁》来。我有一个亲戚，学校功课不好，家庭没有地位，非常孤独，自己跟自己打假电话，我想那个男孩子一定寂寞得发了昏，才会那样自言自语。有一次我看见位画家画的一张裸体少年油画，背景是半抽象的，上面是白得熔化了的太阳，下面是亮得燃烧的沙滩，少年跃跃欲飞，充满了生命力，那幅画我觉得简直是“青春”的象征，于是我想人的青春不能永葆，大概只有化成艺术才能长存。

一九六二年，出国前后，是我一生也是我写作生涯的分水岭，那年冬天，家中巨变，母亲逝世了。母亲出身官宦，是外祖父的掌上明珠，自小锦衣玉食，然而胆识过人，不让须眉。二七年北伐，母亲刚跟父亲结婚，随军北上。父亲在龙潭与孙传芳激战，母亲在上海误闻父亲阵亡，连夜冲封锁线，爬战壕，冒枪林弹雨，奔到前方，与父亲会合，那时她才刚冒二十。抗日期间，湘桂大撤退，母亲一人率领白、马两家八十余口，祖母九十，小弟月余，千山万水，备尝艰辛，终于安抵重庆。我们手足十人，母亲一生操劳，晚年在台，患高血压症常常就医。然而母亲胸怀豁达，热爱生命，环境无论如何艰险，她仍乐观，勇于求存，因为她个性坚强，从不服输。但是最后她卧病在床，与死神交战，却节节退败，无法抗拒。她在医院里住了六个月，有一天，我们一位亲戚嫁女，母亲很喜爱那个女孩，那天她精神较好，便挣扎起来，特意打扮一番，坚持跟我们一同去赴喜筵。她自己照镜，很得意，跟父亲笑道：“换珠衫依然是富贵模样。”虽然她在席间只坐了片刻，然而她却是笑得最开心的一个。人世间的一切，她热烈拥抱；死亡，她是极不甘愿，并且十分不屑的。

然而那次不久，她终于病故。母亲下葬后，按回教仪式我走了四十天的坟，第四十一天，便出国飞美了。父亲送别机场，步步相依，竟破例送到飞机梯下。父亲曾领百万雄师，出生入死，又因秉性刚毅，喜怒轻易不形于色。可是暮年丧偶，儿子远行，那天在寒风中，竟也老泪纵横起来，那是我们父子最后一次相聚，等我学成归来，父亲先已归真。月余间，生离死别，一时尝尽，人生忧患，自此开始。

别人出国留学，大概不免满怀兴奋，我却没有，我只感到心慌意乱，四顾茫然。头一年在美国，心境是苍凉的，因为母亲的死亡，使我心灵受到巨大无比的震撼。像母亲那样一个曾经散发过如许光与热的生命，转瞬间，竟也烟消云散，至于寂灭，因为母亲一向为白、马两家支柱，遽然长逝，两家人同感天崩地裂，栋毁梁摧。出殡那天，入土一刻，我觉得埋葬的不仅是母亲的遗体，也是我自己生命的一部分，那是我第一次真正接触到死亡，而深深感到其无可抗拒的威力。由此，我遂逐渐领悟到人生之大限，天命之不可强求。丧母的哀痛，随着时间与了悟，毕竟也慢慢冲淡了。因为国外没有旧历，有时母亲的忌日，也会忽略过去。但有时候，不提防，却突然在梦中见到母亲，而看到的，总是她那一副临终前忧愁无告的面容，与她平日欢颜大不相类。我知道下意识里，我对母亲的死亡，深感内疚，因为我没能从死神手里，将她抢救过来。在死神面前，我竟是那般无能为力。

初来美国，完全不能写作，因为环境遽变，方寸大乱，无从下笔，年底耶诞节，学校宿舍关门，我到芝加哥去过耶诞，一个人住在密歇根湖边一家小旅馆里。有一天黄昏，我走到湖边，天上飘着雪，上下苍茫，湖上一片浩瀚，沿岸摩天大楼万家灯火，四周响着耶诞福音，到处都是残年急景。我立在堤岸上，心里突然起了一阵奇异的感动，那种感觉，似悲似喜，是一种天地悠悠之念，顷刻间，混沌的心景，竟澄明清澈起来，蓦然回首，二十五岁的那个自己，变成了一团模糊，逐渐消隐。我感到脱胎换骨，骤然间，心里增添了许多岁月。黄庭坚的词："去国十年，老尽少年心。"不必十年，一年已足，尤其是在芝加哥那种地方。回到爱荷华，我又开始写作了，第一篇就是《芝加哥之死》。

在爱荷华作家工作室，我学到了不少东西：我了解到小说叙事观点的重要性。Percy Lubbock 那本经典之作《小说技巧》对我启发是大的，他提出了小说两种基本写作技巧：叙述法与戏剧法。他讨论了几位大小说家，有的擅长前者，如萨克莱（Thackeray），有的擅长后者，如狄更斯。他觉得：何时叙述，何时戏剧化，这就是写小说的要诀。所谓戏剧化，就是制造场景，运用对话。我自己也发觉，一篇小说中，叙述与对话的比例安排是十分重要的。我又发觉中国小说家大多擅长戏剧法，《红楼》、《水浒》、《金瓶》、《儒林》，莫不以场景对话取胜，连篇累牍的描述及分析，并不多见。我研读过的伟大小说家，没有一个不是技巧高超的，小说技巧不是“雕虫小技”，而是表现伟大思想主题的基本工具。在那段期间，对我写作更重要的影响，便是自我的发现与追踪。像许多留学生一样，一出国外，受到外来文化的冲击，产生了所谓认同危机。对本身的价值观与信仰都得重新估计。虽然在课堂里念的是西洋文学，可是从图书馆借的，却是一大叠一大叠有关中国历史、政治、哲学、艺术的书，还有许多五四时代的小说。我患了文化饥饿症，捧起这些中国历史文学，便狼吞虎咽起来。看了许多中国近代史的书，看到抗日台儿庄之役，还打算回国的时候,去向父亲请教,问他当时战争实际的情形。

暑假，有一天在纽约，我在 Little Carnegie Hall 看到一个外国人摄辑的中国历史片，从慈禧驾崩、辛亥革命、北伐、抗日,到战乱,大半个世纪的中国,一时呈现眼前。南京屠杀、重庆轰炸，不再是历史名词，而是一具具中国人被蹂躏、被凌辱、被分割、被焚烧的肉体，横陈在那片给苦难的血泪灌溉得发了黑的中国土地上。我坐在电影院内黑暗的一角，一阵阵毛骨悚然地激动不能自已。走出外面，时报广场仍然车水马龙，红尘万丈，霓虹灯刺得人眼睛只发疼，我蹭蹬纽约街头，一时不知身在何方。那是我到美国后，第一次深深感到国破家亡的彷徨。

去国日久，对自己国家的文化乡愁日深，于是便开始了《纽约客》，以及稍后的《台北人》。

小说　从东方到西方

玉卿嫂

1

我和玉卿嫂真个有缘，难得我第一次看见她，就那么喜欢她。

那时我奶妈刚走，我又哭又闹，吵得我妈连没得办法。天天我都逼着她要把我奶妈找回来。有一天逼得她冒火了，打了我一顿屁股骂道：

“你这个娃仔怎么这样会拗？你奶妈的丈夫快断气了，她要回去，我怎么留得住她？这有什么大不了！我已经托矮子舅妈去找人来带你了，今天就到。你还不快点替我背起书包上学去，再要等我来抽你是不是？”

我给撵了出来，窝得一肚子闷气。吵是再也不敢去吵了，只好走到窗户底有意叽咕几声给我妈听：

“管你找什么人来，横竖我不要，我就是要我奶妈！”

我妈在里面听得笑着道：

“你们听听，这个小鬼脾气才犟呢，我就不相信她奶妈真有个宝不成？”

“太太，你不知道，容哥儿离了他奶妈连尿都屙不出了呢！”胖子大娘的嘴巴顶刻薄，仗着她在我们家做了十几年的管家，就倚老卖老了。我妈讲话的时候，她总爱搭几句辞儿凑凑趣，说得我妈她们全打起哈哈来。当着一大堆人，这种话多难听！我气得跑到院子里，把胖子大娘晾在竹竿上的白竹布衣裳一把扯了下来，用力踩得像花脸猫一般，然后才气咻咻地催车夫老曾拉人力车送我上学去。

就是那么一气，在学堂里连书也背不出来了。我和隔壁的唐道懿还有两个女生一起关在教室里留堂。唐道懿给老师留堂是家常便饭，可是我读到四年级来破题儿第一遭。不用说，鼻涕眼泪早涂得一脸了，大概写完大字，手上的墨还没有洗去，一擂一摸，不晓得成了一副什么样子，跑出来时，老曾一看见我就拍着手笑弯了腰，我狠命地踢了这个湖南骡子几下，踢得他直叫要回去告诉我妈。

回到屋里，我轻脚轻手，一溜烟跑到楼上躲进自己房中去了。我不敢张声，生怕他们晓得我挨老师留堂。哪晓得才过一下子，胖子大娘就扯起喉咙上楼来找我了，我赶快钻到帐子里去装睡觉，胖子大娘摇摇摆摆跑进来把我抓了起来，说是矮子舅妈带了一个叫玉卿嫂的女人来带我，在下面等着呢，我妈要我快点去见见。

矮子舅妈能带什么好人来？我心里想她老得已快缺牙了，可是看上去才和我十岁的人差不多高，我顶讨厌她，我才不要去见她呢，可是我妈的话不得不听啊！我问胖子大娘玉卿嫂到底是个什么样子的人，胖子大娘眯着眼睛笑道："有两个头，四只眼睛的！你自己去看吧，看了她你就不想你奶妈了。"

我下楼到客厅里时，一看见站在矮子舅妈旁边的玉卿嫂却不由得倒抽了一口气，好爽净，好标致，一身月白色的短衣长裤，脚底一双带襻的黑布鞋，一头乌油油的头发学那广东婆妈松松地挽了一个髻儿，一双杏仁大的白耳坠子却刚刚露在发脚子外面，净扮的鸭蛋脸，水秀的眼睛，看上去竟比我们桂林人喊作"天辣椒"如意珠那个戏子还俏几分。

我也说不出什么道理来，一看见玉卿嫂，就好想跟她亲近的。我妈问我请玉卿嫂来带我好不好时，我忙点了好几下头，连顾不得赌气了。矮子舅妈跑到我跟前跟我比高，说我差点冒过她了，又说我愈长愈体面。我连不爱理她，一径想找玉卿嫂说话。我妈说我的脸像个小叫花，叫小丫头立刻去舀洗脸水来，玉卿嫂忙过来说让她来帮我洗。我拉着她跟她胡诌了半天，我好喜欢她这一身打扮，尤其是她那对耳坠子，白得一闪一闪的，好逗人爱。可是我仔细瞧了她一阵子时，发觉原来她的额头竟有了几条皱纹，笑起来时，连眼角都拖上一抹鱼尾巴了。

“你好大了？”我洗好脸忍不住问她道，我心里一直在猜，我听胖子大娘说过，女人家额头打皱，就准有三十几岁了，她笑了起来答道：

“少爷看呢？”

“我看不出，有没有三十？”我竖起三个指头吞吞吐吐地说。

她连忙摇头道：

“还有那么年轻？早就三十出头喽！”

我有点不信，还想追着问下去，我妈把我的话头打断了，说我是傻仔，她跟玉卿嫂讲道：

“难得这个娃仔和你投缘，你明天就搬来吧，省得他拗得我受不了。”

矮子舅妈和玉卿嫂走了以后，我听见我妈和胖子大娘聊天道：

“喏，就是花桥柳家他们的媳妇，丈夫抽鸦片的，死了几年，家道落了，婆婆容不下，才出来的。是个体面人家的少奶奶呢！可怜穷了有什么办法？矮子舅妈讲是我们这种人家她才肯来呢！我看她倒蛮讨人喜欢。”

“只是长得太好了些，只怕——”胖子大娘又在挑唆了，她自己丑就不愿人家长得好，我妈那些丫头，长得好些的，全给她挤走了。

2

我们中山小学的斜对面就是高升戏院，是唱桂戏的，算起来是我们桂林顶体面的一家了。角色好，行头新，十场戏倒有七八场是满的。我爸那时在外面打日本鬼，蛮有点名气，戏院里的那个刘老板最爱拍我们马屁，我进了戏院不但不要买票，刘老板还龇着一嘴银牙，赶在我后面问我妈好，拿了瓜子又倒茶，我白看了戏不算，还很有得嚼头。所以我放了学，天时早的话，常和老曾到戏院里逛逛，回去反正我们都不说出来，所以总没有吃过我妈的排头。有时我还叫唐道懿一起去，好像我做东一样，神气得了不得。我和他都爱看武戏，什么黄天霸啦，打得最起劲。文戏我们是不要看的，男人家女人家这么你扯我拉的，肉麻死了。

我跟唐道懿溜到后台去瞧那些戏子佬打扮，头上插起好长的野鸡毛，红的黑的颜料子直往脸上抹，好有意思。因为我从小就长得胖嘟嘟，像个粉团儿，那些戏子佬看见我就爱得要命，一窝蜂跑过来逗我玩，我最喜欢唱武生的云中翼，好神气的样子，一杆枪耍在手中，连不见分量似的，舞起来连人都看不见了。那个唱旦角的天辣椒如意珠也蛮逗人喜欢，眉眼长得好俏；我就是不爱看做小生那个露凝香，女人装男人，拿起那把扇子摇头摆尾的，在台上还专会揩油呢，怎么好意思！此外还有好多二流角色和几个新来的我都不大熟，可是脸谱儿和名字我倒还记得。

我见过玉卿嫂的第二天，一放了学，我就飞跑出来催老曾快点送我回去，唐道懿追着出来又要我带他去看戏，说是这天唱《关公走麦城》呢，我上了车回答他道："明天我再带你去，今天我没空，我要回家去看玉卿嫂。"

"谁是玉卿嫂啊？"他大惊小怪地问。

"就是我的新奶妈哪。"我喊惯了奶妈一时改不过口来。

"哈哈，容容这么大个人还要请奶妈来喂奶呢！"唐道懿拍着手来羞我，两道鼻涕跑出来又缩了进去，邋遢死了！我涨红了脸骂了他几声打狗屁，连忙叫老曾拖车子走了。

我一进了屋就嚷着要找玉卿嫂，我妈说她早来了，在我房里收拾东西呢！我三步作两步地跨到楼上房中去，看见玉卿嫂正低着头在铺她的床。她换了一身亮黑的梅点纱，两只手膀子显得好白净。我觉得她实在长得不错，不过她这种漂亮，一点也不像我们家刚嫁出去那个丫头金婵，一副妖娆娇俏的样子，她一举一动总是那么文文静静的，大概年纪到底比金婵大得多，不像金婵那么整天疯疯癫癫的了。我轻手轻脚地走到她后面，大声喝了一下，吓得玉卿嫂回过头来直拍着胸口笑道："我的少爷，你差点把我的魂都吓了走。"我笑得打跌，连忙猴向她身上跟她闹着玩，我跟她说她来带我，我好开心，那几天我奶妈不在，我一个人睡在楼上，怕得不得了，夜晚尿胀了也不敢爬起来屙，生怕有鬼掐脚似的，还落得胖子大娘取笑半天。我跟她在房里聊了好一会儿，我告诉她我们家里哪个人好，哪个人坏，哪个人顶招惹不得，玉卿嫂笑着说道：

“管他谁好谁坏，反正我不得罪人，别人也不会计算我的。”

我忙摇着手说道：

“你快别这么想！像胖子大娘，就坏透了，昨天她在讲你长得太好了，会生是非呢！”

3

大概玉卿嫂确实长得太好了些，来到我们家里不上几天就出了许多事故。自从她跨进了我家大门，我们屋里那群斋狠了的男光棍佣人们，竟如同苍蝇见了血，玉卿嫂一走过他们跟前，个个的眼睛瞪得牛那么大，张着嘴，口水都快流出似的。胖子大娘骂他们像狗舔屎一样，好馋。这伙人一背过脸，就叽叽喳喳，不知在闹些什么鬼。我只是听不见罢咧！要是给我捉到了他们在嚼嘴混说我们玉卿嫂，我可就要他们好看！

有一晚吃了饭，我去找门房瞎子老袁，要爬到他肩上骑马嘟嘟，到我们花园去采玉兰。我们花园好大，绕一圈要走老半天，我最喜欢骑在老袁肩上爬到树上去摘花了。其实老袁这个人样样都好，就是太爱看女人，胖子大娘讲他害火眼准是瞧女人瞧出来的。我走到大门口，看见他房里挤了好些人在聊天，湖南骡子老曾、厨房里打杂的小王，还有菜园里浇粪的秦麻子，一群人交头接耳不知在编派谁，我心里很不受用，忙踮了脚走到窗户底下，竖起耳朵用力听。

“妈那巴子！老子今天早晨看见玉卿嫂在晾衣服，一双奶子鼓起那么高，把老子火都勾了上来了。呸！有这么俏的婊子,和她睡一夜,死都愿了。”讲话的是小王,这个人顶下作，上次把我们家里一个丫头睡起了肚子，我妈气得把他撵了出去，他老子跑来跪倒死求活求，我妈才算了。

“你呀，算了罢，舔人家的洗脚水还攀不上呢。”老曾和小王是死对头，一讲话就要顶火的。

“罢、罢、罢，”老袁摇手插嘴道，“这几天，你送小少爷回来，怎么一径赶着要替小少爷提书包上楼呢？还不是想去闻闻骚？”讲得他们都笑起来了，老曾气得咿呀唔呀的，塞得一嘴巴湖南话，说也说不清楚。

秦麻子忙指着老袁道：“你莫在这里装好了，昨天玉卿嫂替太太买柿子回来，我明明瞧见你忙着狗颠屁股似的去接她的篮子，可不知又安着什么心！”

几个七嘴八舌，愈讲愈难听，我气得一脚踢开了门，叉起腰恨恨地骂道：

“喂！你们再敢多说一句，我马上就去告诉玉卿嫂去，看她饶不饶得过你们。”

哪晓得小王却涎着脸笑嘻嘻地向我央道：“我的好少爷，别的你千万莫跟她说，你只问她我小王要和她睡觉，她肯不肯。”

那几个鬼东西哄然笑了起来，我让他们笑呆了，迟疑了好一会儿，连忙回头跑到楼上找到玉卿嫂，气喘喘地跟她讲：“他们都在说你坏话，小王讲他要和你睡觉呢！你还不快点去打他的嘴。”

玉卿嫂红了脸笑着说：“这起混账男人哪有什么好话说，快别理他们，只装听不见算了。”

我不依，要逼着她去找他们算账，玉卿嫂说她是新来的，自然要落得他们嚼些牙巴，现在当作一件正经事闹开来，太太晓得不是要说她不识数了？

可是第二天就有事情来了。姑婆请我妈去看如意珠的《昭君和番》，屋里头的人乘机溜了一半，那晚我留在房中拼命背书，生怕又挨老师罚。

滴答滴，

滴答滴，

钟摆往来不停息，

不停息，

不停息，

——

我的头都背大了，还塞不进去，气得把书一丢，一回头，却看到玉卿嫂踉踉跄跄跑了进来，头发乱了，掉了一绺下来，把耳坠都遮住了，她喘得好厉害，胸脯一起一伏的。我忙问她怎么回事，她喘了半天说不出话来，我问她是不是小王欺负她了，她点了一点头，我气得忙道：

“你莫怕，我等我妈回来马上就讲出来，怕不撵他出去呢！”玉卿嫂忙抓住，再三求我不要告诉我妈，她说：

“这没有什么大不了，少爷千万别闹出来，反倒让别人讲我轻狂，那个死鬼吃了我的苦头，谅他下次再也不敢了。”

第二天，我看见小王眼皮肿得像核桃那么大，青青的一块，他说是屙尿跌着的，听得我直抿着嘴巴笑。

4

我们在桂林乡下还有些田，由我们一个远房叔叔代收田租，我们叫他满叔。他长得又矮又胖，连看不见颈子的，背底下我们都喊他做坛子叔叔。一年他才来我们家里两三次，只来给我妈田租钱罢了。胖子大娘说坛子叔叔本来穷得快当裤子了，帮我们管田以后，很攒了两个钱，房子有了一大幢，只少个老婆罢了。他和花桥柳家有点亲，所以玉卿嫂叫他做表哥的。不知怎么回事，自从玉卿嫂来了以后，满叔忽然和我们来往得勤了。巴巴结结今天送只鸡来，明天提个鸭来。有事没事，也在我们家里泡上半天。如果我妈不在家，他就干坐着，等到我放学回来，他就跟到我房间里和我亲热得了不得，问长道短的："容哥儿爱吃什么？要不要吃花桥的碗儿糕？满叔买来给你。"平常他一来只会跟我妈算钱，很不大理睬我的。现在突然跑来巴结我，反倒弄得我一头雾，摸不清门路了。我问胖子大娘为什么坛子叔叔近来这样热络，她笑着答道：

"傻哥子，这点你还不懂，你们坛子叔叔看上了你的玉卿嫂，要讨她做老婆啦。"

"不行啊，他讨了她去没人带我怎么办呢？"我急得叫了起来。

"我说你傻，你把你玉卿嫂收起来，不给满叔看见不就行了。"胖子大娘咯咯咯地笑着教我道。

以后坛子叔叔来我们家，我总要把玉卿嫂拖得远远的，不让他看见，哪晓得他一来就借个故儿缠着玉卿嫂跟她搭讪，我一看见他们两人讲话，就在外面顿着脚叫道：

"玉卿嫂，你来，我有事情要你做。"玉卿嫂常给满叔缠得脱不得身，直到我生了气喊起来："你聋了是不是？到底来不来的啦！"玉卿嫂才摔下坛子叔叔，急急忙忙一面应着跑过来，我埋怨她半天，直向她瞪白眼。她忙辩道：

"我的小祖宗，不是我不来，你们满叔老拖住我说话，我怎么好意思不理人家呢？”

我向她说，满叔那种人少惹些好，他心里不知打些什么主意呢！玉卿嫂说她也是百般不想理他的，只是碍着情面罢咧！

果然没有多久，坛子叔叔就来向我妈探口气想娶玉卿嫂做媳妇了，我妈对他说道：“我说满叔，这种事我也不能做主，你和她还有点亲，何不你自己去问问她看？”

满叔得了这句话，喜得抓耳挠腮，赶忙挽起长衫，一爬一爬，喘呼呼地跑上楼去找玉卿嫂去，我也急着跟了上去，走到门口，只听到满叔对玉卿嫂说道：

“玉妹，你再想想看，我表哥总不会亏待你就是了，你下半辈子的吃、穿，一切包在我身上，你还愁什么？”

玉卿嫂背着脸说道：

“表哥，你不要提这些事好不好？”

“你嫌我老了？”坛子叔叔急得直搓手。

玉卿嫂没有出声。

“莫过我还配不上你不成？”坛子叔叔有点气了，打鼻子里哼了一下道，“我自己有几十亩田，又有一幢大房子，人家来做媒，我还不要呢！”

“表哥，这些话你不要来讲给我听，横直我不嫁给你就是了！”玉卿嫂转过身来说道，她的脸板得铁青，连我都吓了一跳。她平常对我总是和和气气的，我不晓得她发起脾气来那样唬人呢!

“你——你——”坛子叔叔气得指着玉卿嫂直发抖道,“怎么这样不识抬举，我讨你，是看得起你，你在这里算什么?老妈子！一辈子当老妈子！”

玉卿嫂走过来将门帘“豁琅”一声摔开，坛子叔叔只得讪讪地跑了出来。我赶在他前面，跑到大门口学给老袁他们听，笑得老袁拍着大腿滚到床上去。等到坛子叔叔一爬一爬走出大门时，老袁笑嘻嘻地问他道：“满老爷，明天你老人家送不送鸡来啦? 送来的话，我等着来帮你老人家提进去。”

满叔装着没听见，连忙揩着汗溜走了。

5

自从玉卿嫂打回了满叔后，我们家里的人就不得不对她另眼相看了。有的说她现存放着个奶奶不会去做，要当老妈子；有的怪她眼睛长在额头上，忒过无情。

“我才不信！”胖子大娘很不以为然地议论道，“有这么刁的女人? 那么标致，那么漂亮的人物，就这样能守得住一辈子了?”

“我倒觉得她很有性气呢。”我妈说道，“大家出来的人到底不同些，可笑我们那位满叔，连不自量，怎么不抹得一鼻子灰？”

从此以后，老袁、小王那一伙人却对玉卿嫂存了几分敬畏，虽然个个痒得恨不得喉咙里伸出手来，可是到底不敢轻举妄动，只是远远地看着罢了。

不管怎么样，我倒觉得玉卿嫂这个人好亲近得很呢！看起来，她一径都是温温柔柔的，不多言不多语。有事情做，她就闷声气，低着头做事；晚上闲了，她就上楼来陪着我做功课，我写我的字，她织她的毛线，我从来没有看见她去找人扯是拉非，也没看过她去院子里伙着老曾他们听莲花落。她就爱坐在我旁边，小指头一挑一挑，戳了一针又一针地织着。她织得好快，沙沙沙只听得竹针的响声。有时我不禁抬头瞅她一眼，在跳动的烛光中，她的侧脸，真的蛮好看。雪白的面腮，水葱似的鼻子，蓬松松一绺溜黑的发脚子却刚好滑在耳根上，衬得那只耳坠子闪得白玉 般；可是不知怎的，也就是在烛光底下，她额头上那把皱纹子，却像那水波痕一样，一条一条全映了出来，一、二、三——我连数都能数得出几根了，我不喜欢她这些皱纹，我恨不得用手把她的额头用力磨一磨，将那几条皱纹敉平去。尤其是当她锁起眉心子，怔怔出神的当儿——她老爱放下毛线，这样发呆的——我连她眼角那条鱼尾巴都看得清清楚楚了。

“你在想什么鬼东西呀？”我有时忍不住推推她的膀子

问她道。

她慌忙拿起毛线，连连答道没有想什么，我晓得她在扯谎，可是我也懒得盘问她了，反正玉卿嫂这个人是我们桂林人喊的默蚊子，不爱出声，肚里可有数呢！

我喜欢玉卿嫂还有一个缘故：她顺得我，平常经不起我三拗，什么事她都差不多答应我的。我妈不大喜欢我出去，不准我吃摊子，又不准上小馆，怕我得传染病。热天还在我襟上挂着一个樟脑囊儿，一径要掏出来闻闻，说是能消毒，我怕死那股气味了。玉卿嫂来了以后，我老撺掇她带我出去吃东西，她说她怕我妈讲话。

“怕什么？”我对她道，“只有我们两人晓得，谁会去告诉妈妈，你不肯去，难道我不会叫老曾带我去？”她拿我是一点都没有办法。我们常常溜到十字街去吃哈盛强的马肉米粉，哈盛强对着高升戏院，专门做戏院子的生意，尤其到了夜晚，看完戏的人好多到这里来吃消夜的。哈盛强的马肉米粉最出名，我一口气可以吃五六碟，吃了回来，抹抹嘴，受用得很，也没见染上我妈说的什么霍乱啦！伤寒啦！

只有一件事我实在解不过来，任我说好说歹，玉卿嫂总不肯依我。原来不久玉卿嫂就要对我说她要回婆家一趟，我要她带我一起去，她总不肯，一味拿话哄着我道：

“远得很哪！花桥那边不好走，出水东门还要过浮桥，没的把你跌下水去呢！快别去，在屋里好好玩一会儿，回头我给你带几个又甜又嫩的大莲蓬回来噢！”

她一去就是老半天，有时我等得不耐烦了，忍不住去问胖子大娘：

“玉卿嫂为什么老要回婆家呢？”

“你莫信她，她哄你的，容哥儿，”胖子大娘瘪起嘴巴说道，“她回什么鬼婆家啊——我猜呀，她一定出去找野男人去了！”

“你不要瞎扯！你才去找野男人，我们玉卿嫂不是那种人。”我红了脸驳胖子大娘。

“傻哥子！她跟她婆婆吵架才出来的，这会子又巴巴结结跑回去？你们小娃子她才哄得倒，她哪能逃得过老娘这双眼睛。你看，她哪次说回婆家时，不是扮得妖妖精精的？哪，我教你一个巧法子：下次她去的时候，你悄悄地跟着她屁股后头捉她一次，你就知道我是不是瞎扯了。”胖子大娘的话讲得我半信半疑起来，我猛然想起玉卿嫂出门的时候，果然头上抿了好多生发油，香喷喷，油光水滑的，脸上还敷了些鸭蛋粉呢。

去花桥要出水东门，往水东门，由我们家后园子那道门出去最近——这是玉卿嫂说的，她每次回婆家总打后门去。礼拜天她又要去了，这次我没有出声，我赖在床上，暗暗地瞅着她，看她歪着头戴上耳坠子，对了镜子在钳眉毛。

“我去了，噢。”她临走时，跑来拧了一下我的腮帮子，问我想吃什么，她好带回来。

“上次那种大莲蓬就好。”我转过身去装着无所谓的样子说，她答应一定替我挑个最大的回来，说完，她匆匆地走了。我闻到一股幽香，那一定是从玉卿嫂身上发出来的。

当她一下了楼梯，我赶忙跳了起来，跟在她后面进了后园子。我们后园种了一大片包谷，长得比我还高。我躲在里面，她回了几次头都没看见。我看她出了后门，并不往右手那条通水东门的大路去，却向左边手走，我知道，出左手那条小街就是一撮七拐八弯的小巷子，尽是些小户人家，一排一排的木板房子住着卖豆浆的也有，拖板车的也有，唱莲花落的瞎婆子，削脚剔指甲的，全挤在那里，我们风洞山这一带就算那几条巷子杂。那种地方我妈平常是踏脚都不准我踏的，只有老袁去喊莲花落的时候，我才偷着跟去过几次，邋遢死了，臭的！玉卿嫂不知跑去做什么鬼？她那么干净个人，不怕脏？我连忙蹑手蹑脚跟了过去，玉卿嫂转了几个弯，往一条死巷堂走了去，等我追上前，连个人影都看不见，我打量了一下，这条死巷堂两边总共才住着六家人，房子都是矮塌塌的，窗户才到我下巴那么高，我踮起脚就瞧得里面了。我看这些人穷得很，连玻璃窗都装不起，尽是棉纸糊的，给火烟熏得又焦又黄。我在弄堂里走了几个来回，心里一直盘算，这六个大门可不知玉卿嫂在哪一扇里面，我踱到右手第三家门口时，忽然听到了玉卿嫂的声音，我连忙走过去把耳朵贴在门缝上，却听到她正和一个男人在讲话呢！

“庆生，莫怪我讲一句多心话，我在你身上用的心血也算够了，你吃的住的，哪一点我没替你想到？天冷一点，我就挂着你身上穿得单，主人赏一点好东西，我明明拿到嘴边，只是咽不下去，总想变个法儿留给你，为了找这间房子，急得我几个晚上都睡不着，好不容易换了些金器，七凑八凑，才买得下，虽然单薄些，却也费了我好多神呢。只是我这份心意不知——”玉卿嫂说着，忽然我听见她带着哭声了。

“玉姊，你莫讲了好不好——”那个叫庆生的男人止着她道，他的声音低低的，很带点嫩气呢。

“不，不，你让我说完，这是郁在我心里的话——你是晓得的，我这一生还有什么指望？我出来打工，帮人家做老妈子，又为的是哪一个？我也不敢望你对我怎么好法子，只要你明白我这份心意，无论你给什么嘴脸给我看，我咬紧牙根，总吞得下去，像那天吧，我不要你出去做事，你就跟我红脸，得！我的眼泪挂到了眼角我都有本事给咽了进去，我为什么不喜欢你出去呢？我怕你身子弱，劳累不得，庆弟，你听着，只要你不变，累死苦死，我都心甘情愿，熬过一两年我攒了钱，我们就到乡下去，你好好地去养病，我去守着你服侍你一辈子——要是你变了心的话——”玉卿嫂呜呜咽咽哭泣起来了，庆生却低声唧唧哝哝跟玉卿嫂说了好些话，玉卿嫂过了一会，叹了一口气又说道：

“我也不指望你报答我什么——只要你心里，有我这个人，我死也闭上眼睛了——喏，你看，这包是我们太太天天吃高丽参切剩下来的渣子，我一天攒一点，攒成这么一包，我想着你身子单弱，渐渐天凉起来，很该补一补，我们这种人哪能吃得起什么真的人参燕窝呢！能有这点已经算不错了。天天夜里，你拿个五更鸡罐子上一抓，熬一熬，临睡前喝这么一碗，很能补点血气的，我看你近来有点虚浮呢，晚上还出汗不出？”

“这阵子好多了，只是天亮时还有一点。”

“你过来，让我仔细瞧瞧你的脸色——”

不知这庆生是什么样的人？我心想，玉卿嫂竟对他这么好，我倒要瞧一瞧了。我用力拍了几下门面，玉卿嫂出来开门时一看见是我，吓了一大跳，连忙让我进去急着问道：

“我的小祖宗爷，你怎么也会到这种地方来了，家里的人知不知道啦？”

我拍着手笑着：

“你放心吧！我也是跟着你屁股后头悄悄地溜出来的，我看你转了几个弯子，忽然不见了，害得我好惨，原来你躲在这里呢！你还哄我回婆家去了——这是你什么人啦？”我指着站在玉卿嫂旁边那个后生男人问她道。玉卿嫂忙答道：“他是我干弟弟，喏，庆生，这就是我服侍的容容少爷，你快来见见。”

庆生忙笑着向我作了一个揖，玉卿嫂叫他去把她平常用的那个杯子洗了倒杯茶来，她自己又去装了一盘干龙眼来剥给我吃，我用力瞅了庆生几下，心想难怪玉卿嫂对他那么好，好体面的一个后生仔，年纪最多不过二十来岁，修长的身材，长得眉清目秀的，一头浓得如墨一样的头发，额头上面的发脚子却有点点卷，也是一杆直挺挺的水葱鼻，倒真像玉卿嫂的亲弟弟呢！只是我看他面皮有点发青，背佝佝的，太瘦弱了些。他端上茶杯笑着请我用茶时，我看见他竟长了一口齐垛垛雪白的牙齿，好好看，我敢说他一定还没有剃过胡子，他的嘴唇上留了一转淡青的须毛毛，看起来好细致，好柔软，一根一根，全是乖乖地倒向两旁，很逗人爱，嫩相得很。一点也不像我家老袁的络腮胡，一丛乱茅草，我骑在他肩上，扎得我的大腿痛死了。他对我讲，他是天天剃才剃出这个样子来的。

“好啊！”我含着一个龙眼核指着庆生向玉卿嫂羞道，“原来你收着这么一个体面的干弟弟也不叫我来见见。”说得庆生一脸通红，连耳根子都涨得血红的，我发觉他竟害羞得很呢！我进来没多一会儿，他红了好几次脸了，他一笑就脸红，一讲话也爱脸红，嗫嗫嚅嚅，腼腼腆腆的，好有意思！我盯着他用力瞧时，他竟局促得好像坐也不是站也不是了，两只手一忽儿捋捋头发，一忽儿抓抓衣角，连没得地方放了似的。玉卿嫂忙解说道：

“少爷，不是我不带你来，这种地方这么邋遢哪是你能来的？”

“胡说！”我吐了龙眼核说道，“外面巷子邋遢罢咧，你干弟弟这间房多干净，你看，桌子上连灰尘都没有的。”我在桌子上拿手指划了一划给她看。庆生这间房子虽然小，只放得下一铺床和一张桌子，可是却收拾得清清爽爽的，蚊帐被单一律雪白，和庆生那身衣服一样，虽然是粗布大褂，看起来却爽眼得很。

我着实喜欢上玉卿嫂这个干弟弟了，我觉得他蛮逗人爱，脸红起来的时候好有意思。我在他那里整整玩了一个下午，我拉着他下象棋，他老让我吃他的子，吃得我开心死了。玉卿嫂一径要催着我回去。“急什么？”我摔开她的手说道，“还早得很呢！”一直到快吃夜饭了，我才肯离开，临走时，我叫庆生明天等着，我放了学就要来找他玩。

走到路上玉卿嫂跟我说道：

“少爷，我有一件事情不知你能不能答应，要是能，以后我就让你去庆生那儿玩，要是不能，那你什么念头都别想打。”我向她说，只要让我和庆生耍，什么事都肯答应。

她停下来，板起脸对我说：“回到家里以后，无论对谁你都不准提起庆生来，做得到不？”她的样子好认真，我连忙竖起拇指赌咒——哪个讲了嘴巴生疔！不过我告诉她胖子大娘这回可猜错了，我说：

"她讲你是出来找野男人呢！你说好不好笑？要是你准我讲的话，我恨不得一回去就告诉她，你原来有一个极体面的干弟弟——什么野男人！"

6

第二天，我连上着课都想到庆生，我们算术老师在黑板上画着好多根树干在讲什么鬼植树问题：十棵树，九个空，二十棵树，十九个空——讲得我的头直发昏，我懒得听，我一直想着昨天我和庆生下棋——实在有趣！他要吃我的车时，有意跟我说："留神啊，少爷，我要吃车啦！"我连忙把棋子抢在手中，笑着和他打赖，他也红着脸笑了起来，露出一嘴齐垛垛的牙齿，我真奇怪他嘴上那须毛为什么那么细那么软呢？连竖不起来的，我忽然起了一个怪念头：要是我能摸一摸庆生的软胡须，一定很舒服的——想着想着我忍不住发笑了，坐在我旁边的唐道懿掐了我大腿一把问道："疯啦？好好的怎么笑起来了？"我用肘子拐了他一下瞪着他道："嘘！莫吵，人家在想黑板上的题目呢！"

下午三点多钟就放了学，回到家门口，我连大门都不进就把书包撂给老曾催他回："去，去，去告诉太太听，我去姑婆那里去了，吃夜饭才回来。"只有去姑婆家，我妈才顶通融，反正姑婆记性又不好，我哪天去，她也记不得那么多，所以说去她那里，最妥当。我心里头老早打好主意了：先请庆生到高升去看日戏，然后再带他去哈盛强吃马肉米粉。我身上带了一块光洋，八个东毫，早上刚从扑满里拿出来的。光洋是去年的压岁钱，东毫是年三十夜和老袁他们掷骰子赢来的。

我走到庆生房子门口，大门是虚掩着的，我推了进去，看见他脸朝着外面，蜷在床上睡午觉，我轻脚轻手走到他头边，他睡得好甜，连不晓得我来了。我蹲了下来，仔细瞧了他一阵子，他睡着的样子好像比昨天还要好看似的。好光润的额头，一大绺头发弯弯地滑在上面，薄薄的嘴唇闭得紧紧的，我看到他鼻孔微微地翕动着，睡得好斯文，一点也不像我们家那批男佣人，个个睡起来“呼啦呼啦”的，嘴巴歪得难看死了。真是不知怎么回事，我一看见他嘴唇上那转柔得发软的青胡须就喜得难耐，我忍不住伸出手去摸了一下他嘴上的软毛毛，一阵痒痒麻麻的感觉刺得我笑了起来，他一个翻身爬了起来，抓住了我的手，两只眼睛一直怔怔发呆，还不知道是怎么回事。“哈哈，我在耍你的软胡须呢！”我笑着告诉他，突地他的脸又开始红了起来——红、红、红从颈脖一直到耳根子去了。

“哪，哪，哪，莫怕羞了，”我把他拉下床来一面催他道，“快点换衣服，我请你去看戏，然后我们去上小馆。”他迟疑了半天，吞吞吐吐，还说什么又不说了似的，后来终于说道："我想我们还是不要出去的好，少爷！——"

"不行！"我急得顿脚嚷道，"人家特地把压岁钱带来请你的，喏，你看！"我把一块光洋掏出来亮给他看，一面拉着他就跑出门口了。

进了戏院我找到了刘老板告诉他说我请一个朋友来看戏，要他给两个好位子给我们，我有意掏出四个东毫来给他，他连忙塞进我袋子里一迭声嚷着："这个使不得，容少爷，你来看戏哪还用买票，请还请不来呢！"说着他就带我们到第三排去了。

庆生坐了下来，一直睁着眼睛东张西望，好像乡巴佬进城看见了什么新鲜事儿一样。

"难道你以前从来没来过这里看戏？"我问他道。他咬着下唇笑着摇头，很不好意思的样子，我诧异得不得了，我到过高升好多次，连我自己都数不清了呢！我连忙逞能地教起他戏经来——我告诉他哪句戏好，哪句戏坏，这戏院子有些什么角色，各人的形容又是怎么样的，讲得我津津有味。

这天的戏是《樊江关》，演樊梨花的是一个叫金燕飞的二流旦角，这个女孩儿我在后台看过几次，年纪不过十七八岁，画眉眼，瓜子脸，刁精刁怪的，是一个很叫人怜的女娃子。我听露凝香说因为她嗓子不太好，所以只能唱些刀马旦的戏。这天她穿了一身的武打装束，头上两管野鸡毛颤抖抖的，一双上挑的画眉眼左顾右盼，好俊俏的模样。

庆生看得入了神，一对眼睛盯着台上连没有转过。

“喂，你喜不喜欢台上这个姑娘？”我凑到他耳边向他打趣道。他倏地转过头来愣然望着我，像个受了惊的小兔儿似的，一双眸子溜溜转，过了一会儿，他干咳了几声，没有答话，突然转过头去，一脸憋得紫涨，我看见他脖子上的青筋都暴起来了。我吓了一大跳，连忙不敢出声了。

看完戏，我就请庆生到对过哈盛强去吃马肉米粉，我们各人吃了五碟，我要请客，他一定不肯，争了半天，到底还是他付了钱。我们走出来时看着天时还早，我就让他牵着手慢慢荡街荡回去。我和他一路上聊了好多话，原来他早没了爹娘，靠一个远房舅舅过活，后来他得了痨病，人家把他逼了出来，幸亏遇着他玉姊才接济了他。

“你怎么自己不打工呢？”我问他道。

他有点不好意思答道：

“玉姊说我体子虚，不让我做工。”

我问了他好多事情，他总说玉姊讲要他这样，玉姊讲要他那样，我觉得真奇怪，这大个人了，怎么玉卿嫂一径要管着他像小孩儿似的呢！

走到我们后园门口我和他分手时，我又问他道：

“你喜不喜欢看戏？”他笑着点了点头。

“那以后你常常到学校门口来接我，我带你一同去。”

他嗫嗫嚅嚅地说：

“恐怕——恐怕玉姊不喜欢呢！”

唉！又是玉姊。

我一进到房中就跑到玉卿嫂面前嚷着说道：

“喂，你猜今天我跟庆生玩些什么？”

她放下毛线答说不知道。

“告诉你吧！我们今天去高升看戏来，金燕飞的——”我兴高采烈地正想说给她听，哪晓得她连没搭腔，竟低下头织她的毛线去了。我心里好不自在，用力踢了她的绒线球——嘟囔道：

“这算什么？人家兴兴头头的，你又来泼冷水了。”

她仍旧低着头淡淡地答道：

“戏院子那种地方不好，你以后不要和庆生去。”她的声音冷冰冰的——她从来没对我这样说过话呢！以前我去看戏，她知道了没说什么，为什么和她干弟弟去她就偏不高兴了呢？我不懂。

7

其实这两姊弟的事情我不懂的还多得很呢！不知怎的，我老觉得他们两人有点奇怪，跟别人很不一样，比如说吧，胖子大娘也还不是有一个干弟弟叫狗娃的，可是她对他一点也不热络，一径骂他做臭小子，狗娃向她讨些我们厨房的剩锅巴，费上好一番口舌，还要吃一顿臭骂，才捞到几包。可是玉卿嫂对她干弟弟却是相差得天远地远。

平日玉卿嫂是连一个毫子都舍不得用的。我妈的赏钱，她自己替人家织毛线、绣鞋面赚来的工钱，一个子一个子全放进柜子里一个小漆皮匣子中，每次到了月尾，我就看见她把匣子打开，将钱抖出来，数了又数，然后仔仔细细地用条小手巾包好揣到怀里，拿到庆生那儿去。

每次玉卿嫂带我到庆生那里，一进门她就拖着庆生到窗口端详半天，一径问着他这几天觉得怎么了？睡得好不好？晚上醒几次？还出虚汗没有？天亮咳得厉害不厉害？为什么还不拿棉袄出来，早晚着了凉可怎么是好？天凉了，吃些什么东西？怎么不买斤猪肝来炖炖？菠菜能补血，花生牛肺熬汤最润肺——这些话连我都听熟了。

玉卿嫂真是什么事都替庆生想得周周全全的，垫褥薄了，她就拿她自己的毡子来替他铺上；帐子破了洞，她就仔仔细细地替他补好；她帮他钉纽了、做鞋底、缝枕头囊——一切芝麻绿豆大的小事情，她总要亲自动手。要是庆生有点不舒服，她煎药熬汤的那份耐性才好呢！搅了又搅，试了又试。有一次庆生感了风寒，玉卿嫂盘坐在他床上，拿着酱油碟替庆生在背上刮痧时，我直听到她刮了多久就问了多久：“痛不痛？我的手太重了吧？你难过就叫，噢。”忽儿她拿着汗巾子替他揩汗，忽儿她在他背上轻轻地帮他揉搓，体贴得不得了。

玉卿嫂对庆生这份好是再也没说了，庆生呢，要是依顺起来，也算是百般地迁就了，玉卿嫂说一句他就应一句，像我们在学校里玩鸡毛乖乖一样，要他东歪就东歪，要他西歪就西歪。然而我老觉得他们两个人还是有点不对劲，不知怎么的，玉卿嫂一径想狠狠地管住庆生，好像恨不得拿条绳子把他拴在她裤腰带上，一举一动，她总要牢牢地盯着，要是庆生从房间这一头走到那一头，她的眼睛就随着他的脚慢慢地跟着过去，庆生的手动一下，她的眼珠子就转一下，我本来一向觉得玉卿嫂的眼睛很俏的，但是当她盯着庆生看时，闪光闪得好厉害，嘴巴闭得紧紧的，却有点怕人了。庆生常常给她看得发了慌，活像只吃了惊的小兔儿，一双眸子东窜西窜，似乎是在躲什么似的。我一个人来和庆生玩还好些，我们下着棋有谈有笑，他一径露着一嘴齐垛垛的牙齿，好好看。要是玉卿嫂端坐在旁边，他不知怎么搞的，马上就紧张起来了，心老是安不下来，久不久就拿眼角去瞟玉卿嫂一下，要是发现她在盯着他，他就忙忙垂下眼皮，有时突地两只手握起拳头，我看到他手背的青筋都暴起来了。说起来也怪得很，庆生虽然万分依从玉卿嫂，可是偶尔他却会无缘无故为些小事跟玉卿嫂拗得不得了，两人僵着，默默地谁也不出声，我那时夹在中间最难过了，棋又下不成，闷得好像透不过气来似的，只听得他们呼吸得好重。

有一件事情玉卿嫂管庆生管得最紧了，除了买东西外，玉卿嫂顶不喜欢庆生到外面去。为了这件事，庆生也和玉卿嫂闹过好几次别扭。我最记得有一天晚上，我妈到姑婆那儿去了。玉卿嫂带了我往庆生那儿，庆生不在屋里，我们在他房里等了好一会儿他才回来，玉卿嫂一看见他马上站起来劈头盖脸冷冷地问道：

“到哪里去来？”

“往水东门外河边上荡了一下子。”庆生一面脱去外衣，低着头答道。

“去那里做什么？”玉卿嫂的眼睛盯得庆生好紧，庆生一直没有抬起头来。

“我说过去荡了一下子。”

“去那么久？”玉卿嫂走到庆生身边问着他，庆生没有出声。玉卿嫂接着又问：

“一个人——？”她的声音有点发抖了。

“这是什么意思？当然一个人！”庆生侧过脸去咳了几声躲开她的目光。

“我是说——呃——没有遇见什么人吧？”

“跟什么人讲过话没有？”

“真的没有？”

庆生突然转过脸来喊道：

“没有！没有！没有！——”

庆生的脸涨得好红，玉卿嫂的脸却变得惨白惨白的，两个人嘴唇都抖——抖得好厉害，把我吓得连不敢出声，心里直纳闷。他们两人怎么一下子变得一点也不斯文了呢？

8

桂林的冷天讲起来也怪得很，说它冷，从来也没见下过雪，可是那一股风吹到脸上活像剃刀刮着似的，寒进骨子里去，是干冷呢！我年年都要生冻疮，脚跟肿得像红萝卜头，痛死啦！好在天一转冷学校就放寒假了，一直放过元宵去。这下我可乐了，天天早上蜷在被窝里赖床，不肯起来，连洗脸水都要玉卿嫂端上床来。我妈总爱把我揪起来，她讲小娃子家不作兴睡懒觉，没的睡出毛病来。她叫玉卿嫂替我研好墨，催我到书房去写大字。讲老实话吧，我就是讨厌写字，我写起来好像鬼画符，一根根蚯蚓似的，在学校里总是吃大丙。我妈讲，看人看字，字不正就是心不正，所以要我多练。天又冷，抓起笔杆，手是僵的，真不是味道。我哪有这么大的耐烦心？鬼混一阵，瞅着我妈不防着早一溜烟跑出去找唐道懿逍遥去了。我和他常到庆生那儿，带了一副过年耍的升官图，三个人赶着玩。

过阴历年在我们家里是件大事。就说蒸糕，就要蒸十几天才蒸得完，一直要闹到年三十夜。这几天，我们家里的人个个都忙昏了头，芋头糕、萝卜糕、千层糕、松糕，甜的咸的，要蒸几十笼来送人，厨房里堆成了山似的。我妈从湖南买了几十笼鸡鸭，全宰了，屋廊下的板鸭、风鸡竟挂了五六竹篙。我反正是没事做，夹在他们里面搓糯米团子玩，捏一个鸡，搓一个狗，厌了，一股脑全抛到阳沟里去，惹得胖子大娘鸡猫鬼叫跑来数说我一番。我向她咧咧嘴，屁都不理她。

我妈叫玉卿嫂帮忙钳鸭毛，老曾、小王那一干人连忙七手八脚抢着过去献殷勤儿，一忽儿提开水，一忽儿冲鸭血，忙得狗颠屁股似的。胖子大娘看着不大受用，平常没事她都要寻人晦气排揎一顿的，这时她看见这边蒸糕的人都拥了过去，连忙跑到玉卿嫂面前似笑非笑地说道：

"我的妹子，你就是块吸铁，怎么全把我那边的人勾过来了。好歹你放几个回去帮我扇扇火，回头太太问起来怎么糕还没有蒸好，我可就要怨你了！"

玉卿嫂听得红了脸，可是她咬着嘴唇一句也没有回。我听见老袁在我旁边点头赞道："真亏她有涵养！"

我们家只有初一到初三不禁赌，这几天个个赌得欢大喜地。三十晚那天年糕就蒸好了。老袁他们老早把地扫好，该做的统统做了。大年初一不做事，讨吉利。年三十那天下午，玉卿嫂赶忙替我洗好了脚；我们桂林人的规矩到了年三十夜要早点洗脚，好把霉气洗去。

我妈接了姑婆和淑英姨娘来吃团圆饭，好一同陪着守岁。那晚我们吃火锅，十几样菜胀得我直打嗝，吃完已经是八九点钟了。先由我起，跟我妈辞年，然后胖子大娘领着佣人们，陆陆续续一批批上来作揖领赏。我的压岁钱总是五块光洋，收在口袋里，沉甸甸的，跑起来叮当响。老袁他们辞过年马上一窝蜂拥了出去，商量着要在老袁房里开起摊子掷骰子了。我连忙跑上楼去，想将压岁钱拿一大半给玉卿嫂替我收起来，然后剩下两块钱去跟老袁他们掷骰子去。

我一进房的时候，发觉玉卿嫂一个人坐在灯底下，从头到脚全换上新的了。我呆了呆，半晌说不出话来。

"少爷，你发什么傻啊！"玉卿嫂站起来笑着问我道。

"喔！"我掩着嘴嚷道，走过去摸了一摸她的衣服，"你怎么穿得像个新媳妇娘了？好漂亮！"

玉卿嫂是寡婆子，平常只好穿些素净的，不是白就是黑，可是这晚她却换了一件枣红束腰的棉滚身，藏青裤子，一双松花绿的绣花鞋儿，显得她的脸儿愈更净扮，大概还搽了些香粉，额上的皱纹在灯底下都看不出来了。只见脑后乌油油地挽着一个髻儿，抿得光光的，发亮了呢！我忙问她想到哪儿去，穿得这一身，她说哪儿也不去，自己穿给自己看罢咧！我走近了，竟发觉她的腮上有点红晕，眼角也是润红的，我凑上去尖起鼻子闻了一闻，她连忙歪过头去笑着说道：

“刚才喝了盅酒，大概还没退去。”我记得她从来不喝酒的，我问她是不是让人灌了。她说不是，是她刚才一个人坐着闷了，才喝的，我嚷道：

“可了不得！胖子大娘讲吃闷酒要伤肝伤肺的，来来来，快陪我去掷骰子，别郁在这里。”我拉了她要走，她连忙哄着我叫我先去，回头她就来，我将三块大洋揣到她怀里就一个人找老袁他们去了。

到了老袁房里时，里面已经挤满了，我把他们推开爬到桌子上盘坐着，小王一看见我来就咧开嘴巴说道：

“小少爷，快点把你的压岁钱抓紧些，回头仔细全滚进我荷包里来。”

“放屁！”我骂他道，“看我来剿干你的！”

哪晓得我第一把掷下去就是幺二三“甩辫子”，我气得一声不响，小王笑弯了腰，一把将我面前两个东毫扫了过去说道：“怎么样，少爷，我说你这次保不住了。”

果然几轮下去，我已经输掉一块光洋了，第二次又轮到小王坐庄时，我狠狠地将另外一块一齐下了注，小王掷了个两点。

“哈哈，这下子你可死得成了吧？”我拍着手笑道，劈手将他的骰子夺过来，捞起袖子往碗里一掷，一转就是一对六，还有一只骰子骨碌直在碗里转，我喊破了喉咙大叫：

“三四五六、三四五六。”小王翘着小指头，直指着那骰子嘘道：“嘘、嘘、嘘、幺点！”珖琅一声，偏偏只现出一个红圈圈来。我气得差不多想哭了，眼睁睁瞧着小王把我那块又白又亮的光洋塞进他荷包里去。我赶忙跳下来揪住小王道：“你等着，可别溜了，我去跟玉卿嫂拿了钱，再来捞本！”他们都说晚了，劝我明天再来，我哪里肯依，急得直跺脚嚷道：“晚什么？才十一点多钟，我要是捞不回本，还要你们掷通宵呢！”

9

我三脚两跳爬上楼，可是我捞开门帘时，里面却是黢黑的，玉卿嫂不晓得跑到哪里去了。我走下楼找了一轮也没见她，我妈她们在客厅里聊天，客厅门口坐着个倒茶水的小丫头春喜，晃着头在打瞌睡。我把她摇醒了，悄悄地问她看见玉卿嫂没有，她讲好一会儿以前恍惚瞧见玉卿嫂往后园子去，大概解溲去了。

外面好黑，风又大，晚上我一个人是不敢到后园子去的。有一次浇粪的秦麻子半夜里掉进了粪坑，胖子大娘说是挨鬼推的呢，吓得秦麻子烧了好多纸钱，可是我要急着找玉卿嫂拿钱来翻本呀！我得抓了那个小丫头陪着我一起到后园子去，壮壮胆。冬天我们园里的包谷全剩了枯秆儿，给风吹得窸窸沙沙的，打到我脸上好痛，我们在园子里兜了一圈，我喉咙都喊哑了，连鬼都不见一个。急得我直跺脚嘟囔道："玉卿嫂这个人真是，拿了人家的钱不晓得跑到哪儿去了！"当我们绕到园门那儿的时候，我忽然发现木门的闩子是开了的，那扇门给风吹得吱呀吱呀地发响，我心里猛然一动，马上回头对春喜说道："你回去吧，我心里有数了。"春喜一转背，我就开了园门溜出去了。

外面巷子里冷冷清清的，大家都躲在屋子里守岁去了。我在老袁房里还热得额头直冒汗，这时吃这迎面吹来的风一逼，冷得牙齿打战了。巷子里总是滑叽叽的，一年四季都没干的，跑起来踩得叽喳叽喳，我怕得心都有点发寒，生怕背后有个什么东西跟着一样，吓得连不敢回头。我转过一条巷子口的时候，"呜——哇——"一声，大概墙头有一对猫子在打架，我汗毛都竖了起来，连忙拔腿飞跑，好不容易才跑进那条死弄堂里，我站在庆生的窗户外面，连气都喘不过来了。里面隐隐约约透出蜡烛光来，我踮起脚把窗上的棉纸舐湿了一块，戳一个小洞，想瞅瞅玉卿嫂到底背着我出来这里闹什么鬼，然后好闯进去吓吓他们。可是当我眯着一只眼睛往小孔里一瞧时，一阵心跳比我刚才跑路还要急，捶得我的胸口都有些发疼了。我的脚像生了根似的，动也不会动了。

里面桌子上的蜡烛跳起一朵高高的火焰，一闪一闪的，桌子上横放着一个酒瓶和几碟剩菜，椅背上挂着玉卿嫂那件枣红滚身，她那双松花绿的绣花鞋儿却和庆生的黑布鞋齐垛垛地放在床前。玉卿嫂和庆生都卧在床头上，玉卿嫂只穿了一件小襟，她的发髻散开了，一大绺乌黑的头发跌到胸口上，她仰靠在床头，紧箍着庆生的颈子，庆生赤了上身，露出青白瘦瘠的背来，他两只手臂好长好细，搭在玉卿嫂的肩上，头伏在玉卿嫂胸前，整个脸都埋进了她的浓发里。他们床头烧了一个熊熊的火盆，火光很暗，可是映得这个小房间的四壁昏红的，连帐子上都反出红光来。

玉卿嫂的样了好怕人，一脸醉红，两个颧骨上，油亮得快发火了，额头上尽是汗水，把头发浸湿了，一缕缕地贴在上面，她的眼睛半睁着，炯炯发光，嘴巴微微张开，喃喃讷讷说些模糊不清的话。忽然间，玉卿嫂好像发了疯一样，一口咬在庆生的肩膀上来回地撕扯着，一头的长发都跳动起来了。她的手活像两只鹰爪抠在庆生青白的背上，深深地掐了进去一样。过了一会儿，她忽然又仰起头，两只手扤住了庆生的头发，把庆生的头用力揿到她胸上，好像恨不得要将庆生的头塞进她心口里去似的，庆生两只细长的手臂不停地颤抖着，如同一只受了重伤的小兔子，瘫痪在地上，四条细腿直打战，显得十分柔弱无力。当玉卿嫂再次一口咬在他肩上的时候，他忽然拼命地挣扎了一下，用力一滚，趴到床中央，闷声着呻吟起来，玉卿嫂的嘴角上染上了一抹血痕，庆生的左肩上也流着一道殷血，一滴一滴淌在他青白的胁上。

突然间，玉卿嫂哭了出来，立刻变得无限温柔起来，她小心翼翼地爬到庆生身边，颤抖抖地一直问道：“怎么了——？”“怎么了——？”她将面腮偎在他的背上，慢慢地来回熨帖着，柔得了不得。久不久地就在他受了伤的肩膀上，很轻地亲一会儿，然后用一个指头在那伤口上微微地揉几下——好体贴的样子，生怕弄痛了他似的，她不停地呜咽着，泪珠子闪着烛光一串一串滚到他的背上。

也不晓得过了好久，我的脚都站麻了，头好昏，待了一会儿，我回头跑了回去，上楼蒙起被窝就睡觉，那晚老做怪梦——总梦到庆生的肩膀在淌血。

“到底干姊弟可不可以睡觉啦？”第二天我在厨房里吃煎年糕时，把胖子大娘拉到一边悄悄地问她。她指着我笑道：

“真正在讲傻话！那可不成了野鸳鸯了？”她看我怔着眼睛解不过来，又弯了腰在我耳边鬼鬼祟祟地说道：

“哪，比如说你们玉卿嫂出去和人家睡觉，那么她和她的野男人就是一对野鸳鸯，懂不懂？”说完她就呱呱呱呱笑了起来——笑得好难看的样子，讨厌！我就是不喜欢把玉卿嫂和庆生叫做“野鸳鸯”。可是——唉！为什么玉卿嫂要咬庆生的膀子，还咬得那么凶呢？我老想到庆生的手臂发抖的样子，抖得好可怜。这两姊弟真是怪极了，把我弄得好糊涂。

第二天玉卿嫂仍旧换上了黑夹衣，变得文文静静的，在客厅里帮忙照顾烟茶，讲起话来还是老样子——细声细气的，再也料不着她会咬人呢！可是自从那一晚以后，我就愈来愈觉得这两姊弟实在有点不妥了。他们两人在一起的时候，我竟觉得像我们桂林七八月的南润天，燠得人的额头直想沁汗。空气重得很，压得人要喘气了，有时我看见他们两人相对坐着，默默的一句话也没有，玉卿嫂的眼光一直落在庆生的脸上，胸脯一起一伏的，里面好像胀了好多气呼不出来，庆生低着头，嘴巴闭得紧紧的，手不停地在抠桌子——咯吱咯吱地发着响声，好像随时随地两个人都会爆发起来似的。

直到元宵那一晚，我才看到他们两人真的冲突起来了。吓得我好久都不敢跟玉卿嫂到庆生那儿去。

那一晚玉卿嫂在庆生那里包汤圆给我吃消夜，我们吃完晚饭没有多久就去了。不知道怎么搞的，那晚他们两人的话特别少，玉卿嫂在搓米粉，庆生调馅子，我在捏小人儿玩。玉卿嫂的脸是苍白的，头发也没有拢好，有点凌乱，耳边那几缕松松地垂了下来。在烛光下，我看见玉卿嫂额头上的皱纹竟成了一条条的黑影，深深地嵌在上面。她的十个手指动得飞快，糯米团子搓在她手心中，滚得像个小圆球，庆生坐在她对面拿着一双竹筷用力在盆子里搅拌着一堆糖泥。他的眼睑垂得低低的，青白的颧骨上映着两抹淡黑的睫毛影子，他紧紧地咬着下唇，露出一排白牙来，衬得他嘴唇上那转青嫩的髭毛愈更明显了。

两个人这样坐着半天都不讲一句话，有时外面噼哩啪啦响起一阵爆仗声，两人才不约而同一齐抬起头往窗外看去。当他们收回眼光的时候，玉卿嫂的眼睛马上像老鹰一样罩了下来，庆生想避都避不及了，慌得左右乱窜，赶忙将脸扭过去，脖子上暴起青筋来。有一次当她的目光又扫过来的时候，庆生的手忽然抖了起来，手中的一只筷子“叭！”的一声竟折断了。他陡然站起将手里那半截往桌上用力一砸，匆匆地转身到厨房去，断筷了一下子跳了起来，落到玉卿嫂胸上，玉卿嫂的脸立刻转得铁青，手里的糯米团子一松，迸成了两半滚到地上去。她的目光马上也跟着庆生的背影追了过去，她没有讲话，可是嘴角一直牵动着。

庆生没有吃汤圆，他讲他吃不下去，玉卿嫂只叫了他一声，看他不吃，就和我吃起来了。庆生在房里踱来踱去，两手一直插在裤子口袋里。我们吃完汤圆时，外面爆仗声愈来愈密，大概十字街那边的提灯会已经开始了。我听老曾讲，高升戏院那些戏子佬全体出动，扎了好些台阁，扮着一出一出的戏参加游行呢！如意珠扮蜘蛛精，金燕飞扮蚌壳精，热闹得了不得。

庆生踱到窗口，立在那儿，呆呆地看一会儿外面天上映着的红火。玉卿嫂一直凝视着他的背影，眨都不眨一下，也在出神。庆生突然转过身来，当他一接触到玉卿嫂的眼光，青白的脸上立刻慢慢地涌上血色来了，他的额头发出了汗光，嘴唇抖动了半天，最后用力迸出声音沙哑地说道：

“我要出去一下子！”

玉卿嫂怔着眼睛望着他，好像没有听懂他的话似的，半晌才徐徐站起身来，低低地说道：

“不要出去。”她的声音又冷又重，听起来好怕人。

“我要去！”庆生颤抖地喊道。

“不要——”玉卿嫂又缓缓地说道，声音更冷更重了。

庆生紧握着拳头，手背上的青筋都现了出来，他迟疑了好一会儿，额头上的汗珠都沁出来了。突地他走到墙壁将床壁上挂着的棉袄取下来，慌慌忙忙地穿上身去，玉卿嫂赶快走过去一把揪住庆生的袖子问道：

“你要到哪儿去？”她的声音也开始抖起来了。

庆生扭过头去，嘴巴闭得紧紧的没有出声，他的耳根子涨得绯红。

“不、不——你今天晚上无论如何不要出去，听我的话，不要离开我，不要——”

玉卿嫂喘吁吁地还没有说完，庆生用力一挣，玉卿嫂打了一个踉跄，退后两步，松了手。庆生赶忙头也不回就跑了出去，玉卿嫂站在门边伸着手，嘴巴张开好大，一直喘着气，一张脸比纸还要惨白。隔了好一会儿，她才转过身来，走到桌子旁边呆呆地坐了下来。我站在旁边也让他们吓傻了，这时我才走过去推推玉卿嫂的肩膀问她道：

“你怎么啦？”

玉卿嫂抬起头望着我勉强笑道：

“我没有怎样，少爷，你乖，让我歇一歇，我就同你回家去。”

她的眼睛里滚着闪亮的泪珠子，我看见她托着头倚在桌子上的样子，憔悴得了不得，一下子好像老了许多似的。

10

一过了元宵，学堂就快上课了，我妈帮我一查，作业还少了好些，她骂了我一顿道：

“再出去野吧！开学的时候，吃了老师的板子，可别来哭给我听！”

我吐了一吐舌头，不敢张声，只得乖乖地天天一早爬起来就赶大小字，赶得手指头都磨起了老茧，到了开学那天，好不容易才算凑够了数。

这几天，我都被拘在家里，没敢出去耍。玉卿嫂又去过庆生那儿一次，我也没敢跟去，她回来时，脸色和那天夜晚一样又是那么惨白惨白的。

开了学，可就比不得平常了，不能任着性子爱去哪儿就去哪儿。偏偏这几天高升戏院庆祝开张两周年，从元宵以后开始，演晚大戏。老曾去看了两夜，头一夜是《五鼠闹东京》，第二夜是《八大锤》，他看了回来在老袁房里连滚带跳，讲得天花乱坠：

“老天，老天，我坐在前排真的吓得屁都不敢放，生怕台上的刀子飞到我颈脖子呢！”

他装得活灵活现的，说得我好心痒，学校上了课我妈绝对不准我去看夜戏的，她讲小娃子家不作兴半夜三更泡在戏院子里，第二天爬不起来上课还了得。唉！《五鼠闹东京》，云中翼耍起双刀不晓得多好看呢！我真恨不得我妈发点慈悲心让我去戏院瞅一瞅就好了。

可巧十七那天，住在南门外的淑英姨娘动了胎气，进医院去了，这是她头一胎，怕得要命。姨丈跑来我们家，死求活求，好歹要我妈去陪淑英姨娘几天，坐坐镇，压压她的胆儿。我妈辞不掉，只得带了丫头，拿了几件随身衣服跟姨丈去了。她临走时嘱咐又嘱咐，叫我老实点，乖乖听玉卿嫂的话。她又跟胖子大娘说，要是我作了怪，回来马上告诉她，一定不饶我。我抿着嘴巴笑，直点头儿应着。等我妈一跨出大门，我马上就在客厅蹦跳起来，大呼小叫，要称王了。胖子大娘很不受用，吆喝着我道：

“你妈才出门，你就狂得这般模样，回头闯了祸，看我不抖出来才怪！”

我妈不在家，我还怕谁来？我朝胖子大娘吐了一泡口水回她道：

“呸，关你屁事，这番话留着讲给你儿子孙子听，莫来训我，我爱怎么着就怎么着，与你屁相干！”说完我又翘起屁股朝她拍了两下，气得她两团胖腮帮子直打战儿，一迭声乱嚷起来。要不是玉卿嫂跑来把我拉开，我还要和她斗嘴斗下去呢，这个人，忒可恶！

当然，那晚第一件事就是上戏院了。我已经和唐道懿约好了，一吃完晚饭要他在他家门口等着，我坐老曾的黄包车去接他。玉卿嫂劝我不要去戏院子，她讲那种地方杂七杂八的。我不依，好不容易才候着我妈出门，这种机会去哪里去找？

高升门口真是张灯结彩，红红绿绿，比平常越发体面了。这晚的戏码是《拾玉镯》和《黄天霸》，戏票老早都卖完了，看戏的人挤出门口来。急得我直顿脚抱怨老曾车子不拉快些，后来幸亏找着了刘老板，才加了一张长板凳给我们三个人坐。黄天霸已经出了场，锣鼓声响得叫人的耳朵都快震聋了。台上打得是紧张透顶，唐道懿嘴巴张得老大，两道鼻涕跑出来连忘记缩进去，我骂他是个鼻涕虫，他推着我嚷道：“看嘛、看嘛，莫在这里混吵混闹！”打手们在台上打一个筋斗，我们就拍着手，跟着别人发了疯一样喊好。可是武打戏实在不经看，也没多时，就打完了，接下去就是《拾玉镯》。

扮孙玉姣的是金燕飞，这晚换了一身崭新的花旦行头，越发像朵我们园子里刚开的芍药了。好新鲜好嫩的模样儿，细细的腰肢，头上簪一大串闪亮的珠花，手掌心的胭脂涂得鲜红，老曾一看见她出场，就笑得怪难看地哼道：“嘿！这个小狐狸精我敢打赌，不晓得迷死了好多男人呢。”

我和唐道懿都骂他下作鬼。我们不爱看花旦戏，拿着一钏镯子在台上扭来扭去，不晓得搞些什么名堂。戏院子里好闷，我们都闹着要回去了，老曾连忙涎嘴涎脸央求我们耐点烦让他看完这出戏再走。我跟他说，他要看就一个人看，我们可要到后台去看戏子佬去了。老曾巴不得一声向我们作了好几个揖，撺掇着我们快点走。

我们爬到后台时，里面人来人往忙得不得了。如意珠看见我们连忙把我们带到她的妆台那儿抓一大把桂花软糖给我们吃。过了一会儿，做扇子生的露凝香也从前台退了进来，她摘下头巾，一面挥汗一面嘘气向如意珠嘟囔道：

“妈那巴子的！那个小婊子婆今夜晚演得也算骚了，我和她打情骂俏连没捞上半点便宜，老娘要真是个男人，多那一点的话，可就要治得她服服帖帖了。”

“你莫不要脸了，”如意珠笑道，“人家已经有了相好啦，哪里用着你去治！”

“你说的是谁！”露凝香鼓着大眼睛问道，“我怎么不知道？是不是前几天我们在哈盛强碰见和她坐在一起那个后生仔？”

“可不是他还是谁，”如意珠剔着牙齿说道，“提起这件事来，才怪呢！那个小刁货平常一提到男人她就皱眉头，不晓得有好多阔佬儿金山银山堆在她面前要讨她做小，她连眼角都不扫一下，全给打了回去。可是她对这个小伙子，一见面，就着了迷，我敢打赌，她和他总共见过不过五六次罢咧！怎样就亲热得像小两口子似的了？尤其最近这几天那个小伙子竟是夜夜来接她呢！我在后门碰见他几次，他一看有人出来，就躲躲藏藏慌得什么似的，我死命盯过他几眼，长得蛮体面呢——我猜他今晚又来看戏了——”如意珠说着就拉开一点帘子缝探头出去张了一会儿，忽然回头向露凝香招手嚷道：

“喏，我说得果然不错，真的来了，你快点来看。”

露凝香忙丢了粉扑跑过去，挤着头出去，看了半晌说道：“唔，那个小婊子婆果然有几分眼力，是个很体面的后生仔，难怪她倒贴都愿了。”

我也挤在她们中间伸头出去瞧瞧，台底下尽是人头，左歪右晃地看得眼睛都花了，我一直问着如意珠到底是哪一个。她抱起我指给我看说道：

“右边手第三排最末了那个后生男人，穿着棉袄子的。”我顺着她的手指看过去的，不由得惊讶得喊了起来：

“哎呀，怎么会是庆生哪！”

露凝香和如意珠忙问我庆生是谁。

“是我们玉卿嫂的干弟弟！”我告诉她们道，她们笑了起来，又问谁是玉卿嫂呢，我告诉她们听玉卿嫂是带我的人。

“玉卿嫂是庆生的干姊姊，庆生就是她的干弟弟。”我急得指手画脚地向她们解说着，露凝香指着我呱呱呱笑了起来说道：

“这有什么大不了呀，容容少爷看你急得这个样子真好玩！”

我真的急——急得额头都想冒汗了，一直追着如意珠问她庆生和金燕飞怎样好法，是只有一点点好呢，还是好得很，如意珠笑着答道：

“这可把我们问倒了，他们怎样好法，我实在说不上来，回头他到戏院子后门来接金燕飞的时候，你在那儿等着就看到了。”

“这有什么好急呀？”露凝香插嘴说道，“你回去告诉你们玉卿嫂好了，她得了一个又标致，又精巧——”她说到这里咕噜咕噜笑了起来，“——又风骚的小弟妇！”

唔，我回家一定告诉玉卿嫂，一定要告诉她听。

11

《拾玉镯》可演得真长呢，台下喝彩喝得我心烦死了，屁股好像有针戳一般，连坐不住，唐道懿直打呵欠吵着要回去睡觉了，我喝住他道：

“等一下子！耐不住，你就一个人走，我还有事呢。”

好不容易才挨到散场，我吩咐老曾在大门口等我，然后拉着唐道懿匆匆忙忙穿过人堆子绕到高升戏院的后门去，我们躲在一根电线杆后面离着高升后门只有十几步路。

“你闹些什么鬼啊？”唐道懿耐不住了，想伸头出去。

“嘘，别出声！”我打了他头顶一下，把他揪了进来。

后门开了，戏子们接二连三地走了出来，先是如意珠和露凝香，两个人叽呱叽呱，疯疯癫癫地叫了黄包车走了。紧跟着就是云中翼和几个武生，再就是一批跑龙套的，过了好一会儿，等到人走空了，才有一个身材细小的姑娘披着坎肩子走出来，才走几步，就停了下来迟迟疑疑地向左右张了好一阵子。这时从黑暗里迎出了一个男人，一见面，两个人的影子就合拢在一起了。天上没有月亮，路灯的光又是迷迷胧胧的，可是我恍恍惚惚还是看得清楚，他们两人靠得好近好近的，直到有人走过来的时候，他们两人才倏地分开，然后肩并肩走向大街去。我连忙拉了唐道懿悄悄地跟着他们后面追过去。他们转到戏院前面，走到十字街哈盛强里面去了。哈盛强点着好多盏气灯，亮得发白，我这下才指着里面回头问唐道懿道：

“这下你该看清楚是谁了吧？”

“哦——原来是庆生。”他张着一把大嘴，鼓起眼睛说道，我觉得他的样子真傻！

12

玉卿嫂在房里低着头织毛线，连我踏进房门她都没有觉得。她近来瘦了好些，两颊窝进去了，在灯底下，竟会显出凹凹的暗影里，我是跑上楼梯来的，喘得要命，气还没有透过来我就冲向她怀里，拉着她的袖子，一头往外跑，一头上气不接下气地嚷着说道：

"快、快，今天晚上我发现了一桩顶顶新鲜的事儿，你一定要去看看。"

"什么事啊！"玉卿嫂被我拖得趄趄趔趔的，一行走一行问道，"半夜三更，怎么能出去——"

我打断她的话题摇着手说道："不行！不行！你一定要去一趟，这是你自己的事啊！"

我们坐在人力车上，任凭玉卿嫂怎么套我的话，我总不肯露出来，我老说：

"你自己去看了就晓得。"

我们在哈盛强对面街下了车，我一把将玉卿嫂拖到电线杆后面，压低声音对她说道："你等着瞧吧，就要有好戏看了。"

对面那排小馆子已经有好几家在收拾店面，准备打烊了。只有哈盛强和另外一家大些的仍旧点着雪亮的煤气灯，里面还有不少人在消夜，蒸笼的水汽还不时从店里飘出来。

隔了一会儿，庆生和金燕飞从哈盛强走了出来，金燕飞走在前面，庆生挨着她紧跟在后面，金燕飞老歪过头来好像跟庆生说话似的。庆生也伏向前去，两个人的脸靠得好近——快要碰在一起了似的。金燕飞穿着一件嫩红的短袄，腰杆束得好细，走起路来轻盈盈的，好看得紧呢。庆生替她提着坎肩儿，两个人好亲热的样子。

“喏，你可看到了吧？——”我一只手指着他们说道，另一只手往后去捞玉卿嫂的袖子，一抓，空的，我忙回头，吓得我蹲下去叫了起来，“喔唷！你怎么了？”

玉卿嫂不晓得什么时候已经滑倒在地上去了，她的背软瘫瘫地靠在木杆上，两只手交叉着抓紧胸脯，浑身都在发抖。我凑近时，看到她的脸变得好怕人，白得到了耳根了，眼圈和嘴角都是发灰的，一大堆白唾沫从嘴里淌了出来。她的眼睛闭得紧紧的，上排牙齿露了出来，拼命咬着下唇，咬得好用力，血都沁出来了，含着口沫从嘴角挂下来，她的胸脯一起一伏，抖得衣服都颤动起来。

我吓得想哭了，拼命摇着她肩膀喊着她，摇了半天她才张开眼睛，长长地叹了一口气，然后颤抖抖地用力支撑着爬了起来，我连忙搂着她的腰，仰着头问她到底怎么了，她瞪着我直摇头，眼珠子怔怔的，好像不认得我了似的，一忽儿咧咧嘴，一忽儿点点头，一脸抽动得好难看，喉咙管里老发着呼噜呼噜的怪声，又像哭又像笑，阴惨惨的好难听。

她呆立了一阵子，忽然将头发拢了一拢，喃喃地说道：

"走——走啊——去找他回来——去、去、去——"

她一行说着，一行脚不沾地似的跑了起来，摇摇晃晃，好像吃醉了酒一样，我飞跑着追在后面喊她，她没有理我，愈跑愈快，头发散在风里，飘得好高。

13

外面打过了三更，巷子里几头野狗叫得人好心慌，风紧了，好像要从棉纸窗外灌进来似的。

玉卿嫂进了庆生屋里，坐在他床头一直呆呆地一句话都没有讲过，她愣愣地瞪着桌子上爆着灯花的蜡烛，一脸雪白，绷得快要开拆了似的。一头长发被风吹乱了，绞在一起，垂到胸前来。她周身一直发着抖，我看见她苍白的手背不停地在打战，跳动得好怕人，我坐在她身边连不敢作声了，喉咙干得要命。

我们在庆生房里等了好一刻，庆生才从外面推门进来，他一看见玉卿嫂坐在里面时，顿时一呆，一阵血色涌上了脖子，站在屋中央半晌没有出声，他两手紧紧地握着拳头，扭过一边去。玉卿嫂幽幽地站了起来，慢慢一步一步颤巍巍地扶着桌子沿走过去，站在庆生面前，两道眼光正正地落在庆生脸上，两个人都没有说话，呼吸得好急促。

过了一会儿，玉卿嫂忽然跃上前，两只手一下箍住庆生的颈子，搂得紧紧的，头直往庆生怀里钻，迸出声音，沙哑地喊着：

“庆生——庆弟——你不能这样——你不能这样对待我啊，我只有你这么一个人了，你要是这样，我还有什么意思呢？——庆弟——弟弟——”

庆生一面挣扎，一面不停地闷着声音喊着玉姊，他挣扎得愈厉害，玉卿嫂箍得愈紧，好像全身的力气都用出来了似的，两只手臂抖得更起了。

“不、不——不要这样——庆生，不要离开我，我什么都肯答应你——我为你累一辈子都愿意，庆弟，你耐点烦再等几年，我攒了钱，我们一块儿离开这里，玉姊一生一世都守着你，照着你，服侍你，疼你，玉姊替你买一幢好房子——这间房子太坏了你不喜欢——玉姊天天陪着你，只要你肯要我，庆弟，我为你死了都肯闭眼睛的，要是你不要我，庆弟——”

庆生挣扎得一脸紫涨，额头上的青筋暴起小指头那么粗，汗珠子一颗颗冒了出来，他用力将玉卿嫂的手慢慢使劲掰开，揪住她的膀子，对她说道：

“玉姊，你听着，请你不要这样好不好，你要是真的疼我的话，你就不要来管我，你要管我我就想避开你，避得远远的，我才二十来岁呢，还有好长的半辈子，你让我舒舒服服地过一过，好不好，玉姊。我求求你，不要再来抓死我了，我受不了，你放了我吧，玉姊，我实在不能给你什么了啊，我——我已经跟别人——”

庆生放了玉卿嫂，垂头闷闷地咳了一声，喉咙颤抖得哑了嗓，他抱了头用力扤着自己的头发，烦恼得不得了似的。玉卿嫂僵僵地站着，两只手臂直板板地垂了下来，好像骨头脱了节一样，动都不晓得动了。她的脸扭曲得好难看，腮上的肌肉一凹一凸，一根根牵动着，死灰死灰的，连嘴唇上的血色都褪了。她呆立了好一阵子，忽然间两行眼泪迸了出来，流到她嘴角上去，她低了头，走向门口，轻轻地对我说道：

“走吧，少爷，我们该回去了。”

14

淑英姨娘生了一个大胖娃仔，足足九磅重，是医生用钳子钳出来的，淑英姨娘昏了三天才醒过来，当然我妈又给拖住了。

这几天，我并不快活，我老觉得玉卿嫂自从那夜回来以后变得怪透了。她不哭，不笑，也不讲话，一脸惨白，直起两个眼睛。要不就是低着头忙忙地做事，要不就蜷在床上睡觉，我去逗她，也不理我，像是一根死木头，走了魂一样，蓬头散发，简直脱了形。

到了第四天晚上，王卿嫂忽然在装扮起来。她又穿上了她那素素净净白白的衣裳，一头头发抿得光光的拢到后面挽成了一个松松的髻儿，一对白玉的耳坠子闪闪发亮了。她这几天本来变得好削瘦好憔悴，可是这晚，搽了一点粉，装饰一下，又变得有点说不出的漂亮了，而且她这晚的脾气也变好了似的，跟我有说有笑起来。

“少爷！”她帮我剥着糖炒栗子，问我道，“你到底喜不喜欢我呢？”

“我怎能不喜欢你？”我敲了她一下手背说道，“老实跟你讲吧，这一屋除了我妈，我心里头只有你一个人呢！”

她笑了起来说道：“可是我不能老跟着你啊！”

“怎么不能？要是你愿意的话，还可以在我们家待一辈子呢！”

她剥完了一堆糖炒栗子给我吃以后，突然站了起来抓住我的手对我说道：

“少爷，要是你真的喜欢我的话，请你答应我一件事，行不行？”

“行啊。”我嚷道。

“我今天晚上要出去到庆生那儿有点事，很晚才能回来，你不要讲给别人听，乖乖地自己睡觉。你的制服我已经熨好了，放在你床头，一摸就摸得到，记住不要讲给别人听。”

她说完忽然间紧紧地搂了我一下，搂得我发痛了，她放了手，匆匆地转身就走了。

那一晚我睡得很不舒服，夜里好像特别长似的，风声、狗叫、树叶子扫过窗户的声音——平常没在意，这时统统来了。我把被窝蒙住头，用枕头堵起耳朵来，心里头怕得直发慌，一忽儿听到天花板上的耗子在抢东西吃，一忽儿听到屋檐上的猫子在打架，吵得好心烦，连耳根子都睡发烧了。也不晓得几更鼓我才朦朦胧胧合上眼睛睡去，可是不知怎么搞的那晚偏偏接二连三做了许多怪梦——梦里间又看到了玉卿嫂在咬庆生的膀子，庆生的两只青白手臂却抖得好怕人。

15

一早我就被尿胀醒了，天还是蒙蒙亮的，窗外一片暗灰色，雾气好大，我捞开帐子，发现对面玉卿嫂的床上竟是空的。我怔怔地想了一下，心里头吃了一惊——她大概去了整夜都没有回来呢！我恍恍惚惚记起了夜里的梦来，纳闷得很。我穿了一件小袄子，滑下床来，悄悄地下楼走进了后园子，后门闩子又是开的，我开了园门就溜出去了。

雾气沾到脸上湿腻腻的；太阳刚刚才升起来，透过灰色的雾，射出几片淡白的亮光，巷子地上黏黏湿湿，微微地反着污水光，踩在上面好滑。有几家人家的公鸡，一阵急似一阵地催叫起来，拖板车的已经架着车子咯吱咯吱走出巷子口来了，我看不清楚他们的脸，可是有一两个的嘴巴上叼着的烟屁股却在雾气里一闪一闪地发着昏红的暗光。我冻得直流清鼻涕水，将颈子拼命缩到棉袄领子里去。

我走到庆生的屋子门口时，冻得两只手都快僵了，我呵了一口气，暖一暖，然后叫着拍拍他的门，里面一点声音都没有。我等了一会儿，不耐烦了，转过身去用屁股将门用力一顶，门没有拴牢，一下子撞开了，一个踉跄，跌了进去，坐在地上，当我一回头时，嘴巴里只喊了一声“哎呀！”爬在地上再也叫不出第二声了。

桌子上的蜡烛只烧剩了半寸长，桌面上流满了一饼饼暗黄的蜡泪，烛光已是奄奄一息发着淡蓝的火焰了。庆生和玉卿嫂都躺在地上，庆生仰卧着，喉咙管有一个杯口那么宽的窟窿，紫红色的血凝成块子了，灰色的袄子上大大小小沁着好多血点，玉卿嫂伏在庆生的身上，胸口插着一把短刀，鲜血还不住地一滴一滴流到庆生的胸前，月白的衣裳染红了一大片。

庆生的脸是青白色的，嘴唇发乌，鬈鬈的发脚贴在额上，两道眉毛却皱在一起。他的嘴巴闭得好紧，嘴唇上那转淡青色的须毛毛还是那么齐齐地倒向两旁，显得好嫩相。玉卿嫂一只手紧紧地挽在庆生的颈子下，一边脸歪着贴在庆生的胸口上，连她那只白耳坠子也沾上了庆生喉咙管里流出来的血痕。她脸上的血色全褪尽了，嘴唇微微地带点淡紫色。她的眉毛是展平的，眼睛合得很拢，脸上非常平静，好像舒舒服服在睡觉似的。庆生的眼睛却微睁着，两只手握拳握得好紧，扭着头，一点也不像断了气的样子，他好像还是那么年轻，那么毛躁，好像一径在跟什么东西挣扎着似的。

我倒在他们旁边，摸着了他们混合着流下来的红血，我也要睡下去了，觉得手上黏湿湿的，冷得很，恍恍惚惚，太阳好像又从门外温吞吞地爬了进来似的。

16

我在床上病了足足一个月，好久好久脑子才清醒过来。不晓得有多少个夜晚我总做着那个怪梦——梦见玉卿嫂又箍着庆生的颈脖在咬他的膀子了，鲜红的血一滴一滴一滴流到庆生青白的胁上。

《现代文学》第一期

一九六〇年三月

寂寞的十七岁

1

回到家里，天已经蒙蒙亮了。昨天晚上的雨还没有停，早上的风吹得人难耐得很，冰浸的。大门紧闭着，我只得翻过围墙爬进去。来富听到有人跳墙，咆哮着冲过来，一看见是我，急忙扑到我身上，伸出舌头来舔我的脸。我没有理它，我倦得走路都走不稳了。我由厨房侧门溜进去，走廊一片浑黑。我脱了皮鞋摸上楼去，经过爸爸妈妈卧房时，我溜得特别快。

回到家里第一件事情就是到浴室里去照镜子，我以为一定变得认不出来了，我记得有本小说写过有个人做一件坏事，脸上就刻下一条“堕落之痕”。痕迹倒是没有，只是一张脸像是抽过了血，白纸一般，两个眼圈子乌青。我发觉我的下巴颏在打哆嗦，一阵寒气从心底里透了出来。

我赶忙关上灯，走进自己房里去，窗外透进来一片灰濛濛的曙光，我的铁床晚上没有人睡过，还是叠得整整齐齐的，制服浆得挺硬，挂在椅背上，大概是妈妈替我预备好早上参加结业式用。我一向有点洁癖，可是这会儿小房里却整洁得使我难受。我的头发黏湿，袖口上还裹满了泥浆，都是新公园草地上的。我实在不愿泥滚滚地躺到我的铁床上去，可是我太疲倦了，手脚冻得僵硬，脑子里麻木得什么念头都丢干净了。我得先钻到被窝里暖一暖，再想想昨天晚上到底是怎么回事。我的心乱得慌，好多事情我得慢慢拼凑才想得起来。

2

说来话长，我想还是从我去年刚搭上十七岁讲起吧！十七岁，啧啧，我希望我根本没有活过这一年。

我记得进高一的前一晚，爸爸把我叫到他房里。我晓得他又要有一番大道理了，每次开学的头一天，他总要说一顿的。我听妈妈说，我生下来时，有个算命瞎子讲我的八字和爸爸犯了冲。我顶信他的话，我从小就和爸爸没有处好过。天理良心，我从来没有故意和爸爸作对，可是那是命中注定了的，改不了。有次爸爸问我们将来想做什么，大哥讲要当陆军总司令，二哥讲要当大博士，我不晓得要当什么才好，我说什么也不想当，爸爸黑了脸，他是白手成家的，小时候没钱读书，冬天看书脚生冻疮，奶奶用炭灰来替他焐脚，所以他最恨读不成书的人，可是偏偏我又不是块读书的材料。从小爸爸就看死我没有出息，我想他大概有点道理。

我站在爸爸写字台前，爸爸叫我端张椅子坐下。他开头什么话都不说，先把大哥和二哥的成绩单递给我。大哥在陆军官校考第一，保送美国西点；二哥在哥伦比亚读化学硕士。爸爸有收集成绩单的癖好，连小弟在建国中学的月考成绩单他也收起来，放在他抽屉里。我从来不交成绩单给他，总是他催得不耐烦了，自己到我学校去拿的。大哥和二哥的分数不消说都是好的，我拿了他们的成绩单放在膝盖上没有打开。爸爸一定要我看，我只得翻开来溜一眼，里面全是A。

“你两个哥哥读书从来没考过五名以外，你小弟每年都考第一。一个爹娘生的，就是你这么不争气。哥哥弟弟留学的留学，念省中的念省中，你念个私立学校还差点毕不得业，朋友问起来，我连脸都没地方放——”

爸爸开始了，先说哥哥弟弟怎么怎么好，我怎么怎么不行。他问我为什么这样不行，我说我不知道。爸爸有点不高兴，脸沉了下来。

“不知道？还不是不用功，整天糊里糊涂，心都没放在书本上，怎么念得好？每个月三百块钱的补习老师，不知补到哪里去了。什么不知道！就是游手好闲，爱偷懒！”

爸爸愈说愈气。天理良心，我真的没有想偷懒。学校里的功课我都按时交的，就是考试难得及格。我实在不大会考试，数学题目十有九会看错。爸爸说我低能，我怀疑真的有这么一点。

爸爸说这次我能进南光中学是他跟校长卖的面子，要不然，我连书都没得读，因此爸爸要我特别用功。他说高中的功课如何紧如何难，他教我这一科怎么念，那一科该注意些什么。他仔仔细细讲了许多诸如此类的话。平常爸爸没有什么和我聊的，我们难得讲上三分钟的话，可是在功课上头他却耐性特大，不惜重复又重复地叮咛。我相信爸爸的话对我一定很有益，但是白天我去买书、买球鞋、理发、量制服，一天劳累，精神实在不济了。我硬撑着眼皮傻怔怔地瞪着他，直到他要我保证：

“你一定要好好读过高一，不准留级，有这个信心没有？”

我爱说谎，常常我对自己都爱说哄话。只有对爸爸，有时我却讲老实话。我说我没有这个信心，爸爸顿时气得怔住了，脸色沉得好难看。我并没有存心想气他，我是说实话，我真的没有信心。我在小学六年级留过一次级，在初二又挨过一次。爸爸的头筋暴了起来，他没有作声，我说第二天要早起想去睡觉了，爸爸转过头去没有理我。

我走出爸爸房门，妈妈马上迎了上来，我晓得她等在房门口听我们说话，爸爸和妈妈从来不一起教训我，总是一个来完另一个再来。

“你爸爸——”

妈妈总是这样，她想说我，总爱加上“你爸爸——”我顶不喜欢这点，如果她要说我什么，我会听的。从小我心中就只有妈妈一个人。那时小弟还没出世，我是妈妈的幺儿，我那时长得好玩，雪白滚圆，妈妈抱着我亲着我照了好多照片，我都当宝贝似的把那些照片夹在日记本里，天天早上，我钻到妈妈被窝里，和她一齐吃“芙蓉蛋”，我顶爱那个玩意儿，她一面喂我，一面听我瞎编故事，我真不懂她那时的耐性竟有那么好，肯笑着听我胡诌，妈妈那时真可爱。

“你爸爸对你怎么说你可听清楚了吧？”

妈妈冲着我说，我没有理她，走上楼梯回到我自己房里去，妈妈的脾气可不大好，爸爸愈生气愈不说话，妈妈恰巧相反。我进房时，把门顺带关上，妈妈把门用力摔开骂道：

“报应鬼！我和你爸爸要给你气死为止。你爸爸说你没出息，一点都不错，只会在我面前要强，给我看脸嘴，中什么用呀！猥猥琐琐，这么大个人连小弟都不如！你爸爸说——！”

“好了，好了，请你明天再讲好不好？”我打断妈妈的话说。我实在疲倦得失去了耐性。妈气哭了，她用袖子去擦眼泪，骂我忤逆不孝。我顶怕妈妈哭，她一哭我就心烦。我从衣柜里找了半天拿出一块手帕递给她。真的，我觉得我蛮懂得体谅妈妈，可是妈妈老不大懂得人家。我坐在床上足足听她训了半个钟头。我不敢插嘴了，我实在怕她哭。

妈妈走了以后，我把放在床上的书本、球鞋，统统砸到地上去，趴到床上蒙起头拼命大喊几声，我的胸口胀极了，快炸裂了一般。

3

我不喜欢南光，我慢些儿再谈到它吧！我还是先讲讲我自己。你不晓得我的脾气有多孤怪，从小我就爱躲人。在学校里躲老师、躲同学，在家里躲爸爸。我长得高，在小学时他们叫我傻大个，我到现在走路还是直不起腰来。升旗的时候，站在队伍里，我总把膝盖弯起来缩矮一截。我继承了妈妈的皮肤，白得自己都不好意思。有人叫我“小白脸”，有人叫我“大姑娘”。我多么痛恨这些无聊的家伙。我常在院子里脱了上衣狠狠地晒一顿，可是晒脱了皮还是比别人白，人家以为我是小胖子，因为我是个娃娃脸，其实我很排，这从我手梗子看得出来，所以我总不爱穿短袖衣服，我怕人家笑。我拘谨得厉害，我很羡慕我们班上有些长得乌里乌气的同学，他们敢梳飞机头，穿红衬衫，我不敢。人家和我合不来，以为我傲气，谁知道我因为脸皮薄，生怕别人瞧不起，装出一副高不可攀的样子，其实我心里直发虚。

我不是讲过我爱扯谎吗？我撒谎不必经过大脑，都是随口而出的。别人问我念什么学校，我说建国中学；问我上几年级，我说高三。我乘公共汽车常常挂着建中的领章，手里夹着范氏大代数。明明十七，我说十九。我运动顶不行，我偏说是篮球校队。不要笑我，我怕人家瞧不起。爸爸说我自甘堕落，我倒是蛮想要好的，只是好不起来就是了。

我找不到人做伴，一来我太爱扯谎；二来我这个人大概没有什么味道，什么玩意儿都不精通。我贴钱请小弟看电影他都不干，他朋友多，人缘好，爸爸宠他，说他是将才。小时我在他腿子上咬下四枚牙印子，因为妈妈有了他就不太理睬我了。我想着那时真傻，其实我一直倒蛮喜欢他的，可恨他也敢看不起我，我一跟他说话，他就皱起鼻子哼道："吹牛皮。"

一到礼拜天，我就觉得无聊，无聊得什么傻事都做得出来。我买了各式各样的信封，上面写了"杨云峰先生大展"、"杨云峰同学密启"、"杨云峰弟弟收"。我贴了邮票寄出去，然后跑到信箱边去等邮差。接到这些空信封，就如同得到情书一般，心都跳了起来，赶忙跑到房里，关起房门，一封封拆开来。妈妈问我哪儿来的这么多信，我有意慌慌张张塞到裤袋里，含糊地答说是朋友写来的。

礼拜天晚上，爸爸和妈妈去看京戏，小弟有的是朋友，家里只有我孤鬼一个。我只有把来富放到客厅来做伴。来富傻头傻脑的，我不大喜欢它，它是小弟的宝贝。我觉得实在无聊了，就乱打电话玩，打空电话。有时我打给魏伯飏，他是我们班长，坐在我后面，在南光里只有他对我好。其实他家里没有电话，我是在瞎闹。我跟他说烦死了，一晚上抽了两包香烟。我常偷妈妈的香烟抽。抽烟容易打发时间。我跟魏伯飏说如果不要剃光头，我简直想出家当和尚，到山里修行去。我告诉他，我在家里无聊得很，在学校里更无聊，倒不如云游四海，离开红尘算了。我在武侠小说里常常看到有些人看破红尘入山修道的。

有时我打给吴老师，她是我小学六年级的国文老师。我碰见这么多老师，我觉得只有她瞧得起我。她把我那篇《母亲》贴到壁报上去，里面我写了妈妈早上喂我吃“芙蓉蛋”的事，我得意得了不得，回家兴冲冲讲给妈妈听，妈妈撇了撇嘴道：“傻仔，这种事也写出来。”妈妈就是这样不懂人家。不知怎的，我从小就好要妈妈疼，妈妈始终没理会到这点。我喜欢吴老师，她的声音好柔，说起国语来动听得很。我不大敢跟我同年龄的女孩子打交道，在班上不是她们先来逗我，我总不敢去找她们的。不知怎的，她们也喜欢作弄我。我告诉吴老师听，我考进了建国高中，第一次月考我的国文得九十分，全班最高。我答应过年一定去跟她拜年。其实吴老师早嫁人了，跟先生离开台北了。我去找过一次，没有找到她。

我曾这样自言自语拿着听筒讲个个把钟头，有一次给小弟撞见了，他说我有神经病，其实我只是闷得慌，闹着玩罢了。

我在家里实在闷得发了馊，没有一个人谈得来的。爸爸我可不敢惹，我一看见他的影子，早就溜走了。我倒是很想和妈妈聊聊，有时爸爸出去应酬，撂下她一个人在客厅里闷坐，我很想跟妈妈亲近亲近。可惜妈妈的脾气太难缠，说不到三句话，她就会发作起来。先是想念在美国西点的大哥，想完大哥又想二哥，然后忽然指我头上来说：

“还不是我命苦？好儿子大了，统统飞走了，小弟还小，只剩下你这么个不中用的，你要能争点气也省了我多少牵挂啊！你爸爸老在我面前埋怨，说你丢尽了杨家的脸，我气起来就说‘生已经生下来了，有什么办法呢？只当没生过他就是了’。”

说完就哭，我只得又去找手帕给她。去年暑假我偷了爸爸放在行李房的一架照相机，拿去当了三百块，一个人去看了两场电影，在国际饭店吃了一大顿广东菜，还喝了酒，昏陶陶跑回家。当票给爸爸查到了，打了我两个巴掌。那次以后，爸爸一骂我就说丢尽了杨家的脸。我不晓得为什么干下那么傻的事情，我猜我一定闷得发了昏。

我对我补习老师也没有真心话说。我的补习老师全是我爸爸派来的奸细。补习老师头一天来，爸爸就把他叫去，把我从小到大的劣迹，原原本本都抖出来，然后交代他把我的一举一动都要报告给他听，他跟补习老师所讲的话我都听得清清楚楚，因为我们家个个都有偷听的本事。

你说叫我跟谁去说话，只有跟自己瞎聊了。不要笑话我，我跟我自己真的说得有滋有味呢。

4

在学校里我也是独来独往的。一开始我就不喜欢南光。谭校长是爸爸的老同学，爸爸硬把我塞进去。我猜谭校长也有苦说不出。我的入学试，数学十一分，理化三十三分，英文三十五。谭校长劝爸爸把我降级录取，爸爸不肯，他说十六岁再念初三太丢人。谭校长勉强答应我试读一个学期，所以一开学爸爸就叮嘱我只许成功不准失败。爸爸死要面子，我在小学那次留级，爸爸足足有三四天没出大门，一个朋友也不见。

我不喜欢南光的事情难得数，头一宗我就跟我们班上合不来，他们好像一径在跟我过不去似的。我们是乙班，留级生、留校察看生，统统混在里面，而且我们班上女生特多，嚷得厉害，我受不了，我怕吵。

同学大略分为两三类。有几个是好学生，就像考第一的李律明，上了高中还剃个和尚头。鼻头上终年冒着粉刺，灌了脓也不去挤。余三角讲课时，他们老爱点头，一点头，余三角就把黑板擦掉，我连几个角还分不清楚。这些人，没的说头。有些同学巴结他们，为的是要抄他们的习题，考试时可以打个 pass。我不会这套，做不出就算了，所以老不及格。

还有一些是外罩制服，内穿花汗衫的。一见了女生，就像群刚开叫的骚公鸡，个个想歪翅膀。好像乐得了不得，一天要活出两天来似的。我倒是蛮羡慕他们，可是我打不进他们圈子里，我拘谨得厉害。他们真会闹，一到中午，大伙就聒聒不休谈女人经，今天泡这个，明天泡那个。要不然就扯起嗓门唱流行歌曲，有一阵子个个哼 *Seven Lonely Days*。我听不得这首歌，听了心烦。过一阵子，个个抖着学起猫王普里斯莱，有两个学得真像。我佩服他们的鬼聪明，不读书，可是很容易混及格。

我坐在几个大女生后面，倒霉极了。上课的时候，无缘无故，许多纸团子掷到头上脸上来。这些纸团，给我前面的唐爱丽居多，给吕依萍和牛敏的也不少。“下午两点新牛戏院门口 CK”，“下午五点凯利 JJ”。唐爱丽不像个高中生，我敢说她起码比我大两岁，老三老四，整天混在男孩子堆里。她敢拿起杜志新的帽子，劈头盖脸打得杜志新讨饶。一到下雨天不升旗，她就把大红毛衣罩在制服外面。我们班的女生，都不大规矩似的。大概看多了好莱坞的电影，一点大年纪，浑身妖气，我怕她们。

除了魏伯飏以外，我简直找不出一个人谈得拢的。魏伯飏不爱讲话，他很懂事，喜怒全不放在脸上，我猜不透他的心事。

你说我在学校哪还有什么意思，一个人游魂似的，东荡荡，西晃晃。一下课他们就成群成伙去投篮，上福利社，只有我不喜欢夹在他们里面，我躲在教室里面看闲书，什么小说，我都爱看，武侠小说、侦探小说，我还爱看《茶花女》、《少年维特之烦恼》，我喜欢里面那股痴劲。妈妈老说我愣头愣脑不懂事，我自己倒觉得蛮懂的。我看了《欲望街车》回家难受了老半天，我不懂马龙白兰度对费雯丽为什么那么残忍，费雯丽那副可怜巴巴的样子，好要人疼的。

我上课常常心不在焉，满脑子里尽是一些怪想头。上三角时，我老在桌子角上画字，我把“杨云峰”三个字，颠来倒去写着玩，我的字真丑，连名字都写不好，我练习本上的名字总是魏伯飏替我写的，他的字漂亮。

有一次我伸头出窗外看一只白头翁在啄树上的石榴花，余三角把我抓了起来问道：

“杨云峰，什么叫对称？”

我答不出来红了脸。

“你东张西望当然答不出来，回去照照镜子，你的眼睛就跟你的鼻子对称。”

余三角自以为很幽默地解释道。全班哄笑，唐爱丽回头向我做鬼脸，我觉得她真难看，我不懂杜志新和高强他们那么喜欢泡她，两个人还为她打架呢！从此以后，余三角就对我印象不佳。第一次月考我得了个大鸭蛋，他写了张通知给我爸爸，希望家长和学校密切合作。爸爸向我提出严重警告，他又加请了一个数学老师，是师大数学系的学生，我讨厌这些大学生。

才挨爸爸警告过两三天，我又碰到了倒霉事。王老虎要我们星期一背英文，我把这件事完全忘了。那天早上到了学校才猛然记起来，我的记性实在不好。那一课是讲空气里的水分子如何撞击凝成雨点，颠来倒去，句句话都差不多。我没去升旗，躲在教室里拼命硬背。王老虎最恨学生背不出书，她说学英文，就要死背。她骂起人来，不给脸的，我试过一次，吓怕了。我愈急愈背不出，心发慌，头顶直冒汗，我收拾了书包，跑出学校，在新公园里混了半天。爸爸接到旷课单后，有三天没有跟我说话。他连眼角也没扫我一下。吃饭的时候，他的脸黑得跟铁板一样，我低着头，把汤泡在饭里，草草把饭吞掉，躲进自己房里去。妈妈装不知道，爸爸不先发作，她不会开火的。

那三天我差点不想活了。要是爸爸即刻骂我一顿，甚至揍我一顿，我还好过些。我顶怕他黑脸，我心寒。出人意料之外，过了三天，大概妈妈疏通过一番，爸爸气平了些，他向我晓以大义，着实地教训了几句，他说我要是这学期读不及格，就别想再念书，当兵去算了。最后还要我写过悔过书，发誓不再逃学。

唉！我觉得做人真麻烦。

5

我从小就恨体育，我宁愿生来就是个跛子，像我们班谢西宁那样，坐在篮球场边替同学们看管衣服。我比他们发育得早，十七岁的人，胳肢窝及大腿上的汗毛都长齐了，我们上篮球和足球课时，赖老师规定要我们打赤膊。他们都笑我是猴子变的，全身的毛，我恨透了。有一次踢足球，我躲到竹林子里没出来参加，赖老师罚我脱去外衣裤在操场中央做十个伏地挺身，他们都围着我笑，高强蹲下来拍手叫我加油，杜志新用手拔我腿上的毛，我用脚蹬他，没有蹬到。

学期中的时候，赖老师要我们做体能测验，全是机械运动。他叫魏伯飏带队领我们去操场，他亲自在单杠那儿挖沙地。前几天下过雨，沙地都结成了硬块。第一项测验项目就是倒挂金钩，我顶怕那个玩意儿，我从来没有翻上去过，我的手臂跟身体一点都不平衡，细杆子似的，没有劲道，放学时，我瞅着没人，也去练过几天单杠，可是无效，我的腿太长，拖在下面翻不上去。我们排队坐在沙池旁边等候，赖老师按着学号，一个个叫上去做。头一号是高强，他简直是个猴儿，浑身小肌肉块，他一上体育课就脱得赤精大条，他在手掌上吐了一泡吐沫，抹把沙子，起身一纵就翻了上去。第二个是李律明，我以为他只会读书，一定不会这套把戏。他脱下眼镜，不慌不忙，居然一纵也上去了。我有点失望，心里开始发虚了。赖老师一个一个叫着，我坐在沙地边好像上了法场，等着去砍头似的。他点到第三十号，我硬着头皮走上去，抬头看看那根杠子，天那么高。我也学他们在地上抹抹沙子，我明明晓得无济于事，我在拖时间，做最后一分钟的挣扎。我跳上去抓住了杠子，用力蹬了两下没有用，翻不上去。我拼命蹬踢，蹬得整个人在半空中来回晃荡。我猜我的样子一定很难看，他们在我对面一直发笑。我跳了下来，听见有人笑道："杨云峰踢得像只青蛙！"

赖老师不肯饶过我，他一定要我上去试。又是一番蹬踢，还是不行。他叫几个同学上来托住我的屁股，往上用力一送，把我翻到空中去，我觉得一阵头晕，心一慌，手滑开了，一跤摔进沙坑里去。我觉得满头金星乱迸，耳朵雷鸣一样。我趴在沙坑里没有动，嘴巴里塞满湿沙块。我听见他们笑得厉害，我宁愿摔死了算了。

有一个人走过来把我扶了起来，我一看，是魏伯飏。我赶忙低下头把嘴里的沙子吐掉，我干笑着直说没关系，我不愿他看见我这副狼狈样子。他扳起我的脸说：

“你的鼻子流血了。”

经他一讲我才发觉一嘴巴的血腥气，整个脸都摔麻木了。我感到有点头晕，晃了两下。魏伯飏赶紧抓住我的膀子，我掏了一下，没有带手帕。魏伯飏拿出他的来捂到我鼻子上说：

“你把头仰起来，靠在我肩上，我陪你到医务室去，你的脸色白得怕人。”

赖老师叫我先回家，不必参加降旗了。魏伯飏扶我到医务室，里面没有人。他叫我躺下来，他去把杨护士请了来。杨护士用硼酸水把我鼻腔及嘴巴的泥沙洗去，用两团棉花球塞到我鼻孔里。我只好张开嘴呼吸，我的手肘及膝盖也擦了，杨护士要替我擦碘酒，我不肯，我怕痛，她替我涂了点红药水。

我把魏伯飏的手帕弄脏了，浸满了血块，我说拿回去洗干净再还给他。

“你不要说话，躺一会儿就好了。”他说。

“你去上课吧，我就会好的。”我说。

他不肯，他要送我回家，他说我的脸色太难看。他回教室清理东西，把我的书包也带来了。他跟我慢慢走到大门口去，我的头晕浪似的。他叫了一辆三轮车，我们一同上车。

走到半路，我的鼻腔又开始流血了。魏伯飏把手臂伸过来，他叫我把头仰起来枕到他手弯里，那样血可以流得缓一些。鼻血流进我嘴巴里，又咸又腥，我把魏伯飏的手帕掩着嘴，慢慢将血水吐到手帕上去。天渐渐暗了，路上有电灯光射过来。我仰着头感到整个天空要压下来了。我觉得十分疲倦，一身骨头都快散开了似的。

“杨云峰，你今天真倒霉，你不会翻单杠，赖老师实在不该勉强你的。”

魏伯飏对我说道。不晓得哪儿来的一阵辛酸，我像小孩子一般哭了起来。平常我总哭不出来的，我的忍耐力特大，从小我就受同学们作弄惯了。我总忍在心里不发作出来。爸爸妈妈刮我，我也能不动声色。心里愈难受，我脸上愈没表情。爸爸有次骂我恬不知耻，因为他骂我时我没有反应。可是枕在魏伯飏手弯里，我却哭得有滋有味。魏伯飏吓得怔住了，他拍着我的背一直对我说道：

“喂，喂，别哭啦！这么大个人，怎么像娃娃似的。我们在大街上啊！”

我可管不了那么多了。我靠着魏伯飏失声痛哭起来。魏伯飏叫三轮车夫停下来对他说道：

“请你把帘子挂起来，我弟弟的身体不舒服。”

我哭得更厉害，眼泪鼻涕鼻血涂得魏伯飏一身。大哥二哥在家时从不理睬我。只要有人给我一句好话，我反而觉得难受。魏伯飏没有办法，只得让我哭个痛快。我下车时看见魏伯飏的衣服给我搓得稀脏。我指指他肩上的血块，他笑着说没关系，催我快点回家休息。我回到家中把脸上的血污洗净，赶紧蒙头大睡，我推说不舒服，没有起来吃晚饭。我不让爸爸晓得这天的事，他晓得了，一定又要说我没出息的。爸爸的身体很壮，他老说在中学时，一口气可以来上二十几个倒挂金钩。

6

我晓得我不讨人喜欢，脾气太过孤怪。没有什么人肯跟我好，只要有人肯对我有一点好处，我就恨不得想把心掏出来给他才好。自从魏伯飏那天送我回家以后，我不知道怎样对他感激才好。我这个人呆呆的，一点也不懂得表示自己的感情。我只有想法帮帮他的小忙，表示报答他。他是班长，我常常帮他抄功课进度表，帮他发周记大小楷，有时帮他擦黑板，做值日，我喜欢跟他在一起，在他面前，我不必扯谎，我知道他没有看不起我，我真希望他是我哥哥，晚上我们可以躺在床上多聊一会儿。

我对人也有一股痴劲，自从和魏伯飏熟了以后，整天我都差不多跟他磨缠在一块儿。早上我在公共汽车站等他一起上学，下午我总等他办好事情一同回去。下课解小便我也要他一道去，不要笑我，我实在没人做伴，抓到一个就当宝贝似的。

魏伯飏这个人真好，什么事都替你想得周周到到的。可是他太沉默，我跟他处了很久还是摸不清他的心事。后来有几次，我发觉他有点避开我。有一天放学，我邀他一起回去，他说有事,叫我先走。我要等他,他不肯。我一再坚持要陪他，他把我叫到操场角落上对我说：

“杨云峰，我想我还是老实告诉你吧！最近我们过往太密了，班上的同学把我们讲得很难听，你知道不？”

我没有察觉到，我不大理睬我们班上那些人。我知道有几个人专会恶作剧,我的书上他们常常写上“杨云峰小姐”“杨云峰妹妹”，我为了这个换过多少本书，我简直恨透了这些家伙，可是表面上我都装着不知道，那些人愈理愈得意，魏伯飏告诉我他们把我叫做他的姨太太，因为他们开玩笑把吕依萍叫做魏太太。魏伯飏说早上他还为了这个把杜志新揪到操场的竹林子里揍了一顿。我听了半响没有说话。我对他说：

“我想我们以后还是不要在一起算了。”

我向他道了再见，独自回到家里去。那天晚上，我又一个人在打空电话了。我告诉魏伯飏听，我真的想出家当和尚，把头剃光算了。我从来没有感到像那样寂寞过。

我在班上不和魏伯飏讲话了。一有空，我就伏在桌子上打瞌睡。下课时，吕依萍和牛敏她们老爱拥到唐爱丽位子上来，交头接耳，疯癫得了不得。有时她们一屁股坐到我桌上，害得我打瞌睡的地方都没有。我懒得跟她们交涉，我避到楼上，倚着石栏晒太阳去，冬天的太阳软绵绵的，晒得人全身都有一股说不出的懒怠劲，我喜欢那么悠悠晃晃，做白日梦。一堂课我胡思乱想混去了半堂。我老想到出家修行这个念头，国文老师出了“我的志愿”这个作文题目，我说我但愿能够剃发为僧，隐居深山野岭，独生独死，过一辈子。国文老师给了我一个丙，批着：“颓废悲观，有为之现代青年，不应作此想法。”我不是悲观，我在南光里就是觉得无聊乏味。我不懂杜志新为什么整天那样乐，一进教室就咧着嘴向他那一伙叫道：

“喂，我跟你们说，昨天我在 Tony 家的 Party 里碰到金陵女中的小野猫，那个妞儿，骚得厉害，我和她跳过两个恰恰，我敢说一个照面，我就把她泡上了。你们等着瞧，我去约她去。”

我也佩服李律明，他能天天六点钟到学校，把彭商育编的《三角讲义》从头做到尾。余三角一考试就说：

“这次的题目，我看只有李律明一个人拿得到八十分。”

我不会泡 Miss，我说过我的脸皮太薄。也不会埋头用功，我提不起那股劲，我不是为自己读书，我在为爸爸读。

大考的时候，学校放了三天假，让我们温习功课。我没有在家看，下午补习老师来过后，我就带书到学校里去了。我在家里安不下心来，爸爸和妈妈常借故走到我房里瞧我是不是在看书。爸爸进来说找前一天的《中央日报》，妈妈进来说拿午点给我吃。有时我看书看得眼倦了，歪着身子矇着一会儿，一听到他们脚步声，就吓得赶忙跳起来胡抓一本书，乱念一顿。

那天下午有点阴寒，台北这阵子一直阴雨连绵。我穿了一件银白色的太空衣，围上一条枣红的围巾，乘车到学校里去。大考期间，学校的教室全部开放，让学生自习。可是这天学校里连人影都不见一个。寒流来了，又下雨，大家躲在家里，才是四点多钟，天色乌沉沉的。教室的玻璃窗，外面看进去，全是黑洞。我走到楼上尽头我们高一乙班去，想不到唐爱丽在里面，要是早知道她在那儿，我一定不会进去的了。

"嗨，是你！"唐爱丽站起叫道。

我知道她在等人，快放假的前两天，她得到好多纸团了。我开了日光灯，坐到自己座位上去。

"我还以为是杜志新呢！"唐爱丽在讲台上踱来踱去说道，"这个死鬼，约好我四点钟在这里等他，四点二十五分了，人影子还不见。等一下他来了，我不要他好看才怪呢！"

我没有理她，乘她转身的时候，我溜瞅了她两眼。唐爱丽穿了一件西洋红的呢大衣，大衣领还露出一角白纱巾来，我猜一定是她故意把纱巾扯出那么一点来的。唐爱丽最会做作了。高中女生不准烫头发，可是唐爱丽的发脚子一径是卷的。这天卷得特别厉害，大概用火钳烧过了。无论唐爱丽怎么打扮，我总觉得她难看。她的牙齿是龅的，老爱龇出来，她在牙齿上戴钳子，看着别扭得很，他们爱泡她，他们说她骚。

唐爱丽在讲台上走来走去，走得我心乱死了。我眼睛盯在书上，来去总在那几句上。我想叫她坐下来，不要来回穷晃荡，可是我不敢。

“我想杜志新一定让他的老头儿关起来了。”唐爱丽说道，“你猜呢？”她问我。

我摇摇头说不知道，唐爱丽有点不耐烦了，她向我说道：“杨云峰，不要读你的鬼书了，我们来聊聊天吧！反正你读了也不及格的。”

我恨她最后那句话。唐爱丽走到我旁边坐了下来，她把大衣解开撂到桌子上，里面穿了一件紧身毛衣，鲜红的，她喜欢红色。唐爱丽的话真多，东问西问，好多话我都答不上来，我一答不出，她就笑。我希望她快点离开，我不会应付女孩子，尤其是唐爱丽，我简直怕她。她一点也不像高中生，她居然敢涂口红。

“呀，你这件太空衣真好看，是什么牌子的。”唐爱丽忽然站了起来，走到我跟前伸手把我的衣领翻了起来。我吓了一跳，我的心跳得厉害。

“是外国牌子嘛！是不是香港带来的？”

唐爱丽凑近我在看我的衣服牌子，我闻到她头发上一股浓香。我不喜欢女人的香水。唐爱丽放开我的衣领，突然将手伸进我领子里去，她的手好冷，我将颈子缩起打了一寒战。

“哈哈，”唐爱丽笑了起来，“杨云峰你真好玩。”她说。

唐爱丽的手在我颈背上一直搁弄，搞得我很不舒服，我的脸烧得滚烫，我想溜走。唐爱丽忽儿摸摸我头发，忽儿拧拧我耳朵。我简直不敢看她。忽然间她扳起我的脸在我嘴上用力亲了一下，我从来没有和女孩子亲过嘴，我不懂那套玩意儿。我的牙齿闭得紧紧的，我觉得唐爱丽的舌头一直在顶我的牙门。我真有点害怕，我的头晕死了。唐爱丽亲了我的嘴又亲我的额头，亲着亲着，她将我整个耳朵一口咬住，像吮什么似的用力吮起来，她吐出舌头乱舔我的脸腮，我觉得黏瘩瘩的，很难受。我好像失去了知觉一般，傻怔怔地坐着，任她摆布。

唐爱丽亲了我一会儿，推开我立起来。我看见她一脸绯红，头发翘起，两只眼睛闪闪发光，怕人得很。她一声不响，走过去，将教室的灯关上，把门闩起，又向我走了过来。教室里暗得很，唐爱丽的身躯显得好大，我觉得她一点都不像高中生。我站了起来，她走过来搂住我的颈子，把我的手拿住围着她的腰。

“杨云峰，你怎么忸怩得像个女孩。”

她在我耳边喃喃地说。她的声音都发哑了，嘴巴里的热气喷到我脸上来。突然间，她推开我，把裙子卸了丢在地上，赤着两条腿子，站在我面前。

“唐爱丽，请你——不要——这样——”

我含糊地对她说，我的喉咙发干，快讲不出话来了，我害怕得心里直发虚。唐爱丽没有出声，直板板地站着，我听得到她呼吸的声音。突然间，我跨过椅子，跑出了教室。我愈跑愈快，外面在下冷雨，我的头烧得直发晕。回到家的时候，全身透湿，妈妈问我到哪儿去来。我说从学校回来等车时，给打潮了。我溜到房里，把头埋到枕头底下直喘气。我发觉我的心在发抖。

7

我不喜欢唐爱丽，我着实不喜欢她。可是不知怎的，我很替她难受，我觉得实在不应该那样丢下她不管。我觉得她直板板地站在我面前，好可怜的；到底她是第一个对我那样好过的女孩子。

第二天，我写信写了一天，我实在不大会表达自己的感情。我向她道歉，我说我并不想那样离开她的。我以后一定要对她好些，希望她能做我的朋友，我告诉她我好寂寞，好需要人安慰。我把信投了出去，我寄的是限时专送，还加挂号，我怕她收不到。那一晚我都没睡好，我希望唐爱丽接到我的信以后，不再生我的气了。

大考的头一天，早上考数学、英文，下午考三民主义。我五点钟就爬了起来，把三角公式从头背了一遍，我常把公式记错，余三角爱整我，老叫我在堂上背积化和差公式。我晓得我的三角死定了，三次月考平均只有二十八。

我到学校时，到处都站满了人在看书。我一走进教室时，立刻发觉情形有点不对。他们一看见我，都朝着我笑，杜志新和高强两个人勾着肩捧着肚子怪叫。前面几个矮个子女生挤成一团，笑得前仰后翻，连李律明也在咧嘴巴。我回头一看，我写给唐爱丽那封信赫然钉在黑板上面。信封钉在一边，上面还有限时专送的条子，信纸打开钉在另一边，不知道是谁，把我信里的话原原本本抄在黑板上。杜志新及高强那伙人跑过来围住我，指到我头上大笑。有一个怪声怪调的学道："唐爱丽，我好寂寞。"我没有出声，我发觉我全身在发抖。我看见唐爱丽在座椅子上和吕依萍两个人笑得打来打去，装着没有看见我。我跑到讲台上将黑板上的字擦去，把信扯下来搓成一团，塞到口袋里去。杜志新跑上来抢我的信，我用尽全身力气将书包砸到他脸上，他红着脸，跳上来叉住我的颈子，把我的头在黑板上撞了五六下，我用力挣脱他，头也没回，跑出了学校。

我没有参加大考，这两天来，我都是在植物园和新公园两地方逛掉的，我的钱用光了，没地方去。爸爸问我考得怎么样，有把握及格没，我说大概可以。我在日记本上写了几个大字："杨云峰，你完蛋了！"

8

昨天是大考的最后一天。我从新公园回家已经五点钟了。爸爸不在家，妈妈洗头去了。小弟告诉我爸爸到南光去了，我们校长来了电话。我知道大难将临。这几天我都在等待这场灾难，等得已经不耐烦了。我刚走到楼上，就听得爸爸的汽车在门外停了下来：

“你三哥呢？”爸爸一进门就问小弟。

“刚上楼。”小弟答道。

“叫他下来。”爸爸的声音发冷的。

我不等小弟来叫，自己下楼走到爸爸书房里。爸爸在脱大衣，他听见我开门，并没有转过身来。他把大衣挂到衣架上，然后卸下围巾，塞到大衣口袋里。他的动作慢得叫人心焦，我站在他写字台前，心都快停了。爸爸坐到椅子上冷冷地说道：

“我刚刚去见过你们校长。”他的声音压得低低的，我看见他额头及手背上的青筋暴了起来。我没有出声，呆呆地瞪着地板。

“他说你没有参加大考。”爸爸见我没有搭腔，索性明说了出来。我仍然没有说话，我不知说什么才好。

“你说吧，这两天你到底搞什么去了。”爸爸站起来，走到我跟前，问到我脸上来。

“我在新公园和植物园里。”我照实答道。我没抬起头来，我怕看爸爸的脸色。

“哦，在公园里呢！你还告诉我考得不错——”

爸爸举手一巴掌打在我脸上，我向后连连打了几个踉跄才煞住脚，我觉得脸上顿时麻木了半边。

“你去死！你还是个人哪，书不读，试不考，去逛公园——”

爸爸气得声音抖了，伸手又给了我一个巴掌。我脸上痛得快淌眼水了，可是我拼命抵住，不让眼泪流下来。在爸爸面前，我不想哭。

“逃学、扯谎、偷东西，你都占全了。我们杨家没有这种人！我生不出这种儿子！亏你说出口，不考试去逛公园——你不想读书，想做什么呀！文不能文，武不能武，废物一个，无耻！”

爸爸动了真气，足足骂我半个多钟点。骂完后，靠在椅子上怔怔出神起来。我猜他一定很伤心，我想说一两句道歉的话，可是我说不出来。我转身，想离开爸爸的书房，我站在爸爸面前有点受不了，我的脸热痛得像火烫过一般。

“回来！”爸爸突然喝住我道。我只得又转过身来。

“我告诉你，明天是你们结业式，你们校长要你一定参加，他给你最后一个机会，下学期开学以前让你补考。你好好听着：明天你要是敢不去学校，我就永远不准你再进这间屋子。”

爸爸一个字一个字地告诉我，我知道爸爸的脾气，他说得出做得出的。

我上楼回到自己房里，小弟跟了上来。他问爸爸为什么发那么大的脾气，是不是我又逃学。我没有理他，我要他借我五十块钱。我身上一毫子都没有了。我从来弄不清我裤袋里有多少钱的，我没有数字观念。小弟比我精于计算，我知道他有积蓄。小弟最初不肯，我把手表脱下来押给他，我答应一有钱即刻还他。小弟掏出五十块给我，我把钱收进裤袋，穿上我的太空衣走了出去。我一定要在妈妈回家以前溜出去，妈妈回家知道我没有去考试，一定也要来讲一大顿的，而且她一定会哭，我受不了。无论谁再要对我讲一句重话，我就发疯了。

9

我不晓得去哪里好，我想去找魏伯飏，我在学校已经有一个多月没有跟他讲话了。他写过一封信给我，他说我们这样分手他很难受，但是他不愿人家把我说得那么难听。我知道他是为我好，魏伯飏这个人真周到。可是我不好意思见他，他一定也看到我给唐爱丽那封信。你不晓得我心里有多懊丧，我的右耳根子刀割一般，爸爸的手太重了。

这几天，台北一直有寒流，空气沉甸甸的，直往下坠，我把太空衣的领子翻了起来，遮住脖子，走过街口时，那股风直往领子里灌。我在重庆南路衡阳街一带溜达了一下，逛不出个名堂来。路上人来人往，刚好是下班放学的时候，公共汽车站挤满了人。天黑得早，店铺都开了灯。许多学生在杂志摊上翻书看，我也挤了进去，拿起一本《健而美》来，里面全是模特儿的裸体照，有些姿势照得很难看，我赶忙合上，交给摊贩，他向我龇牙齿，我掉转头，匆匆走过对街去。我真不知道去哪儿好，我觉得好无聊。

我信步溜到西门町，一大堆人在新生戏院排队赶七点钟的电影。我走到新生对面一家小吃馆要了一碟萝卜丝饼。外面闻着香，拿来半个也吃不了，我一点胃口也没有。馆子里暖和，外面冷，我呆坐着混时间，看着对面挤电影的人一个个拥进戏院。等到人走得差不多的时候，我忽然看见对街有两个太保装束的男孩子走到街心向我这里乱挥手，立即有两个女孩子从隔壁咖啡馆跑出来，拉拉扯扯走过街去。我赶忙起身换个位子,背向着他们。我猜我的脸在发白,那两个男的，有一个是杜志新，另外一个不认得，两个女孩，竟是唐爱丽和牛敏。唐爱丽穿着那天那件西洋红的大衣，头上还系了一块黑花头巾。他们大概考完试约好出来赶电影的。

我忙忙付了账，离开西门町。我不管了，我一定要去找魏伯飏。我不怕他笑我，你不晓得我心里的悲哀有多深。魏伯飏住公园路，就在新公园过去一点。我到魏伯飏家时，魏伯飏妈妈告诉我，刚刚有几个同学来找他出去看电影，走了还不到十分钟。魏伯飏妈妈问我为什么这样久不到他们家玩。她真好，对我讲话总是那么客客气气的。她又问我大考考得怎么样，我说还可以。我请她告诉魏伯飏听，我来找过他。魏伯飏就是那么周到，他连他妈妈也没有告诉我逃学的事情。

我离开魏伯飏家，沿着新公园兜了两个大圈子，我一面走一面数铁栏杆那些柱子，刚好四百根。我不愿到闹街上去，我怕碰见熟人，可能还会碰到妈妈，她平常在西门町的红玫瑰做头发。

新公园里面冷清清的，没有几个人影子，只有播音台那儿亮些，其余的地方都是黑压压的。我走到公园里博物馆的石阶上去，然后从旁边滑下来。滑下来时我看见博物馆底下石柱子中间有两个人影子。我猜他们一定在亲嘴。我真的听到他们发出吧哒吧哒的声音来。亲嘴亲得那么响，真蠢。我记得唐爱丽那天和我亲嘴，一点声音也没有，我的牙齿关得紧紧的。

我绕到扩音台那儿，那里亮些，暗的地方我怕闯到有人亲嘴。我点了根香烟，用力吸了几口。嘴淡得很，这几天胃真坏，肚子饿得要命，就是吃不下东西。扩音台前有个大理石的日晷，我竖起那根石针，来回转着玩。我觉得无聊到了极点。

有一个人从我背后走来向我借火，他说他忘记带打火机，我把火柴递给他，他点上烟，还给我火柴，说了声谢谢，站在我旁边，徐徐地吐着烟圈。我低着头继续在拨弄日晷上的石针。我发觉他并没有离开的意思，我猜不透他是干什么来的。新公园这个地方到了晚上常发生稀奇古怪的事情，可是我不想离开新公园，我没有别的地方去。

那个人问我一个人在公园里做什么，我说买不到电影票，顺便来逛逛。我撒谎从不费心机，随口就出来了。他邀我一同去散散步，他说站着冷得很，我答应了，我的脚板早就冻僵了。我看不清楚那个人的脸，他穿着一件深色的雨衣，身材比我高出一个头来。大概是中年男人，声音低沉，讲话慢慢吞吞的。

我们沿着网球场走去。他问我叫什么名字，读什么学校，我瞎编了一套。他告诉我他叫李××，我没听清楚。我不在乎他叫李什么。我正觉得无聊，找不到伴。

“你刚才买哪家的电影票。”他问我。

“新生，《榆树下的欲望》。”我说。

“哦，我昨天刚看过，还不坏，是部文艺片。”他说。

我们走到一半，天下雨了。雨水打到脸上来，冰冷的。

“你冷吗？”他问我道。

我说我的太空衣很厚，可以挡风。他脱下雨衣，罩到我身上，拉着我跑到网球场边一丛树林子里去。他的雨衣披在身上很暖和，我裹着坐到林子里一张双人椅上，我在街上逛了两个多钟头，两腿酸得厉害。他坐在我旁边在擦额上的雨水，他要替我擦，我说用不着。他说冷雨浸在头发里会使人头痛，他硬伸过手来替我揩头，我裹紧他的雨衣没有作声。他替我擦好雨水，掏出两支香烟，塞给我一支，自己点上一支，他拿出一个打火机来点烟，我不懂他刚刚为什么要扯谎。我们坐着一起抽烟，没有说话，我听得到他猛吸香烟的声音。雨不停地下着，将叶子上发出沙沙的响声来。过了一会儿，他把手上的香烟丢掉，把我手上的香烟也拿去按灭，树林子里一片漆黑，我从树缝里看到台大医院那边有几条蓝白色的日光灯。他把我的两只手捧了起来，突然放到嘴边用力亲起来，我没有料到他会这样子。我没想到男人跟男人也可以来这一套。

我没有表，不晓得逃出新公园时已经几点钟了。我没有回家，我在空荡荡的马路上逛了好一会儿，路灯发着紫光，照在皮肤上，死人颜色一般，好难看。我想到第二天的结业式，想到爸爸的话，想到唐爱丽及南光那些人，我简直厌烦得不想活了。我荡到小南门的时候，我真的趴到铁轨上去过，有一辆柴油快车差点轧到我身上来。我滚到路旁，吓得出了一身冷汗，跑了回来。

10

天已经大亮了。我听见小弟在浴室里漱口。我的头痛得快炸裂了一般，肚子饿得发响。妈妈就要上来了。她一定要来逼我去参加结业式，她又要在我面前流泪。我是打定主意再也不去南光了，爸爸如果赶我出去，我真的出家修行去。我听见楼梯发响，是妈妈的脚步声。我把被窝蒙住头，搂紧了枕头。

《现代文学》第十一期

一九六一年十一月

芝加哥之死

吴汉魂，中国人，三十二岁，文学博士，一九六〇年六月一日芝加哥大学毕业——

吴汉魂参加完毕业典礼，回到公寓，心里颠来倒去地念着自己的履历。愈念，吴汉魂愈觉得迷惘。工作申请书上要他写自传，他起了这么一个头，再也接不下去了。吴汉魂扎头地瞅了一阵在打字机上搁了三四天的自传书，那二十来个黑字，突然蠢蠢移动起来，像堆黑蚁，在搬运虫尸，吴汉魂赶忙闭上眼睛，一阵冷汗，从他额上冒了出来。

吴汉魂来到美国六年，在芝大念了两年硕士，四年博士。最初几年，没有奖学金，吴汉魂在城中区南克拉克街一间二十层楼的老公寓租了一间地下室。这种地下室通常租给穷学生或者潦倒的单身汉住。空气潮湿，光线阴暗，租钱只有普通住房三分之一。每天下午四时至七时，吴汉魂到街口一家叫王詹姆的中国洗衣店帮人送衣服，送一袋得两毛半，一天可得三块多。到了周末，吴汉魂就到城中南京饭店去洗碟子，一个钟点一块半，凑拢，勉强付清膳宿学杂费。因为工作紧凑，对于时间利用，吴汉魂已训练到分厘不差，七时到七时半吃晚饭，吴汉魂便开始伏案自修，一点、两点、三点一直念到深夜里去。

吴汉魂住的这间地下室，窗子正贴近人行道，窗口一半伸出道上。夏天傍晚，邻近的黑人及波多黎各人都拥到公寓外面的石阶上纳凉，半夜三更，有些还倚在石栏上，哼着梦呓似的小调。起初，吴汉魂听到窗外喧哗，总不免要分神，抬头看看，尘垢满布的玻璃窗上，时常人影幢幢。后来吴汉魂每逢看书，就抱着头，用手把耳朵塞住。听不见声音，他就觉得他那间地下室，与世隔离了一般。冬天好得多。大雪来临，人行道上积雪厚达一两尺，把他们的窗户，完全封盖起来。躲在大雪下面,吴汉魂像爱斯基摩人似的,很有安全感。

吴汉魂攻读博士时，得到部分奖学金。他辞去了工作，却没搬出他那间地下室。几年工夫，房间塞满了书籍杂物，搬运麻烦。每月从房租省下来的二十来块钱，吴汉魂就寄回台北给他母亲。他临走时,他母亲贴紧他耳朵,颤抖地对他说：

“趁我还在时，回来看我一趟。三四年不要紧，一定要回来。”

每次他母亲来信，问起他几时得到学位，他总回答说还有一年，然后把积下来的钱，买成汇票，封到信里去。

在他准备博士资格考试时，有一晚，他突然接到舅舅急电，上面写着：“令堂仙逝，节哀自重。”他捧着那封黄色的电报，发了半天怔，然后把它搓成一团纸球，塞到抽屉的角落里。他书桌上正摊着《艾略特全集》，他坐下来，翻到《荒原》，低头默诵下去：

> 四月是最残酷的季节，
> 使死寂的土原爆放出丁香，
> 掺杂着记忆与欲念，
> 以春雨撩拨那萎顿的树根。
> 冬天替我们保温，
> 把大地盖上一层令人忘忧的白雪——

街上在融雪，雪水淅淅沥沥流到他窗上，把窗玻璃溅满了淤泥。他强睁着红丝满布的倦眼，一句一句念着艾氏全集。煤气炉上熬着热浓的咖啡，咖啡壶噗通噗通地沸腾着。

在考试期间，吴汉魂每天都念到牛奶车嘎然停到他窗前的时分。从叶芝、霍金斯，一直读到英国第一首史诗——比沃夫，跟英国七八百年来那一大串文人的幽灵，苦苦搏斗了月余。考试前一天，他又接到他舅舅一封信，他没有拆开，就一并塞到抽屉里去。考完试后，吴汉魂整整睡了两天两夜。

他舅舅的信上说，他母亲因肾脏流血，不治身亡。因为他在考试，他母亲不准通知他，免他分心。他母亲临终昏迷，没有留下遗言。吴汉魂展开那张搓成纸团的电报，放在信边，看看信又看看电报，然后一并塞到火炉中烧掉。那晚他发了高烧，整夜做着噩梦。他梦见他母亲的尸体赤裸裸地躺在棺材盖上，雪白的尸身，没有一丝血色。当他走向前时，他母亲突然睁开老大的眼睛，呆呆地看着他。她的嘴角一直抖动着，似乎想跟他说话，可是却发不出声音来。他奔到他母亲面前，用手猛推他母亲的尸体，尸体又凉又重，像冰冻的一般，他用尽力气，把尸体推落到棺材里去。

吴汉魂走到洗澡间，放满一盆冷水，把整个头浸到水中去。在芝加哥大学广场上，穿上黑色大袍，头上压着厚重的博士方帽，足足晒了二个钟头。典礼的仪式繁杂冗长，校长的训词严肃而乏味。典礼完毕时，他的美国同学都一窝蜂赶到来宾席上，与父母家人拥抱照相。吴汉魂独个儿走到冷饮台前，要了一杯冰水，不停地挥拭额上的汗珠。他的衬衫沁得透湿，额上被方帽的硬边压得陷进两道深沟。直到他返回他阴暗的地下室，他眼前仍然觉得白花花的一片，被太阳晒得视线模糊。吴汉魂揩干净头面，坐到他那张对窗的旧沙发上，吴汉魂在他那间局促的房间中，从来没有这样闲散地静坐过。平常太忙了，一钻回他这间地下室，就忙着烧饭、洗澡，然后塞起耳朵埋头读书，心里不停地盘算：八点到十点看六十页狄更斯，十点到十二点，五首雪莱，十二点到三点——一旦不必做任何事，不要盘算任何计划，吴汉魂觉得坐在椅垫磨得发亮的沙发里，十分别扭，十分不习惯。打字机上那几行字又像咒符似的跳入了他的眼帘：

吴汉魂，中国人，三十二岁——

半露在人行道上的窗口，泼进来一溜焦黄的阳光。芝加哥从夏日的午睡，娇慵地苏醒过来。开始是一两下汽车喇叭，像声轻悄的喟叹，清亮而辽远，接着加入几声儿童嘣脆的嬉笑，随后骤然间，各种噪音，从四面八方泉涌而出。声量愈来愈大，音步愈来愈急，街上卡车像困兽怒吼。人潮声，一阵紧似一阵地翻涌，整座芝城，像首扭扭舞的爵士乐，野性奔放地颤抖起来。吴汉魂突然感到一阵莫名其妙的急躁。窗口的人影，像幻灯片似的扭动着。乳白色的小腿，稻黄色的小腿，巧克力色的小腿，像一列各色玉柱，嵌在窗框里。吴汉魂第一次注意那扇灰尘满布的窗户会出现这么多女人的腿子，而且他更没想到这些浑圆的小腿会有这么不同的色调。一群下班的女店员，踏着急促的步子，走过窗口时，突然爆出一串浪笑。吴汉魂觉得一阵耳热，太阳穴开始抽搐起来。

吴汉魂来到美国后，很少跟异性接触。功课繁重，工作紧凑，吴汉魂没有剩余的时间及精力参加社交活动。吴汉魂除却个子矮小，五官还算端正。可是在他攻读博士第二年，头发却开了顶，天灵盖露出一块油黄的亮光来，看着比他的年龄大上七八岁。因此，在年轻的女孩子面前，吴汉魂总不免有点自卑。他参加过一两次芝城一年一度中国同学舞会。每次他总拖着舞伴躲在一个角落里，一忽儿替她倒可口可乐，一忽儿替她拿炸芋片，他紧张，弄得他的舞伴也跟着紧张。最后他只好悄悄去乞求他的朋友来请他的舞伴跳舞，以解除尴尬的场面。

只有在秦颖芬面前，吴汉魂觉得神态自如。秦颖芬心肠好。他晓得秦颖芬真正爱他，在他临离开台北的前一天晚上，秦颖芬双手紧握住他的衣襟，两眼炯炯地对他说：

"我知道你一走，我们就完了的了。你晓得我不会后悔的——"

秦颖芬的嗓音有点哽咽。吴汉魂把秦颖芬双手拿开，替她披上短褛，挽着她默默地走出植物园。秦颖芬一直低着头，吴汉魂觉得她的膀子在他掌心中颤抖得很厉害。秦颖芬的信来得很勤密，每星期总有一两封。吴汉魂却去得十分稀疏。不知怎的，每次总在他写读书报告或是考试时，才想起给秦颖芬回信，功课一忙，就蹉跎过去了。二年间，秦颖芬的信积了一大盒，到第四年头，秦颖芬却寄来一张烫金结婚请帖。吴汉魂在礼物店里挑了一个下午，选中了一张精致的贺卡，给秦颖芬寄去。他把秦颖芬的信及请帖放到字纸篓里，点上一根火柴，烧了起来，信札在字纸篓中，烧得吱吱发响。烧完后，吴汉魂伸手进去，捞起了一抓又温又软的纸灰。

“Lucinda，你真是个俏妞儿！”

“去你的。少油腔滑调。”

窗口出现半截穿着黄裙的女人身体，结实的臀部左右摆动着。一只筋络虬盘的棕色手臂，一把，将那撮紧细的腰肢捞住，扶往前去。

吴汉魂倏地从沙发上立了起来。他在这间公寓的地下室住了六年，好像这还是第一次发觉到室内的湿气这样逼人似的。一阵酝在通风不良地下室的霉味，混着炒菜后的油腻，经过夏日高温及潮湿的焙酿，在六七点时，从地面慢慢往上蒸发，浓重得令人透不过气来。吴汉魂环视他这间阴暗的住所，水槽里的油污碗碟，冒出槽面，门后的洗衣袋，颈口胀开，挤出一堆肮脏的内衣袜裤。书桌上，纸张狼藉，纸堆中埋着三个黄汁斑斑的咖啡杯。室内的空间，给四个书架占满了。书架上砌着重重叠叠的书籍，《莎士比亚全集》、《希腊悲剧精选》、《柏拉图对话集》、《尼采选粹》。麦克米伦公司、中午公司、双日公司、黑猫公司，六年来，吴汉魂一毛一毛省下来的零用钱全换成五颜六色各个出版公司的版本，像筑墙一般，一本又一本，在他书桌四周竖起一堵高墙来。六年来，他靠着这股求知的狂热，把自己囚在这堵高墙中，将岁月与精力，一点一滴，注入学问的深渊中。吴汉魂突然打了一个寒噤。书架上那些密密麻麻的书本，一刹那，好像全变成了一堆花花绿绿的腐尸，室内这股冲鼻的气味，好像发自这些腐尸身上。吴汉魂胃里翻起一阵恶心，如同嗅中了解剖房中的福尔马林。吴汉魂一把将椅背上的西装外套穿上，夺门冲出了他这间地下室。

六月的芝加哥，在黄昏时，像块刚从烤架上叉下来的牛排，酱汁滴沥，颜色黄爽，洋溢着透熟透熟的肉香。天空里的煤烟是紫色的，浮在绛黑陈旧的大建筑物上，纹风不动。街上的行人，穿得彩色缤纷，但是空气颜色混浊，行人身上，看去如同敷上一层薄薄的煤灰。吴汉魂跟着一大队人，循着警察的哨音，穿过一条条斑马线。从克拉克穿到美的声，从美的声穿到梦露。城中区每条街上都挤满了行人车辆。下班的职员，放学的学生，还有一对对穿戴整齐的年轻情侣，在戏院门口，等候入场，他们亲昵地偎在一处，旁若无人，好像芝加哥是个梦幻中的大气球，他们就是梦中仙侣，乘着气球，飘上半空。

吴汉魂跟着人群，走过 Palmer House 大旅馆，走过 Marshal Field 百货公司，走过 Golden Dome 大酒店。他怔怔地看着金碧辉煌、华贵骄奢的大厦，在芝加哥住了这些年，他觉得好像还是第一次进入这个红尘万丈的城中区似的。平常他进入这一带，总是低着头匆匆走进菜场，匆匆又赶回他的公寓去。没有时间，没有闲情，欣赏这些琳琅满目的橱窗。吴汉魂抬头望望夹在梦露街两旁高楼中间那溜渐渐转暗的紫空，他突然觉得芝加哥对他竟陌生得变成了一个纯粹的地理名词，"芝加哥"和这些陈旧的大建筑，这一大群木偶似的扭动着的行人，竟连不上一块儿了。吴汉魂觉得莫名其妙地彷徨起来，车辆、行人都在有规律地协着整个芝城的音韵行动着。吴汉魂立在梦露街与克拉克的十字路口，茫然不知何去何从，他失去了方向观念，他失去了定心力，好像骤然间被推进一所巨大的舞场，他感觉到芝加哥在他脚底下以一种澎湃的韵律颤抖着，他却蹒跚颠簸，跟不上它的节拍。

天色愈来愈暗，街上华灯四起。人潮像打脱笼门的来亨鸡，四处飞散。吴汉魂像梦游一般，漫无目的徜徉着，四周的景物，如同幻境。当他踏入来喜街的时候，一片强光闪过来，刺得他双目难睁。吴汉魂觉得掉进了所罗门王的宝藏一般，红宝、绿玉、金刚石、猫眼，各色各样的霓虹灯，从街头照到街尾。成百家的酒吧、杂剧院、脱衣舞院，栉比林立，在街两旁排列下去。游客来往不绝地浮荡其间，强烈的彩灯，照得行人须眉如画。许多浓妆艳抹的女人，在酒吧间穿梭似的进出着。当吴汉魂走到红木兰门口时，里面卷出一阵喝彩声来。红木兰两扇艳红的大门全镶着法国式的浮雕，门楣的霓虹灯，盘成一大卷葡萄藤，一串串晶紫欲滴的葡萄子，垂落到人头上来。吴汉魂推开那扇红门走了进去。酒吧在地下室，吴汉魂顺着梯子往下走，好像进入霍夫曼的《故事》中去了似的。里面烟雾朦胧，灯光呈玫瑰色，把烟雾照成乳白。酒吧柜台前挤满了买醉的客人。柜台对面的小表演台上，矗立着一个胖大无比的黑女人，伸出两筒巨臂，嘴巴张成一个大黑洞，两排白牙闪亮，喷着一流宏大的沉郁而又充满原始野性的歌声。玫瑰色的灯光照在她油滑的皮肤上，又湿又亮。人们都倚在柜台边欣赏歌者的表演。有几个青年男女嘻笑地朝她讲评着，可是他们的话音却被那流焦躁的歌音冲没了，只见他们的嘴巴急切地翕动。当黑人歌女表演完毕，喝彩声又从平地里爆炸开来，然后大家开始蠢动，里面的人挤到外面，外面的反拥进去。

“白兰地。”

“喂，两瓶莱茵果！”

“马地尼，我说马——地——尼——”

“先生，要什么喝的？”有个穿花背心的酒保问吴汉魂。

吴汉魂要了一杯威士忌苏打。吴汉魂不会喝酒，这是他唯一熟悉的鸡尾酒名。吴汉魂拿着酒杯跟着人挤到酒吧里端。酒吧里充满了呛鼻的雪茄，地上泼翻的酒酸，女人身上的浓香，空气十分闷浊。座地唱机一遍又一遍地播着几个野性勃勃的爵士歌曲：“从今夜扭到天明。”“把这个世界一脚踢走。”“宝贝，你杀了我吧！”吴汉魂啜了两口威士忌，强烈的酒精烧得人喉头发火，他觉得两穴又开始跳动起来。

酒吧里的人分成两个极端。有些交头接耳，不停地讲，不停地笑，谁也不听谁，抢着发言。男的散开领带，满面汗水，女的踢掉高跟鞋，笑得前俯后仰。一个六呎多高的大汉，搂着一个还没有及他胸口的小女人，两只熊掌似的巨手在她臀部上漫不经意地按摩着，女人左右扭动，鬼啾一般吃吃地浪笑。但是另外一些人却呆若木鸡，坐在柜台的旋转椅上，一声不响，一杯又一杯地喝着闷酒。坐在吴汉魂不远处，有个老人，不到片刻工夫，已经喝掉六七杯马地尼。老人戴着一顶旧毡帽，稻草似的白发，从帽檐底伸张出来，他紧裹着一件磨得油亮的皮茄克，仰起脖子，一杯紧接一杯，把酒液灌进干瘪的嘴里，他的眼睛发直，一眨也不眨，好像四周那些人打情骂俏，他完全充耳不闻似的。

夜愈深，人愈挤，大家的脖子热得紫涨，眼睛醉得乜斜了，可是谁也舍不得离开，都抢着买醉，恨不得一夜间，把生命全消磨在翡翠色的酒杯中去似的。

“干吗一个人发呆呀？”一个女人侧着身子挤过吴汉魂身边时，突然凑到他耳根下对他说道。

吴汉魂怔怔地看着她没有作声。

“找不到伴儿，我猜。”女人向他挤了一个媚眼，很在行地说道。“来，让我来陪你聊聊。”然后不由分说地挽着吴汉魂的手臂排开人堆，挤到酒吧后面的座位上。沙发座全塞满一对对喁喁私语的男女，只有一个四人座却由一个醉汉占住，醉汉的头侧伏在桌面，嘴巴张得老大。女人过去把桌上的空酒杯扫到他面前，然后同吴汉魂在对面坐了下来。

“我叫萝娜，他们爱喊我萝萝，随你便。”萝娜笑着说，“你呢？”

“吴汉魂。”

“吴——”萝娜掩着嘴大笑起来，“别扭！我叫你 Tokyo 算了吧！”

“我是中国人。”吴汉魂说。

“啊，无所谓。你们东方人看来都差不多，难得分。”萝娜笑道，吴汉魂看见她露出一排白牙，门牙上沾着口红。萝娜脸上敷着浓厚的化妆品，眼圈荫蓝，蓬松的头发，红得像团熊熊的火焰，萝娜的身躯很丰满，厚实的胸脯紧箍在孔雀蓝的紧身裙里。

“寂寞了，来这里找刺激是吧？”萝娜歪着头，装着善解人意地说道。

“我第一次到这里来。”吴汉魂说道，他不停地啜着杯中剩下来的威士忌。

“得啦，得啦，你们东方人总爱装老实。”萝娜摇着头嚷道。

“这是我第一次到这种地方来。”吴汉魂说。

“放心，我很开通的。”萝娜拍拍吴汉魂的肩膀说道，“莫太认真了。我猜你是个学生吧？”

吴汉魂没有搭腔，他把杯里的剩酒一口喝尽。酒精在他喉头像把鸡爪子，抓得火辣辣的。

“怎样？我猜中了？”萝娜突然凑近吴汉魂脖子，皱起鼻尖，嗅了一下，大笑起来说，“我闻都闻得出你身上充满了书本的酸味。”

“我已经不是学生了，我今天刚毕业。”吴汉魂怔怔地瞪着萝娜，喃喃说道，好像在跟自己讲话似的。

“那么恭喜你呀！”萝娜举杯，一仰而尽，兴致勃勃地叫道，“快去替我买杯杜松子，你也要杯酒来，我们且乐一乐。”

吴汉魂挤进人堆，到柜台买了两杯酒，再挤到萝娜身边。萝娜时而偎近他亲昵地叫一声“我的中国人”，时而举杯嚷道：“为东方人干杯。”

唱机里播着一首震耳欲聋的扭扭《莎莉》，酒台边一大群男女都耸肩踏足，左右晃动起来。整个酒吧人影幢幢，突然有一对男女从柜台后转了出来，大家一声欢呼，让开一条路，围成了一个圈子。男的细长得像竿竹篙，穿着大红衬衫，头发染成淡金，满面皱纹的脸上却描着深栗色的眉毛。女的全身着黑，男装打扮，胸前飘着一根白丝领带，像个矮缩了的小老头。观众喝彩击掌。男的愈扭愈起劲，柔软得像根眼镜蛇。女的舞到兴浓时，突然粗嘎着嗓门，大喊一声：“胡啦——”喝彩声于是轰雷一般从观众圈中爆了出来。

萝娜笑得伏在吴汉魂肩上，指着那个男的说：“他就是有名的‘红木兰小姐’，他的舞伴就是‘红木兰先生’。”

"我的酒呢？"对座的醉汉被闹醒了，蓦然抬起头来，呓语不清地问道，再后又趴跌到桌上，嘴角直冒白泡。他的手把吴汉魂的酒杯扫翻了，酒液全泼在吴汉魂的西装外套上。吴汉魂掏出手帕，默默地把襟上的酒汁揩掉。萝娜凑近吴汉魂端详了一会儿说道：

"怎么吗？你的脸色不大好呢。"

"我的头不舒服，这里空气太闷。"吴汉魂说，他好像听得到自己的两穴在跳动，眼前的人群变得面目模糊，溶蚀在玫瑰红的烟雾里。

萝娜挽着吴汉魂的手臂低声说道："走吧，到我那儿，我给你医医就好了。"

吴汉魂跟着萝娜走到她的公寓里。萝娜走进房间，双脚一踢，把高跟鞋摔到沙发上，嘘一口气嚷道："热死我了！"萝娜打着赤足走到冰箱拿出两只炸鸡腿来，一只递向吴汉魂。

"我不要这个。"吴汉魂摇摇头说。

萝娜耸耸肩，倒了杯冰水给吴汉魂。

"我可饿得淌口水了。"萝娜坐到沙发上，跷起腿，贪饕地啃起鸡腿来。吴汉魂呆呆地看着她咂嘴舔唇地吮着手指上的酱汁。

"别急，我来替你医治。"萝娜突然抬头龇着牙齿对吴汉魂笑道，"你晓得，空着肚子，我总提不上劲来的。"

萝娜啃完鸡腿后，把鸡骨头塞到烟灰缸里，然后走到吴汉魂面前，“嘶”的一下，把那件绷紧的孔雀蓝裙子扯了下来。在较亮的灯光下，吴汉魂发觉萝娜露在白亵衣外的肩胛上，皮肤皱得像块浮在牛奶面上的乳翳。萝娜转过身来，用手往头上一抹，将那毯火红的头发，整个揪了下来。里面压在头上的，却是一片稀疏亚麻色的真发，刹那间，萝娜突然变得像个四十岁的老女人，两腮殷红，眼圈晕蓝，露在红唇外的牙齿却特别白亮。吴汉魂陡然觉得胃中翻起一阵酒意，头筋扯得整个脑袋开裂似的。

“还不脱衣服，害臊？”萝娜走到门边把灯熄掉吃吃地笑着说道，“老实告诉你，我还没和中国人来过呢？他们说东方人温柔得紧。”

吴汉魂走到街上，已是凌晨时分。芝加哥像个酩酊大醉的无赖汉，倚在酒吧门口，点着头直打盹儿，不肯沉睡过去，可是却醉得张不开眼睛来。街上行人已经绝迹，只有几辆汽车，载着狂欢甫尽的夜游客在空寂的街上飞驰而过。吴汉魂从一条走到另一条，街道如同棋盘，纵横相连。吴汉魂好像陷入了迷宫，愈转愈深。他的头重得快抬不起来了，眼睛酸涩得泼醋一般，可是他的双腿失却了控制，拖着他疲惫的身体，拼命往前奔走。有些街道，通体幽暗，公寓门口排着一个个大垃圾桶，桶口全胀爆了，吐出一大堆牛奶盒、啤酒罐，及鸡蛋壳来。有些却灯光如画，静荡荡的店面橱窗，竖立着一些无头无手的模特儿。吴汉魂愈走愈急，当他转入密歇根大道时，吴汉魂猛吃一惊，煞住了脚。天空黝黑无比，可是大道上空却浮满了灯光，吴汉魂站在街心中往两头望去，碧荧的灯花，一朵朵像鬼火似的，四处飘散。幽黑的高楼，重重叠叠，矗立四周，如同古墓中逃脱的巨灵。一股阴森的冷气，从他发根沁了进去，吴汉魂打了一个寒噤，陡然拔足盲目往前奔去，穿过高大的建筑物，穿过铁栏，穿过林木，越过一片沙地，等他抬头喘过一口气来的时候，他发觉自己站到密歇根湖的防波堤上来了。

一溜堤岸，往湖心弯了出去，堤端的灯塔，在夜雾里闪着淡蓝色的光辉。吴汉魂往堤端走去，展在他面前，是一片邃黑的湖水，迷迷漫漫，接上无边无涯的夜空。湖浪汹涌，扎实而沉重地轰打在堤岸上。黑暗又浓又厚，夜空伸下千千万万只黏软的触手，从四周抱卷过来，吴汉魂一步步向黑暗的黏网投身进去。空气又温又湿，蒙到脸上，有股水腥味，混着他衣襟上的酒气及萝娜留下的幽香，变成一股使人欲呕的恶臭。他的心一下一下剧烈地跳动起来，跟着湖浪，一阵紧似一阵地敲击着。他突然感到一阵黎明前惴惴不安的焦虑。他似乎听到黑夜的巨网，在天边发出了破晓的裂帛声，湖滨公园树林里成千成万的樫鸟，骤然间，不约而同爆出不耐烦的鼓噪。可是黑夜却像一个垂死的老人，两只枯瘦的手臂，贪婪地紧抱住大地的胸膛，不肯释放。

吴汉魂走到了灯塔下面，塔顶吐出一团团的蓝光，投射到无底无垠的密歇根湖中。吴汉魂觉得窝在他心中那股焦虑，像千万只蛾子在啃龁着他的肺腑，他脸上的冷汗，一滴一滴，流到他颈脖上。夜，太长了，每一分，每一秒，都长得令人心跳息喘，好像在这黎明前的片刻，时间突然僵凝，黑暗变成了永恒。

可是白昼终究会降临，于是他将失去一切黑暗的掩盖，再度赤裸地暴露在烈日下，暴露在人面前，暴露在他自己的眼底。不能了，他心中叫道。他不要再见日光，不要再见人，不要再看自己。芝加哥巨灵似的大厦，红木兰蛇一般的舞者，萝娜背上的皱纹，他突然又好像看到他母亲的尸体，嘴角颤动得厉害，他似乎听到她在呼唤：你一定要回来，你一定要回来。吴汉魂将头埋在臂弯里，两手推出去。他不要回去。他太疲倦了，他要找一个隐秘的所在，闭上眼睛，忘记过去、现在、将来，沉沉地睡下去。地球表面，他竟难找到寸土之地可以落脚，他不要回台北，台北没有二十层楼的大厦，可是他更不要回到他克拉克街二十层公寓的地下室去。他不能忍受那股潮湿的霉气，他不能再回去与他那四个书架上那些腐尸幽灵为伍。六年来的求知狂热，像漏壶中的水，涓涓汩汩，到毕业这一天，流尽最后一滴。他一想起《莎士比亚》，他的胃就好像被挤了一下似的，直往上翻。他从前把莎氏四大悲剧从头到尾背诵入心，可是记在他脑中的只有《麦克佩斯》里的一句：

生命是痴人编成的故事，

充满了声音与愤怒，

里面却是虚无一片。

芝加哥，芝加哥是个埃及的古墓，把几百万活人与死人都关闭在内，一同销蚀，一同腐烂。

“吴汉魂，中国人，三十二岁，文学博士，一九六〇年六月一日芝加哥大学毕业——”那几行自传又像咒符似的回到了吴汉魂的脑际，他心中不由自主地接了下去：

“一九六〇年六月二日凌晨死于芝加哥，密歇根湖。”

《现代文学》第十九期

一九六四年一月

香港——一九六〇

朦胧间，余丽卿以为还睡在她山顶翠峰园的公寓里，蜷卧在她那张软绵绵的沙发床上。苹果绿的被单，粉红色的垫褥，肥胖的海绵枕透出缕缕巴黎之夜的幽香。用水时间又缩短了！阿荷端着杏仁露进来不停地嘀咕，一个礼拜只开放四个钟点。这种日子还能熬得过去吗，小姐？三十年来，首次大旱，报纸登说，山顶蓄水池降低至五十万加仑。三个月没有半滴雨水，天天毒辣的日头，天天干燥的海风，吹得人的嘴唇都开裂了。

明日预测天气晴朗最高温度华氏九十八度——

那个女广播员真会饶舌！天天用着她那平淡单调的声音：明日天晴。好像我们全干死了她都漠不关心似的。水荒，报纸登着斗大的红字。四百万居民面临缺水危机。节约用水，节约用水。可是，小姐，阿荷摊开手愁眉苦脸地叫道，我们总得要水淘米煮饭呀！七楼那个死婆妈整天鬼哭神嚎：修修阴功，楼下不要放水喽，我们干死啦！我愿得如此吗，小姐？天不开眼有什么办法？嗯，香港快要干掉了。天蓝得那么好看，到处都是满盈盈的大海，清冽得像屈臣氏的柠檬汽水，直冒泡儿。可是香港却在碧绿的太平洋中慢慢枯萎下去。

仿仿佛佛，余丽卿一直听到一阵松、一阵紧，继续的人声、车声、金属敲击的乐声，在她神智渐渐清醒的当儿，这阵噪音突然像巨大的浪头，从窗下翻卷进来，余丽卿觉得遭了梦魔一般，全身发渗，动弹不得。湿漉的背项，整个黏在阴浸的马藤席上。她的眼睛酸涩得如同泼醋，喉头干得直冒火，全身的骨骼好像一根根给人拆散开来。余丽卿眼睁睁看着自己的四肢，东一只，西一只，摊在床上，全切断了一般，一点也不听身体的调动。俯卧在她身旁的男人，一只手搅在她赤裸的胸脯上，像一根千斤的铁柱，压得她气都喘不过来了。对面夜来香茶楼的霓虹灯像闪电一般，从窗口劈进阁楼里来，映得男人瘦白的背脊，泛着微微的青辉。他的呼吸时缓时急，微温的鼻息，不断地喷到她的腮上。她闻得到他的呼吸中，带着鸦片浓郁的香味。

桂花凉粉！窗外不断传来小贩叫喊的声音。湾仔夜市的水门汀上，夜游客的木屐噼噼啪啪，像串震耳欲聋的鞭炮；

几十处的麻雀牌，东一家，西一家，爆出稀哩哗啦的洗牌声，筹码清脆地滚跌着。夜来香二楼的舞厅正奏着配上爵士拍子的广东音乐《小桃红》，靡靡的月琴，有一搭没一搭地呜咽着。

余丽卿转过头去，她看到男人削瘦的轮廓，侧映在枕面上，颧骨高耸，鼻梁挺直，像刀斧凿过一般，棱角分明；一头丰盛的黑发，蓬乱地覆在他宽朗平滑的白额上，透着一丝沁甜的贝林香。即使在微黝的黑暗中，余丽卿也感得到他的眼睛，一径睁着，没有知觉地凝视着她，清醒的时候，他的眼睛总是那么昏懵，倦怠的眼神好像老是睡眠不足似的；可是在睡梦中，他的眼睛却过分地机警，总是半开着，夜猫般的瞳孔，透出一溜清光，似乎经常在窥伺、在考察、在监督她的一举一动。甚至她脑中思维的波动，他在睡梦中也很有知觉似的，睁开没有视觉的眼睛，冷冷地盯着，像墙头上的夜猫，细眯的瞳孔，射出一线透人肺腑的寒光，然后说道：我们是命中注定了。我们命中注定滚在一堆了，他说。我们像什么？怎么，一对手铐手的囚犯啊！莫挣扎了，我的好姊姊，凭你费多大劲也没用的。你几时见过锁在一根链子上的囚犯分得开过？噢，我的好姊姊，我们还是乖乖地滚在一堆吧！他半眯着疲惫的眼睛，伸直扁瘦的腰，斜卧在沙发上；两条细长的腿子，懒散地搭在扶手上；白得半透明的宽额，露着一条条荫蓝的青筋，说道：难道你还不明白吗？唉，无赖。他叼着他那根乌油油的烟枪，满不在意地徐徐喷着浓郁的鸦片。几绺油亮的黑发，跌落在右太阳穴上。睁着倦怠的眼睛，声音甜得发腻。懂吗？我要的是你这个人。他的声音轻软得像团棉絮，搔得人的耳根子直发痒。我要你那双细白的手，我要你那撮巴黎之夜喷过的头发。哎，无赖。好姊姊，你独个儿睡在冷气调节的翠峰园太过冷清。来，让我替你脱掉你的湘云纱，躺到我的床上，我来替你医治你的惧冷症。可怜，你的手心直淌冷汗，你的牙齿在发抖呢！你害怕？害怕我是个躲在湾仔阁楼顶的吸毒犯？因为你做过师长夫人？用过勤务兵？可是在床上我们可没有高低之分啊！瞧瞧，我们不是天生的一双吗？来，让我握住你细白的手，我们的手梗子早扣上月牙形的手铐了。喏，让我教给你看，就是这个样子，手梗子咔嚓地上了锁。我需要你，你也需要我，不是吗？什么？我把你当成什么？女人，当然是女人啰！我的好姊姊。别害怕，这是香港——东方之珠，香港的女人最开通。真的，香港女人都差不到哪里去了。唉，无赖，无赖。

夜来香二楼舞厅的人影子在暗红的玻璃上，幢幢晃动，广东舞曲睡眠不足似的，有气没力地拖拉着。骑楼上一个穿黄色紧身旗袍的女人正在和个葡萄牙水兵拉扯着。“夜来香”三个霓虹灯的大字，照得她生满了鱼鳞似的缎子旗袍闪闪发光。她半身探出骑楼外，浪声笑着。水兵揽住她的腰肢，往房中拖去。黄衫女人两手抓住骑楼栏杆，一头长发跌到胸前，她的笑声尖锐而凄厉，淹没在四面涌来的麻雀牌声中。她生过麻风，他们说。她已经梅毒攻心了，他们说。她是中、西、葡、英的混杂种。她是湾仔五块钱一夜的咸水妹。坐在夜来香的门槛上，捞起她的黄旗袍，擦拭给她梅毒蛀掉了睫毛的眼睛，她擤着鼻涕，揉着她粉红色的烂眼角。合家铲！她咬着发乌的嘴唇哼道。哄死人啦！讲好五块钱，那个死鬼提起裤带飞溜。我要吃饭啊！我赶着他叫道。只要五块钱，五块钱哪！合家铲！合家铲！香港女人都差不到哪里去了。他半眯着眼睛，漫不经意地说道。香港女人，香港女人！有一天，香港女人都快变成卖淫妇了。两百块的、二十块的、五块钱一夜的。大使旅馆的应召女郎，六国酒店的婊子，湾仔码头边的咸水妹，揩着梅毒蛀烂了的眼圈，大声喊着：五块钱一夜！（小姐，报纸说用水时缩成一个礼拜四小时哪。）嗯，香港快被晒干了。香港在深蓝色的海水中，被太阳晒得一寸一寸地萎缩下去。

桂花凉粉！窗外夜市人声鼎沸，卖凉粉的小贩破着喉咙，从嘈杂的声浪中，迸出几下极不调协的尖叫。骤然间，夜市上的木屐声一阵大乱。阁楼的木梯上，响着杂沓窜逃的脚步。差人，差人！往阁楼屋顶奔逃的小贩急促地叫道。突击！突击！突击！天天晚上警察都来突击湾仔的无照小贩。夜夜巡捕车抓走一笼笼的难民摊贩，可是夜夜湾仔的小贩仍旧破起喉咙，挑战似的喊出：桂花凉粉！调景岭霍乱病案五三起，《星岛日报》登道，港九居民切勿饮食生冷。检疫站，防疫针，德辅道的阴沟，唉，真要命！全是生石灰呛鼻的辛辣气。他们把公家医院塞满了难民，哼哼唧唧，尽是些吐得面皮发乌的霍乱病人。中国大陆的瘟疫像朵黑云盖到了香港的上空。唉，这颗东方之珠的大限快到了。走吧，姊姊，芸卿说，芸卿的眼角噙着泪珠，脸苍白得像张半透明的蜡纸。趁着现在还不太迟，离开这里吧！芸卿的嘴唇不停地抽搐。你在往下沉哪！你还年轻，才三十几岁。你要为将来打算，一定要想到你的将来啊！你的将来——将来？你是说明天？可是妹子，你们这些教书的人总是要讲将来。但是我可没有为明天打算，我没有将来，我甚至没有去想下一分钟。明天——太远了，我累得很，我想不了那么些。你们这些教书匠，总爱讲大道理。去告诉你书院里那些梳着辫子的女娃娃：明天、明天、明天。我只有眼前这一刻，我只有这一刻，这一刻，懂吗？芸卿哭出了声音，说道，至少你得想想你的身份、你的过去啊！你该想想你的家世哪！你是一个有身份的人。你是说师长夫人？用过勤务兵的，是吧？可是我也没有过去，我只晓得目前。懂吗？目前。师长夫人——她已经死了。姊姊，噢姊姊，你唬人得很。芸卿绞着她的手帕，揩去滚到她苍白面颊上的泪珠。姊夫活着的话他要怎么说呢？人人都在说。他们都在说你在跟一个——嗳，姊姊，你不能这样下去。他们都说你在跟一个——但是我们注定滚在一堆了。他说道。我们像囚犯一样锁在一起了。难道你不以为我们是天生的一对？来，让我亲亲你软软的嘴唇。好姊姊，躺在我的怀里吧！

当然我喜欢你送给我的开司米大衣。但是我更爱你这双丰满的奶子。难道我对你还不够好？不像一个服服帖帖的好弟弟？认了吧，我们都是罪人，我躲在这间肮脏的阁楼里吸我的烟枪。你呢？你悄悄从你漂亮的翠峰园溜下来到我这里做坏事。翠峰园不是一个人待得住的地方。上面太冷清了。来，让我暖暖你，到底我们是注定了的，莫挣扎了。看看这张我请人替我们拍的照片。别忘记，只要我们活着，这就是我们一生的纪念品。瞧瞧我们赤裸的身体，是不是有点像西洋人圣经上讲的什么亚当与夏娃？被上帝赶出伊甸园因为他们犯了罪。来，罪人，让我们的身体紧紧地偎在一块，享受这一刻千金难换的乐趣。罪人，赶出了伊甸园。罪人，赶出了伊甸园。无赖，唉，唉，唉，无赖。走吧！姊姊，芸卿默默地抽泣着，你不能这样下去，你要设法救你自己。你一定要救要救要救。救？救我的身体？救你们信教的人讲的灵魂？在哪儿呀，我的灵魂？我还有什么可救的？我的身体烂得发鱼臭。难道你还看不见我皮肤下面尽是些蛆虫在爬动？我像那些霍乱病人五脏早就烂得发黑了。姊姊，嗳，姊姊！你一定要救你自己，一定要救。我们注定了。他说。我们是冤孽，他说。我们在沉下去，我们在沉。我们（小姐，厨房里没水喽！）嗯，香港快干掉了。

警察大声地吆喝着。小贩们哭着喊着滚下了楼梯。巡逻车的警笛扫走了一切噪音，像无数根鞭子，在空中笞挞，载走一车一车没有居留证的难民，像野狗一般塞进火车厢内，从新界运回中国大陆。让瘟疫及饥荒把这些过剩的黄色人体凌迟消灭。为了本港的治安，香港总督说，我们必须严厉执行驱逐越境的难民，然而每天那些蓬头垢面的难民却像大水来临前奔命的黑蚁，一窝窝从新界的铁丝网底，带着虱子、跳蚤以及霍乱病源，钻进了香港。

尖沙咀码头抢案，少女耳朵遭强徒扯裂。

蒙面人洗劫银行，印度巡警被射杀。

《星岛日报》：抢案。《工商日报》：抢案。李夫人，我是李师长的随从。他穿着灰得发白的中山装，脸上水肿得眼睛眯成了一条细缝。我认得你是李夫人，他走近一步说道，我不懂你说什么，我说。我怕你认错人了，我说。可是我知道你是李夫人，他说，他的嘴角一径挂着一丝狡狯的微笑。对不起，我不认识李夫人，我说。我是王丽卿小姐。我是翠峰园的王丽卿小姐。李夫人，我以前是李师长的随从。我也是逃难出来的。我是李师长的随从。

丽卿

听见没有　丽卿

你要守规矩呵

听见没有

你是师长夫人懂吗

丽卿

要守规矩

师长夫人

要守规矩

听见没有

丽卿丽卿丽卿

他已经死了，被砍了头，他的勤务兵把他的躯体偷出来埋在花园里。别叫我李夫人，懂吗？我是王丽卿。李夫人，我两天没吃东西了。帮帮忙吧，李夫人，看在李师长分上，做点好事吧！李夫人。我不是李夫人，懂吗？我是王丽卿小姐，被砍了头，挂在城门上像个发霉的柚子。

丽卿

要守规矩呵

李夫人。不要跟着我。李夫人。我已经给了你钱了。李夫人。让开，不要乱叫我。李夫人，李夫人。救命！差人。抢皮包呀！走吧，姊姊，趁早离开这里，买张飞机票飞到悉尼去。走，姊姊。不，我说。不，我说，哪儿我也不要去。我连手都抬不动了，看看这两根膀子，已经不听我的调动了。我已经死掉了。我早就死去了。姊姊，噢，姊姊。芸卿抽搐地哭起来。香港就快完结了，东方之珠。嗯！这颗珠子迟早总会爆炸得四分五裂。那些躺在草地上晒太阳的英国兵太精了，他们不会为这颗精致的小珍珠流一滴血的。但是我不会等到那一天。我才不会呢！我要在这颗珠子破裂的前一刻从尖沙咀跳到海里去。你一定要设法救你自己啊！嗯，我要跳到海里去，趁早离开这里，我不会等到那一天。人人都在说。他们都在说你跟一个——但是我们命中注定了，他说。让我握住你的手，让我领你沉到十八层地狱里去。我敢说你会喜欢上刀山下油锅的滋味，因为我们都是罪孽重重。还想不认你有罪？地狱里的炼火也烧不尽你的孽根呢！来吧，罪人，让我领着你沉下去。（小姐，那个死婆妈跑下来抢我们的水啦！）节约用水，节约用水，街上的扩音器互相咆哮着，水塘里的水又降低了三寸。三寸又三寸又三寸。有一天香港的居民都会干得伸出舌头像夏天的狗一般喘息起来，他们会伸出鸟爪一般的手臂去抢水和食物。水——他们会喊道。饿呀！他们会喊道。他们的皮肤会水肿得像象皮一般，霍乱会泻得他们的脸个个发黑。有一天那些难民会冲到山顶把有钱人从别墅里拉出来统统扔到海里去。东方之珠。东方之珠，走吧，姊姊。不。走，姊姊。不。姊姊。不，不，不。

余丽卿翻过身去，伸出手紧揽住她身边男人瘦白的背脊。夜来香舞厅的广东音乐，支撑着凌晨的倦意，落寞地漫奏着。麻雀牌愈来愈疏落，间或有几下猛然奋起的洗牌声。夜市里人声已杳，街车的引擎断续地闷吼着。余丽卿渐渐合上了越来越沉重的眼皮。朦胧间，她又感到她身边男人那双半睁的睡眼，像黑暗里夜猫的瞳孔，射出两道碧荧荧的清光，窥伺地、监督地罩在她脸上，好像刺入她心底的深渊中一般。是的，她想道，香港快要干掉了，于是他便说道：来吧，罪人，让我握住你的手，一同沉入地狱门内。

《现代文学》第二十一期

一九六四年六月

谪仙记

慧芬是麻省威士礼女子大学毕业的。她和我结了婚这些年经常还是有意无意地要提醒我：她在学校里晚上下餐厅时，一径是穿着晚礼服的。她在厨房里洗蔬菜的当儿，尤其爱讲她在威士礼时代出风头的事儿。她说她那时候的行头虽然比不上李彤，可是比起张嘉行和雷芷苓来，又略胜了一筹。她们四个人都是上海贵族中学中西女中的同班同学。四个人的家世都差不多地显赫，其中却以李彤家里最有钱，李彤的父亲官做得最大。那时她们在上海开舞会，总爱到李彤家虹桥路那幢别墅去。一来那幢德国式的别墅宽大堂皇，花园里两个大理石的喷水泉，在露天里跳舞，泉水映着灯光，景致十分华丽；二来李彤是独生女，她的父母从小把她捧在掌上长大的，每次宴会，她母亲都替她治备得周到异常，吃的，玩的，布满了一园子。

慧芬说一九四六年她们一同出国的那天，不约而同地都穿上了一袭红旗袍，四个人站在一块儿，宛如一片红霞，把上海的龙华机场都照亮了，她们互相看看，忍不住都笑弯了腰。李彤说她们是“四强”——二次大战后中美英俄同被列为“四强”。李彤自称是“中国”，她说她的旗袍红得最艳。没有人愿意当“俄国”，俄国女人又粗又大，而且那时上海还有许多白俄女人是操贱业的。李彤硬派张嘉行是“俄国”，因为张嘉行的块头最大。张嘉行很不乐意，上了飞机还在跟李彤斗嘴。机场里全是她们四人的亲戚朋友，有百把人，当她们踏上飞机回头挥手告别的当儿，机场里飞满了手帕，不停地向她们招摇，像一大群蝴蝶似的。她们四个人那时全部是十七八岁，毫不懂得离情别意，李彤的母亲搂着李彤哭得十分伤心，连她父亲也在揩眼睛，可是李彤戴着一副很俏皮的吊梢太阳眼镜，咧着嘴一径笑嘻嘻的。一上了飞机，四个人就叽里呱啦谈个没了起来，飞机上有许多外国人，都看着她们四个周身穿着红彤彤的中国女孩儿点头微笑。慧芬说那时她们着实得意，好像真是代表“四强”飞往纽约开世界大会似的。

开始的时候，她们在威士礼的风头算是出足了。慧芬总爱告诉我周末约她出去玩的男孩子如何如何之多，尤其当我不太逢迎她的时候，她就要数给我听，某某人曾经追过她，某某人对她又如何如何，经常提醒我她当年的风华。我不太爱听她那些轶事，有时心里难免捻酸，可是当我看到慧芬那一双细白的手掌在厨房里让肥皂水泡得脱了皮时，我对她不禁格外地怜惜起来。慧芬到底是大家小姐，脾气难免娇贵些，可是她和我结婚以后，家里的杂役苦差，她都操劳得十分奋勇，使得我又不禁对她敬服三分。慧芬说在威士礼时她们虽然各有千秋，可是和李彤比起来，却都矮了一截。李彤一到威士礼，连那些美国的富家女都让她压倒了。威士礼是一个以衣相人的地方。李彤的衣裳多而别致，偏偏她又会装饰，一天一套，在学校里晃来晃去，着实惹目。有些美国人看见她一身绫罗绸缎，问她是不是中国的皇帝公主。不多久，她便成了威士礼的名人，被选为“五月皇后”。来约她出游的男孩子，难以数计。李彤自以为长得漂亮，对男孩子傲慢异常。有一个念哈佛法学院叫王珏的男学生，人品学问都是第一流，对李彤万分倾心，可是李彤表面总是淡淡的，王珏失了望便不去找她了。慧芬说她知道李彤心里是喜欢王珏的，可是李彤装腔装惯了，一下子不愿迁就，所以才没有和王珏好起来。慧芬说她敢打赌李彤一定难过了好一阵子，只是李彤嘴硬，不肯承认罢了。

不久李彤家里便出了事，国内战事爆发了，李彤一家人从上海逃难出来，乘太平轮到台湾，轮船中途出了事，李彤的父母罹了难，家当也全淹没了。李彤得到消息时在医院里躺了一个多月，她不肯吃东西，医生把她绑起来，天天打葡萄糖和盐水针。李彤出院后沉默了好一阵子，直到毕业时，她才恢复了往日的谈笑。可是她们一致都觉得李彤却变得不讨人喜欢了。况且那个时候，每个人的家里都遭到战乱的打击，大家因此没有心情再去出风头，只好用功读书起来。慧芬提到她在威士礼的时代，总要冠上：当我是 sophomore 的时候。后两年，她是不大要提的。

我亲自看到李彤，还是在我和慧芬的婚宴上。我和慧芬是在波士顿认识的，我那时在麻省理工学院念书，慧芬在纽约做事，她常到波城来探亲。可是慧芬却坚持要在纽约举行婚礼，并且以常住纽约为结婚条件之一。她说她的老朋友都在纽约做事，只有住在纽约才不觉得居住在外国。我们的招待会在 Long Island 的新居举行，只邀了我们两人要好的朋友。慧芬卸了新娘礼服出来便把李彤、张嘉行和雷芷苓拉到我跟前正式介绍一番。其实她不必介绍我已经觉得跟她们熟得不能再熟了。慧芬老早在我跟前把她们从头到脚不知形容了多少遍。见面以后，张嘉行和雷芷苓还差不了哪里去，张胖雷瘦，都是神气十足的女孩子。至于李彤的模样儿我却觉得慧芬过分低估了些。李彤不仅自以为漂亮，她着实美得惊人。像一轮骤从海里跳出来的太阳，周身一道道的光芒扎得人眼睛发疼的。李彤的身材十分高挑，五官轮廓都异常飞扬显突，一双炯炯露光的眼睛，一闪便把人罩住了，她那一头大鬈蓬松的乌发，有三分之二掠过左额，堆泻到肩上来，左边平着耳际却插着一枚碎钻镶成的大蜘蛛，蜘蛛的四对足紧紧蟠在鬓发上，一个鼓圆的身子却高高地飞翘起来。李彤那天穿着一袭银白底子飘满了枫叶的闪光缎子旗袍，那些枫叶全有巴掌大，红得像一球球火焰一般。女人看女人到底不太准确，我不禁猜疑慧芬不愿夸赞李彤的模样，恐怕心里也有几分不服。我那位十分美丽的新娘和李彤站在一起却被李彤那片艳光很专横地盖过去了。那天逢着自己的喜事，又遇见慧芬那些漂亮的朋友，心中感到特别喜悦。

“原来就是你把我们的牌搭子拆散了，我来和你算账！”

李彤见了我，把我狠狠地打量了几下笑着说道。李彤笑起来的样子很奇特，下巴翘起，左边嘴角挑得老高，一双眼皮儿却倏地挂了下来，好像把世人都要从她的眼睛里撵出去似的。慧芬告诉过我，她们四个女孩子在纽约做事时，合住在一间四房一厅的公寓里，下了班常聚在一起搓麻将，她们自称是四强俱乐部。慧芬搬出后，那三个也各自散开，另外搬了家。

“那么让我加入你们的四强俱乐部交些会费好不好？”我向李彤她们微微地欠了一下身笑着说道。我的麻将和扑克都是在美国学的，这里的朋友聚在一起总爱成个牌局，所以我的牌艺也跟着通练了。三个女孩听见我这样说，都笑了起来说道：

“欢迎！欢迎！幸亏你会打牌，要不然我们便不准黄慧芬嫁给你了。我们当初约好，不会打牌的男士，我们的会员是不许嫁的。”

“我早已打听清楚你们的规矩了。”我说，“连你们四强的国籍我都记牢了。李彤是‘中国’对吗？”

“还提这个呢？”李彤嚷着答道，“我这个‘中国’逢打必输，输得一塌糊涂。碰见这几个专和小牌的人，我只有吃败仗的份。你去问问张嘉行，我的薪水倒有一半是替她赚的呢！”

“自己牌不行，就不要乱赖别人！”张嘉行说道。

“李彤顶没有 sportsmanship。”雷芷苓说。

“陈寅，”李彤凑近我指着张嘉行她们说道，“我先给你一个警告：和这几个人打牌——包括你的新娘子在内——千万不要做大牌。她们都是小和大王，我这个人打牌要就和辣子，要不就宁愿不和牌！”

慧芬和其他两个女孩子都一致抗议，一齐向李彤攻击。李彤却微昂着首，倔强地笑着，不肯输嘴。她发鬓上那枚蜘蛛闪得晶光乱转，很是生动。我看见这几个漂亮的女孩子互相争吵，非常感到兴味。

“我也是专喜和大牌的。”我觉得李彤在三个女孩子的围攻下显得有点孤单，便附和她说道。

“是吗？是吗？”李彤亢奋地叫了起来，伸出手跟我重重地握了一下，“这下我可找到对手了！过几天我们来较量较量。"

那天的招待会上，只见到李彤一个人的身影穿来插去，她那一身的红叶子全在熊熊地燃烧着一般，十分地惹目。我那些单身的男朋友好像遭那些火头扫中了似的，都显得有些不安起来。我以前在大学的同房朋友周大庆那晚曾经向我几次打听李彤。

我和慧芬度完蜜月回到纽约以后，周大庆打电话给我要请我们去 Central Park 的 Tavern on the Green 去吃饭跳舞，他要我替他约李彤做他的舞伴。周大庆在学校喜欢过几个女孩子，可是一次也没有成功。他的人品很好，长得也端正，却不大会应付女孩们。他每次爱上一个人都十分认真，因此受过不少挫折。我知道他又喜欢上李彤了。我去和慧芬商量时，慧芬却说关于李彤的事情我最好不要管，李彤太过任性。我知道周大庆是个非常诚实的人，所以一定央求慧芬去帮他约李彤出来。

我们去把李彤接到了 Central Park，她穿了一袭云红纱的晚礼服，相当潇洒，可是她那枚大蜘蛛不知怎地却爬到了她的肩膀的发尾上来，甩荡甩荡的，好像吊在蛛丝上一般，十分刺目。周大庆早在 Tavern on the Green 里等我们。他新理了头发，耳际上两条发线修得十分整齐。他看见我们时立刻站了起来，脸上笑得有点僵硬，还像在大学里站在女生宿舍门口等候舞伴那么紧张。我们坐定后，周大庆打开了桌子上一个金纸包的玻璃盒，里面盛着一朵紫色的大蝴蝶兰。周大庆说那是给李彤的礼物。李彤垂下眼皮笑了起来，拈起那朵蝴蝶兰别在她腰际的飘带上。周大庆替我们叫了香槟，李彤却把侍者唤来换了一杯 Manhattan。

“我最讨厌香槟了，”李彤说道，“像喝水似的。”

“Manhattan 是很烈的酒呢！”周大庆看见李彤一口便将手中那杯酒喝掉一半，脸上带着忧虑的神情向李彤说道。

“就是这个顶合我的胃口。”李彤说道，几下便把一杯 Manhattan 喝尽了，然后用手将杯子里那枚红樱桃撮了起来塞到嘴里去。有一个侍者走过来，李彤用夹在手指上那截香烟指指空杯说道：

“再来一杯 Manhattan。”

李彤一面喝酒，一面同我大谈她在 Yonkers 赌马的事情。她说她守不住财，总是先赢后输。她问我会不会扑克，我说很精通。李彤便伸出手来隔着台子和我重重握了一下，然后对慧芬说道：

“黄慧芬，你的先生真可爱，把他让给我算了，我和他可以合开一家赌场。”

我们都笑了起来。周大庆笑得有点局促，他什么赌博都不会。李彤坐下来后一直不大理睬他，他有几次插进嘴来想转开话题，都遭李彤挡住了。

“那么你把他拿去吧。”慧芬推着我的肩膀笑着说道。李彤立了起来拉着我的手走到舞池里，头靠在我肩上和我跳起舞来。舞池是露天的，周围悬着许多琥珀色的柱灯，照在李彤的鬓发及衣服上十分好看。

“周大庆很喜欢你呢，李彤。”我在李彤耳边说道，周大庆和慧芬也下到了舞池里来。

“哦，是吗？”李彤抬起头来笑道，“叫他先学会了赌钱再来追我吧！”

“他的人很好。”我说。

“不会赌钱的人再好也没用。”李彤伏在我肩上又笑了起来。

一餐饭下来，李彤已喝掉了五六杯酒，李彤每叫一杯，周大庆便望着她讪讪地笑着。

“怎么？你舍不得请我喝酒是不是？”李彤突然转过头来对周大庆道，她的两颧已经泛起了酒晕，嘴角笑得高高地挑起，周大庆窘住了，赶快嗫嚅地辩说道：

“不是的，我是怕这个酒太凶了。”

“告诉你吧，没有喝够酒，我是没劲陪你跳舞的。”说着李彤朝侍者弹了一下手指又要了一杯 Manhattan。喝完以后，她便立起身来邀周大庆去跳舞。乐队正在奏着一支“恰恰”，几个南美人敲打得十分热闹。

“我不大会跳恰恰。”周大庆迟疑地立起身来说。

“我来教你。”李彤径自走进了舞池，周大庆跟了她进去。

李彤的身子一摆便合上了那支“恰恰”激烈狂乱的拍子。她的舞跳得十分奔放自如，周大庆跟不上她，显得有点笨拙。起先李彤还将就着周大庆的步子，跳了一会儿，她便十分忘形地自己舞动起来。她的身子忽起忽落，愈转圈子愈大，步子愈踏愈颠踬，那一阵“恰恰”的旋律好像一流狂风，吹得李彤的长发飘带一起扬起，她发上那枚晶光四射的大蜘蛛衔住她的发尾横飞起来。她飘带上那朵蝴蝶兰被她抖落了，像一团紫绣球似的滚到地上，遭她踩得稀烂。李彤仰起头，垂着眼，眉头皱起，身子急切地左右摆动，好像一条受魔笛制住了的眼镜蛇，不由己在痛苦地舞动着，舞得要解体了一般。几个乐师愈敲愈起劲，奏到高潮一齐大声喝唱起来。别的舞客都停了下来，看着李彤，只有周大庆还在勉强地跟随着她。一曲舞罢，乐师们和别的舞客都朝李彤鼓掌喝彩起来，李彤朝乐师们挥了一挥手，回到了座位，她脸上挂满汗珠，一绺头发覆到脸上来了。周大庆一脸紫涨，不停地在用手帕揩汗。李彤一坐下便叫侍者要酒来。慧芬拍了一拍李彤的手背止住她道：

“李彤，你再喝就要醉了。”李彤双手按住慧芬的脖子笑道：

“黄慧芬，我的好黄慧芬，今晚你不要阻拦我好不好？你不知道我现在多么开心，我从来没有这样开心过！”

李彤指着她的胸口嚷着，她眼睛里射出来的光芒好像烧得发黑了一般。她又喝了两杯 Manhattan 才肯离开，走出舞厅时，她的步子都不稳了。门口有个黑人侍者替她开门，她抽出一张十元美金给那个侍者摇摇晃晃地说道：

“你们这儿的 Manhattan 全世界数第一！”

回到家中慧芬埋怨了我一阵说：

“我叫你不要管李彤的事，她那么任性，我真替周大庆过意不去。”

我和慧芬在纽约头一两年过得像曼哈顿的地下车那么闹忙那么急促。白天我们都上班，晚上一到家，便被慧芬那班朋友撮了出去。周末的两天，总有盛宴，日程常常一两个月前已经排定。张嘉行和雷芷苓都有了固定的男友。张的是一个姓王的医生，雷的是一个叫江腾的工程师。他们都爱打牌，大家见面，不是麻将便是扑克。两对恋人的恋爱时间，倒有泰半是在牌桌上消磨过去的。李彤一直没有固定的对象，她的男伴经常掉换。李彤对于麻将失去了兴趣，她说麻将太温吞。有一个星期六，李彤提议去赌马，于是我们一行八人便到了 Yonkers 跑马场。李彤的男伴是个叫邓茂昌的中年男人，邓是从香港来的，在第五街上开了一个相当体面的中国古玩店。李彤说邓是个跑马专家，十押九中。那天的太阳很大，四个女孩子都戴了阔边遮阳帽，李彤穿了一条紫红色的短裤子，白衬衫的领子高高倒翻起来，很是好看。

马场子里挤满了人，除了邓茂昌外，我们都不谙赛马的窍门。他非常热心，跑上跑下替我们打听消息，然后很带权威地指挥我们你押这一匹、押那一匹。头一二场，我们都赢了三四十块。到第三场时邓茂昌说有一匹叫 Lucky 的马一定中标，要我们下大注，可是李彤却不听他的指示说道：

"我偏不要这一匹，我要自己选。"

"李彤，你听我这次话好不好？ Lucky 一定中彩的。"邓茂昌焦急地劝说李彤，手里捏着一大沓我们给他下注的钞票。李彤翻着赛马名单指给邓茂昌道：

"我要买 Bold Lad。"

"Lucky 一定会赢钱的，李彤。"邓茂昌说。

"我要买 Bold Lad，他的名字好玩，你替我下五十块。"

"李彤，那是一匹坏马啊！"邓茂昌叫道。

"那样你就替我下一百块。"李彤把一沓钞票塞到邓茂昌手里，邓茂昌还要和李彤争辩，张嘉行向邓茂昌说道：

"反正她一个月赚一千多，你让她输输吧。"

"怎么见得我一定会输？"李彤扬起头向张嘉行冷笑道，"你们专赶热门，我偏要走冷门！"

那一场一起步，Lucky 果然便冲到了前面，两三圈就已经超过别的马一大段了，张嘉行、雷芷苓和慧芬三个人都兴奋得跳了起来。李彤押的那匹 Bold Lad 却一直落在后面。李彤把帽子摘了下来，在空中拼命摇着，大声喊道：

"Come on, my boy! Come on!"

李彤蹦着喊着，满面涨得通红，声音都嘶哑了，可是她那匹马仍旧没有起色，遥遥落在后面。那一场下来，Lucky中了头彩，我们每人都赢了一大笔，只有李彤一个人却输掉了。下几场，李彤乱押一阵，专挑名字古怪的冷马下注。赛完后，我和慧芬赢得最多，两人一共赢了五百多元，而李彤一个人却输掉了四百多。慧芬很高兴，她提议我们请吃晚饭，大家一同开到百老汇上一家中国酒馆去叫一大桌酒席。席间邓茂昌一直在谈他在香港赌马的经验，张嘉行她们听得很感兴味，不停地向他请教。李彤却指着邓茂昌道：

"今天就是你穷捣蛋，害得我输了那么多。"

"要是你听我的话就不会输了。"邓茂昌笑着答道。

"我为什么要听你的话？我为什么要听你的话？"李彤放下筷子朝着邓茂昌道，她那露光的眼睛闪得好像要跳出来了似的。

"好啦，好啦，下次我们去赌马，我不参加意见好不好……"邓茂昌赔笑说道。

"谁要下次跟你去赌马？"李彤斩断了邓茂昌的话冷冷说道，"要去，我一个人不会去？"

邓茂昌没有再答话，一径望着李彤尴尬地赔着笑脸，我们也觉得不自然起来，那顿饭大家都没有吃舒服。

在纽约的第三个年头，慧芬患了严重的失眠症。医生说是她神经过于紧张的缘故，然而我却认为是我们在纽约的生活太不正常损害到她的健康。没有等到慧芬同意，我便向公司请调，到纽约州北部 Buffalo 的分公司去当工程师。搬出纽约的时候，慧芬嘴里虽然不说，心中是极不愿意的。张嘉行却打电话来责备我说，把她们的黄慧芬拐跑了。在 Buffalo 住了六年，我们只回到纽约两次。一次是因为雷芷苓和江腾结婚，另一次却是赴张嘉行和王医生的婚礼。两次婚礼上都碰到李彤。张嘉行结婚，李彤替她做伴娘。李彤消瘦了不少，可是在人堆子里，还是那么突出，那么扎眼。招待会是在王医生 Central Park West 上的大公寓里举行的，王医生的社交很广，与会的人很多，两个大厅都挤得满满的，李彤从人堆里闪到我跟前要我陪她出去走走，她把我拉到慧芬身边笑着说道：

"黄慧芬，把你先生借给我一下行不行？"

"你拿去吧，我不要他了。"慧芬笑道。

"当心李彤把你丈夫拐跑了。"雷芷苓笑道。

"那么正好，我便不必回 Buffalo 去了。"慧芬笑着说。

我和李彤走进 Central Park 的时候，李彤对我说道：

"屋子里人多得要命，闷得我气都透不过来了。老实告诉你吧，陈寅，我是要你出来陪我去喝杯酒去。张嘉行从来不干好事，只预备了香槟，谁要喝那个。"

我们走到 Tavern on the Green 的酒吧间，我替李彤要了一杯 Manhattan，我自己要了一杯威士忌。李彤喝着酒和我聊了起来。她说她又换了工作，原来的公司把她的薪水加到一千五一个月，她不干，因为她和她的主任吵了一架。现在的薪水升高，她升成了服装设计部门的副主任，不过她不喜欢她的老板，恐怕也做不长。我问她是不是还住在 Village 里，她说已经搬了三次家了。谈笑间，李彤已经喝下去三杯 Manhattan。

“慢点喝，李彤，”我笑着对她说道，“别又像在这里跳舞那天晚上那样喝醉喽！”

“亏你还记得，”李彤仰起头大笑起来，“那天晚上恐怕我真的有点醉了，一定把你那个朋友周大庆吓了一跳。”

“他倒没有吓着，不过他后来一直说你是他看过最漂亮的女孩子。”

“是吗？”李彤笑道，“我想起来了，前两个月我在 Macy’s 门口还碰见他，他陪他太太去买东西。他给了我他的新地址，说要请我到他家去玩。”

“他是一个很好的人。”我说。

“他确实很好，每年他都寄张圣诞卡给我，上面写着：祝你快乐。”李彤说着又笑了起来，“他很有意思，可惜就是不会赌钱。”

我问李彤还去不去赌马，李彤一听到赛马劲道又来了，她将半杯酒一口喝光，拍我的手背嚷道：

“我来告诉你：上星期我一个人去 Yonkers 押了一匹叫

Gallant Knight 的马。爆出了冷门！独得了四百五。陈寅，这就算是我一生最得意的一件事了。你还记得邓茂昌呀，那个跑马专家滚回香港结婚去了。没有那个家伙在这里瞎纠缠，我赌马的运气从此好转，每押必中。”

李彤说着笑得前俯后仰，一迭声叫酒保替她添酒。我们喝着聊着，外面的天都暗了下来，李彤站起来笑道：

“走吧，回头慧芬以为我真是把她的丈夫抢走了。”

在 Buffalo 的第二年，我们便有了莉莉。莉莉五岁进幼稚园的时候，慧芬警告我说：如果我再在 Buffalo 呆住下去，她便一个人带莉莉回纽约，仍旧去上班。她说她宁愿回纽约失眠去。我也发觉在 Buffalo 的生活虽然有规律，可是这种沉闷无聊的生活对我们也是非常不健康的。于是我们全家又搬回纽约，在 Long Island 上买了一幢新屋。慧芬决定搬进新房子的第一个周末大宴宾客，把我们的老朋友又一齐请来。那天请了张嘉行和雷芷苓两对夫妇，李彤是一个人来的，此外还有王医生带来的几个朋友，慧芬为了这次宴客准备了三天三夜，弄了一桌子十几样中国菜。吃完饭成牌局的时候，慧芬要张嘉行、雷芷苓和李彤四个人凑成一桌麻将，她说要重温她们“四强俱乐部”时代的情趣，可是李彤打了四圈便和扑克牌这一桌的一位男客对调了。她说她几年都没有碰过麻将，张子都忘掉了。为了使慧芬安心玩牌，我没有加入牌局，替她两边招呼着。当大家玩定了以后，我便到内厅以男客为主的扑克牌桌去看牌。可是我到那儿时，却没有看到李彤。男客们说李彤要求暂退出几盘，离开了桌子。我在屋内找了一轮都没有寻见她，当我打开连着客厅那间纱廊的门时，却看见李彤在里面，靠在一张乘凉的藤摇椅上睡着了。

纱廊里的光线暗淡，只点着一盏昏黄的吊灯。李彤半仰着面，头却差不多歪跌到右肩上来了。她的两只手挂在扶手上，几根修长的手指好像脱了节一般，十分软疲地悬着。她那一袭绛红的长裙，差不多拖跌在地上，在灯光下，颜色陈暗，好像裹着一张褪了色的旧绒毯似的。她的头发似乎留长了许多，覆过她的左面，大绺大绺地堆在胸前，插在她发上的那枚大蜘蛛，一团银光十分生猛地伏在她的腮上。我从来没有看到李彤这样疲惫过，无论在什么场合，她给我的印象总是那么佻侻，那么不驯，好像永远不肯睡倒下去似的。我的脚步声把她惊醒了，她倏地坐了起来，掠着头发，打了一个呵欠说道：

“是你吗，陈寅？”

“你睡着了，李彤。”我说。

“就是说呀，刚才在牌桌上有点累，退了下来，想在这里休息一会儿，想不到却睡了过去——你来得正好，替我弄杯酒来好吗？”

我去和了一杯威士忌苏打拿到纱廊给她，李彤吞了一大口，叹了一下说道：

“喔唷，凉得真舒服。我刚才在牌桌上的手气别扭极了。一晚上也没拿着一副像样的牌。你知道打 Show hand 没有好牌多么泄气。我的耐性愈来愈坏，玩扑克也觉得没什么劲道了。”

客厅里面慧芬、张嘉行、雷芷苓三个人不停地谈笑着。张嘉行的嗓门很大，每隔一会儿便听见她的笑声压倒众人爆开起来。扑克牌那一桌也很热闹，清脆的筹码，叮叮当当地滚跌着。

“大概张大姊又在摸清一色了。”李彤摇了一摇头笑道。李彤看上去又消瘦了些，两腮微微地削了下去，可是她那一双露光的眼睛，还是闪烁得那么厉害。

“再替我去弄杯酒来好吗？”李彤把空杯子递给我说道。

我又去和了一杯威士忌拿给她。正当我们在纱廊里讲话的当儿，我那个五岁大的小女儿莉莉却探着头跑了进来。她穿了一身白色的绒睡袍，头上扎了一个天蓝的冲天结，一张胖嘟嘟的圆脸，又红又白，看着实在叫人疼怜。莉莉是我的宠儿，每天晚上总要和我亲一下才肯去睡觉。我弯下身去，莉莉踮起脚来和我亲了一下响吻。

“不和 auntie 亲一下吗？”李彤笑着对莉莉说道。莉莉跑过去扳下李彤的脖子，在李彤额上重重地亲了一下。李彤把莉莉抱到膝上对我说道：

“像足了黄慧芬，长大了也是个美人儿。”

“这是什么，auntie？”莉莉抚弄着李彤手上戴着的一枚钻戒问道。

“这是石头。”李彤笑着说。

“我要。”莉莉娇声嚷道。

“那就给你。”李彤说着就把手上那枚钻戒卸了下来，套在莉莉的大拇指上。莉莉举起她肥胖的小手，把那枚钻戒舞得闪闪发光。

“那么贵重的东西不要让她玩丢了。”我止住李彤道。

“我真的送给莉莉的，”李彤抬起头满面认真地对我说道，然后俯下身在莉莉脸上亲了一下说道，“Good girl，给你做陪嫁，将来嫁个好女婿好吗？去，去，拿去给你爸爸替你收着。”

莉莉笑吟吟地把那枚钻戒拿给我，便跳蹦蹦去睡觉了。李彤指着我手上的大钻戒说道：

“那是我出国时我妈给我当陪嫁的。”

“你那么喜欢莉莉，给你做干女儿算了。”我说道。

“罢了，罢了，”李彤立起身来，嘴角又笑得高高地挑了起来说道，“莉莉有黄慧芬那么个好妈妈还要我干什么？你看看，我也是个做母亲的人吗？我们进去吧，我已经输了好些筹码，这下去捞本去。”

这次我们回到纽约来，很少看到李彤。我们有牌局，她也不大来参加了。有人说她在跟一个美国人谈恋爱，也有人却说她和一个南美洲的商人弄得很不清楚。一天，我和慧芬开车下城，正当我们转入河边公路时，有一辆庞大金色的敞篷林肯，和我们的车子擦身而过，超前飞快驶去，里面有一个人大声喊道：

“黄——慧——芬！”

慧芬赶忙伸头出去，然后啧着嘴叹道：

“李彤的样子真唬人！”

李彤坐在那辆金色敞车的右前座，她转身向后，朝着我们张开双手乱招一阵。她头上系了一块黑色的大头巾，被风吹起半天高。那辆金色车子像一丸流星，一眨眼，便把她的身影牵走了。她身旁开车的那个男人，身材硕大，好像是个美国人。那是我们最后一次看见李彤。

雷芷苓结婚的第四年才生头一个孩子，两夫妻乐得了不得。她的儿子做满月，把我们请到了她 Riverdale 的家里去。我们吃完饭成上牌局，打了几轮扑克，张嘉行两夫妇才来到。张嘉行一进门右手高举着一封电报，便大声喊道：

“李彤死了！李彤死了！”

“哪个李彤？”雷芷苓迎上去叫道。

“还有哪个李彤？”张嘉行不耐烦地说道。

“胡说，”雷芷苓也大声说道，“李彤前两个星期才去欧洲旅行去了。”

“你才胡说，”张嘉行把那封电报塞给雷芷苓，“你看看这封电报，中国领事馆从威尼斯打给我的。李彤在威尼斯游河跳水自杀了。她没有留遗书，这里又没有她的亲人，还是警察从她皮包里翻到我的地址才通知领事馆打来这封电报，我刚才去和这边的警察局接头，打开她的公寓，几柜子的衣服——我都不知道怎么办才好！”

张嘉行和雷芷苓两人都一齐争嚷着：李彤为什么死？李彤为什么死？两个人吵着声音都变得有点愤慨起来，好像李彤自杀把她们两人都欺瞒了一番似的。慧芬把那封电报接了过去，却一直没有做声。

“这是怎么说？她也犯不着去死呀！”张嘉行喊道，“她赚的钱比谁都多，好好的活得不耐烦了？”

“我劝过她多少次：正正经经去嫁一个人。她却一直和我嬉皮笑脸，从来不把我的话当话听。”雷芷苓说道。

“这么多人追她，她一个也不要，怪得谁？”张嘉行说。

雷芷苓走到卧房里拿出一张照片来递给大家说道：

“我还忘记拿给你们看，上个礼拜我才接到李彤从意大利寄来的这张照片——谁料得着她会出事？”

那是一张彩色照。李彤站着，左手捞开身上一件黑大衣，很佻挞地叉在腰上，右手却戴了白手套做着招挥的姿势，她的下巴扬得高高的，眼睑微垂，还是笑得那么倔强，那么孤傲，她背后立着一个大斜塔，好像快要压到她头上来了似的。慧芬握着那张照片默默地端详着，我凑到她身旁，她正在看相片后面写着的几行字：

亲爱的英美苏：

这是比萨斜塔

中国

一九六〇年十月

张嘉行和雷芷苓两人还在一直争论李彤自杀的原因。张嘉行说也许因为李彤被那个美国人抛掉了，雷芷苓却说也许因为她的神经有点失常。可是她们都一致结论李彤死得有点不应该。

“我晓得了，”张嘉行突然拍了一下手说道，“李彤就是不该去欧洲！中国人也去学那些美国人，一个人到欧洲乱跑一顿。这下在那儿可不真成了孤魂野鬼了？她就该留在纽约，至少有我们这几个人和她混，打打牌闹闹，她便没有工夫去死了。”

雷芷苓好像终于同意了张嘉行的说法似的，停止了争论。一时大家都沉默起来。雷芷苓和张嘉行对坐着，发起怔来，慧芬却低着头一直不停地翻弄那张照片。男客人坐在牌桌旁，有些拨弄着面前的筹码，有些默默地抽着烟。先头张嘉行和雷芷苓两人吵嚷得太厉害，这时突然静下来，客厅里的空气骤地加重了一倍似的，十分沉甸起来。正当每个人都显得有点局促不安的时候，雷芷苓的婴儿在摇篮里哇的一声哭了起来，洪亮的婴啼冲破了渐渐浓缩的沉寂。雷芷苓惊立起来叫道：

“打牌！打牌！今天是我们宝宝的好日子，不要谈这些事了。”

她把大家都拉回到牌桌上，恢复了刚才的牌局。可是不知怎的，这回牌风却突然转得炽旺起来，大家的注愈下愈大。张嘉行捞起袖子，大声喊着：“Show hand! Show hand!”将面前的筹码一大堆一大堆豁琅琅推到塘子里去。雷芷苓跟着张嘉行也肆无忌惮地下起大注来。慧芬打扑克一向谨慎，可是她也受了她们感染似的，一动便将所有的筹码掷进塘子里。男客人们比较能够把持，可是由于张嘉行她们乱下注，牌风愈翻愈狂，大家守不住了，都抢着下注，满桌子花花绿绿的筹码，像浪头一般一忽儿涌向东家，一忽儿涌向西家。张嘉行和雷芷苓的先生一直在劝阻她们，可是她们两人却像一对战红了眼的斗鸡一般，把她们的先生横蛮地挡了回去，一赢了钱时便纵身趴到桌子上，很狂妄地张开手将满桌子的筹码扫到跟前，然后不停地喊叫，笑得泪水都流了出来。张嘉行的声音叫得嘶哑了，雷芷苓的个子娇小，声音也细微，可是她好像要跟张嘉行比赛似的，拼命提高嗓子，声音变得非常尖锐，十分地刺耳。输赢大了，一轮一轮下去，大家都忘了时间，等到江腾去拉开窗帘时，大家才发觉外面已经亮了。太阳升了上来，玻璃窗上一片白光，强烈的光线闪进屋内，照得大家都眯上了眼睛，张嘉行丢下牌，用手把脸掩起来。江腾叫雷芷苓去暖咖啡，我们便停止了牌局。结算下来，慧芬和我都是大输家。

我和慧芬走出屋外时，发觉昨晚原来飘了雪。街上东一块西一块，好像发了霉似的。冰泥地上，都起了一层薄薄的白绒毛，雪层不厚，掩不住那污秽的冰泥，沁出点点的黑斑来。

Riverdale 附近，全是一式酱色陈旧的公寓房子。这是个星期天，住户们都在睡早觉，街上一个人也看不见，两旁的房子，上上下下，一排排的窗户全遮上了黄色的帘子，好像许多双挖去了瞳仁的大眼睛，互相空白地瞪视着。每家房子的前方都悬了一架锯齿形的救火梯，把房面切成了迷宫似的图样。梯子都积了雪，好像那一根根黑铁上，突然生出了许多白毛来。太阳升过了屋顶，照得一条街通亮，但是空气寒冽，鲜明的阳光，没有丝毫暖意。

慧芬走在我前面，她披着一件大衣，低着头，看着地，在避开街上的污雪，她的发髻松散了，垂落到大衣领上，显得有点凌乱。我忘了带手套，两手插在大衣口袋里，仍旧觉得十分僵冷。早上的冷风，吹进眼里，很是辛辣。昨晚打牌我喝多了咖啡，喉头一直是干干的。我们的车子也结了冻，试了好一会儿才发燃火。当车子开到百老汇上时，慧芬打开了车窗，寒气灌进车厢来，冷得人很不舒服。

“把窗子关起来，慧芬。”我说。

“闷得很，我要吹吹风。”慧芬说。

“把窗子关起来，好吗？”我的手握着方向盘被冷风吹得十分僵疼。慧芬扭着身子，背向着我，下巴枕在窗沿上，一直没有做声。

“关起窗子，听见没有？”我突然厉声喝道，我觉得胸口有一阵按捺不住的烦躁，被这阵冷风吹得涌了上来似的。慧芬转过身来，没有说话，默默地关上了车窗。当车子开进Times Square的当儿，我发觉慧芬坐在我旁边哭泣起来了。我侧过头去看她，她僵挺挺地坐着，脸朝着前方一动也不动，睁着一双眼睛，空茫失神地直视着，泪水一条条从她眼里淌了出来，她没有去揩拭，任其一滴滴掉落到她的胸前。我从来没有看见慧芬这样灰白这样憔悴过。她一向是个心性高强的人，轻易不肯在人前失态，即使跟我在一起，心里不如意，也不愿露于形色。可是她坐在我身旁的这一刻，我却感到有一股极深沉而又极空洞的悲哀，从她哭泣声里，一阵阵向我侵袭过来。她的两个肩膀隔不了一会儿便猛烈地抽搐一下，接着她的喉腔便响起一阵喑哑的呜咽，都是那么单调，那么平抑，没有激动，也没有起伏。顷刻间，我感到我非常能够体会慧芬那股深沉而空洞的悲哀，我觉得慧芬那份悲哀是无法用话语慰藉的，这一刻她所需要的是孤独与尊重。我掉过头去，不再去看她，将车子加足了马力，在 Times Square 的四十二街上快驶起来。四十二街两旁那些大戏院的霓虹灯还在亮着，可是有了阳光却黯淡多了。街上没有什么车辆，两旁的行人也十分稀少，我没有想到纽约市最热闹的一条街道，在星期日的清晨，也会变得这么空荡，这么寂寥起来。

《现代文学》第二十五期

一九六五年七月

Danny Boy[1]

韶华：

我必须趁着我的视线还没有完全模糊以前，将这封信赶完。我的时间十分紧迫，不知道是否还来得及将我一生最后这段故事原原本本讲给你听。在我离开以前，我要让你了解我此刻的心境。我知道，这些年，你一直在为我担心，我不能这样走了，还让你白白牵挂。医生说：病毒已经侵入我的眼球，随时随地，眼前一黑，这个世界便会离我而去。我得赶快，赶快将一些话记下来，告诉你。

一切都得从去年秋天讲起，那是个深秋的十一月，天气早已转寒，走在曼哈顿的街上，冷风阵阵迎面劈来。那天我从圣汶生（St. Vincent）医院出来，乘上地铁回家，在五十七街下车，

1　本文原为梅家玲教授主编《永远的白先勇》邀稿而作。

拐了一个弯，不由自主地又转进中央公园去了。公园里一切照常，有人穿了运动衣在跑步，有人遛狗，还有一群拉丁裔的青少年在草地上练习棒球，他们西班牙语的呼喊声此起彼落呼应着。傍晚五六点钟，夕阳依旧从树枝的间隙斜照下来，斑斑点点洒在满地焦枯的落叶上——这些都应该是极眼熟的景象，可是我却感到好像蓦然闯进了一片陌生地带，周遭一切都变得不太真实起来，就连公园对面第五大道上那些巍峨大厦，在淡薄的余晖中，竟如海市蜃楼，看起来，好似一排恍惚的幻影。我感觉得到，我那个熟悉的世界正在急速地分崩离析中。

我在公园鸟巢池塘边的一张靠椅上坐了下来，脑袋里一片空白，神经完全麻痹，暂时间，惊慌、恐惧通通冻结。那一刻，我反而感到一种定案后的松弛，该来的终于来了。在医院里，那位犹太老医生把验血报告搁在我面前，郑重地告诉我说：结果是阳性反应，我染上了 HIV，然后开始絮絮地解释病情，给我开了一大堆药物，临别时加了几句安慰鼓励的话。检验结果，其实早该料到。这两个月来，每天的低温热度，止不住的咳嗽，还有常常夜里的盗汗，我心里已经明白：大限将到。下意识里，可能我还期望着这一天的匆匆来临，提早结束我这荒芜而又颠倒的一生。

三年前我不辞而别遽然离开台北，我想你应该早已释怀。我一直有一个假设，我所有的荒谬你终能谅解。我是在仓皇中逃离那个城市的，我们校长网开一面，他要我自动辞职，悄悄离去。大概他并不愿事情传开，影响校誉吧。恐怕他也难以面对学生，向他们解释，一向被他经常称赞的模范老师，竟会触犯学校第一禁条，做出如此悖德的丑行来。

这几年，我在纽约一直埋名隐姓，没有跟任何旧人有过联系。连你，韶华，我竟也没有寄过片言只字。我必须斩断过去，在泯灭掉记忆的真空中，才能苟活下去。幸亏纽约是如此庞大而又冷漠无情，藏身在曼哈顿汹涌的人潮中，销声匿迹并不是一件困难的事。在这里，我浮沉在一个分裂的世界中。白天，我在一家大学的图书馆里工作，在地下室的书库中，终日跟那些散发着霉气的旧书籍为伍。可是到了晚间，回到六十九街的公寓阁楼里，我便急不待等地穿上夜行衣，投身到曼哈顿那些棋盘似的大街小巷，跟随着那些三五成群的夜猎者，一条街、一条街追逐下去，我们在格林威治村捉迷藏似的追来追去，追到深夜，追到凌晨——

直到天亮前后，我们拖着疲惫的身子，终于迈向我们的最后的归宿中央公园里去。于是我们一个个像夜猫一般，蹑手蹑脚，就沿着这鸟巢池塘边这条小径，越过两座山坡，潜入公园中央那一顷又深又黑的原始森林中，在根根巨木的缝隙间，早已掩藏着一具具人体，都在静静地伺候着。在黑暗中，那些夜行人的眼睛，像野兽的瞳孔，在炯炯地闪烁着充满了欲念的荧光。是煎熬难耐的肉体饥饿以及那漫漫长夜里炙得人发疼发狂的寂寞，将我们从各处驱赶到这个文明大都会中心这片数百英亩广漠的蛮荒地带，在暗夜保护下的丛林中，大家伛偻在一起，互相取暖，趁着曙光未明，完成我们集体噬人的仪式。

韶华，在纽约，我在往下直线坠落，就如同卷进了大海的漩涡，身不由己地淹没下去。八五年我来到这个大城，那场可怖的瘟疫已经在我们圈子里像缕缕黑烟般四处蔓延散开，就如同科幻电影里来去无踪的庞然怪物，无论在黑夜里的街上，在人挤人的酒吧里，在肉身碰撞的土耳其浴室中，还是在公园丛林的幽深处，我都可以敏锐地感觉到它那吼吼的存在。我们大家惊惶地挤成一团，几乎宿命式地在等着它扑过来将我们一一吞没。那场瘟疫把纽约变成了死亡之都，而我们却像中了蛊的群族，在集体参与这场死亡的游戏。

那天离开公园，我没有立刻回家，我转到七十二街上的McGee's去买醉，那是我常去的一家爱尔兰酒吧，里面的装饰，有着爱尔兰的古风，桌面椅垫都铺着厚厚的绿绒。从前McGee's是中城最负盛名的gay bar，每晚十点钟后都挤满了人，可是后来人愈来愈稀少，老板法兰克说，那些常客有一半都被这场瘟疫卷走了，法兰克自己的年轻爱人McGee's的酒保保罗上个星期才辗转病死。那是个星期五的晚上，可是酒吧里疏疏落落只坐满一半，低低的人语，好像整间酒吧也被一种无形的恐惧镇压住了似的。那晚在McGee's驻唱的歌手美丽安倚在钢琴边演唱着一些老流行歌曲。据说美丽安年轻时曾经有过一番事业，后来沦落到一些小酒吧走唱献艺。她有副沙哑低沉的嗓子，很随意地便吟唱出一些人世的沧桑。那晚她穿了一袭紧身的黑缎子长裙，襟上别了一枚纪念 AIDS 的红丝带，一头淡淡的金发挽了一个松拢的发髻，她脸上细致的皱纹透着萧飒的迟暮。唱到半夜，美丽安宣布，她要唱一首 *Danny Boy* 收场，她说这首爱尔兰的古老民谣是一位父亲为他早丧的爱子所写的一阕挽歌，她要把这首歌献给保罗，以及许多那些再也不能来听她唱歌的人儿们。那晚美丽安唱得特别动情：

> But when ye come and all the flowers are dying,
> If I am dead, as dead I well may be,
> You'll come and find the place where I am lying,
> And kneel and say an "Ave" there for me.

韶华，那首古老的爱尔兰民谣我曾听过多次，但那晚美丽安那微带颤抖的凄婉歌声，却深深触动了我自己的哀思，我哀挽我心中那些一去不返的孩子，他们带走了我的青春、我的生命。

韶华，你曾极力称赞我每年当选为“模范教师”，并且引以为傲。的确，我在 C 中那十几年，我把全部的心血都献给了那间驰名全国的高中。在校长、同事的眼里，我是一个无懈可击的好老师。我把所有时间和精力都投注在学生身上，教导他们，照顾他们。在那些十七八岁大孩子的心目中，我是他们最受敬爱的“吴老师”。可是韶华，连你在内，都被我隐瞒过去了，我如此孜孜不倦努力为人师表事实上是在极力掩盖我多年来内心一项最隐秘的痼疾：我对那些大孩子的迷恋。那是一种把人煎熬得骨枯髓尽的执迷，那种只能紧紧按捺在心底的隐情一天天在腐蚀着我的心脏。

我教了十二年的高三英文，每年在班上我总会寻找得到一双悒郁的眼睛、一绺斜覆在额上的丰软的黑发、一片落寞孤单的侧影——总有那样一个落单孩子，背着书包，踏着自己的影子踽踽行过，于是那个孤独寂寞、敏感内向的少年就成为了我整年痛楚的根源。那又是一种多么可怕的执迷啊！每天我都在等待那个时辰，有时是上午十点到十一点，有时是下午三点到四点，那是我教授高三英文的时节。就在那短短的五十分钟内，我始得与我心中的孩子共处一室，度过刹那即逝的一段光阴。然而那又是多么重要的五十分钟！因为我的心上人就在眼前，有时窗外的阳光落罩在他的身上，我看得到的只是一团淡金光晕中一个青春的剪影，那却是一个咫尺天涯遥不可及的幻象。有时我领着全班朗读课文，众声中我只听得到他一个人年轻的声音对我的回应，那就是我跟他最亲近的接触，也就是我唯一获得的片刻慰藉，直到下课铃响，把我从暂短的沉溺中惊醒。于是日复一日，这种锥心刺骨的渴望与绝望互相轮回下去。直到学期末了，骊歌奏起，在我心中生根已久了的那个少年影像，骤然拔除，那一阵剧痛就好像胸口上的一块皮肉被利器猛地揭起，而我心中那个孩子，从此便从我生命中消逝无踪。他永远不会知道，有一个人的心曾经为他滴血。当然，这个隐秘我全力掩护，绝对不会让任何人察觉半点我内心的翻搅掀腾。一年又一年过去，我也渐渐逼近四十的中年，然而肉身的衰颓并未能熄止我心中那股熊熊的火焰。每天我还得经历炼狱中邪火的焚烧，只有那五十分钟内，我才获得暂时的消歇。那五十分钟跟我心上孩子的共处，就是我一天生存的意义。

我在C中最后的崩溃是这样的。K是我在C中最后一年高三三班的学生，他是个异常特殊的孩子，在班上一向独来独往，从来没见过他跟任何人打过招呼，他的孤独是绝对的。我看着这个忧郁弱质的少年他清瘦的背影在回廊上彳亍而逝，就有一种莫名的怅惘。学期即将结束，这个在我心中占据了整整一年的孩子，又将从此消逝。学期最后的一个星期，K突然缺课，一连几天没去上学。有一晚，大雨滂沱，K一身水淋淋地兀自出现在我的学校宿舍房门口，他来补交英文作文。我在班上有严格规定，作业逾期，一律以零分计算。K夹着英文作文簿，进到我的宿舍房间。在灯光下，我发觉K一脸苍白，他说话的声音都在颤抖，这个一向沉默寡言的少年，断断续续地告诉我这几天他缺课的原因。K的父亲是区公所里的一个基层公务员，上星期突然中风逝世。K是独子，须得在家帮助母亲料理丧事。K知道他的英文成绩平平，如果作文零分，英文一定不及格，会影响到他毕业。“吴老师——”他双手捧起作文簿递给我，眼睛望着我，嗫嚅地向我求情。他湿透了的头发上雨水一条条流到他的面颊。就在那一刻，我将K一把拥入了怀里，紧紧地搂住他那瘦弱的身子，我的脸抵住他濡湿的头发，开始热切地对他倾诉我对他的爱怜、疼惜，一整年来我对他的渴念、向往，不只是一整年，我是在诉说我积压了十几年来绝望的执迷，我怀中搂住的不是K，是那一个个从我心中拔除得无影无踪的孩子们。我愈搂愈紧，似乎害怕我怀抱中的这个孤独孩子也从此消失。K开始惊惶失措，继而恐惧起来，他拼命想挣脱我的搂抱，手肘用力撞击我的肋骨，一阵剧痛，我松开了手，K在大雨中逃离宿舍。他去告了校长，他说“吴老师精神错乱了”。K没有说错，韶华，那一刻，我想我真的疯掉了。

那晚我在McGee's一直坐到凌晨四点，酒吧打烊。回到六十九街的公寓阁楼里，我把医生开给我一个月的安眠药全部吞服下去。那晚我喝了七八杯不掺水的威士忌，但头脑却清醒得可怕，医生告诉我，我免疫系统的T细胞已经降到两百以下，随时有发病的可能。我的楼下住过一个保险推销员，小伙子常常穿了运动短裤到中央公园去练跑步，练得一身肌肉。去年他突然发病，全身长满了紫黑色卡波西氏毒瘤，我在过道上遇见他，远远地便闻到一阵腐肉的恶臭。他在公寓房间里病死三天，才被发现。我们圈子里一直盛传着各种有关这场瘟疫的恐怖故事，据说有人消磨到最后想拔掉氧气管已没有抬手的力气。我不能等到那一天，一个人躺在阁楼里的床上慢慢腐烂，我无法忍受那样孤独的凌迟死刑。我对我那空虚的一生并无所恋，理应提早结束。

可是我仰药自杀并没有成功，给房东送进了医院。然而我怎么也没有料到，当我的生命已经走到尽头，只剩下短短一程时，在绝望的深渊中，竟遇见了我曾渴盼一生、我的 Danny Boy。

在圣汶生医院里，“香提之家”（Shanti House）的义工修女护士玫瑰玛丽对我说：“你现在不能走，还有人需要你的照顾。”她的话直像一道圣谕，令我不得不听从。出院后修女玫瑰玛丽把我带进了“香提之家”，接受两星期的训练开始参加义工。不知为什么，韶华，我看到修女玫瑰玛丽穿上白衣天使的制服时，我就想到你，虽然她的身子要比你大上一倍，可是她照顾病人时，一双温柔的眼睛透出来的那种不忍的神情，你也有。我记得那次到医院去探望你，你正在全神贯注替一位垂死的癌症病人按摩她的腹部，替她减轻疼痛。我看见你的眼睛里噙着闪闪的泪光。

“香提之家”是一个 AIDS 病患的互助组织，宗旨是由病情轻者看护病情重者，轮到自己病重时，好有人照顾。除了专业的医护人员以外，经常到“香提之家”来上班的义工有三十多人，各行各业都有，厨子、理发师、教授，有位还俗的圣公会神父，他自己也是带原者，他常常替弥留的病人念经。还有几个亚裔义工，一位菲律宾人，他本来就是男护士，另外一位香港人是服装设计师，大家每天到格林威治村边缘的“香提之家”报到后，便各自到医院或是病人家里去服务。“香提之家”本身还有一家收容所，专门收容一些无家可归的末期病人，这所病患的中途之家就在东边第六街上。

第一个分派给我照料的病人便是丹尼，Danny O’Donnell，一个十八岁的少年。他进出圣汶生已有好几次，最后一次是因为急性肺炎，医生说他大概只有几个星期的存活期，所以转进了“香提之家”的收容所。先前看护他的义工自己病倒了，住进医院，临时由我接手。我再也不会忘记，韶华，那是去年十二月的头一天，一个阴寒冰冷的下午，天上云层密布，纽约第一场大雪即将来临。我按着地址摸索到东边第六街，那是个古旧僻静的地段，街头有座小小的“忧愁圣母”天主堂，对街却是一所犹太教堂。收容所在街尾，是一幢三层楼公寓式的老房子，外面砖墙长满了绿茸茸的爬墙虎，把门窗都遮掩住，看起来有点隐蔽。收容所里三层楼一共有十五个安宁病房，只有两个男护士在忙进忙出。其中一个黑人护士看见我来报到松了一口气，说道：“感谢上帝，你终于来了，我们根本没空去照顾楼上的丹尼。”他说收容所里早上才死掉两个病人，他们一直在忙着张罗善后。黑黝黝的一幢楼里，每层楼我都隐隐听得到从那些半掩半开的房间里，传出来病痛的呻吟。楼里的暖气温度调得太高，空气十分闷浊。

丹尼的房间在三楼，面向街道，他一个人躺在靠窗的一张床上，他看见我走进去微笑道："我以为你今天不会来了，吴先生。"他的声音非常微弱，大概等我等得有点不安起来。丹尼看起来比他实际年龄还要幼稚，他的头发剃短了，病得一脸青白，蜷缩在被单下面，像个病童。"我要喝水。"丹尼吃力地说道。我去盛了一杯自来水，将他从床上扶起，他接过杯子，咕嘟咕嘟把一杯水一口气喝尽，大概他躺在床上已经干渴了许久。"丹尼，你需要洗个澡。"我对他说。"我像只臭鼬，是吗，吴先生？"丹尼不好意思地笑了起来，他身上透着阵阵触鼻的秽臭，白色睡袍上渗着黄一块黑一块的排泄物。我到浴室里，把浴缸放上了热水，然后过去把丹尼扶下床，我让他将一只手臂勾着我的脖子，两人互相扶持着，踉踉跄跄，蹭入了浴室。我替他脱去脏睡袍，双手托住他的腋下，帮助他慢慢滑进浴缸。丹尼全身瘦得只剩下皮包骨，两胁上的肋骨根根突起，好像一层青白的皮肉松松地挂在一袭骨架上似的。他的背睡出了几块褥疮，已有了裂口，我用海绵轻轻替他洗擦，他也痛得喔唷乱叫，好像一只受了伤的呜咽小犬。折腾了半天，我才替丹尼将身体洗干净，两人扶持着，又踉跄走回房中。

受训期间，修女玫瑰玛丽教授我们如何替病人系扎尿兜，她说末期病患大小便失禁都需要这个宝贝，她那一双胖嘟嘟的手十分灵巧，两下就把一只尿兜绑扎得服服帖帖。我去向黑人护士要了一只尿兜替丹尼系上，他穿上白泡泡的尿兜仰卧在床上，一双细长的腿子撑在外面，显得有点滑稽而又无助，我禁不住笑道:“Danny Boy，你看起来像个大婴儿。”丹尼看看自己，无奈地叹了一口气。他洗过澡后，青白的脸上，泛起了一丝血色，他那双淡金色的眉毛下面，深深嵌着一双绿玻璃似的眼睛，削挺的鼻子鼻尖翘翘的，嘴唇薄薄，病前那应该是一张稚气未脱的清俊面庞，可是他的眼膛子却病得乌黑，好像两团瘀青，被什么重器撞伤了似的。丹尼的口腔长了鹅口疮，只能喝流汁，我喂了他一罐有樱桃味的营养液，最后替他重新接上静脉注射的管子，他需要整夜打点滴注射抗生素，遏止肺炎复发。医生说丹尼的 T 细胞只剩下十几个，免疫能力已经十分脆弱。“你明天还会来吧，吴先生？”丹尼看我要离开，有点慌张起来。“我明天一早就来。”我说，我替他将被单拉好。

傍晚外面开始飘雪了，走到圣马可广场上，雪花迎面飞来，我一连打了几个寒噤。每天到了这个时候，我的体温便开始升高，我感到我的双颊在灼灼发烧。可是韶华，我要告诉你，那一刻，我内心却充满了一种说不出的激动，那是我到纽约三年来，头一次产生的心理感应。在纽约三年，我那颗心一直是枯死的，我患了严重的官能失调症，有时四肢突然如同受到急冻，麻木坏死，变得冷热不分，手指被烫起泡竟也没有感觉。可是那一刻，当我把丹尼从浴缸里抱起来，扶着他那羸瘦的身子，一步一步，挣扎回转房间时，我心里突然涌起了一种奇异的感动，我感到我失去的那些孩子好像一下子又都回来了，回来而且得了绝症垂垂待毙，在等着我的慰抚和救援。我替丹尼接上点滴管子时，我看到他两只臂弯上由于静脉注射过于密集，针孔扎得像蜂窝一般，乌青两块。望着床上那个一身千疮百孔的孩子，我的痛惜之情竟不能自已。那晚独行在圣马可广场的风雪中，我感到我那早已烧成灰烬的残余生命，竟又开始闪闪冒出火苗来。

我一共只照顾了丹尼两个星期，一直到十二月十四日他逝去的那晚。那些天我简直奋不顾身，到了狂热的地步。那是我一生最紧张最劳累的日子，可是也是我一生中最充实的十四天。

丹尼夜间盗汗，第二天早上，我去看他，他整个身子水汪汪地躺在浸得湿透湿透的床单上，他的睡袍紧贴在身上，已经冰凉。当天晚上我便决定搬进“香提之家”的收容所去，可以二十四小时看护他。收容所的男护士非常欢迎我住进去，他们可以有一个全天候的帮手，那个黑人护士给了我一条毛毯，他说我可以睡在地毯上。韶华，我真正尝到做特别护士的滋味了。我记得你曾告诉我，你第一次当特别护士，一个星期下来便瘦掉了两公斤。每天晚上我起身两三次，替丹尼换衣服、擦干身子，他到了夜里全身便不停地冒虚汗，我在床单上铺了一条厚厚的大毛巾，卧在上面可以吸汗，这样，丹尼可以安稳睡去片刻。我躺在丹尼床边的地毯上，守着他，直到天明。有时半夜醒来，看见丹尼静静地躺着，我禁不住会爬起来，弯身去听听他的呼吸，我一直有一种恐惧，在我睡梦中，那个孩子的呼吸突然停止。我明知那个脆弱的生命像风里残烛，随时可能熄灭，然而我却珍惜我与我的 Danny Boy 共处的每一时刻。

在我悉心调理下，丹尼的病情稳定了几天，人也没有那样虚弱。有一天，他的精神比较好，我替他换上干净睡袍，扶他起床坐到靠窗的沙发靠椅上，然后用一条毛毯把他团团裹起来。纽约的风雪停了，窗外阳光耀眼地灿烂，街上那些大树的枝丫上都结了一层冰，一排排冰柱下垂着。丹尼大概很久没有注意外面了，看到窗外树上的冰柱给太阳照得闪闪发光，显得很兴奋的样子。“吴先生，”他对我说道，“圣诞节快到了吧？”“还有十七天。”我算了一下。“两个星期前我打电话给我父母，我说我想回家过圣诞，他们吓坏了，马上寄了两百块钱来，”丹尼笑道，“他们坚决不让我回家，怕我把 AIDS 传染给我弟弟妹妹。”

丹尼的家在新泽西的纽沃城，他父亲是一个搬运工人，祖上是从爱尔兰来的，一家虔信天主教，丹尼在家中是老大，下面有五个弟弟妹妹，家里很穷，父亲又严厉，母亲常年卧病，他十六岁便逃到曼哈顿来自己讨生活了。他说他什么零工都打过，在“小意大利”城送了很久的比萨饼。去年医生诊断他得了 AIDS 的时候，他打电话给他母亲，他母亲在电话里哭了起来，叫他赶快到教堂去祈祷，向上帝忏悔。丹尼说他不是一个很好的天主教徒，到了纽约来，一次教堂也没有上过，不过他说等他身体好一些，他会到路口那家“忧愁圣母”天主堂去望弥撒。“我希望上帝会原谅我。”丹尼很认真地说道。“我干过很多蠢事。”他摇着头有点自责。他刚到纽约来不久便坐进了监牢，他替一个毒贩子运送两包海洛因，当场被警察逮住。在牢里他被强奸轮暴，“一次有五六人，”他说，“白人、黑人、拉丁族都有，还有一个印第安人呢！”丹尼向我做了一个鬼脸，医生判断可能他在监牢里已经染上了病。沉默片刻，丹尼平静地说道：“医生说我活不长了，不晓得还过不过得了这个圣诞。”我捧了一杯牛奶去喂他，“圣诞节我去买‘蛋酒’回来，我们一起喝。”我说。

第十天早上，丹尼突然叫头痛，痛得双手抱住脑袋满床滚。修女玫瑰玛丽曾经告诫过我们，病人到了最后阶段，病毒可能侵入脑神经细胞，会产生剧烈疼痛。我赶紧去把黑人护士叫来，替丹尼注射了大量的吗啡麻醉剂，不一会他的神志却开始混淆不清了，有时候他瞪着一双空洞失神的眼睛望着我，好像完全不认识似的，有时他却像小儿一般嘤嘤地抽泣，我坐在他身边，轻轻拍着他的背，一直到他昏睡过去。到了最后两天，丹尼完全昏迷不醒，虽然他戴上了氧气罩，呼吸还是十分困难，呼吸一下，整个胸部奋而挺起，然后才吃力地吐出一口气来，双手却不停地乱抓。到了十四号那天晚上，丹尼的气息愈来愈微弱，有两次他好像已完全停止呼吸，可是隔一阵，又开始急喘起来，喉咙里不停地发着嘀嘀的声音，好像最后一口气，一直断不了，挣扎得万分辛苦。我在他的床沿坐了下来，将他轻轻扶起，让他的身子倚靠在我的怀里，然后才替他将氧气罩慢慢卸下。丹尼一下子便平静下来，头垂下，枕在我的胸上，身子渐渐转凉。我的 Danny Boy 终于在我怀里，咽下了他最后的一口气。

韶华，窗外夕阳西下，已近黄昏，我的视线也渐渐黯淡起来。医生说我的眼球网膜已开始有剥离的现象，随时有失明的危险。上午我起身去上厕所，一下失去平衡，幸亏大伟在旁边扶我一把，没有摔跤。大伟是“香提之家”派来照顾我的义工，他是个六呎开外的德州大汉，剃了一个光头，头上扎着一块印花红布头巾，右耳戴着一只金耳环，像《金银岛》里的海盗。但大伟却有一颗细致温柔的心，是个一流看护。他在“香提之家”当了两年义工，送走了九个病人，其中一个是他相伴多年的爱人。“别担心，”那个德州大汉安慰我，“有我在这儿陪着你呢。”

韶华，我伴着丹尼一起经历过死亡，我已不再惧畏，我不再怕它了。事实上我已准备妥当，等待它随时来临。丹尼病逝后不到一个月，我自己开始发病。虽然此刻我的肉身在受着各种苦刑，有时疼痛起来，冷汗涔涔，需要注射吗啡止痛，但我并不感到慌乱，心灵上反而进入一片前所未有的安宁。在我生命最后的一刻，那曾经一辈子啮噬着我紧紧不放的孤绝感，突然消逝。韶华，我不再感到寂寞，这就是我此刻的心境。记得我们年纪还很小的时候，我十二岁，你大概才八九岁吧，有一天我带你爬到我们新店后山那条溪边去玩耍。那时刚下过暴雨，溪流湍急，我不小心脚下一滑，坠入溪中，让急流冲走一二十丈才被一块大山石挡住。我挣扎上岸，额头撞伤了，血流满面。你跑过来，看到我受伤的狼狈，你一脸惶恐，急得流泪。多少年后，你每次到学校来看我，在你温煦的笑容后面，我总看到你从前那张幼稚脸上惶急的神情。我知道，你从小就一直暗暗替我担心。你接到这封信时，可能我已离开人世，我要让你知道，我走得无憾，你不必为我悲伤。你在医院工作那么久，生死大关，经历已多，相信这次你必然也能坦然相对。你是有宗教信仰的，那么就请你替我祈祷吧。

大伟进来了，他替我买了晚餐来，是街上广东馆子的馄饨面，我就此搁笔了。

云哥

一九八八年四月廿九日

云哥六十九街这间公寓阁楼在五楼，东边窗户对街，我站在窗边望下去，首先入眼的便是人行道上相对两排梨树树顶上涌冒出来一大顷白茫茫的花海，那些密密匝匝的白花开得如此繁盛，一层叠着一层，风一吹，整片花海随着波动起来，落花纷飞，好像漫天撒着白纸屑。我没料到，曼哈顿的春天竟是如此骚动不安。三天前我从台北匆匆赶到纽约，云哥已经走了。“香提之家”的义工大伟告诉我，他是死在自已的公寓里的，这是他最后的愿望。我赶来纽约，原本希望能够看护云哥最后一程。那也是我的一个心愿，我考上护专的时候，就对云哥讲过："你以后生病，我可以当你的护士了。"那次他滑落到溪水中被石头撞伤的事情我记得很清楚。他蹲在地上满脸血污的痛苦模样，一直深深烙在我的心中，云哥是个受过伤的人——那就是我对他无法磨灭的一个印象。

云哥是大伯的遗腹子，大伯母生下云哥后便改嫁到日本去了。云哥过继到我们家里来，其实是件十分勉强的事。父亲倒是个无所谓的人，他日夜忙着在贸易公司上班，根本顾不到家里事。母亲心胸狭窄，总把云哥当作累赘，尤其是小弟福仔出世后，母亲对云哥防得更严了，年夜饭一只鸡，两只鸡腿留给了小弟，我吃鸡胸，云哥只好啃鸡颈子鸡脚。不过云哥很识相，他谨守本分，退隐到家庭一角，默默埋首于他的学业，在学校里，他一直是名列前茅的优秀生。中学时期，云哥原本是个韶秀少年，性格温柔，我跟他从小亲近，母亲偏心，我为他不平，对他总有一份特别的袒护。那个时期，我大概算是他唯一的朋友，我看见他那落单的身影，飘来飘去，像片无处着落的孤云，就不禁为他心折。有时夏夜里满天星斗，我跟云哥坐在新店溪的岸边乘凉，我们谈未来谈理想，我说我要当护士，我看过南丁格尔传，看护病痛，我觉得是一种崇高的职责，而且我喜欢护士头上那顶浆得挺挺的白帽子，戴起护士帽很神气。云哥那时就立志要当中学老师了，他的耐性好，教我作业从不嫌烦，我知道他日后一定会成为一个好老师。后来云哥果然考上师范大学英文系，如愿以偿。

云哥上了师大后，很少回家，跟我也疏远了。而我自己当上白衣天使，恋爱结婚，日夜值班，过着幸福美满又忙碌得分秒必争的日子，也就把云哥暂时忽略在一旁。等到我自己安定下来，重新开始去关心他，云哥已在C中教书多年。有时我去他学校的单身宿舍去找他，总发觉他房间墙上又多了一个镜框，是“教育部”新颁发给他的优良教师奖状，挂满一排。下面一排是他跟学生们一起合照的毕业照，从一九七一年开始，一年复一年排下来，那些学生永远那么年轻，而云哥却已是渐近中年的资深教师了。三年前最后一次我去看云哥，他请我到学校附近的小馆去吃水饺，吃完天色尚早，我们漫步到植物园里，在荷花池边的靠椅上坐了片刻。那是个秋天的傍晚，荷花已经开过，只剩下荷叶一缕残香。云哥跟我谈了一些教书的苦经：学生愈来愈不好教，不肯用功，外务太多，难管理。“老师不好当啊。”云哥摇着头苦笑了一下，便沉默下来。夕阳的晚照落在云哥身上，我突然发觉他的发鬓竟起了斑白，他不过四十，额上眼角都浮起了皱纹，脸上一抹早衰的憔悴，比他实际年龄要苍老得多，而他眉宇间少年时就带有的一股挥之不去的落寞似乎更加深沉了。我感觉得到云哥的心事很重，他非常地不快乐。没有多久，云哥突然失踪，不告而别。

“香提之家”的义工大伟把云哥这间公寓阁楼收拾得很整齐，一点也看不出大劫过后的凌乱。云哥床上的被单垫褥都收走了，只剩下一架空床。房间浴室已经消过毒，有股强烈的消毒药水气，我将窗户打开，让外面的新鲜空气吹进来，驱走一些药味。在医院里，那些传染病的隔离病房，病人一断气抬走，清洁人员马上进去做消毒措施。前个月有一位AIDS病人死在我们医院里，那是我们医院头一宗病例，医院如临大敌，去病房消毒的清洁人员戴上面罩穿扎得如同太空人般。大概消毒水用得特别多，一股呛鼻的药水气久久不散，走近那间病房远远便可闻到。

云哥实在高估我了，虽然我在医院工作已有十年，经常出入生死场，然而面临生死大关，我始终未能真正做到坦然以对。开始的时候，我曾在癌症病房服务过，目睹一些末期病人垂死挣扎的极端痛苦，不禁魂动神摇，回到家中，一颗颤栗的心久久未能安伏。常常晚上，我一个人悄悄走到巷口的华山堂去做晚祷，跪在教堂里默默向上帝哭诉人间的悲惨，告解我内心的无助与彷徨。然而职业的要求与时间的研磨却把我训练成一个硬起心肠肩挑病痛的资优护理人员，我终于怅然了悟到，作为白衣天使，对于那些濒临死亡的末期病人，最后的责任，就是护送他们安然踏上那条不归路。“香提之家”的义工大伟告诉我，云哥走得很安详，他的神志一直是清醒的。大伟说云哥是他照顾的病人中，走得最干净的一个。我的确相信，在他生命的最后一刻，云哥不再感到孤独与寂寞。窗外的阳光斜照在云哥的空床上，我在床边跪了下来，倚着床沿开始祈祷，为云哥、为他的Danny Boy，还有那些千千万万被这场瘟疫夺去生命的亡魂念诵一遍“圣母经”。

《中外文学》第三十卷第七期

二〇〇一年十二月

Tea for Two

从前我和安弟约会的时候，我们经常约在 Tea for Two。Tea for Two 在十八街上，靠近第八大道，当年是曼哈顿上雀喜区（Chelsea）十分走红的一家“欢乐吧”。酒吧不算大，可是后面却连着个小餐厅，餐厅名曰：Fairyland。酒吧和餐厅其实都经过大伟和东尼一番精心设计，是下过真功夫的。东尼自己掌管 Fairyland，大小事务一把抓，连餐桌上每天的鲜花也由他亲自挑选。每张餐桌上的小水晶瓶里都插着一茎玫瑰花，从殷红、艳红、粉红到娇黄、嫩白，每朵颜色各异，配着同色的蜡烛，烛光花朵交相辉映，这样才够罗曼蒂克——东尼如是说。的确，Fairyland 一周七天天天满座，排队都要排上个把小时，但一些“欢乐男”、“欢乐女”开始幽会总喜欢约在这里。由于东尼本人是华人，引来不少亚裔的“欢乐族”，日裔、韩裔、泰国帮、菲律宾帮都有。当然，也有来自世界各地的欢乐炎黄子孙。因此，幽会的情侣，东西配特别多。东尼说 Tea for Two 是“东方遇见西方”的最佳欢乐地。

东尼经营餐厅，的确有他一套，规格甚高。他本人每天穿戴得整整齐齐，缎子翻领的黑西装，浆得笔挺的白衬衫领上系着一只酒红的蝴蝶结。西装左上方口袋插着一片同样红艳艳的丝手巾，丝巾叠成山字形，贴在胸上。一双尖头黑皮鞋，擦得光可鉴人。东尼最多不过五呎五六，属于五短身材，全身圆滚滚，从头圆到脚。他有一双乌溜溜大大的圆眼睛，一球蒜头鼻，一撮圆圆的小嘴，一叠厚厚的双下巴，在他那张圆圈似的胖脸下端多添出一道半弧来。最醒目的是他身后翘起的那张曲线饱满的圆屁股，把他外套的后摆高高撑起。东尼喜欢笑，一笑就呵呵地笑个不停，可是往往笑到一半，突然觉得不好意思了，便赶快用他那只肥嘟嘟的手把嘴巴掩盖起来。那时东尼大概已经五十大几了，但他捂住嘴眨巴着一双大眼睛时，却像个稚气未退的老顽童。这跟他的发型也有关系，他剪了一头寸把长的短发，因为他的头发特别柔软，乖乖地覆盖着头顶，前额却一刀齐，好像罩着顶瓜皮帽，透着几分调皮。

东尼算得上是个中型胖子，可是我从来没见过哪个胖子像东尼那样胖得干净利落。他周旋在十几张餐桌间，脚不沾地似的来回穿梭，把他手下几个侍者珍珠、百合、仔仔指挥得团团转。几个侍者也是一律黑白打扮，跟东尼一样都系着红蝴蝶领花，领班和扈从配合得节奏分明。珍珠和百合是一对形影不离的“欢乐女”。珍珠是在唐人街长大的，是个黑里俏的台山妹，我们都把她叫做“黑珍珠”。珍珠虽然小巧玲珑，但企台一加一，手快脚快，一人抵二人用，是东尼最得力的助手，东尼逢人便介绍珍珠是他的宝贝女。珍珠说，她一共有三个爹爹，大伟是她的“大爹爹”，东尼是她的“胖爹爹”，而她自己那个台山厨子爹却不认她了，他逼她嫁人，她说她早已嫁给了百合。百合是从德州来的，还有一口浓重的南方口音，她剃着个三分头，牛高马大，猛一眼倒像个愣小子。她在餐厅里，埋头苦干，什么粗活一脚踢。Tea for Two 里面的红人其实是仔仔 Sonny，东尼说仔仔是他的摇钱树。仔仔是夏威夷来的第三代日裔，本名叫光树正男，一双单眼皮的细长眼，泛满了桃花，有几分秀媚，是个可人儿。有几位四五十岁的中年常客便是冲着他来的。这群老山羊喜欢找仔仔胡诌，吃他的豆腐。仔仔精乖，一把嘴甜如蜜，把那群老山羊个个哄得乐陶陶，于是大把大把的小费便落入了他的口袋。那群老山羊都是有来头的，那座两百多磅留着一把山羊胡的大肉山是纽约大都会歌剧院的名导演，米开兰基诺的拿手戏是普契尼的《蝴蝶夫人》，欧美的名歌手他都导过了，他揽住仔仔的腰说：“你才是我最心爱的 Cho-Cho San！”他对仔仔完全着了迷。山羊群里还有华尔街的股票经理，公园道上的私家牙医，NYU 教东亚史的名教授 F. O.

梅地笙。

东尼的 Fairyland 广受欢迎并非偶然，他的原则永远是顾客第一。不过他对我和安弟却特别偏心，有时周末等台的客人名单太长，他会偷偷把我们两人的名字挪到前头去，在我们耳边悄悄说道："跟我来吧。"他把我们引到餐厅僻静的一角，然后替我们点上蜡烛，那一桌是娇黄的蜡烛映着娇黄的玫瑰花。东尼由衷地疼爱安弟，他拧拧安弟的腮说道："乖乖，你想喝点什么？胖爹爹请你，给你们这对卿卿鸟来杯'彩虹酒'吧！"珍珠端来的两杯"彩虹酒"有七层不同的彩色，上面燃着两朵荫蓝的火焰。我跟安弟互相举杯对饮的时候，那对郁金香形细长的高脚酒杯还是温温的。东尼设计的菜单也是东西配：前菜有法式焗蜗牛，也有日本"沙西米"。主菜有中式牛柳！也有双人共进的 Chateaubriand，这道是他们的名菜，牛肉嫩得入口即化。我和安弟的周年庆祝，点的就是这道菜，两个人你一刀、我一刀切着分来吃。东尼本人厨艺高超，而且有国际视野，他亲手调制的法式甜点苏飞蛋奶酥，第一流。

我们在烛光下慢慢品酒，细细倾诉，吃完甜点总要近十一点了，这时前面的酒吧刚刚才开始活跃起来。我和安弟抢先占到酒吧钢琴边的座位，听大伟自弹自唱《飞我上月球》、《暗夜里的陌生人》、《无法习惯失去你》这些在纽约"欢乐吧"里经常演唱历久不衰的流行老歌。大伟自夸歌喉比爱迪威·廉斯还要有磁性，大伟的声音虽然有点沙哑，但是每首歌都唱得十分动情，很能揪住人心。大伟留着两撇骚胡子，一头铁灰的长发刷得波浪起伏，他身高六呎，五十开外的人身材还保持得挺拔修长，穿上他那件天鹅绒墨绿外套，颈上系着一条银灰色的丝领巾，一副风流自赏的模样。有人说他像《乱世佳人》里的克拉克·盖博，大伟也自认如此，不过他说盖博的戏演得并不怎么样，脸上似笑非笑只有一个表情，他要去演戏，就会比盖博高明得多。据说大伟念大学时曾经在百老汇的歌舞剧《南太平洋》里捞到一个龙套角色，只演了几天，就被他那个开古董店的犹太老爸押回哥伦比亚念书去了。要不然，他早就成为百老汇一颗熠熠红星了，大伟一直这样认为。说到这里，他便会引吭高歌一曲《南太平洋》的主题歌《某个奇妙的晚上》，于是我们大家都拍手喝起彩来捧他的场。大伟一看见安弟便直挤媚眼，笑得一脸开了花，专门为安弟唱一曲《我把心留给了旧金山》，因为安弟是在旧金山出生的。大伟喜爱安弟，也就是说他喜爱所有漂亮的男孩。

Tea for Two 酒吧的装饰一律古香古色，四周的墙壁都镶上了沉厚的桃花心木，一面壁上挂满了百老汇歌舞剧的剧照：《画舫》、《花鼓歌》、好几个版本的《南太平洋》，另一面却悬着好莱坞早期电影明星的放大黑白照，中间最大那张是“欢乐女皇”嘉宝的玉照，一双半睡半醒的眼睛，冷冷地俯视着吧里的芸芸众生。酒吧中央那张吧台也是有讲究的，吧台呈心形，沿着台边镶了一圈古铜镂着极细致的花纹。于是欢乐客便围着那颗心坐满一围，每人一杯在手，眼波相勾，互相瞄来瞄去，可以瞄个整晚。只是忙坏了两个酒保，站在吧台后面的调酒师金诺是在小意大利城长大的，年轻时当选过健美先生，还上过《身材》杂志的封面。严冬十二月，他在吧里也只穿着一件箍得一身紧绷紫红色的T恤，胸上背上的肌肉东一块西一块地奋起，好像随时都会把他那件过紧的T恤撑爆似的。这个大壮汉周身放射着男人气，是Tea for Two的雄性中心，他调酒时也好像在作秀一般，一只肌肉虬结的壮臂倏地将玻璃调酒器高高举起，稀里哗啦一阵碎冰地筛摇，各色鸡尾酒便摇了出来，然后十分潇洒利落地往酒杯里一倾，滴酒不漏。跑堂的酒保费南度是个菲律宾小壮汉，小费那张棕色发亮的圆脸上永远挂着一团笑容，而且还有两个小酒窝。他和金诺也是一对东西配，跟金诺一样冬天也穿着一件紧绷绷的T恤。越战期间，金诺的军队驻扎在菲律宾克拉克空军基地，小费是美军雇用的厨子。战后金诺千方百计把小费弄到美国来，两个人天天到健身房去练肌肉。

Tea for Two没有迪斯科，也从不放硬摇滚，到了周末人多，中间几张桌椅一撤，便是一个小舞池，可以跳得下七八对，都是贴面舞，最多插几曲拉丁的恰恰和伦巴。因此，Tea for Two整间酒吧都洋溢着一股老纽约的怀旧气氛，比起格林威治村那些狂野的“欢乐吧”来，多了几分雅驯和温柔——连所有的灯饰都是暗金色的。到 Tea for Two 的“欢乐族”，寻找罗曼史多于一夜情。但 Tea for Two 也有令大家呼叫欢腾的时分，那就是周末晚大伟和东尼两人客串的歌舞表演。大伟和东尼都换了一色舞装，黑白条子的上身外套，绛红的紧身裤，头上戴着顶高礼帽，两人都穿上了踢跶舞鞋。两人站在一起，一高一矮，一胖一瘦，一齐脱了帽子向观众一鞠躬，便载歌载舞起来，表演了一段五〇年代老电影 *Tea for Two* 中桃乐丝 · 黛和戈登 · 麦克瑞合跳的踢跶舞来。两人在那小舞池里，踢踢跶跶，进退如仪，忽儿同时向左转，忽儿同时向右转，一齐甩手，一齐翘屁股，节拍分秒不差，好像两人在一起练过一辈子的舞，已经达到百分之百的默契，简直有点百老汇的味道了。于是我们都围在舞池周边，鼓掌的鼓掌，喝彩的喝彩，大家异口同声合唱起 *Tea for Two* 来：

Tea for Two
And Two for Tea
Just me for you
And you for me
Alone——

那是七〇年代末八〇年代初纽约的“欢乐年代”最关键

的时刻，也是我一生中感到最幸福最美满的刹那，我有安弟依偎在我身边，我搂住他的肩，我们手中都擎着一杯甜沁沁的“彩虹酒”。

我是在 Tea for Two 邂逅安弟的，那是个四月天的春夜，纽约的天气刚刚转暖，我们两人在 Tea for Two 里恰巧坐在酒吧台那颗心的尖端。安弟穿了一件苹果绿的薄毛衣，配着件杏黄色软领衬衫，他那年只有十九岁，他是那样地青春，那样地俊美，我情不自禁地一直凝睇着他，看得他不好意思了，对我羞涩地笑道：“我叫安弟。”他是用标准的中文讲的，那一刻，改变了我一生的命运。

安弟是个中美混血儿，他有西方人的英挺和东方人的蕴秀。他那一头丰盛柔软的黑发是显性的东方，一双眼角上挑的明眸是古典中国式，可是他的鼻梁高挺，轮廓分明，白皙的皮肤是那样地洁净——安弟是个东西合璧的美少年。而他的性格又是如此温柔可亲，是个心地善良的好孩子，难怪 Tea for Two 里面的人都疼爱他。

安弟叫我罗大哥，他说他很高兴终于找到了一位中国哥哥。安弟的父亲是到台湾学中文的留学生，追上一位比他大五岁语言中心教中文的老师，两人结婚后回到旧金山，安弟父亲继续在史丹佛念博士，他母亲却在旧金山州立大学觅得一份教中文的教职，赚钱贴补家用，安弟就是在旧金山出生的。博士念完，他父亲把他母亲抛弃掉，儿子也不要了。他母亲只得又嫁了一位老教授，是个脾气古怪的英国人，在纽约爱因斯坦医学院教遗传学，养了一屋子的白老鼠。安弟说他受不了家里的老鼠屎臊，更受不了那个成日喃喃自语的怪僻继父。上大学安弟便搬出来自己独立生活了，暑假他便在 Tea for Two 打工赚学费，是东尼得宠的助手，所以他到 Tea for Two 去喝酒，经常是免费的。

安弟在布鲁克林的普拉特学院（Pratt Institute）学摄影。他说他最大的梦想便是当特约摄影记者，有一天能替《国家地理》杂志拍摄一个专辑，他希望到中国热河的承德去拍摄满清王朝的避暑山庄，他母亲一家是旗人而且是清朝贵胄的后裔，他母亲的祖母嫁给叶赫那拉氏族，曾经奉召到热河行宫参见过慈禧太后的，从小他母亲便津津乐道讲给他听他母系家族一些近乎神话的传说轶事，他母亲告诉他，他身体里流着中国人的“蓝血”。安弟的确举止间自然流露出一股秀贵之气，他是我心中的小王子。

可是安弟对我说，他一直有着身份认同的困扰，大概他幼年时他与他的中国母亲便遭到他美国父亲的遗弃，所以他觉得他身体里中国那一半总好像一直在漂泊、在寻觅、在找依归。我把安弟紧紧搂入怀里，抚摸着他那一头柔顺的黑发，在耳边轻轻说道：“安弟，让我来照顾你一辈子吧。”那时我已在 NYU 拿到了企管硕士，并且在大通银行找到一份待遇相当优厚的差事。我在第三大道上近二十一街处租到一间第十八层的顶层阁楼，阁楼有一个阳台，站在阳台上，入夜时，可以看到曼哈顿灿烂的晚景。我与安弟倚在阳台的铁栏上，抬头眺望曼哈顿上空紫色的天穹，等着那一颗一颗星光的闪现。我紧执着安弟的手，心中有一份莫名的感动。安弟是我第一个深深爱恋上的男孩子，那份爱，是用我全部生命填进去的。

我与安弟决定生活在一起，那是在我们交往半年后的事了。安弟搬进我的顶楼公寓，我们打算成立一个家，其实多少也受了大伟和东尼的启发。大伟和东尼庆祝他们在一起四十周年的那天，也请了我和安弟到他们家去参加他们的纪念“派对”。那天请的都是自己人：珍珠和百合，仔仔带了他那座大肉山的大都会歌剧导演，他和米开兰基诺已经同居了，还有那一对壮汉大肌肉金诺小肌肉小费。因为是喜庆，我们大家都送了花去，我和安弟到花店特别订制了一只用红白两色各样四十朵康乃馨串扎起来的心形花圈——那是安弟的主意。大伟和东尼果然大乐，大伟一把抱住安弟，在他腮上一连亲了几个响吻，还不肯放手。东尼狠力一把推开他，嗔道：“够了，够了，你这只老山羊，别吓坏了我的乖乖！”说着便把安弟拖走了，我们都大笑起来。

大伟和东尼的家在“东村”第八街圣马可广场附近，是一幢三层楼的褐色砖房，外表古雅，一扇蟠花的铁门引着一道石阶上去。大伟说这是他们家传下来的老屋了。他一面引导我们大伙参观他和东尼两人精心布置的这个家，一面介绍他祖上颇带传奇色彩的家世。大伟的祖父是旧俄时代的犹太人，是圣彼得堡的富商，俄国大革命举家逃到中国辗转到上海落脚。大伟父亲是个精明强干的生意人，在上海霞飞路开了一家叫“卡夫卡斯”的高级西餐厅，生意鼎盛，大伟便是在上海出生的。他还会几句宁波腔的上海话，“慢慢叫，慢慢叫”，是他的宁波保姆教他的。后来日本人打进上海，大伟一家又逃到纽约来，船上带了几十箱的中国古董跟家具，便在曼哈顿第五大道上开了一家古董店，有个中国名字就叫“霞飞路”，大伟父亲大概还一直怀念上海霞飞路他从前那家老餐厅。大伟是独生子，他父亲留下的宝贝，他都继承了下来。

大伟和东尼家一楼的大客厅是椭圆形的，里面的陈设跟主人一样完全是东西配。那一堂两长两短高靠背丝绒沙发，宝蓝镶金边，是英国维多利亚时代的，但是四张对开的椅子却是中国酸枝镶云烟石的太师椅，两张沙发后面各竖着一档高达一丈半的乌木屏风，嵌着碧莹莹的翠玉片，一档是百美图，另一档是喜鹊嬉春，雕工极细，人物眉眼分明，花鸟百态俨然。大伟说这对乾隆年间缀玉屏风是他父亲留下来的传家之宝，有人出过吓人的高价他也不舍得出让。这一组中西配搭的家具，有一种奇特的和谐，就如同客厅其他角落的摆设一般，那些瓶瓶罐罐，一中必有一西，配得成双成对。

大伟指着东尼的背影悄声跟我们说道："他是室内设计专家，这些摆设都是他的主意，我改动一下，他整天都不跟我说话呢！"

大伟率领我们上二楼去参观他们的卧室，东尼却带着珍珠百合至厨房准备晚餐去了。大伟和东尼那间睡房也装扮得十分特别，房间相当大，中间一铺帝王型的红木床，床上床下却堆满了几十个枕垫，中国的、印度的、波斯的都有，金线面夹着大红大绿的花花叶叶，大的有三四呎见方，小的才一个巴掌大。卧房四壁都镶了镜子，镜子上端有聚光灯，映得整间卧房彩色缤纷，好像进到一个童话世界的幻境中一般。大伟指着床上那些枕垫笑道："东尼睡觉最不守规矩，满床乱滚，我把床边塞满了垫子，免得他滚下床去。"

床头有一张半月形的桌案，上面摆满了大大小小镶了各种镜框的相片，都是大伟和东尼两人合照的：两人骑在大象背上是在泰国照的，头上戴了花冠，颈上套着花环，连腰上也插满了大朵大朵的热带花，大伟说那是他和东尼两人一九七五年到大溪地拍的。摆在中间一张放大的黑白照，是个赤身露体十来岁的男孩背影，男孩圆滚滚的屁股翘得高高的，背景是一片湖水，灿烂的阳光把湖水都照亮了。大伟笑眯眯地指着那张照片说，那是东尼在纽约州上面的奇普西参加童子军露营时，他偷偷替东尼拍下来的。我们都凑近去看，仔仔指着东尼那张圆滚滚的翘屁股惊呼道：

“哇！这张屁屁迷死人哩！”

“这就是我迷恋他四十年的主要原因。”大伟颇自得地嘿嘿笑道。

“你的也不差哟！”

那座肉山导演伸出他那熊掌似的大手在仔仔后面摩挲了一下，摸得仔仔咯咯地骚笑起来。

饭厅在一楼，位于椭圆客厅的一端，隔着一扇卍字雕花的推门，饭厅全是大理石的装饰，地板、壁炉，连那张长方形的餐桌都是乳白底子漾着赭红花纹的大理石，温润光滑，倒有点像一盆东尼调制的蛋奶酥。餐桌可容十二人，那天桌上摆满了鲜花，我和安弟送的那圈康乃馨放在桌子正中央，红白对衬，花心中间立着一柄扇形的银烛台，上面插了十二支修长的莹白蜡烛。

那晚的四十周年纪念晚宴，大伟和东尼把他们家中的宝贝都拿出来待客了，他们收藏了十几年从法国带回来的一打一九六五年酿制的名贵红酒也从箱底翻了出来。东尼为了这餐盛宴足足筹备了一个星期。每一道菜上来，我们都不由得哇的一声赞美。东尼说那些鹌鹑是他开车到新泽西州一个鹌鹑场上亲自挑选的，只只肥嫩，而且是现宰的。那晚那道压轴大菜奶油鲜菇焗鹌鹑果然不凡，鲜美无比。

珍珠坚持要她的胖爹爹坐下来好好用餐，由她和百合两人伺候上菜。大伟和东尼都换上了一式半夜蓝缎子上衣，黑丝绒的衣襟上各人别着一朵绿丝带编织成的康乃馨。壁炉里燃烧着松香木，熊熊的火光映得两人的醉颜鲜红。东尼本来就爱笑，那晚更是呵呵笑得肆无忌惮，也忘了用他那胖手去遮嘴巴了，两人你一句我一句抢着告诉我们他们凑在一起的故事。

原来东尼也是在上海出世的，他的父亲也是个富商，开间大纺织厂，家里有点洋派，经常上西餐馆，是“卡夫卡斯”的常客，所以两家人原本认识。巧的是，东尼和大伟是同年同月同日生的，大伟只早出生两个时辰。更巧的是两人竟出生在同一家医院，两家人都选上了当年上海最高级的广济医院，是法国天主教开的。一九四九年共产党来了，东尼一家先去了香港，后来又来到纽约，两家再次联络上。大伟和东尼上初中时就被家里送去同一间私立贵族男校，两人同在一个班上。

“那时班上只有我一个中国人，常常受欺负，”东尼撕着一只鹌鹑腿说道，“那群家伙天天追着我叫我‘中国娃娃’‘胖子胖’，幸亏有他保护我！”东尼将头在大伟肩上靠了一下。

“我常常为他打架，打得那班小子个个求饶！”大伟举起拳头得意洋洋夸口道。

“别忘了你的鼻子也给打歪了的。”东尼乜斜着眼睛瞄了大伟一眼。

“那是我自己跌跤跌的。”大伟支吾道。

“讲讲你们的‘第一次’吧！”仔仔促狭道，我们都鼓噪起来。

“是你讲还是我讲？”大伟问东尼。

“你讲吧，可是不许胡说八道。”东尼警告道。

大伟说他们两人上初三那年暑假参加童子军夏令营，在奇普西的一个湖边森林里露营，他和东尼睡在一个帐篷里，而且睡在一起。

“睡到半夜，我突然感到一团暖呼呼圆滚滚的肉屁股凑了过来——”

“别听他胡说，”东尼急忙打断大伟的话，“真相是这样的：那晚我已经睡着了，突然一只手伸进我裤子里乱摸一阵，把我弄醒了。”

大伟继续兴致勃勃地描述他和东尼的“第一次”。他说那晚他和东尼借故出去小便，爬出帐篷两人连跑带跳穿过一片野杉林，飞奔到湖边去。

“那天晚上月光很亮——”

“没有月亮，只有星星！”东尼指正大伟。

“星星也很亮，把湖水都照亮了，”大伟不为所动继续说下去，“我们两人就在湖边的草地上，脱得精光——嘆，我敢说，那晚整个湖都在翻腾呢！”

大伟得意忘形地数说着，东尼一双胖手捂住脸倒不好意思起来。

“我的上帝！”大肌肉金诺情不自禁地惊叹道，他伸出手去捏了一把小肌肉小费的膀子，小费的酒窝笑得更深了。我也暗暗在台下握了一下安弟的手，安弟望着我会心地微笑。

“我敢打赌，你们两人那时毛还没有长齐呢！”仔仔笑着调侃道。

“喂，喂，你们说话文雅些吧，”那座肉山导演故作正经地说道，“我们还有两位女士在这里呢！”

珍珠和百合刚刚捧了甜点进来。

“她们两人见过世面的，不碍事。”大伟揽住珍珠说道。

“大爹爹，你只管说，”珍珠俯下去亲了一下大伟的额头，“你和胖爹爹的罗曼史我们也爱听的。”

大伟说那整个夏天他和东尼都在狂热做爱，两人趁人一不注意就溜出去亲嘴打野炮。有时两人钻进山洞里，有时爬进排水沟里，但是最开心的还是三更半夜两人偷跑到湖边，脱得精光跳到湖中去嬉水。那是他们一生最难忘怀的一个夏天，两个人，同一天，度过了十五岁的生日。

珍珠和百合俩推进来一座两层大蛋糕，第一层上足足点了四十支五颜六色的小蜡烛。第二层上却立着一对小人儿，一高一矮，一胖一瘦，各戴着一顶高礼帽，穿着黑白条子的上衣，深红裤子。我们走近去围着一看，连眉眼都画得有点像大伟和东尼，大伟的八字须和东尼的双下巴也描了出来，大家看得都哄笑起来。珍珠说那两个小人儿是她用面粉捏出来的，她在唐人街学过这行手艺，还可以捏出各种小动物来。

大伟和东尼两人手挽手走到蛋糕面前，倏地向我们一鞠躬，你一句我一句连唱带做，表演了一出迷你歌舞剧：《四十年来了又过去》。

大伟：蜜糖，我足足听了你四十年的打鼾声，

东尼：甜心，我也足足闻了你四十年的响臭屁。

大伟：我为你洗了四十年的脏厕所，

东尼：别忘了我也替你洗了四十年的脏袜子脏内衣。

大伟：我做了你四十年的私家司机天天载你逛街看戏，

东尼：我也做了你四十年的私人厨子天天给你炒蛋煎鱼。

大伟：蜜糖，四十年我哪次忘记送你生日礼？

东尼：甜心，四十年我何曾忘记每晚亲一下你的大鸡鸡！

东尼突然伸一只胖拳头一拳打到大伟胸上，恨恨唱道：

有一点，最可恨，老山羊看见漂亮孩子就流口水色迷迷！

大伟赶快搂住东尼的肩膀涎着脸唱道：

可是蜜糖，最后我还不都是乖乖回来拥抱你的胖屁屁！

大伟、东尼（合唱）：四十年来了又过去，为什么我还跟你厮混在一起？因为我们同年同月同日生，两人在一起，真有趣。

大伟和东尼还没演唱完，我们老早笑成了一团。珍珠和百合尖叫起来，百合一把将珍珠抱得离地而起，大肌肉小肌肉两人用拳头互相捶来捶去，肉山导演已经喘不过气来，眼泪直流，仔仔赶紧替他捶背，安弟笑得直往我怀里钻。大家笑着笑着不约而同一齐拍手唱起了 *Tea for Two*，于是很自然的，大伟和东尼，两人一齐甩手、一齐翘屁股，跳起他们的踢跶舞来。

我在台北的父母亲本来盼望我在美国一念完书就回去的，父亲在台湾有一家蒸蒸日上的大企业，他鼓励我念企管就是希望我学成回去帮助他，经过他的调教磨炼，日后接班，把罗家的事业继续壮大下去。母亲却另有打算，她经常提醒我：都已经三十出头了！她在敦化南路三六九巷看中了一层公寓，三房二厅，五十坪，我回去成家住正好。当我告诉父母亲我在纽约找到了一份好差事，暂时不会回台北，当然告诉他们，我远走美国就是要逃离台北，逃离台北那个家，逃离他们替我安排的一切。我根本无法告诉他们，是在纽约，我找到了新生，因为在 Tea for Two 里，我遇见了安弟。

安弟的母亲 Yvonne 叶吟秋女士倒开通得很，安弟搬进我第三大道的阁楼公寓是他母亲亲自开车替他把行李送过来的。叶吟秋女士是位长相高雅、谈吐温文的妇人，尤其是她那一口京片子，悦耳中听。安弟虽然只会说一些简单的中文，但标准的发音却是从他母亲那里学的。他的中文名字叫叶安弟，也跟着母亲姓了。大概生活经过一番风霜的磨砺，Yvonne 一头头发倒早已花白了，然而她眉眼间的一份贵气，大概是她正黄旗的老祖宗代代相传下来的。她临走时郑重地把安弟托付给我，也顺着安弟叫我罗大哥：

“罗大哥，安弟还是个孩子，不懂事的地方，请您多担待。”

安弟搬进来与我同住后，我才开始有了“成家”的感受，安弟和我两人把阁楼公寓布置成一个温暖的小窝巢。安弟很有艺术眼光，他替我挑的几件家具，简单朴素，可是往阁楼里一摆，不多不少，正好构成一幅视觉舒畅的图画。阁楼仅有的一面空墙，悬挂上安弟最得意的一张摄影，那幅影像的尺寸放得很大，几乎占满了一半墙壁。那是安弟在维蒙州拍摄的一幅春景。整幅画面都是一片耀眼的绿，新生的嫩叶，千千万万，向天空舒展，朝日的艳阳，万道金光，把一顷丛林都点燃了，安弟捕捉到初春晨曦最灿烂的片刻。那幅绿得令人神爽的影像占据了我阁楼的中央，让我感到安弟真的闯进我的世界里来了，而且带来一身亮绿的青春。我将安弟拥入怀里时，我可以闻到他身上的少年香。

大伟和东尼知道我和安弟已经定情同居在一起，他们两人送了一件贵重的贺礼给我们，一套英国雅致的银器茶具，而且在两只银杯上刻了 L 跟 Y 我和安弟的姓氏字母。东尼双手捂住安弟的面颊，笑道："乖乖，你和罗两人也可以来个 Tea for Two 了。"

那年春天，我和安弟两人，常常在阳台上喝我们的"双人茶"。往往在星期日下午，我们把茶几椅子搬到阳台上去，将那套银茶具摆出来，安弟和我都喜欢喝奶茶，我们用的是印度大吉岭红茶，那有高山茶的一味醇厚。我们楼下隔壁便是一家法国糕饼店，我和安弟坐在阳台上，手里擎着那一对银茶杯，一面喝奶茶，一面品尝法国糕饼店各色精巧的水果蛋糕。那年曼哈顿开暖得早，我阳台上那十几盆齐胸高的"欲望之心"一下子齐都怒放，整个阳台盖满了花朵，那是一种重瓣的杜鹃花，外层雪白，里层却托着一颗鲜红的花心，夕阳斜射在花丛上，好像一大匹白绫上溅满了殷红的血点一般。春风撩动着安弟一头墨浓的黑发，面对着坐在花丛里的这个美少年，我心中充满了怜惜，恨不得将安弟幼年时遭父遗弃所受的委屈统统弥补起来。对安弟，我是在溺爱他。

安弟只有一架二手的日本佳能照相机，配件也是七拼八凑而成的，他那只三脚架，一只脚已经不稳了，架起来下面还要垫东西。有一次，我和安弟走过三十二街一家有名的摄影器材行威老必，橱窗里陈设着一架德国徕卡公司刚出笼R系列的照相机，高踞在一座银色的三脚架上，橱窗里的汽灯射在上面，真有睥睨群雄的架势，其他牌子的相机统统黯然失色。我和安弟本来已走过威老必门口，安弟突然折返在橱窗前停了下来，指着那架徕卡哇地惊叫起来，他将脸抵住橱窗玻璃看了半天，大概他看清楚那架徕卡的价钱了，回头向我咋了一下舌，笑道：

“我要打一夏天的工才买得起这个宝贝呢！”

安弟的生日是七月四号，与美国国庆同一天，那是个大生日，那年他二十岁。头两天我已替安弟买好了一份礼物，从我办公的大通广场转过去的华尔街上有一家徕卡专卖店，我在那家店里买了一副R系统最新型的相机，连同全套配件各种镜头，外带一只非常漂亮醒目的硬壳黑色真皮箱子，可以背在肩上的，一共花了近三千元。我在生日卡上写道：

我的小王子，希望有一天，你用这架徕卡，把中国的热河行宫拍摄下来，我相信没有人比你拍得更好，因为你的祖先曾在那里风光过。

那天晚上，安弟放了学回来，走进卧房，看到那架崭新的徕卡高高蹲在银光闪闪的三脚架上，兴奋得又叫又跳，抱住我乱说一顿。整晚安弟都在玩弄那只相机，不肯放手，各种镜头试了又试，换一个镜头便喃喃自语赞几句。装好配件，充好电，他便要我坐在沙发上让他对准镜头，然后按下自动开关，跑过来猴到我身上将我紧紧搂住，咔嚓一下拍了一张两人搂成一团的双人照。

从此以后，每天清晨，安弟赶到学校去上早课，出门时，第一件事就是先背上那只黑得发亮的真皮箱子，然后一只手提起三脚架，摇摇晃晃便跑上街去，走到转角处，他总要转身向上望一下，他知道我一定会站在阳台上目送他离开，他会朝我摆一摆手，然后又急急忙忙赶着去乘地铁。他从曼哈顿乘到布鲁克林要转两路车，有四十多分钟的行程，所以每天总是他先离开，而我到大通广场，十二三分钟便到了。

那年圣诞节，本来我们已经讲好邀请安弟的母亲到我们家一同过圣诞夜的，因为她那个古怪的遗传学教授回英国去了。Yvonne 告诉我们，她会带只烤好的火鸡来，火鸡肚膛里塞着的糯米饭，她说那是安弟最爱吃的玩意儿。叶吟秋女士是天主教徒，我和安弟答应她吃完饭陪她到第五大道的 St. Patrick 大教堂去望午夜弥撒。圣诞节的前两个星期，安弟的课业即将结束，纽约第一场大雪刚下过，那天安弟出门，穿了一件银灰色鸭绒里子的半长大衣，一条长长的绛红围巾直拖到背后，他头上戴了一顶白色的绒线帽，帽顶有团黑绒球，衬得他那张俊秀的面庞更是眉眼分明。他仍旧背上他那只黑皮箱，一手提着三脚架，兴冲冲地跑了出去。我站在阳台上，看见他左晃右晃踏着街上的雪泥，身后的红围巾被风吹得高高飘起，他照例在转角处回首举起三脚架向我挥别，银灰的身影倏地便不见了。阳台上寒风阵阵，冰冷的空气直灌入我领口，我一连打了几个寒噤，赶紧回到屋内。那天我们银行来了几个欧洲的大客户，谈完一桩生意已是晚餐时分，我的上司请那几位欧洲大户到五十五街的 Le Pavillon 去吃法国大餐，我找了一个借口便赶回家中，那时已近八点，可是安弟还没有回来。我把通心粉拿出来，预备做一道蛤蜊通心粉，和安弟两人共进一顿简单的晚饭。这道意大利菜，我们两人都爱吃。我先把通心粉煮好，打开了一罐蛤蜊，将汁倒出来备用，等安弟一回来就下锅爆蒜来炒蛤蜊。等到九点半，我已经开始心神不宁了，因为安弟是个体贴的孩子，他有事晚归，一定会先打电话回家，要我不用等他先用晚餐。十点一刻，电话铃响，我跳起来去接电话，以为一定会是安弟。电话是警察局打来的，警官先问我安弟是不是住在这里，我说是。他又问我是安弟的什么人，我脱口道出我是他的监护人。警官告诉我，安弟出事了，他在布鲁克林的地铁站里遭了抢劫，有人看见一个黑人强盗抢他背着的皮箱，安弟和那个强盗扭打，被强盗一把推落到铁轨坑道，给开来的快车撞个正着。

从那一刻起，我的记忆完全陷入了混乱状态。我在停尸间里昏厥过去，后脑撞到铁架上，引起了脑震荡。那一跤跌下去，我从此一蹶不振。一位警官领我去认尸，他指着一团血肉模糊的东西，他说那是安弟。安弟的脑袋被压扁了，他那顶白绒帽给血染得通红，脑浆和绒线帽粘搅在一起，他的眼珠子被挤了出来，下巴整个歪掉移了位，露出上下两排白牙来。他的一双腿也轧断了，只剩下一截身躯还能辨识，他那件银灰的大衣，整块整块都是殷红的血迹。安弟，我那美貌的小王子，瞬间竟变成了一个形状狰狞恐怖的怪物。

我不知道在医院里昏迷了多少天，等我醒过来时，医生又给我注射大量的镇静剂，让我继续昏睡，因为我的神志稍微一清醒便会大喊大叫，发了狂一般。他们把我绑在床上，我爬起身时，会用头乱去撞墙。等到我的疯狂状态完全过去，情绪已经稳定下来，医生才让我出院，那大概是三个多月以后的事了。医生要我每个星期回到医院去做心理治疗，而且必须继续服用镇静剂及抗忧郁药。是大伟和东尼来接我出院的，住院的那段时间，他们两人经常来探望我。珍珠、百合、仔仔、金诺、小费好像也来过，不过我已记不清楚了。东尼来得最勤，每次他带盒他亲手做的蛋奶酥来，用叉子喂给我吃，其他的人我差不多都不认识了，只有东尼那只胖嘟嘟又厚又暖的手抚摸着我的额头时，我才有感觉。大伟和东尼开车送我回返第三大道我那间阁楼公寓后，两人同时紧紧拥抱了我一下，东尼在我耳边轻轻说道：

“到 Tea for Two 来，我请你喝酒。”

“罗，你一定要来，”大伟向我挤了一下眼睛，“我还要唱歌给你听呢！”

第二天，一大清早，我收拾了一箱衣服，开了我那辆 Volvo，离开纽约。那一离去，等我再回到这座曾经把我的小王子爱人安弟吞噬掉的恶魔城市，已是五年以后的事了。

那天开车出城，天刚刚发青，我加足马力，开上华盛顿大桥。我像逃亡一样，逃离那群鬼影幢幢的摩天大楼。我开上八十号州际公路，直往西奔，头一天我开了十六个小时，穿过新泽西、穿过宾夕法尼亚、进入俄亥俄，直到我开始打盹，方向盘抓不稳车身开始摇晃，我才从公路岔了出去，在一个荒凉的小镇找到一家汽车旅馆，蒙头大睡了一晚。

第二天一早，我又上路继续往西奔，开过印第安纳、进入伊利诺，经过芝加哥时，我停也没停，赶紧穿过去，我对于竖满了高楼的大都会有一种说不出的恐惧。也不知开了多少时候，一直到汽油耗尽，人也累得开不动了，终于在爱荷华州东部一个叫雪松川的小城停了下来。就这样，我匿藏在爱荷华州，好像一个被通缉的杀人犯般，躲在中西部那片无边无垠的玉米田中，埋名隐姓，与世隔绝，悄悄地度过了五年。

雪松川是一条水流急湍的河流，穿过城市中心，春天开冻时，流水挤着融化的冰块，滔滔往下滚去。我在雪松川市的东郊，租了一间小木屋，河的两岸都是雪松丛林，小木屋便隐藏在密密的森林中。在屋里，终夜听得到汩汩的流水声、森林里呼号的风声，有时候，月色清冷，半夜三更突然间破空而来传过几声尖锐刺耳的惨啸，那是猫头鹰对月啼叫，我常被这阵惨叫从梦中惊醒，一身冷汗涔涔。头一年，我什么事都不能做，因为注意力完全无法集中。我像一个患了失忆症的病人，脑中记忆库里的过去纪录，突然崩裂掉，我与亲友完全断绝了音讯。有时我整日坐在河边，望着滚滚而去的流水发呆，不知自己是谁，身在何处。有时我开了车子在爱荷华州笔直通天的公路上漫无目的飞驰，一直开到杳无人烟的玉米田里停下来，看着那轮血红的夕阳冉冉沉落到那一顷万亩的玉米丛中。

第二年开春，我银行里的积蓄用光了，我在雪松川市政府找到一份会计工作，对我来说这是再也轻松不过的差事。虽然薪水少得可笑，但也足够支撑我在小木屋简单的生活。雪松川东郊都是捷克人的移民区，以养猪为业，那些朴实憨厚的捷克农夫两三代还在讲着口音古怪的捷克话。我经常到他们农场去买他们自己腌制的腊肠、咸肉，他们也会做熏猪蹄，只有市价的一半，而且新鲜。我在小木屋的后面开辟出一块耕植地来，我种过玉米、番茄、包心菜、马铃薯、胡萝卜。爱荷华州的耕地肥沃，多半是腐叶土，随便种什么，长出来都粗粗壮壮的。我也学那些捷克农夫做罗宋汤，煮一大锅吃几天。就这样，我喝着罗宋汤，度过几轮失去了记忆的寒暑。直到有一次，我常常去买腊肠火腿的一户农家，那家的老祖母过世了，老妇人生前对我很亲切，每次去她都送一长条她亲自焙烤的面包给我夹火腿。她儿子把她一架旧式的收音机送给我做纪念，因为他知道我的木屋里没有装电视，没有唱机，没有任何音响设备。有一晚，我打开那架老旧的收音机，一家经常播放老歌的电台，正在播放金嗓子桃乐丝·黛的精选歌曲，突然间，我听到桃乐丝·黛甜丝丝带着磁性的歌声：

Tea for Two,

And Two for Tea——

我那久已麻痹的神经末梢忽然苏醒张开，眼前浮现出大伟和东尼，两人一高一矮、一胖一瘦，戴着顶高帽子，在舞池里左转、右转、甩手、翘屁股，跳着踢跶舞。那一刻，我心中涌现起一股强烈的欲望：我要把我那断裂的过去衔接起来。

一九八五年圣诞节的前一周，我开着我那辆早已破旧了的 Volvo，照旧沿着八十号公路，没昼没夜，开了四天的车，回到纽约。我在雀喜区找到一家 YMCA 旅馆住了进去。那天晚上，我洗好澡，换上干净衣服，便步行到第八大道去。我去寻找Tea for Two。走到十八街转角原本是Tea for Two的旧址那里，原来亮黄色的霓虹招牌不见了，却换上紫巍巍End Up两个大字。我迟疑了一下，推门进去，迎面冲来一流震耳欲聋的硬摇滚，音量之大好像洪水破闸而出，把人都要冲走了似的。里面的灯光全变了镭射，随着音乐忽明忽暗，镭射灯光像数千把寒光闪闪的利剑在空中乱砍乱劈，令人眼花缭乱。我进去后，隔了好一阵子，眼睛才看得清楚。原来Tea for Two“欢乐吧”的布局全部改装过，整间酒吧变成了空荡荡的一个大舞池，心形的吧台也被拆掉了，酒吧被挤到一角，只有一道栏杆栏起来，把一个骨瘦如柴长发披肩的调酒师关在里面。四面墙上那些老牌明星照统统无影无踪，幸亏他们把嘉宝的玉照也拆走了，“欢乐女皇”受不了这份嘈杂。墙上换上大幅大幅壮男半裸的画像，阳具和臀部的部位画得特别夸大。硬摇滚敲打得如此猛烈，好像虚张声势在镇压、在掩盖什么。舞池子里只有十来个人，各跳各的，着了魔一般，身不由已地狂扭着。舞客穿着邋遢，镭射灯把他们身上罩上了一层银紫的亮光，在转动的灯光幻影下，好像空中纷纷在飘落齑粉，池子里都撒满了玻璃屑。我绕到后面去找Fairyland，餐厅已改装成电视间，墙上一面巨大的荧屏幕正在放映男色春宫，一群赤身露体的汉子交叠在一堆，在拼命重复着同一个动作。半明暗的电视间里，只有稀稀落落三四个人，仰靠在椅子上，手里握着一只啤酒瓶，面无表情地瞪视着荧屏幕上那重复又重复的单调动作。Fairyland 不见了，Tea for Two 被销毁得连半点遗迹都寻找不到。

“大伟和东尼你认识吗？”我问那位骨瘦如柴，一头蓬乱长发的调酒师，我要了一杯不掺冰的纯威士忌，一口便喝掉了半杯，那是我五年来头一次开酒戒。

“没听过他们。”调酒师耸耸肩，脸上有点不耐烦。

“他们从前是 Tea for Two 的老板。”我大声对他叫道，摇滚乐几乎淹没了我的声音。

“这里换过好几个老板。”调酒师淡然说道，他又递了一杯威士忌给我，我掏出五块钱的小费塞给他，他望了我一眼，脸上木然的表情才稍缓和一些。

“金诺，你听说过他吗？从前他也在这里调酒的。”我又问他，我拼命想把 Tea for Two 的历史挖掘一些出来，好像要证明它确切存在过。

“金诺？当然，”调酒师说道，“我就是来接他的位置的。”

“金诺现在在哪里？”我好不容易抓到一根与 Tea for Two 有关的线索，赶紧追问下去。

“他死了，”调酒师一双深坑的眼睛瞪着我，大概他看见我不肯相信的样子，又加了一句，“他去年死的，他得了 AIDS。”

那天晚上我在 End Up 喝得酩酊大醉，回到 YMCA 旅馆，我倒在房间地板上，放悲声大恸起来，那是自安弟惨死后，第一次，我哭出了声音。

第二天是圣诞夜，街上的人都抢着购买最后一些圣诞礼物。我挤进一家高级食品店，买了一瓶波多红酒，一罐鹅肝酱，黄昏时，摸索着找到了“东村”圣马可广场第八街大伟和东尼那个家。大伟开门见着我便大声惊叫起来，他紧紧搂住我半天不肯放手。

“感谢上帝！”大伟舒了一口气叹道，“你居然还活着。”

我们进到客厅坐定后，我向大伟略略叙说了我这几年生活的情形，求他谅解我不辞而别，失去联络。

“我们都以为你早就不在人世了！”大伟摇头笑道，“可怜的东尼，他还为你洒下一大把眼泪呢，他说你一定是跳到赫逊河里去了，而且是从华盛顿大桥跳下去的。”

我笑了起来，说道：“东尼说得倒有点对，我开车离开纽约，曾经开过华盛顿大桥，不过没有跳下去就是了。”

“东尼呢？”我又问道。

大伟指了指楼上，放低声音说：

“他在睡午觉，等一下我去叫他。”

我从袋子里拿出那罐鹅肝酱来。

“我还记得东尼喜欢吃这个东西。”

“谢谢你想得周到，”大伟接过那罐鹅肝酱，望着我说道，“东尼中风了。”

“哦——”我禁不住伸出手去轻轻拍了一下大伟的肩膀。

“是去年冬天的事。”大伟补上一句。

刚进来时，我只顾着跟大伟叙旧，没有注意到，大伟这几年竟苍老了许多。虽然他仍旧穿着一袭华贵的黑丝绒外套，颈上系着一块暗蓝洒金星的丝围巾，头发仍旧刷得整整齐齐，但几乎全白了。他消瘦了不少，连额上都添了皱纹，本来唇上两撇风流潇洒的胡子，因为两颊坑了下去，显得突兀起来。

“不过东尼恢复得还不错，我扶着他可以走路了，现在我就是他的拐杖，”大伟笑道，他努力向我挤了一下眼睛，“说不定再过一阵子我们又可以一齐跳踢跶舞了呢！”

我和大伟正聊着天，楼上传来一阵敲地板的声音，大伟马上跳起身来往楼上跑去，一面爬楼梯一面喊道：

“蜜糖，我这就来了。”

我一个人坐在客厅的沙发上，环视了一下，发觉原先客厅里那些古董屏风酸枝木的太师椅统统不见了，偌大的客厅顿时感到空了一半。

“好极了，蜜糖，慢慢叫，慢慢叫。”

大伟搀着东尼从楼上走了下来，一步一步，互相扶持着蹭蹬步下楼梯，走两步，大伟口中便念念有词替东尼加油。

楼梯口有一架轮椅，大伟把东尼安置在轮椅上推着向我走来。

“你看看，谁来了？”大伟指向我。

我马上迎过去，俯下身去拥抱东尼。

“胖爹爹——”我叫了一声。

东尼坐在轮椅上举起他一只胖嘟嘟肥厚的手掌在我头上脸上乱拍乱打一阵，又着实捏了我的腮两下，他激动得嘴里咿哩呜噜吐出一堆我听得不大清楚的话，他那双滚圆的大眼倏地涌出两行泪水来。大伟掏出手帕一边替东尼揩泪，一边替他解说道：

“东尼问你：你到底是人还是鬼啊？”

我紧紧握住东尼的胖手，求他原谅。东尼又是咿哩呜噜地喊了一顿，我发觉东尼的嘴巴歪了，左半边脸是僵木的，右边脸因为激动，他那胖胖的腮帮子一径在颤抖，他的左手臂弯曲了起来，手掌握着拳，手指伸不开了，胖嘟嘟白白的手掌好像一只肉馒头。他从前那一头乖乖贴在头顶的头发，竟也洒上了霜雪。东尼穿着一件花睡袍，坐在轮椅上，缩成一团，倒像个头发花白的老婴孩。

“别这样激动，蜜糖，”大伟抚慰东尼道，“今晚我们好好庆祝一下，庆祝罗又复活了，OK？”大伟转向我道：“东尼叫我把你绑起来，再也不让你逃走了！”

说着珍珠和百合两人走了进来，手上携带着几大盒烧好的菜，百合手上捧着个锡纸盆，里面盛着一只烤得焦黄油亮的大火鸡。两人见了我又是一阵哭叫。珍珠并没有什么改变，还是一头长发黑里带俏，百合却更加粗壮了，仍旧剃着个三分头，但右耳上却坠了一只闪亮的金耳环。她放下火鸡，过来跟我重重地握了一下手，然后在我膀子上捶了一下，说道：

“真的很高兴再见到你，罗。”

珍珠却依偎到我的怀里情不自禁地抽泣起来。

那天晚上的圣诞餐，我们一边吃，几个人左一句右一句总离不开 Tea for Two、Fairyland，好像大家都拼命想把从前那段日子拉回来似的，说几句，东尼便会咿哩呜噜插嘴进来，讲急了口涎会从他歪斜了的口角流下来，于是大伟便忙着替东尼揩嘴巴。

“珍珠，胖爹爹说，你记错了，Fairyland 并不是每天都有 Chateaubriand 这道菜，周末才有。”大伟替东尼纠正珍珠，“而且 F. O. 梅地笙教授最爱吃的是胖爹爹自己发明的熏鲑鱼松子炒饭，不是泰国菠萝饭，百合，你也记错了。”

“蜜糖，张开嘴，”大伟拈起一块小饼干涂上鹅肝酱，送到东尼口里，“这是罗特别带来送给你的。”

我坐在东尼右侧，他伸过他那只还能活动的右手过来抚摩了一下我的面颊，他那只胖嘟嘟的手掌传给我一阵暖呼呼的感觉，使我突然忆起，关在医院时，他那双温暖的胖手，是我跟外面世界唯一的接触。我再也忍不住，告诉了大伟和东尼，昨晚我曾去寻找过 Tea for Two，酒吧变成了面目全非的 End Up。

“那个垃圾堆！”大伟脸色一变恨恨地咒骂道。

东尼也跟着激动起来，右边脸颤抖着，拼出了一句：

“猪——窝——”

大伟说他和东尼两人原本是无论如何舍不得把 Tea for Two 卖掉的，但是到了后来，实在撑不下去了。

“你看，”大伟指向客厅那边，“我那些传家之宝都卖掉了！”

大伟摇摇头，欷歔道：

“到了周末餐厅也只有两三桌，酒吧过了十二点，还剩下一两个醉鬼，我只好唱《某个奇妙的晚上》给自己听。”

大伟耸耸肩苦笑了一下，隔了半晌，他长长地叹了一口气，追悼似的对我说道：

“罗，你知道吗？你离开没有多久，这场瘟疫便开始了，纽约的‘欢乐世界’好像突然停电，变成一片漆黑，从此再也没有见过光明——”

东尼在一旁发出了一连串声调悲切的语音。

“胖爹爹说：统统死光了。”大伟转述道，接着念出了一连串 Tea for Two 常客的名单，华尔街的股票经理、公园大道的名牙医、NYU 的 F. O. 梅地笙教授，大伟好像在宣读阵亡将士的名册一般。

“我们的老朋友米开兰基诺也不在了。”大伟转向我道。

“他也走了？”我脱口叫道，那座巍峨的肉山大导演竟也倒了下去。

“可怜的仔仔，伤心得像什么似的，自己都病倒了，全靠这两位天使在照顾他。”大伟指着珍珠和百合道。

东尼在旁边又发出几下悲音。

“都死了，东尼说，”大伟摊开两只手，“连金诺也走得这样匆忙。”

“我听说了。”我含糊应道。

“那位健美先生最后躺在床上只剩下几根骨头，像纳粹集中营里的饿殍。小费大概吓傻了，守在金诺床头话也讲不出来，金诺断了气，小费才拉住东尼的手怔怔地问道：‘胖爹爹，我怎么办呢？’”

大伟摇头叹道，金诺的后事是东尼一手包办的，金诺下葬那天，东尼回家就中了风。

“胖爹爹太累、太伤心了。”

大伟怜惜地握了握东尼那只手指伸张不开的拳头。

我觉得我在爱荷华的玉米田中躲藏了五年，回到纽约，好像 Rip Van Winkle 下山，洞中方七日，世上已千年。发觉纽约整个变掉了，变成我完全不熟悉的陌生地，纽约的“欢乐世界”如同经过战争杀戮，变成尸横遍野的一片废墟。一时我们都沉默了下来，大家努力啃食盘中的火鸡。大伟把一只火鸡腿的肉都切了下来，递到东尼面前。酒过三巡后，珍珠把栗子蛋糕送了上来。大伟用调羹敲了几下酒杯，引起我们注意。

“孩子们，今晚我和你们胖爹爹有件大事要告诉你们——”

说着大伟伸手搂住了东尼的肩膀。

“过年以后，我和东尼将有远行。”大伟郑重宣布道。

“去哪里？”我们齐声问道，大家都好奇起来。

“上海，我们两人的出生地。这将是我们两人的寻根之旅，我和你们胖爹爹要去寻找我们生命的源头去，是吗，蜜糖？”

东尼歪着嘴直点头，大伟凑过去在他的胖腮帮上啄了一下。

“孩子们，我和你们胖爹爹全世界什么好玩的地方都玩过了，连非洲肯尼亚的野生动物园我们也去过，跟狮子老虎混了好几天——”

大伟略略顿了一下，他牵住东尼的右手，说道：

“那将是我们最后一站，去完上海，除了天堂，我们再也没有别的地方可去了。”

壁炉里摇曳的火光，反映在大伟和东尼的脸上，一张坑陷的瘦脸、一张变形的胖脸，两人相视微笑着。

我们都举起酒杯祝大伟和东尼旅途愉快。

“圣诞快乐！”大伟回敬道。

东尼也咿哩呜噜地拼出了一句：

“圣——诞——快——乐——”

我们一直望着大伟和东尼两人互相扶持着，一步一步走上了楼梯，两人转过身来向我们挥挥手道了晚安，我们才离开。珍珠和百合本来要开车送我一程，我婉谢了。我叫了一辆计程车，开到第五大道四十八街的交叉口，便停了下来。圣诞夜没有风，天上寒星点点，只是干冷。一条第五大道上，火树银花，两旁百货公司的橱窗都出奇制胜祭出各种精心设计的花灯来。路上行人早已绝迹，空荡荡的一条大道上，灯火通明，灿烂中却有一股说不出的冷清。我步行过两个街口，终于来到了峨然矗立在第五大道上的 St. Patrick 大教堂。

教堂里早挤满了人，圣诞夜的午夜弥撒已接近尾声，人们都在跪着礼祷，唱诗班的孩子展开了他们上达天听的天使童音，开始在歌唱《平安夜》了。我穿过人群，走到右边圣母坛的蜡烛台前，台上已点燃几百支人们祈福的蜡烛在耀耀发光，我点了一支插到台上去，那支蜡烛是我点给安弟的。接着我又点了一支，给安弟的母亲 Yvonne 叶吟秋女士，那年我和安弟曾答应陪她到 St. Patrick 来望午夜弥撒，可是终于未能成行。

回到纽约，重新开始，真是千头万绪，天天得看《纽约时报》的分类广告，找房子、找工作。一直忙到二月初，我搬进了九十九街近百老汇的一间老公寓，是一位波兰籍老人分租的一间房，所以便宜。高盛证券行一个临时空缺，我也一把抢走了，至少暂时解决了食宿问题。其间我和珍珠通过一次电话，她说大伟和东尼已经从上海回来，不过旅途太累，需要休息，她约我过一阵子去探望他们。二月十二日的晚上，我正在拟稿写我一生中最难下笔的一封信，向父母报平安，对他们告白，和盘托出我这几年的遭遇经过。这封信我磨到半夜还只起了一个头，突然珍珠打电话来，她的语调急切而严肃，只简短地说：

“罗，请你马上过来，到大爹爹胖爹爹家，他们有要紧事要交代你。”

外面在下大雪，我穿上大衣开车往大伟和东尼家，因为路滑，竟开了半个多钟头，珍珠和百合两人开门迎我进去，珍珠接过我卸下的大衣，有点神秘地悄声说道：

“大爹爹和胖爹爹在楼上，正在休息。”

她引我进客厅又加了一句：

“仔仔和小费也来了。”

客厅里的壁炉正在熊熊地燃烧着木柴，洋溢着一股松香。客厅一张长沙发上一端坐着一个人，我走近时看清楚两人的面目，大吃了一惊，要不是珍珠刚才提起，我绝对认不出那两个人竟会是仔仔和小费。仔仔坐在右边，他身上裹着一件厚厚的大衣，头上齐额套着一顶绒线帽，缩在沙发一角，室内温度很暖，仔仔似乎还在畏寒，他那张原来十分白净清秀的面庞上，凸起一块一块紫黑色的瘤肿，那双飞俏的桃花眼眼皮上竟长满了肉芽，两只眼眶好像溃疡了一般，仔仔的脸变成了一团可怖的烂肉。小费挤在沙发另一角，也裹得一身的衣服，他的头发全掉光了，原来一张棕色油亮的圆脸，削成了三角形，发暗发乌，本来溜溜转的大眼睛，呆滞在那里，不会动了。他们两人看见我同时挤出一抹笑容来，使得那两张变了形的脸更加丑怪，小费的两个酒窝，凹下去变成了两个黑洞。我在他们对面那张沙发坐了下来，不由自主地将头转向一方，避免看到那两张令人触目惊心的怪脸。百合过来递给我一杯热茶，在我身旁坐了下来。等到我们坐定以后，珍珠却端过一只银盘来，盘子里搁着一封信，珍珠对我们宣告道：

"大爹爹和胖爹爹两人服过药，现在他们两人已经安睡了。大爹爹指定要我念这封信，这封信是留给你们每个人的。"

说着珍珠便从盘子里拾起那封信，打开来，慎重地念道：

亲爱的孩子们，珍珠、百合、仔仔、小费，还有罗：

首先我要向你们报告我和你们胖爹爹这次到上海的寻根之旅。我对你们说过，我们是去寻找我们两人生命开始的源头。我们真的找到了！我们两人出生的那家法国天主教医院还在那里，现在变成了一所公家医院。医院的主楼大概还是从前的，是一幢法国式圆顶的建筑，虽然已经十分破旧，不过还看得出当年的气派。我扶着东尼走进去，两人就好像穿过时光隧道，进入了一座神话中的古堡一般。很难想象六十年前八月十六的那一天，我和你们胖爹爹双双同时来到这个世上，诞生在这座古堡式的法国医院里。我们去参观了医院里的育婴室，里面睡满了刚出世的娃娃，一个挨着一个，一共有好几排。我对东尼说："说不定我们一出世就睡在一起了呢，可能你就睡在我的旁边，大概我那时已经迷恋上你那张可爱的胖屁屁了！"

上海又挤，又脏，连中国饭还不如纽约的好吃，可是我们偏爱这个城市，因为这是我们两人的出生地，我们对它有一份原始的感情。我终于找到我父亲从前开的那家餐厅"卡夫卡斯"了，现在变成了一家拥挤肮脏的公共食堂。我父亲告诉我从前那是一家十分高雅的西餐厅，侍者都穿着黄丝面马甲的，许多流落在上海的白俄贵族常常去吃饭喝酒，喝醉就高歌起来痛哭流涕。我们俄国人是个很容易动情的民族哩！

你们胖爹爹对上海的记忆比我更深了，他到了上海一直在奋亢的状态中，我还担心他过度兴奋，身体吃不消，谁知他精神格外好，不肯休息。他找到了从前的老家，从前念的小学，他连去过的戏院都记得，一家一家赶着要去看。就是有一件事麻烦，他常常要上厕所。我的上帝，上海的公厕脏得惊人哪！我与胖爹爹两人都给臭昏了，差点晕倒在厕所里，不过，感谢上天，我们总算活着回到了纽约。

亲爱的孩子们，虽然我们刚旅行回来，我和你们胖爹爹两人又将再次远行了。这次我们的去处不在这个地球上，这个地球我们早已跑遍，再也没有什么地方可以去。大爹爹、胖爹爹要暂时向你们告别，我们两人将要远行到另外一个世界里去了。这是我们两人去上海之前已经计划好了的，回来后立刻启程。因为我们没有太多的时间可以等待。我必须趁着我的身体还能撑得住的时候，带着东尼一块儿离开这里。

亲爱的孩子们，你们今天来送行，大爹爹和胖爹爹对你们有一个要求：你们绝对不许伤心，千万记住，一滴眼泪也不可以流。大爹爹和胖爹爹准备一同跳着踢踏舞一直跳上天堂去。你们一哭，我们心里难过，一打岔恐怕就上不了天堂了。相反的，你们来送行应当为我们高兴才对！你们瞧，我跟我亲爱的东尼同一天来到人间，在这个“欢乐世界”里共度过四十五个寒暑，今天我们两人竟能结伴一同离去，这是多么幸运的一件事啊！

三个月前，医生检查出来，我也“有了”，而且T细胞已经降到一百，医生预测顶多三个月至半年内便会发病。我没有预先告诉你们，就是要免去你们无谓的惊慌和担忧。这几年来，身边的朋友们一个个一群群被这场瘟疫吞噬掉，就好像一个巨大无比的恶魔突如其来从天降临到我们这个“欢乐世界”，我们像一群惊恐的羔羊，措手不及四面盲目奔逃，但最后还是一个个、一群群被那个巨魔追赶上吸进血盆大口里。其实我心里早已做好准备，这一天终将来临。我唯一放不下心的是，万一我先走了，谁来替你们胖爹爹洗澡哩？

你们都知道你们胖爹爹是有洁癖的，天天要洗澡，而且洗完澡，还要我替他抹上一身香喷喷的爽身粉。有一点，你们不知道吧？其实你们胖爹爹是个很害羞的人，除了我，他是绝对不容许别人看到他那张美丽的胖屁屁的。我亲爱的东尼斩钉截铁地对我说：

“不行！你不能把我一个人抛弃在这里，要走我们一齐走！”

孩子们，我们不能等，我们不能等着那个巨魔来把我们吞噬掉。我和你们胖爹爹要先开溜了。就好像四十五年前那个夏夜一样，那个晚上，我和我亲爱的东尼两人从帐篷里溜出去，我牵着他那软软胖胖的手，两人蹦着跳着穿过那一大片野杉林，奔向湖边。我记得那晚有月光——你们胖爹爹却说只有星星，不管怎样，那一片湖水都照得闪闪发亮。那才是我和东尼两人的 Fairyland 哩！

孩子们，这次我们又要到另外一个世界去了，我相信那一定是个“欢乐天国”。孩子们，我们“欢乐族”升天后，在天国里不都变成“欢乐魂”了吗？那儿一定有许多先我们而去的老朋友，在那儿等待我们。说不定在“欢乐天国”里，我和东尼把我们的Tea for Two重新开张起来，等着你们来大家一同喝酒、唱歌、跳舞。

亲爱的仔仔，你一直是大爹爹、胖爹爹的心肝宝贝。你知道胖爹爹有多么疼惜你，他看见你受苦心都碎了。仔仔，别害怕，我们走了，有珍珠和百合两位天使照顾你的。我们在那边等你，我相信你的好朋友米开兰基诺一定也在那边等候你，别忘了，你是他最心爱的Cho-Cho San哩！

亲爱的小费，金诺也一定在那边等着你，恐怕已经等得不耐烦了。“欢乐天国”我猜一定也有健身房的，说不定比这里的还要讲究，你和金诺两人又可以天天去练肌肉了。

罗，我们还能对你说什么呢？我们最亲爱的安弟早已上了天国了。我们会告诉他，这几年你藏身在爱荷华的玉米田里幸运地躲过了这场浩劫，现在你安然无恙，要他放心。

最亲爱的珍珠与百合，你们两人的忠心耿耿，常常教大爹爹胖爹爹感动！这段艰难的日子如果没有你们全心全力的支持，我和你们胖爹爹绝没法存活下来。今晚的送别会请你们两人主持，珍珠知道我们珍藏的香槟酒在什么地方，都拿出来让大家享用吧。我特别叫“一番馆”送了各式各样的寿司、天妇罗，还有其他点心来。晚上你们守夜，一定会肚饿，尽情吃、尽情喝吧。我和东尼都要你们开开心心地把我们送走。

再会了，孩子们，我和我最亲爱的终身伴侣东尼我们两人要踢踢跶跶一同跳上“欢乐天国”去。

大伟与东尼

一九八六年二月十二日

珍珠念这封长信时声音一直控制得很好，念到最后两行才开始有点颤抖。我们都凝神屏息地聆听着，听完后，大家一阵肃静，端坐着不敢有所举动。

“先让我上楼去看看他们。”珍珠悄声说道。

珍珠到楼上不多时，走下来向我们庄重宣布道：

“大爹爹和胖爹爹已经走了，你们上去吧。”

我们几个人由珍珠领头排队走上了楼梯，珍珠打开大伟和东尼的卧房，我们鱼贯而入轻手轻脚走了进去。房中没有开灯，围着床却点满一圈白色的高蜡烛，房中墙上那扇扇镜子，互相辉映，好像整间房都浮动着闪烁摇曳的烛火似的。我们走近那张帝王型的红木床，看见大伟和东尼互相拥抱着睡在床上，两人都穿上了一式大红的绸睡衣，睡衣是新的，在烛光下发着红艳艳的光泽。东尼圆滚滚的身躯依偎在大伟怀里，他身后果然塞满了大大小小金线面绣满了花花叶叶的枕垫。两人大概睡得嫌热，把一张金面的鸭绒被也踢开了。东尼的头枕在大伟胸上，他歪着嘴，好像在酣睡似的，口涎流了出来，把大伟胸前沁湿了一大块。大伟伸着一只长臂把东尼紧紧搂住。珍珠从浴室里拿了一块面巾一把梳子出来，她用面巾把东尼嘴边的流涎及大伟额上的汗水揩拭干净，然后她替大伟和东尼把睡得凌乱的头发梳理好，梳成他们原来的样子。珍珠向百合示意了一下，两人一人掀起一角将那张金色大被轻轻盖到大伟和东尼的身上，只露出一对白发灿然的头颅，并排睡在一起。

我们回转楼下，进到客厅里，那张大理石的餐桌上早已摆满了各式各样的日本点心，有七八种寿司。不知怎的，看到这满桌的寿司，突然间我感到一阵腹中空空强烈的饥饿，抓起几团寿司，便狼吞虎咽起来。我发觉仔仔和小费也一样，好像急不待等地在啃嚼那些天妇罗和海鲜串烧。我们一边吃，一边不停地追忆，抢着讲大伟、东尼的趣事、糗事。很久没有调皮的仔仔突然站起来脱去了大衣，翘起屁股模仿东尼在 Fairyland 脚不沾地地走来走去，指手画脚地喊道 ：

"珍珠——百合——"

仔仔大概忘了他那张脸因瘤肿而变了形，学起东尼来，愈更丑怪滑稽。珍珠和百合两人刚刚端着香槟进来，看见仔仔学东尼学得惟妙惟肖，忍不住哈哈大笑起来。百合双手一手拎着两瓶香槟，珍珠手上捧着一只水晶盘，上面摆着五只酒杯，都是从前 Fairyland 那种郁金香形的高脚香槟杯。珍珠小心翼翼地把五只酒杯都斟满了香槟酒。我们各拿一杯，同时举起杯子向大伟东尼我们的大爹爹胖爹爹送行说再见。突然间，几乎同时我们一齐唱起 *Tea for Two* 来。愈唱我们的声音愈高昂，我看到珍珠的眼睛泪水开始涌现，百合的眼睛也在闪着泪光，仔仔烂掉了的眼眶泪水已经盈到边缘，小费那双呆滞的圆眼一直在眨巴，我感到自己的眼眶也是热辣辣的，可是我们一边唱一边却拼命强忍住，不让眼泪掉下来，生怕一掉泪，正在踢踢跶跶跳往“欢乐天国”的大伟和东尼会被我们拖累，跳不上去了。

《联合报》

二〇〇三年三月一至十九日

Silent Night

（这些年来，收容院接纳了一批又一批从各处流浪过来，身体心灵都印着伤痕累累的青少男孩。尤其每年到了圣诞夜，午夜弥撒过后，保罗神父便领着一两位教会志工助手，开了一辆旅行车，在曼哈顿的街头巷尾巡逻一遍……）

对面床上那个病人恐怕撑不了多久了。他露在白床单外面那双手枯瘦得像一对乌黑的鸟爪，手指蜷曲成一团，不停地在颤抖。病人的神智似乎一直是清醒的，隔不了一会儿，他便沉重地呻吟几声，大概吗啡的药力逐渐消退，疼痛难以忍受，于是紧守在床边的那个大男人便倏地从椅子上跳起来，伏下身去，握住病人那双鸟爪似的瘦手，低声喃喃叫道：

“宝贝，我在这里呢——”

那个巨灵般的中年大男人，总有六呎二三，虎背熊腰，庞然的身躯，两只巨掌又肥又厚，手背黑毛茸茸，倒真像一对熊掌。他那颗大头颅，剃得青光发亮，凑到病人耳边，唧唧哝哝吐出一连串安慰病人的温柔话语来。病人那张脸早已脱了形，剩下皮包骨，像骷髅，眼睛坑下去只见两个黑洞，可是偶然从黑洞里，却突然冒出两行眼泪来。于是大男人便赶紧从绷得紧紧的牛仔裤口袋里掏出一块红花布人手帕来，将病人的眼泪轻轻拭掉。

“哦，宝贝——”大男人充满了怜爱地叫道。

大男人叫乔舅（Geogio），年轻病人叫阿猛（Ah Mong）。乔舅是 Little Italy 一家披萨店的大厨师，阿猛是中国城“金麒麟”的跑堂，他是从越南逃难出来的“船民”，父母是广西过去的侨民。乔舅比阿猛要大二十岁，可是两人在一起也有七八年了。这些，都是前天下午乔舅在休息室里断断续续告诉余凡听的。其实在三〇三病房里，头两天余凡根本没有正式跟乔舅打过招呼，有一两次，他们两人进出病房，擦肩而过，余凡感觉到那个大男人似乎嘴皮颤动要开口跟他说话了，余凡赶忙胡乱点个头便匆匆闪掉。余凡不想跟乔舅有任何接触，其实除了医生护士，余凡在医院里尽量避免跟其他人打交道。他恨不得自己变成隐形人，进出医院，没有人看得见，因为他得小心，处处留神，不让任何人注意到他和保罗神父之间的特殊关系。他必须保护保罗神父，不让人知道他真正的身份。他送保罗神父住院时，替保罗神父填表，职业那一栏，他填下“保险业：大都会人寿保险”。那是余凡自己上班的公司，地址也写下自己在东格林威治村第十街的住所。保罗神父一发病，余凡便连夜把他从第八大道那间宿舍公寓悄悄运到曼哈顿南端的圣汶生医院来。在这里大概不会有人认出他们来。医院三楼是传染病房，西侧住的全是艾滋病患，闲人不会随便闯进来。

保罗神父一送进医院便开始进入昏迷状态，这倒省了余凡许多周章。每天余凡到医院来，只要坐在保罗神父的床边，静静地陪着他就行了。保罗神父胖大的身躯仰卧在床上，睡得很安详。余凡替他戴上一顶红色的绒线帽保暖，衬得他那张圆圆的脸更加慈眉善目了，像个圣诞老公公。今年东岸的寒流来得早，十二月初就开始下雪了。医院里暖气开得低，坐久了，余凡自己也感到背脊上凉飕飕的。幸亏保罗神父失去了知觉，脸上没有疼痛的扭曲，反而有时候保罗神父太安静了，余凡倒有点不安起来，他放下手上的报纸，站起身去，贴耳听听保罗神父的呼吸，听到他从嘴里发出来轻微的吐气声，他才放心坐下，继续阅报。翻完厚厚一叠 *Village Voice*，一个早晨大概也就过去了。除了值班的护士来查视，两只病床中间那道帘幕很少拉开。一帘相隔，把三〇三房中两个病人的世界，分成两半。

直到前天下午，余凡感到特别疲倦，坐在椅子上，一直想打盹。他离开病房，走到三楼休息室去，那儿供应免费咖啡，余凡想喝杯咖啡提提神。休息室里余凡瞥见乔舅独自一个人坐在那儿，双手抱着头，手肘撑在桌面上，似乎在沉思。余凡本想绕过乔舅身后，倒杯咖啡，便悄悄离开，不去打扰他。可是当余凡走近乔舅背后时，竟发觉原来那个巨灵男人在低声啜泣，他那庞大的身躯高耸的双肩正在上下微微地抽搐着，大概他在极力压制自己，呜呜的哽咽声卡在喉里，发不出来。余凡站在那个大男人的身后，忍不住伸出手去，轻轻按在他的肩上。大男人抬起头来，他那满腮胡渣宽阔的脸上，泪水纵横，双眼已经哭红了。

“医生说，就是这一两天的事了，要我开始准备——”那个大男人抽泣地说道。

接着那个大男人便把余凡拉到身边的椅子上，开始几乎语无伦次地向余凡诉说起他跟他的“宝贝”阿猛的故事来。他的英语有着浓重的意大利口音，余凡只能听懂七八分。

阿猛全家人从越南搭船逃出来，半途遇到菲律宾海盗船，爸爸妈妈两个哥哥全部杀光，只剩下阿猛一个人身上挨戳了十几刀，居然没死，存活下来。乔舅第一次见到阿猛，阿猛十七岁，瘦得像只饿瘪肚皮的癞毛狗，眨巴着两只大眼睛，好像随时会掉下泪水来似的。阿猛在中国城街头替人擦皮鞋，是乔舅，是他把阿猛带回家的。天天晚上他偷偷运走一盒他亲手做的披萨回去给阿猛吃，腊肠、肉丸、火腿，都是双倍加料的呢，热乎乎的披萨吃得阿猛满嘴的油，就这样，他的“宝贝”才被他喂得长满了一身的肉。

“阿猛是个好孩子，他是我的宝贝，我的命根子——”那个大男人深情地叫道，“阿猛可怜呵，那个孩子经常做噩梦，半夜里吓得尖叫，他总梦到那些海盗在追杀他。我想他是因害怕才去打毒的，他跟那些‘越青帮’混在一起，他是害怕，在逃避呢！”

大男人乔舅一边说一边用他毛茸茸的手背抹去淌下来的鼻涕，余凡赶快起身去把咖啡壶旁边的一叠卫生纸拿过来递给乔舅。

“啊，谢谢。”

大男人乔舅感激地说道，拿起纸巾狠狠地擤了一把鼻涕。他还要继续讲他跟他的“宝贝”阿猛的故事，却进来两个护士，把他的话打断了。

阿猛到底未能撑过夜，第二天早晨，余凡回到医院，走进三〇三，看见阿猛那铺床已经空掉，连床单也换了新的。那个大男人乔舅没有再回来过。没多久，三〇三又住进了一个新病人，是个面上长满了毒瘤的拉丁裔，一张脸好像一球紫色的椰菜花。

保罗神父在医院里昏迷中拖过了十二天，本来医生判断最多只有一个星期，因此余凡有相当充裕的时间替保罗神父准备后事。他在离医院不远的第十八街上找到一家叫“洛克之家”的殡仪馆，并且还替保罗神父挑好骨灰匣，是古铜打制成的一册厚书形状的匣子。余凡告诉殡仪馆的主事，火葬前不举行告别式，只有他一人在殡仪馆小教堂里守灵片刻。

火葬那天，余凡在“洛克之家”的小教堂里伴着保罗神父的遗体守了一个下午。他跪在保罗神父的棺柩前，默默诵经，他手上握着一串念珠，念诵一遍便数一粒，一串一百六十五粒念珠数完，冬日的太阳已经偏斜了，从小教堂的天窗冉冉透射进来。那串长长的念珠，是保罗神父的遗物，年代久了，琥珀色的珠子磨出温润的光泽来。保罗神父那晚发病，余凡匆匆把他运送到医院，别的都没来得及拿，却把这串念珠给带了出来。余凡诵完经，把那串念珠仍旧挂到保罗神父的胸前。保罗神父躺在棺柩里，化妆过了，头上几绺银丝也梳得妥妥帖帖，闭着眼睛，好像在沉沉酣睡似的。

盖棺前，余凡把自己脖子上戴着那条十字项链卸了下来，擎着那枚赤铜十字贴到保罗神父唇上亲了一下，才把棺柩盖上。那条十字项链是保罗神父送给他的。他戴了十年，一天也没离开过，那条十字项链已经变成了余凡的护身符，戴上那条十字项链，余凡才感到安全，好像真的有神灵在佑护着他似的。

十年前，余凡才十六岁，在曼哈顿的街头已经流浪一年多了，什么事都经历过：偷窃、贩毒、卖淫，他常常饿着肚皮去捡垃圾箱的残食来果腹。一个风雪交加的夜里，正是个圣诞节的前夕，余凡终于支撑不住，他发了四十度的高烧，晕倒在中央公园外边近六十六街的雪地上。是保罗神父把他救走的，将他安置在“圣方济收容院”里。这所收容院是保罗神父创办的，在四十二街邻近第八大道，时报广场红灯区的边缘上，专门收容离家出走的青少年，所以又叫“四十二街收容院”。那本是一座废仓库改建的，就在圣方济教堂旁边。

据说也是在一个大风雪的圣诞夜里，保罗神父主持完午夜弥撒，正要关上教堂时，他突然发现教堂一角还有一群孩子躲在那里，没有离去。那群孩子一共四个，都是十五六岁的男孩，身上穿着破烂的单衣，一个个冻得面色发青，直打哆嗦。两个白孩子，一个黑孩子，一个拉丁裔，全都是逃离家庭的小流浪汉，在那个天寒地冻的圣诞夜，无处可去，溜进教堂来取暖。保罗神父把他们留了下来，他认为那是上帝把这群孩子，在那大风雪的夜里，送来交到他手上，要他照顾的。从那次起，保罗神父便发下愿创办这所“四十二街收容院”了。这些年来，收容院接纳了一批又一批从各处流浪过来，身体心灵都印着伤痕累累的青少男孩。尤其每年到了圣诞夜，午夜弥撒过后，保罗神父便领着一两位教会志工助手，开了一辆旅行车，在曼哈顿的街头巷尾巡逻一遍。每次总会遇见几个深夜里走投无路的青少年，在绝境中等待保罗神父伸出他援助的手。那晚余凡如果没有遇见保罗神父，他一定会僵毙在大雪夜里，是保罗神父救了他一命。

余凡昏睡了足足两个昼夜才醒过来，他看见保罗神父坐在床沿上，满脸笑容温煦，注视着他。保罗神父穿了一袭黑袍子，白领圈浆得笔挺，他胸前悬着一挂琥珀色的念珠，颈上戴着那串赤铜十字项链。他的身型胖胖的，皮肤红润光滑，花白的头发一大片覆过他的额头，使他看起来有一份老年的稚气。他有着一副慈祥的面容，一双极温柔的大眼睛，余凡觉得保罗神父周身都在透着幽幽的一股暖意。

“你的烧退了。”保罗神父说道，他伸手去试了试余凡的额头，他的手掌又厚又软，“你睡了这么久，一定饿坏了。”保罗神父把余凡扶着坐起来，递给他一只保暖杯，里面盛着热牛奶，保罗神父看见余凡一口气差不多把一杯牛奶咕嘟咕嘟喝尽，笑着抚摸了一下他的头说道：“慢慢喝。”说着他转身出去提了一桶温水，挟着一只药箱回来，肩上搭了一条毛巾。

“你的脚肿得不像话，再不搽药，要烂掉了！”

保罗神父教余凡把双足泡到温水里，余凡两只脚长满了冻疮，肿得红通通的，有一两处已经出现裂口了。余凡泡了一会脚，保罗神父又蹲下身去，用毛巾替余凡把双足揩干，从药箱里掏出一管消炎膏，把药膏挤到余凡红得发紫的脚背上，用一枝棉花棒慢慢涂匀，然后才用纱布包扎起来。“我当过看护的呢！”保罗神父仰头朝余凡笑道，他那一双胖手十分灵巧，两下便包扎妥当了。

“好了，小伙子，你可以下床走路了。”保罗神父胖大的身子努力地撑了起来，喘了一口气，拍拍余凡的肩膀笑道。

“Father——”

余凡嗫嚅叫道，他想对保罗神父说声谢谢，可是却哽住了，说不出来，他仰望着保罗神父，嘴唇一直在发抖。保罗神父默默地凝视着他，半晌，他突然从自己颈上卸下那束赤铜十字项链，戴到余凡的脖子上。

“上帝保佑你，”保罗神父低声说道，“教堂那边，孩子们还在等着我呢，我要过去给他们望弥撒了。”

保罗神父离开那间仓库宿舍时，回头向余凡招了招手笑道：

“Merry Christmas！”

余凡活了十六岁，从来没有人这样温柔地对待过他。余凡是个私生子，跟着母亲在曼哈顿中国城长大的。他母亲是香港人，偷渡入境美国的，躲在中国城的餐馆里，打了一辈子的工。余凡从母姓，他从不知道自己的父亲是什么人，问起他母亲的时候，他母亲就会白他一眼，恨恨地说道：“死了！早就死了！”他母亲跟过一连串的男人：跑堂的、送货的、打杂的。有时男人养她，有时她养男人。她还跟过一个白人警察，每个男人在余凡身上都留下过一道伤痕。他头顶有一道缝过十几针的疤，是那个壮汉警察喝醉酒一根警棍把余凡的头打开了花，而且还把他奸掉，那年余凡十三岁。后来他母亲总算嫁了一个“顺利园”的大厨，香港来的大师傅手艺高，但也是一个火爆脾气的凶神恶煞，一个潮州佬。余凡跟着母亲蹲在厨房剥虾壳，大师傅使唤，余凡应声慢一点，一个巴掌便掀过来了。有时打急了余凡还手，大师傅便会举起一把明晃晃的菜刀将余凡从厨房后面追杀到大街上去。余凡十五岁，母亲病亡，他便乘机逃离那个恶煞厨师，开始到街上流浪。

余凡从小就对Father这个字特别敏感，平常无论在什么地方，看到或者听到这个字，他都感到特别刺心。先前他脱口叫了保罗神父一声：Father——自己也吃了一惊，这是他生平第一次大声念出这个字来。自从那一刻起，他对保罗神父便产生了一种莫名的依恋。他在“四十二街收容院”里待了两个多月，在那段日子里，每天进进出出他都紧跟着保罗神父，一步都不愿意离开。收容院里同时收容了二十个青少年，那间仓库房子勉强容得下十张上下铺的铁床。保罗神父领着几个志工从早到晚都在忙着照顾那一群离家的小流浪汉，替他们解决问题，安排出路。余凡跟着保罗神父替他打杂，保罗神父支使他做这样做那样，余凡满心喜欢，做得起劲，他愿意替保罗神父卖命，做他的小跟班。晚上保罗神父带领他们在隔壁教堂里做晚课，大家跟着保罗神父诵经，保罗神父念一句，余凡也跟着他念一句。余凡不信教，也没有进过教堂。中国城浸信会的牧师娘星期天来拉他母亲上教堂，他第一个借故开溜。是保罗神父那温柔吟唱般的诵经声音，感动了他的心灵，让他有一种皈依的冲动。对余凡来说，四十二街那间简陋的仓库收容院，是他第一个真正的家，是他精神依托的所在。后来保罗神父把余凡送到了圣约瑟书院去念书，而且还替他申请了三年的奖学金。可是每逢星期天，余凡一大早就会老远从布鲁克林坐一个钟头地铁回到曼哈顿“四十二街收容院”来，赶上保罗神父周日八点钟的弥撒，然后领圣体，向保罗神父告解。回到那间仓库收容院，余凡才有回家的感觉。

余凡毕业后出来做事，在大都会保险公司找到一份助理工作，他便正式加入了保罗神父手下的志工团，团里有八十高龄的家庭医生，老太太心理咨询师，一对退休的男护士，还有煮大锅饭的大厨师，形形色色的人物都有，也有像余凡这样受过收容院栽培又回来当志工的——都是受了保罗神父的感召，来收容院帮忙照顾那些进进出出的年轻流浪汉。那一批又一批十几岁逃离家庭的少男，有的沦落为妓，在时报广场边缘第八大道的红灯区徘徊彷徨，直到他们被皮条客殴打成伤，性命受到威胁，才逃到收容院来。有的吸毒，被警察抓走，出狱后无处可去，转送到收容院，投靠保罗神父。“四十二街收容院”变成红灯区的庇护所。那群漂鸟般的青少年，来来去去，有的出去了又转回头，因为毒瘾又发了，有的回到时报红灯区，继续卖他们的肉身，直到染上了艾滋病，踉踉跄跄回来，向保罗神父求救。看护这批患了艾滋的孩子，保罗神父费了最大的力量和心血，有几个他照顾他们，抱上抱下，直到最后，替他们送终安葬。

保罗神父走了，余凡无法再回去“四十二街收容院”。在这个圣诞夜里，余凡突然觉得无家可归起来……

年复一年，“四十二街收容院”渐渐出了名，*Village Voice* 登出保罗神父跟他那一群小流浪汉的照片，称他为“红灯区的救世主”。来投靠“四十二街收容院”的青少年愈来愈多，保罗神父肩上的担子愈来愈重，往往他写信要写到天亮，写给那些捐款人，告诉他们每一个无家可归小流浪汉的故事，保罗神父那些信感动了所有的捐款人，许多都成为了长期的赞助者，有两个连身后的遗产都捐给了“四十二街收容院”。可是余凡看着保罗神父逐年衰老下去，他那胖胖的身躯，行走起来，脚步愈来愈沉重。直到他发病的前两个星期，一个初冬的黄昏，天气已经萧瑟，有了寒意，余凡到四十二街收容院去，在教堂里，寻到保罗神父，他看见保罗神父一个人，跪在圣坛前面，在默默祈祷。余凡坐在最后一排椅子上，悄悄等候着。焦黄的夕阳从左边的玻璃窗斜射进来，有一束晕淡的阳光落在保罗神父的黑袍上，好像蒙了一层尘埃似的，使他那匍伏的身影显得分外孤独。余凡等候保罗神父祈祷完毕，才迎上前去，拥抱了他一下。

“Father——”

余凡轻轻叫了一声，保罗神父看到他，依然展开他那惯有温煦的笑容，可是不知怎的，他从保罗神父那双温柔的大眼睛中感到一股深沉而巨大的哀伤，那是他这么些年来，从来未有触及到的。保罗神父一脸倦容，神情憔悴，好像一下子苍老了许多。他引着余凡蹒跚地往外走去，走到一半，他突然回过头来对余凡说：

"阿凡，我们坐下来，我想跟你谈谈。"

保罗神父打量了余凡一下，轻轻拍拍他的手背。

"我很为你高兴，阿凡，你走到今天很不容易，"保罗神父望着余凡点头说道，接着他长叹了一口气，"我希望我那些孩子个个都像你这样就好了，可是他们好些又跑回到街上去了，我想到那些孩子们一个个在寒夜里抖瑟瑟地立在街头，我就难过，好像是我把他们遗弃掉了似的——"

保罗神父自责道，余凡赶忙安慰他：

"可是你也救回不少孩子啊！"

保罗神父摇摇头说道：

"那是靠上帝的力量。"

"我想那是上帝要你这样做的。"余凡坚持道。

"可是我没有做好——"保罗神父沉痛地说道，"我辜负所托了！"

余凡看到保罗神父的眼眶竟溢出泪水来了。

"Father——"余凡喃喃叫道。

"我常常祷告，求主引导我，让我不要迷途，可是有时候，我竟找不着方向，好像沉埋在深深的黑夜里，完全迷失掉了——"

保罗神父吁了一口气，沉默片刻，然后几乎自言自语地颤声说道：

“也许我太爱他们了，我那些孩子们。”

余凡办理完保罗神父的后事，他把那座古铜骨灰匣捧回他第十街地下室公寓去，搁在壁炉上端的架子上。他吞了两粒镇静剂，蒙头大睡了一天一夜，第二天一早便赶回去大都会销假上班。他的顶头上司涂玛丽是从香港来的一位胖太太，因为余凡也会说广东话，平常涂玛丽很照顾他，但这天一看见他进办公室便把一大叠文件摔在他桌上，指着他警告道：

“你今天再不来，我就要炒你的鱿鱼了！今天最后一天，明天就放圣诞假啦！”

余凡请了一个星期的病假，又延了五天，圣诞节到了，累积了一大堆申请表格，等着余凡去处理。这家大都会在百老汇大道上，离中国城不远，顾客有不少亚洲人，香港、台湾、中国大陆来的移民，越南、柬埔寨的难民，所以公司也聘用了大批亚裔职员。坐在余凡左右手桌子，是两个从新加坡、马来西亚来的女职员 Vicky 和 Kitty，三十多岁的单身女，都比余凡大，因为见他害羞，喜欢捉弄他。余凡一坐下来，两人便左右开弓审问他起来：这几天失踪躲到哪里去了？干了什么勾当？余凡左闪右闪，支吾以对。Vicky 和 Kitty 追问了一阵，不得要领，有点不耐烦起来。

“阿凡一定跟人私奔去了！”Vicky 嘿嘿笑道。

“我晓得了！”Kitty 应声叫道，“阿凡跟 Amanda 幽会偷情去了！”

说完，Kitty 和 Vicky 同时笑得前俯后仰。Amanda 是个从巴西来的大肉弹，她自称只要她手指勾一下，公司里的男职员都会向她飞扑过去。她看见余凡就要搂住他亲嘴，只有余凡会躲她，她发誓总有一天她要把余凡弄到床上去。那个星期恰巧 Amanda 也休假，Kitty 故意把她和余凡扯在一起。余凡涨红了脸，不理会两个女同事的促狭，埋着头在处理堆满了一桌子的文件。办公室里酝酿着一股放假前的焦躁，同事们纷纷提前下班。Vicky 和 Kitty 同时急急忙忙穿上大衣，一齐尖叫着 Merry Christmas 呼啸离去。胖太太涂玛丽守到五点才走，她看见余凡还在埋头苦干，便走过来拍拍他的肩笑道：

“赶不完，算了。阿凡，回家过圣诞吧。”

“不要紧，”余凡微笑应道，“我弄完这一叠再走。”

余凡一直工作到九点多，办公室只剩下他一个人了。他穿上那件带着兜帽海军蓝的粗呢大褛，围上了一条绛红的围巾。外面一阵阵又在飘雪了，百老汇上的商店饭馆都已经打烊，橱窗的圣诞灯饰还在亮着，在雪花飘摇中恍惚闪烁。迎面一阵寒风吹来，像刀劈一般，余凡赶忙兜上帽子，双手插进口袋，匆匆往 Little Italy 走去，他整天没吃东西，饿得头有点发晕。Little Italy 有几家披萨店还开着，余凡买两块什锦披萨，站在店面口便狼吞虎咽起来。吃完披萨，余凡看看表，十点钟。他望着满街的风雪，一时茫茫然，不知何去何从。往年圣诞夜，余凡一定会回到“四十二街收容院”，跟院里的青少年一同参加保罗神父主持的午夜弥撒。有几次，望完午夜弥撒，保罗神父带着他开了教堂那部旧旅行车，在曼哈顿的大街小巷巡逻一番，带回几个在寒夜里彷徨街头的流浪孩子，在平安夜里，给他们一所暂栖的归宿，就如同余凡自己在那个风雪夜里，被保罗神父救回来一般。保罗神父走了，余凡无法再回去“四十二街收容院”。在这个圣诞夜里，余凡突然觉得无家可归起来。

街上已经没有什么行人了，只有格林威治村那一带的酒吧间，还有一些钻进钻出的人影。余凡走到第八街，进到Rendezvous 里，这是一家多种族的欢乐吧，亚裔的欢乐族占了不少成分。这家欢乐吧离余凡上班的地方并不远，下了班，余凡一个人偶然会逛到这里来买醉。平时周末，这家酒吧挤得人贴人。但圣诞夜，人们多半回家过节或去参加派对了，酒吧空荡荡的，只有吧台上坐了一排客人，有几个年轻的，像是东南亚人，大概是从越南泰国来的，中间坐了一个五十多岁的胖大白人，头上罩着一个金光闪闪的高纸帽，正在跟那几个亚裔年轻男人打情骂俏。余凡走到吧台边，向调酒师点了一杯双料马丁尼，便蹭到酒吧一角去，那里烧着一盆熊熊的大火炉。在风雪中行了几条街，一身都冻僵了。余凡坐在火炉边，啜着马丁尼，一边取暖，酒吧的音乐箱一直在重复播放平·克罗斯贝的《银色圣诞》。一个面上贴着几颗金星的拉丁族小跑堂跑过来向余凡献殷勤，余凡又点了一杯双料马丁尼，而且还重重赏了拾元小费，小跑堂乐得露出了一口白牙来，说道：

“你真甜，先生，上帝保佑你！”

两杯双料马丁尼下肚，酒精开始在余凡体内慢慢散开，炉内的火焰飙起两三尺高，余凡的额头有点沁汗了，他把粗呢大围巾都卸掉，对着跳跃的炉火出起神来。余凡感到身后里突然有一只大手掌压在他的肩上。

“乔舅！”余凡抬头惊叫道。

那个巨灵般的大男人矗立在余凡身后，满脸微笑望着余凡，他一身裹着厚重的衣服，头上却戴了一顶圣诞老人的红帽子，帽子尖顶一团绒球甩来甩去。余凡拉着乔舅坐下来，然后招呼那个小跑堂的过来，他问乔舅道：

“你要喝什么？我请你，我在喝马丁尼。”

“那我也要杯马丁尼吧，”乔舅有点受宠若惊。

余凡向小跑堂的点了两杯马丁尼。

“用双料的。”他又加了一句。

小跑堂的端了两杯马丁尼来，余凡又加给他拾块钱小费，那个拉丁小伙子乐得咧开嘴连声道谢。

“Merry Christmas！”余凡举杯敬乔舅。

“Merry Christmas！”乔舅举杯应道。

“真没想到今天晚上能在这里遇到你！”余凡兴奋地说道。

“其实我们常到这里来的，”乔舅说道，“我是说从前我和阿猛两个人。”乔舅那张宽阔的脸上露出了一抹哀戚。

“乔舅，在这个圣诞夜，我又遇到你，我相信一定是上帝的安排。”

余凡认真地说，他见到这个巨灵般的大男人，顿时好像遇到亲人一般。虽然他和乔舅在医院里只相处过几天，可是他们在三〇三病房的生死场里共同经过一场浩劫，一齐共过患难，有一种特殊的关联。余凡害羞，沉默寡言，小时候他母亲那些男人对他粗暴，他便把嘴紧闭起来，一声也不吭，沉默对抗。一直到他遇到保罗神父，他才找到一个可以吐露心事的人，他常常去找保罗神父告解，把他从小到大的委曲隐痛都向保罗神父倾诉。保罗神父走了，余凡感到好像一下子喉咙喑哑掉了，发不出声，许多话埋在心里，胸口上好像压了一块铁板一般沉重。他看到乔舅，突然间他有一种向这个大男人“告解”的冲动，把隐藏在心里的话都抖出来。乔舅是唯一一个看到他和保罗神父最后在一起的人。

酒过三巡，双料马丁尼开始发威了，余凡的口齿都有些不清起来，他把他和保罗神父的故事原原本本告诉乔舅听，从十年前那个下着大雪的圣诞夜讲起。

“乔舅——”讲到激动处余凡伸出手去紧执住乔舅的巨掌，“那晚我去找保罗神父，第二天我就要离开收容院，到布鲁克林圣约瑟书院去念书去了。我走到他公寓的房间，要去跟他道别，感谢他救我一命。我见到他时，只叫出一声‘Father——’便扑倒在地上抱住他的双腿号啕痛哭起来。你相信吗？乔舅，那是我十六岁第一次哭出声音哭出眼泪来。我母亲那个警察男人把我的头打开了花，我也没有掉过一滴泪水。保罗神父把我抱起来，我拼命往他怀里钻，我蜷卧在他胸怀里，躺了一夜，我感觉到他身体的温暖——那是人间的温暖。那是我一生中感到最幸福的一刻，我真的觉得好像得到了上帝的福佑——”

余凡把手中剩下半杯的马丁尼一饮而尽，深深地吁了一口气。乔舅又叫了一轮酒，两人举杯饮了一大口。

“乔舅，”余凡醉眼惺忪，向乔舅压低声音说道，“我得保护保罗神父，对吗，乔舅？我不能让他受到伤害，我在布鲁克林很远很远的地方一个黑人区的天主教墓园，我打算将保罗神父的骨灰护送到那里下葬，他在那里安息会很安全。”

“乔舅，”余凡有点哽住了，“他把他的生命都给了他那些孩子——他太爱他的孩子们了。可是教堂里那些人不会懂他的，我得保护他，对吗？我每天晚上在替保罗神父祈祷，我想上帝会原谅他的——”

余凡说着身子倾斜过来，头跌靠在乔舅宽厚的肩膀上。

“上帝会原谅他的，对吗？”余凡醉语喃喃地说道，跳跃的炉火映得他一脸鲜红，额上冒出汗珠来。

乔舅似懂非懂地点着头，他搂住余凡的肩，在他耳边温柔地说道：

“我们回家去吧，酒吧要关门了。”

那个拉丁裔的小跑堂刚刚宣布最后一轮，酒吧里只剩下余凡和乔舅两个人。乔舅一把将余凡举立起来，替他穿上大衣，围好围巾，把他一只手臂环绕在自己脖子上，趔趔趄趄，两人互相扶持着走出了 Rendezvous。外面落雪暂停了下来，格林威治村的街道上都铺满了一层两三寸厚的白雪。乔舅搀扶着余凡，在松松的雪地上，一步一脚印地蹭蹬往前。他那辆破旧的雪弗兰小货车停在第八街和第五大道的转角处，当他们走近停车处时，从华盛顿广场那边迎来一队报佳音的少年唱诗班，有十几位少男，各种族裔都有，戴着红的、白的、绿的绒线帽，罩着白袍子，由一位教士领队，在那一片洁白的广场上，一齐反复在诵唱着 *Silent Night*：

Silent Night, Holy Night,

All is calm, All is bright

孩子们天使般纯真的声音，在那冷冽的夜空里，像一阵雪花，飘洒在格林威治村的大街小巷上。乔舅扶着余凡在车边伫立了片刻，等了那队唱诗班的孩子走远了，才打开车门将余凡扶上车，替他系好安全带，自己上车发动引擎。

乔舅住在 Little Italy 附近一间四层楼的旧公寓里，公寓没有电梯。余凡早已醉得昏睡不醒，他把余凡背到背上，从一楼一级一级爬到四楼。进去公寓后，乔舅把余凡卧放在一张长沙发上，拿了一只坐垫搁在余凡头下。乔舅这间简陋的旧公寓是用水汀取暖的，大雪夜屋内还是寒气逼人。乔舅走到厨房里捧出一捆木柴，一叠旧纸，到客厅壁炉，将木柴架好，点燃报纸，将炉火生起。正当乔舅蹲着他那硕大的身子在忙着搧火的时候，他突然听见哇的一声，余凡大吐起来。乔舅赶过去，他看见余凡吐得一身，沙发上、地毯上也溅满了酒吐。余凡不停地作呕，好像肝肠都要吐出来了似的，酒吐的恶臭熏满一屋子。乔舅也不避脏，他把余凡抱到浴室内，将他的脏衣服卸掉，用一块湿毛巾把余凡脸上颈上的酒污都揩拭干净。然后那个巨灵般的大男人，一双巨掌捧着余凡瘦弱的身体，小心翼翼地抱进卧房里去。他从柜子里拿出一件阿猛从前常穿的睡袍来，帮余凡穿上，然后把他安放到床上，替他盖好被窝。余凡醉得厉害，神智一直在昏迷中，一上床便睡了过去。

乔舅踅返客厅，壁炉的柴火冒起来了，屋子里开始暖意融融起来。他去打了一桶水，找了抹布和清洁剂把沙发和地毯上的秽物着力清洗干净。然后自己也换上睡衣，盥洗了一番，把半夜冒出来的胡须渣也剃刮干净，才回房间去。他在余凡身边躺了下来，按熄了灯。在黑暗中，他听得到余凡酒后浓重的呼吸声，他也感觉到余凡在被窝里睡暖了的身体。这些日子，阿猛走了以后，每天晚上，上床一刻，是乔舅最难过的时候。这张特大号的古旧木床，是乔舅和阿猛在 Soho 一家卖旧家具店里看中买回来的。阿猛不在了，乔舅一个人睡在这张空空的大床上，总觉得太过孤单，有几夜翻来覆去都难以成眠。没想到，在这个平安夜里，竟有一个年轻男人，躺在他身边，伴着他。乔舅心里渐安静下来。蒙眬间，他习惯地伸出手臂，轻轻搂住了余凡的身子。

散文：从过去到现在

明星咖啡馆

明星大概是台北最有历史的咖啡馆了。记得二十年前还在大学时代，明星便常常是我们聚会的所在。那时候，明星的老板是一个白俄，蛋糕做得特别考究，奶油新鲜，又不甜腻，清新可口，颇有从前上海霞飞路上白俄西点店的风味。二楼陈设简朴，带着些许欧洲古风。那个时期，在台北上咖啡馆还是一种小小的奢侈，有点洋派，有点沙龙气息。幸而明星的咖啡价钱并不算贵，偶尔为之，大家还去得起。

明星在武昌街，靠近重庆南路，门口骑楼下有一个书摊，这个书摊与众不同，不卖通俗杂志，也不卖武侠小说，有不少诗集诗刊，也有《现代文学》，那便是孤独国主周梦蝶的诗之王国。周梦蝶隐于市，在车马喧嚣中，参悟到明年髑髅的眼中，虞美人仍旧抽发茁长。《现文》常常剩下许多卖不出去的旧杂志，我们便一包包提到武昌街，让周梦蝶挂在孤独国的宝座上，然后步上明星的二楼，喝一杯浓郁的咖啡，度过一个文学的下午。那时节明星文风蔚然。《创世纪》常在那里校稿，后来《文学季刊》也在明星聚会。记得一次看到黄春明和施叔青便在明星二楼。六〇年代的文学活动大多是同人式的，一群文友，一本杂志，大家就这样乐此不疲地坐了下去。当时我们写作，好像也并没有什么崇高的使命感，没有叫出惊人的口号——就是叫口号，恐怕也无人理睬。写现代诗、现代小说，六〇年代初，还在拓荒阶段，一般人眼中，总有点行径怪异，难以理解。写出来的东西，多传阅于同人之间，朋友们一两句好话，就算是莫大的鼓励了。然而在那片文学的寂天寞地中，默默耕耘，也自有一番不足与外人道的酸甜苦辣。于是台湾六〇年代的现代诗、现代小说，羼着明星咖啡的浓香，就那样，一朵朵的静静地萌芽、开花。

这几年来，台北沧海桑田，面目全非，踯躅街头，有时竟不知身在何方。东区新建的高楼大厦，巍巍然排山倒海而来，目为之眩。台北饭馆多，其来有自，但是这次回来，我发觉台北的咖啡馆，竟也大街小巷，栉比鳞次起来，犹如雨后春笋，完全取代了早年的"纯吃茶"。而装潢之瑰丽，五光十色，纽约、东京瞠乎其后。有些名字取得妙——"梦咖啡"。听说还有一家叫"杜鹃窝"的，不知道什么人去光顾。价钱也不对了，坐下去就是六十块，咖啡味道倒未必佳。或许是我的偏见，这些新兴的咖啡馆，豪华是豪华，但太过炫耀了，有点暴发户。我还是喜欢武昌街上那间灰扑扑的明星，明星的咖啡，明星的蛋糕，二十年来，香醇依旧。

九月十五日、十六日、十七日，《现代文学》与作家们举行了三次聚会，我和远景的沈登恩商量，地点就设在明星三楼，也是叙旧的意思。头一天光临的是诗林高手，《创世纪》、《蓝星》、《龙族》、《草根》，各派宗主，一时到齐。难得孤独国王周梦蝶下凡一游。管管有多年没见面了，上一次遇见他是十七年前在陈若曦永康街的家里。张默来了，送了一套《创世纪》给我，《创世纪》是九命猫，比《现代文学》的历史还要古远，这两本杂志，可算历尽沧桑。还有洛夫、商禽、辛郁，《蓝星》诗侣罗门、蓉子。痖弦带来了他的手下大将丘彦明，《台湾时报》的梅新、《中华日报》的蔡文甫、尔雅的隐地，难得露面的张健，爱吃西瓜的罗青，喜欢写蝴蝶的景翔，统统围成了一桌，当然还有《现文》元老何欣与姚一苇两位先生。高上秦姗姗来迟，晚了半个钟头——这样的集会，真是难得。人生聚散无常，这么多老朋友济济一堂，机会不多。二十年前叶维廉头次带痖弦到我家，记得韩国诗人许世旭先生也来了。我家住在松江路——那一带还是一片稻田，野趣横生——我们一行数人，步小径，谈诗。痖弦刚写了《巴黎》，文坛哗然。（亏他想得出来，把女人的嘴唇比作丝绒鞋！）许世旭初试汉文诗，头几首便发表在《现代文学》。今夏联副有一个餐会，设宴在松江路的“金玉满堂”，我去一看，原来这家巍峨堂皇的大饭店竟坐落在从前我家的旧址上，真是巧，那天韩国诗人许世旭赫然在场，一别二十载，旧地相逢，令人感到时空交错。去年许世旭寄了一本韩文版的《台北人》给我，是他译的，我当然很兴奋，只是看不懂韩文，满纸的小圈圈，觉得很好玩。许世旭的汉文修养如此深厚，译笔必是好的。可惜他早返韩国，未克参加这次《现文》诗人欢聚。明星的西式午餐很简单，一菜一汤，与“金玉满堂”的华筵不能比，但我看见大家还是满兴高采烈的，故人相聚，何况又在怀有共同回忆的地方。有的白了几根头发，有的添了几条时间的痕迹，然而我讶异诗人们豪情不减当年，意兴飞扬，尤有过之，是什么力量支撑他们尚文精神勇猛如昔？大概还是他们的诗吧！这群拓荒者已经替台湾的现代诗铺下了一条道路，这条路虽然曲折、崎岖，有时惊险重重，而且分歧，但路总是筑成了，后人走起来，至少有条途径可循。

第一天来了一位年轻作者李捷金，他本来属于第二天的聚会，因有事，提前来。前年在联副上我读到一篇小说《猫》，笔调沉着老练，老年人的心境写得体贴入微，我原以为作者李捷金一定是个阅世已深的中年人，没料到竟是个在学的青年学生，大为诧异。可惜那篇小说没有得到那年《联合报》小说比赛奖，甚感不平，去年李捷金荣获《中国时报》小说奖第二名，夏志清先生特别推崇他那篇《窄巷》，所见略同。现在台湾新生代的小说家真不得了，又多又好，各有千秋。

第二天到了宋泽莱、吴念真、陈雨航、古蒙仁、陈铭磻，还有七等生——我和七等生神交已久，这次却是首次见面。他支持《现文》，十数年如一日，投在《现文》的小说稿，篇数第二多。宋泽莱、吴念真、陈雨航今年都得到《联合报》的小说奖，古蒙仁也得到《中时》的小说推荐奖，皆大欢喜。台湾文学，现在属于小说时代，年轻小说家，扬眉吐气，比比皆是，真为他们高兴，从前我们写小说，是没有几个人看的，谁还会想到给我们奖金？台湾新生代的小说家，给我的感觉是扎扎实实，不飘不浮。到底他们土生土长，跟台湾这块土地完全认同了，台湾文学的旗纛应该由他们扛下去。我跟七等生坐在一起，突然感到我们是同一辈的人，我们的哀乐大概是可以沟通的。难为七等生特地从外埠赶来台北，大概也是为着对《现文》多年的那一份情吧。

明星对陈映真恐怕回忆更深更浓更悠远，从前《文学季刊》在那里聚会比我们频繁得多。我跟陈映真是真正属于六〇年代的。远在大学时期，陈映真他们还在办《笔汇》，我们见过一面，他到我家来玩，我们那时都是学生，台北正在放映《上帝创造女人》，我们笑着谈论ＢＢ。三年前在施叔青家重逢，大家都走了好长一段路。我床头有一本陈映真的小说选集，许多年来一直放在那里，是我最喜欢看的书籍之一。十七日晚还有奚淞、姚一苇、沈登恩，五个人一起在明星三楼喝了几瓶啤酒。姚先生的结论是：只有文学值得奋斗。廉颇未老，豪兴依旧。沈登恩的勇气也不小，《现代文学》这副重担，远景也敢来扛。西谚“人生暂短，艺术长存”，在这个白云苍狗、瞬息万变的人间世里，这句话大概还有几分真理吧。

我跟奚淞离开明星，台北已经渐入深夜。我们沿着重庆南路一直徜徉了下去。奚淞与我有许多共同的了解，我们谈起话来，很省力。奚淞建议我回来居留一个时期，我说我很想这样做。我有根深柢固的怀旧习惯，对台北这份执著，情不能已。台北虽然变得厉害，但总还有些地方、有些事物，可以令人追思、回味。比如说武昌街的明星，明星的咖啡和蛋糕。

一九七九年十月于加州

《现代文学》的回顾与前瞻

一九六〇年，我们那时都还在台大外文系三年级念书，一群不知天高地厚一脑子充满不着边际理想的年轻人，因为兴趣相投，热爱文学，大家变成了朋友。于是由我倡议，一呼百应，便把《现代文学》给办了出来。出刊之时，我们把第一期拿去送给黎烈文教授，他对我们说："你们很勇敢！"当时他这话的深意，我们懵然不知，还十分洋洋自得。没料到《现代文学》一办十三年，共出五十一期，竟变成了许许多多作家朋友心血灌溉而茁壮，而开花，而终于因为经济营养不良飘零枯萎的一棵文艺之树。对我个人来说，《现代文学》是我的一副十字架，当初年少无知，不自量力，只凭一股憨勇，贸然背负起这副重担，这些年来，路途的崎岖颠踬，风险重重，大概只有在台湾办过同人文艺杂志的同路人，才能细解其中味。

台大外文系一向文风颇盛，创道者，首推我们的学长诗人余光中，那时他早已名震诗坛了。夏济安教授主编《文学杂志》，又培养了不少外文系作家。高于我们者，有叶维廉、丛苏、水晶、刘绍铭。后来接我们棒的，有王祯和、杜国清、潜石（郑恒雄）、淡莹等。然而我们那一班出的作家最多：写小说的，有王文兴、欧阳子（洪智惠）、陈若曦（陈秀美），诗人有戴天（戴成义）、林湖（林耀福）。还有许多杆好译笔如王愈静、谢道峨，后来在美国成为学者的有李欧梵，成为社会学家的有谢杨美惠。这伙人，还加上另外几位，组成了小社团“南北社”（详情见欧阳子《回忆〈现代文学〉创办当年》）。我们常常出去爬山游水，坐在山顶海边，大谈文学人生，好像天下事，无所不知，肚里有一分，要说出十分来。一个个胸怀大志意气飞扬，日后人生的颠沛忧患，哪里识得半分！陈若曦老闹神经痛，但爬山总是她第一个抢先上去。王文兴常常语惊四座，一出言便与众不同。欧阳子不说话，可是什么都看在眼里。人家一时兴起，又玩起官兵捉强盗来。怎么会那样天真？大概那时台北还是农业社会——清晨牛车满街，南京东路还有许多稻田，夜总会是一个神秘而又邪恶的名词，好像只有一两家。台大外文系那时也染有十分浓厚的农业色彩：散漫悠闲，无为而治。我们文学院里的吊钟楼一直是停摆的，图书馆里常常只剩下管理员老孟（苏念秋）一个人在打坐参禅，而我们大伙却逃课去办《现代文学》去了。幸亏外文系课业轻松，要不然哪里会有那么多的时间精力来写文章办杂志？而且大家功课还不错，前几名都是南北社的人囊括的。

一九五九年大二暑假，我跟陈若曦、王愈静通了几封信，提出创办《现代文学》刍议，得到南北社社员热烈支持。于是大家便七手八脚分头进行，首先是财源问题，我弄到一笔十万块的基金，但只能用利息，每月所得有限，只好去放高利贷（后来几乎弄得《现文》破产，全军覆没，还连累了家人）。欧阳子稳重细心，主持内政、总务出纳、订户收发由她掌管。陈若曦闯劲大，办外交，拉稿，笼络作家。王文兴主意多，是《现文》编辑智囊团的首脑人物，第一期介绍卡夫卡，便是他的主意，资料也差不多是他去找的。封面由张先绪设计。我们又找到两位高年级的同学加盟：叶维廉和刘绍铭。发刊词由刘绍铭主笔，写得倒也铿锵有声。叶维廉是创刊诗一首，《致我的子孙们》，气魄雄伟。我们那时只是一群初执笔杆的学生，《现文》又没有稿费，外稿是很难拉得到的，于是自力更生，写的写，译的译。第一期不够稿，我便化一个笔名投两篇。但也有热心人支持的，大诗人余光中第一期起，从《坐看云起时》一直鼎力相助。另一位是名翻译家何欣先生，何先生从头跟《现文》便结下不解之缘，关系之深，十数年如一日，那一篇篇扎硬的论文，不知他花了多少心血去译。我们的学姊丛苏从美国寄来佳作一篇《盲猎》，外援来到，大家喜出望外。于是由我集稿，拿到汉口街台北印刷厂排版，印刷厂经理姜先生，上海人，手段圆滑，我们几个少不更事的学生，他根本没看在眼里，几下太极拳，便把我们应付过去了。《现文》稿子丢在印刷厂，迟迟不得上机，我天天跑去交涉，不得要领。晚上我便索性坐在印刷厂里不走，姜先生被我缠得没有办法，只好将《现文》印了出来。一九六〇年三月五日出版那天，我抱着一大叠浅蓝色封面的《现代文学》创刊号跑到学校，心里那份欢欣兴奋，一辈子也忘不掉。

杂志出来了，销路却大成问题。什么人要看我们的杂志？卡夫卡是谁？写的东西这么古怪。几篇诗跟小说，作者的名字大都不见经传。就是有名的，也看不大懂。我们到处贴海报，台大学生反应冷淡，本班同学也不热烈。几个客户都是我们卖面子死拉活拖硬抓来的。教授我们送了去，大都不置可否。但也有热心的，像张心漪教授，替我们介绍订户，不惜余力。殷张兰熙女士，百般卫护，拉广告。黎烈文教授对我们十分嘉许。其实只要有人看，我们已经很高兴了。杂志由世界文物供应社发出去。隔几天，我就跑到衡阳街重庆南路一带去，逛逛那些杂志摊。“有《现代文学》么？”我手里抓着一本《今日世界》或者《拾穗》，一面乱翻装作漫不经心地问道。许多摊贩直摇头，没听过这本东西。有些想了一会儿，却从一大叠的杂志下面抽出一本《现代文学》来，封面已经灰尘仆仆，给别的畅销杂志压得黯然失色。“要不要？”摊贩问我。

我不忍再看下去，很快走开。也有意外：“《现代文学》么？卖光了。”于是我便笑了，问道：“这本杂志那么畅销吗？什么人买？”“都是学生呢！”我感到很满足，居然还有学生肯花钱买《现代文学》，快点去办第二期。第一期结算下来，只卖出去六七百本，钱是赔掉了，但士气甚高，因为我们至少还有几百个读者。其实《现文》销路一直没有超过一千本，总是赔钱的。因此摊贩们不甚欢迎，摆在不起眼的地方。可是有一位卖杂志的，却是《现文》的知音，那就是孤独国主诗人周梦蝶先生。他在武昌街的那个摊位上常常挂满了《现代文学》，我们卖不掉的旧杂志，送给他，他总替我们摆出来。有时经过武昌街，看见红红绿绿的《现文》高踞在孤独国的王座上，心里又感动，又骄傲。我的朋友女诗人淡莹说，她是在周梦蝶那里买到整套《现文》的。

虽然稿源困难，财源有限，头一年六期《现文》双月刊居然一本本都按期出来了。周年纪念的时候，还在我家开了一个盛大庆祝会。除了文艺界的朋友，又请了五月画会的画家们，像顾福生、庄喆、韩湘宁都替《现文》设计过封面，画过插图。张心漪老师、殷张兰熙女士也来捧场，大家真是高兴的，对《现文》的前途充满信心。而我们那时也快毕业了，大家回顾，都觉得大学四年太快，有虚度之感。对我个人来说，大学生活最有意义的事，当然就是创办了这本赔钱杂志。家中父母亲倒很支持，以为“以文会友”。确实，我办这本杂志，最大的收获之一，便是结识了一批文友，使得我的生活及见识都丰富了许多。

到了第九期，《现文》遭到头一次经济危机。我拿去放高利贷的那家伸铁厂倒掉了。《现文》基金去掉一半，这一急，非同小可。那一段时期我天天如同热锅上的蚂蚁，五内如焚。数目虽小，但是我那时是一个身无分文的学生，同学们更不济事。父母亲的烦事多，哪里还敢去扰他们，我跑到伸铁厂好几次，也夹在债权人里跟铁厂索债。别人拿回钱没有我不知道，我那张借据一直存了好几年。有时候拿出来对着发呆，心里想：这个铁厂真可恶，这笔文化钱也好意思吞掉。但杂志总还是要办下去的。幸亏我们认识了当时驻台的美国新闻处处长麦卡锡（Richard McCarthy）先生。他是有心人，热爱文学，知道我们的困境，便答应买两期《现文》。于是第十、第十一期又在风雨飘摇中诞生了。同时《现文》男生也入了营，编务的重担便落到了《现文》女将们身上。《现文》女将，巾帼英雄，欧阳子坐镇台大，当助教，独当一面。陈若曦在外做事，仍旧办她的外交。我们的学弟们，郑恒雄、杜国清、王祯和也正式加盟，变成《现文》的第二代。我在军营里无法帮忙，只有稿援，在那样紧张的生活里，居然挤出了两篇小说来：《寂寞的十七岁》和《毕业》（后改为《那晚的月光》），那是拼命挤出来的。等到女将们出国，朝中无大臣，《现文》的人事危机又到了。十五期半年出不来，形势岌岌可危。一直到我们受训完毕，出国留美，《现文》的形成期终于结束，改为季刊，迈入了一个新的纪元。

我临出国，将《现文》郑重托付给余光中、何欣、姚一苇三位先生。余、何一向与《现文》渊源甚深，姚先生则是生力军，对《现文》功不可灭，值得大书特书。除了自己撰稿——他那本有名的《艺术的奥秘》便是一篇篇在《现文》上出现的——又拉入许多优秀作家的文稿来，如：陈映真、施叔青、李昂等等。有了这三位再加上《现文》第二代，编辑危机，算是解决。至于财源，出国后，便由我一个人支撑。家里给我一笔学费，我自己则在爱荷华大学申请到全年奖学金。于是我便把学费挪出一部分来，每月寄回一张支票，化作白纸黑字。在国外，最牵肠挂肚的就是这本东西，魂牵梦萦，不足形容。稿子齐了没有？有没有拉到好小说？会不会脱期？印刷费够不够？整天都在盘算这些事。身在美国，心在台湾，就是为了它。这段期间，《现文》开始起飞，渐趋成熟。一方面是《现文》基本作家本身的成长，另一方面是余、何、姚三位在编辑方面，改进内容，提高了创作水准。这个时间，佳作真多。据咪咪（余光中太太）说，三位太太也动手帮忙，写封套，送杂志。《现文》第二代杜国清他们骑脚踏车，奔跑印刷厂，大家干劲十足。我在爱荷华每次接到台北寄来的《现文》，就兴奋得通夜难眠，恨不得一口气全本看完。看到陈映真的小说，心里有说不出的感动，又难过。《壁虎》的作者是谁，我打听，原来是一个还在中学念书的小姑娘，我很诧异。施叔青初执笔便器宇不凡，日后果然自成一家。施家文学风水旺，妹妹李昂后来居上，风格特殊。

此后，《现文》的编辑人事，经过几次大变动，王文兴、余光中、柯庆明都轮流当过主编及执行编辑。这几位编辑劳苦功高，笔难尽述。只有傻子才办文学杂志，只有更傻的人才肯担任这吃力不讨好的编辑工作，而且是不支薪水的。《现文》之所以能苦撑十三年，第一要靠这批编辑们的烈士精神。除了上述几位外，台大外文系的助教王秋桂、张惠锁，还有中文系的师生都曾出过大力。此外，那时候的作家，对《现文》真是义薄云天，不求稿费，不讲名利，他们对于《现文》都有一份爱心与期望，希望这份文学杂志能够撑下去。一九七〇年，《中国时报》余纪忠先生，闻悉《现文》财政拮据，慷慨赠送纸张一年，使《现文》度过危机。然而在工商起飞的台湾，一本农业社会理想的同人杂志，是无法生存下去的。跟我们同时挣扎的《文学季刊》、《纯文学》都一一英勇地倒扑下去。《现文》的经济危机又亮起了红灯。一九七三年世界通货膨胀，台湾的纸价印刷费猛增。我在美国教书的薪水，怎么省也省不下这笔费用来。我有一位中学好友，也是《现文》的忠实读者，知道我的困境，每个月从他的研究费里捐献一百二十块美金，但是两个人合起来的钱，仍然无济于事，第五十一期出毕，我只好写信给当时的编辑柯庆明，宣布《现文》暂时停刊。柯庆明来信，最后引了白居易的诗："野火烧不尽，春风吹又生。"我则回以岳飞的《满江红》："待从头，收拾旧山河，朝天阙。"岳武穆的这首《满江红》是小时候父亲教授我的，这也是他唯一会唱的歌，常常领着我们唱。后来无论在哪儿听到这首歌，我总不禁感到慷慨激昂。

综观五十一期《现代文学》，检讨得失，我们承认《现文》的缺点确实不少：编辑人事更动厉害，编辑方针不稳定，常常不能按期出刊，稿源不够时，不太成熟的文章也刊登出来。然而《现文》没有基金，编辑全是义务，行有余力，则于编务。我对于编辑们除了敬佩外，绝不敢再苛求。《现文》又没有稿费，拉来文章全凭人情，大概也只有在我们这个重义轻利的中国社会，这种事情才可能发生。除掉先天的限制外，我肯定地认为《现代文学》在六〇年代，对于中国文坛，是有其不可抹灭的贡献的。

首先，是西洋文学的介绍。因为我们本身学识有限，只能做译介工作，但是这项粗浅的入门介绍，对于台湾当时文坛，非常重要，有启发作用。因为那时西洋现代文学在台湾相当陌生，像卡夫卡、乔伊斯、托马斯·曼、福克纳等这些西方文豪的译作，都绝无仅有。乔伊斯的短篇小说经典之作《都柏林人》，我们全本都译了出来。后来风起云涌，各出版社及报章杂志都翻译了这些巨匠的作品，但开始启发读者对西洋现代文学兴趣的，《现文》实是创始者之一。译文中，也有不少佳作。举凡诗、短篇小说、戏剧、论文，荦荦大端。名译家有何欣、朱立民、朱乃长等，此外台大外文系助教学生的丰功伟绩也不可抹煞，尤其是张惠锳，她的翻译质与量在《现文》所占的篇幅都是可观的。

当然，《现文》最大的成就还是在于创作。小说一共登了两百零六篇，作家七十人。在六〇年代崛起的台湾名小说家，跟《现代文学》或深或浅都有关系。除掉《现文》的基本作者如王文兴、欧阳子、陈若曦，及我本人外，还有丛苏、王祯和、施叔青、陈映真、七等生、水晶、於梨华、李昂、林怀民、黄春明、潜石、林东华、汶津、王拓、蔡文甫、王敬义、子于、李永平等。早已成名的有朱西宁、司马中原、段彩华。这些作家，或发轫于《现文》，或在《现文》上登过佳作。更有一些，虽然没有文名，而且在《现文》上只投过一两篇，但他们的作品，有些绝不输于成名作家，只可惜这些作家没有继续创作，他们的潜力，已经显著，要不然，台湾文坛上，又会添许多生力军。我随便想到的有：奚淞、东方白、姚树华、张毅、黎阳、马健君等。

《现代文学》的现代诗，成就亦甚可观，有两百多首，举凡台湾名诗人，一网打尽。《蓝星》、《创世纪》、《笠》、《星座》等各大诗社的健将全部在《现文》登过场，还有许多无党无派的后起之秀。《现文》对台湾诗坛的特别贡献，是四十六期诗人杨牧主编的“现代诗回顾专号”，对台湾过去二十年现代诗的发展成长，做了一个大规模的回顾展。这种兼容并蓄的现代诗回顾展，在台湾当时，好像还是首创。杨牧编辑这个专号，颇花心血，值得赞扬。

《现文》登载本国批评家的论文比较少，但名批评家夏志清、颜元叔、姚一苇、林以亮都有精彩作品在《现文》发表。夏志清教授，对《现文》从头到尾同情鼓励，呵护备至。他在一篇论文里提道："《现代文学》，培养了台湾年轻一代最优秀的作家。"

其次，《现文》另一项重要工作，则是中国古典文学研究，这要归功于台大中文系的师生。《现文》后期执行编辑柯庆明，当时在台大中文系当助教，向中文系师生拉稿，有十字军东征的精神，四十四、四十五两期"中国古典小说研究专号"从先秦到明清，对中国古典小说的发展，做了一项全盘的研究，中国古典小说在台湾学界如此受到重视，《现文》这个专号，又是首创。在此特别值得一提的是，夏志清教授那本用英文写成的巨著《中国古典小说》，在《现文》几乎全部译完登出，这本文学批评，在西方汉学界早已成为众口交誉的经典之作，使西方人对中国古典小说刮目相看。

其实五十二期的稿子，当时已经完全收齐发排了，但因经费问题，始终未能出刊。为了写这篇回忆，我又从箱箧里翻出一些有关《现文》的资料来，有一张发了黄的照片，是《现文》创刊时，当时的编辑们合照的，一共十二人：戴天、方蔚华、林湖、李欧梵、叶维廉、王文兴、陈次云、陈若曦、欧阳子、刘绍铭、我本人及张先绪。那时大家都在二十上下，一个个脸上充满自信与期望。自信，因为初生之犊，不懂事；期望，因为觉得人生还有好长一段路，可以施展身手，大干一番。我看看照片下面印着的日期：一九六〇年五月九日。算一算，竟有十七年了，而我们这一批人都已进入了哀乐中年。对着这张旧照，不禁百感丛生。我们各人的命运，当初谁能料及？替《现文》设计封面的张先绪，竟先去世，而且还死得凄凉。张先绪有才，译文真好，然而个性内向，太敏感。陈若曦勇敢，又喜欢冒险，所以她的一生大风大险多，回到大陆七年，尝尽艰苦，居然又全家出来了。这就是陈若曦，能做出常人所不能及者。去年她到加州大学来演讲，我们相见，如同隔世。她走路还是那样不甘落后……胃病及失眠症，但并未能斗倒她……王文兴、林湖、陈次云都在母校教育下一代，成为台大外文系的中坚分子。叶维廉、刘绍铭、李欧梵在美国大学教书，各有所成，是美国汉学界后起之秀。方蔚华曾执教政大，已为人父。很多年没有见到诗人戴天，去年到香港，他请我吃饭，两人酩酊大醉，因为大家都有了“今夕复何夕，共此灯烛光”的感慨。十七年前，戴天到我家，煮酒论诗，醺醺然，不知东方既白，少年情怀，毕竟不同。十七年，时间的担子，是相当沉重的。欧阳子在美国除写作外，相夫教子，家庭美满，然而却遭天忌，患了严重的眼疾，网膜剥落，双目都动过大手术，视力衰退。一九七四年，我到德州去探访她，我们同时都感到，时间的压迫，愈来愈急促，于是我们觉得要赶快做一些有意义的事。欧阳子以超人的勇气，在视觉模糊的状态下，完成了她的论文集《王谢堂前的燕子》，接着一鼓作气，又单独编辑了这本《现代文学小说选集》。编选这本集子,欧阳子真花了不少心血,她把《现文》上二百多篇小说全部仔细看过，经过深思熟虑，挑出了三十三篇精作，每篇都加以短评，她的短评，寥寥数语，便将小说的精髓点出，对读者大有帮助，而且她的书后目录做得特别详细完整，书后附有《现文》所有的小说篇名，以及每位作者名下所投《现文》之小说篇目，对于日后研究《现文》小说及作家的人有莫大方便。她这种编选态度之严谨认真，堪为楷模。

重读一遍这本选集的小说，更肯定了我对《现文》的看法。《现文》最大的贡献，在于发掘培养台湾年轻一代的小说家。这本选集中三十三篇小说，大多杰出，可以称为六〇年代台湾短篇小说的优秀典例。其中有数位早已成名或日后成名的，但是他们投在《现文》上的小说，却往往是他们最好的作品。如朱西宁的《铁浆》，我认为是他所有短篇中的佼佼者，主题宏大：中国传统社会与现代文明的冲突；形式完整：以象征手法，干净严谨的文字，将主题意义表达得天衣无缝。这真是一篇中国短篇小说的杰作。又如陈映真的名著《将军族》，正如欧阳子所评："这是一篇感人至深的佳作。"他的人道主义在《将军族》中两个卑微的角色身上，发出了英雄式的光辉灿烂。这一篇，应当是他的代表作。再如黄春明的《甘庚伯的黄昏》，虽然这是他投到《现文》唯一的一篇，但是这篇感人肺腑的小说，以艺术形式来说，我觉得是他最完整的一篇，无一赘语，形式内容互相辉映。还有几篇，在台湾小说发展史上，有其特殊意义。丛苏的《盲猎》，无疑的，是台湾中国作家受西方存在主义影响，产生的第一篇探讨人类基本存在困境的小说。王祯和的《鬼·北风·人》是他初登文坛，在《现文》所投的第一篇。王祯和以前，当然还有许多本省作家描写台湾乡土色彩的作品。但王祯和所受的是战后教育，国语应当纯熟。他这篇小说台湾方言的运用，以及台湾民俗的插入，是他刻意经营的一种写实主义，他这种乡土写实作风，对日后流行的所谓台湾乡土文学有启发作用，而选集中这篇《鬼·北风·人》则是肇始者。但《现文》这本小说选集，另外更重要的一个意义，是搜集了许多篇文名不盛作家的佳品。因为成名作家，个人都有选集，作品不至湮没，但是名气不大的作家，他们这些沧海遗珠，如果不选入集内，可能就此埋没，在中国文学史上，将是重大损失，因为他们这几篇作品，写得实在好，与名家相比，毫无逊色。例如奚淞的《封神榜里的哪吒》，从中国传统神话中，探索灵肉不能并存的人生基本困境，欧阳子认为"其表达方式与主题含义，皆具惊人的独创性”。又如黎阳的《谭教授的一天》，我认为是描写台湾学府知识分子小说中的上乘佳品，笔触温婉，观察锐利，从头至尾一股压抑的感伤，动人心弦。东方白的《口口》，研究人类罪与罚的救赎问题，含义深刻，启人深思。姚树华的《天女散花》，刻画社会阶级间，无法跨越的障碍，感人之至。综观选集中三十三篇作品，主题内容丰富而多变化，有研究中国传统文化之式微者，如《铁浆》、《游园惊梦》；有描写台湾乡土人情者，如《鬼·北风·人》，陈若曦的《辛庄》，林怀民的《辞乡》，严曼丽的《尘埃》；有刻画人类内心痛苦寂寞者，如水晶的《爱的凌迟》，欧阳子的《最后一节课》；有研究人类存在基本困境者，如《盲猎》、《封神榜里的哪吒》，施叔青的《倒放的天梯》；有人生启发故事(initiation stories)，如王文兴的《欠缺》，有赞颂人性尊严者，如《将军族》，《甘庚伯的黄昏》；还有描述海外中国人的故事，如於梨华的《会场现形记》，吉铮的《伪春》。三十三位作家的文字技巧，也各有特殊风格，有的运用寓言象征，有的运用意识流心理分析，有的简朴写实，有的富丽堂皇，将传统融于现代，借西洋揉入中国，其结果是古今中外集成一体的一种文学。这就是中国台湾六〇年代的现实，纵的既继承了中国五千年沉厚的文化遗产，横的又受到欧风美雨猛烈的冲击，我们现在所处的，正是中国几千年来文化传统空前剧变的狂飙时代，而这批在台湾成长的作家亦正是这个狂飙时代的见证人，目击如此新旧交替多变之秋，这批作家们，内心是沉重的、焦虑的。求诸内，他们要探讨人生基本的存在意义，我们的传统价值，已无法作为他们对人生信仰不二法门的参考，他们得在传统的废墟上，每一个人，孤独地重新建立自己的文化价值堡垒，因此，这批作家一般的文风，是内省的、探索的、分析的；然而形诸外，他们的态度则是严肃的、关切的。他们对于社会以及社会中的个人有一种较严肃的关切，这种关切，不一定是“五四”时代作家那种社会改革的狂热，而是对人一种民胞物与的同情与怜悯——这，我想是这个选集中那些作品最可贵的特质，也是所有伟大文学不可或缺的要素。在这个选集中，我们找不出一篇对人生犬儒式的嘲讽，也找不出一篇尖酸刻薄的谩骂。这批作家，到底还是受过儒家传统的洗礼，文章以温柔敦厚为贵。六〇年代……大陆文学，一片空白。因此，台湾这一线文学香火，便更具有兴灭继绝的时代意义了。

《现代文学》一九七三年停刊，于今三载半。这段期间，我总感到若有所失，生命好像缺了一角，无法弥补。有时候我在做梦：到哪里去发一笔横财，那么我便可以发最高薪水请一位编辑专任《现文》；发最高稿费，使作家安心写作；请最好的校对，使《现文》没有一个错字；价钱定得最便宜，让穷学生个个人手一册。然而我不死心，总在期望那春风吹来，野草复生。其实《现文》这几位基本作家，个个对文学热爱，都不减当年。王文兴写作一向有宗教苦修精神，前年《家变》一出，轰动文坛。欧阳子写作不辍，《秋叶》集中，收有多篇心理小说佳作。陈若曦兜了一大圈子，还是逃不脱缪斯的玉掌，又重新执笔，《尹县长》像一枚炸弹，炸得海外左派知识分子手忙脚乱。至于我自己也没有停过笔，只是苦无捷才，出了一本《台北人》，[illegible]个长篇，磨到现在。按理说，我们人生经验丰富多了，现在办一本文学杂志，应当恰逢其时。

去年返台，远景出版社的负责人沈登恩，来找我，远景愿意支持《现文》复刊。我跟几位在台的《现文》元老商量，大家兴奋异常。施叔青请我们到她家吃饭，在座有多位《现文》从前的作家编辑，酒酣耳热，提到《现文》复刊，大家一致举杯支持。姚一苇先生竟高兴得唱起歌来，我从来没见他那样青春，那样焕发过。而我自己，我感到我的每个细胞都在开始返老还童。

复刊后的《现文》，我们的期望仍只是一个：登刊有价值的好文学，发掘培养优秀的青年作家。我相信现在台湾的优秀作家，比我们当年一定要好得多。《现文》将继承我们以往兼容并蓄的传统，欢迎有志于文学的作家，一同来耕耘，来切磋，来将《现文》的火炬接下去，跑到中国文学的圣坛上，点燃起一朵文艺火花。《现文》发刊词里有一段话，我引下来，作为本文的结束：

我们愿意《现代文学》所刊载不乏好文章，这是我们最高的理想。我们不愿意为辩证“文以载道”或“为艺术而艺术”而花篇幅，但我们相信，一件成功的艺术品，纵非立志为“载道”而成，但已达到了‘载道’的目的……

一九七七年于美加州　原载于《中国时报》

翻译苦、翻译乐

《台北人》中英对照本的来龙去脉

白先勇

今年七月香港中文大学出版社出版了《台北人》的中英对照本，英译是采用一九八二年印第安纳大学出版的本子，重新做了修订，并且把书名也还了原：*Taipei People*。每本书的出版背后大概总有一段故事，《台北人》从英译本到中英对照本都是一项“团队工作”(teamwork),主编高克毅（乔志高）先生、合译者叶佩霞（Patia Yasin），以及原作者我自己三个人各就各位，群策群力，共同完成的一桩相当费时吃力的文字工程。印大的英译本从一九七六年开始，八一年完成。五年间，我们这个“翻译团队”由高先生领航掌舵，其间有挫折、有颠簸，但有更多的兴奋、喜悦，“团队”的士气一直很高，乘风破浪，终于安抵目的地。

出版《台北人》英译本最先是由于刘绍铭与李欧梵向印大推荐，因为印大出版社那时正好有出版一系列中国文学作品英译的计划。但在此之前，《台北人》有两篇小说，《永远的尹雪艳》、《岁除》已经译成英文刊载在《译丛》杂志一九七五年秋季号上。前者由余国藩教授及他的学生 Katherine Carlitz 合译，后一篇的译者为 Diana Granat。这两篇译文，我们后来稍加修改，也收入了《台北人》的英译本中。《译丛》（*Renditions*）是高克毅先生及宋淇先生于一九七三年创办的，属于香港中文大学翻译中心。这是一本高水准、以翻译为主的杂志，对香港翻译界以及英美的汉学界有巨大影响。中国文学作品的英译，由古至今，各种文类无所不包，而其选材之精，编排之活泼，有学术的严谨而无学院的枯燥，这也反映了两位创始人的学养及品味。一九七五《译丛》的秋季刊是高先生自己主编的，我也因《台北人》的英译，与高先生开始结下了长达二十多年的文字因缘。参加《台北人》英译，是我平生最受益最值得纪念的经验之一。

如果说我们这个"翻译团队"还做出一点成绩来，首要原因就是由于高先生肯出面担任主编。大家都知道高先生的英文"聒聒叫"——宋先生语，尤其是他的美式英语，是有通天本事的。莫说中国人，就是一般美国人对他们自己语言的来龙去脉，未必能像高先生那般精通。他那两本有关美式英语的书，《美语新诠》、《听其言也——美语新诠续集》，一直畅销，广为华人世界读者所喜爱，他与高克永先生合编的《最新通俗美语词典》更是叫人叹为观止。高先生诠释美语，深入浅出，每个词汇后面的故事，他都能说得兴趣盎然，读来引人入胜，不知不觉间，读者便学到了美语的巧妙，同时对美国社会文化也就有了更深一层的了解，因为高先生说的那些美语故事，其实反映了美国的社会史、文化史。高先生的英文能深能浅，雅俗之间，左右逢源。他那本*Cathay by the Bay*（《湾区华夏》）把旧金山的唐人街写活了，那些旧金山伯的一言一行，都被他一手幽默生动的英文刻画得惟妙惟肖，不是美国通，写不出这样鲜龙活跳的英文。但他的英文又有深藏不露的一面，一九七八年《译丛》刊载了他那篇回忆老舍的文章"Lao She in America—Arrival and Departure"（中文原文发表于《联合报》），这篇文章绵里藏针，分析老舍在美国的生活以及一九四九年离美回返中国前夕复杂矛盾的心情，冷静客观，随处暗下针砭，表面却不动声色，英文用字的分寸拿捏恰到好处，读来非常过瘾，这应该是研究老舍的一篇重要史料文献。光是英文好，并不一定能成为翻译大家，高先生的中文功夫也是一流的，读读他那些行云流水举重若轻的小品文就知道了，所以他中译的几本美国文学经典，费滋杰罗的《大亨小传》、奥尼尔的《长夜漫漫路迢迢》以及伍尔夫的《天使，望故乡》，译作本身也就成为了典范。尤其是《大亨小传》不容易译，这是费滋杰罗的扛鼎之作，也是美国小说中之翘楚，费滋杰罗文字之精美在这本小说中登峰造极，高先生译《大亨小传》，把原著的神髓全部抓住。

这就需要对美国文化的精粹有深刻体认才做得到。高先生曾长期居住纽约，那正是这本小说的背景。能够悠游于中英两种语文之间，从心所欲不逾矩的作家不多，高克毅先生是一个例外。

我们“翻译团队”的第二位要角是叶佩霞，佩霞是生长在纽约的犹太人，出身书香世家，父亲 Harold Rosenberg 是美国首屈一指的艺术评论家。佩霞从小耳濡目染，热爱文学音乐，她熟读莎士比亚，一段一段会背的，又因为长居曼哈顿，住在 East Village，街头巷尾的俚语俗话，耳熟能详，所以她的英文也能雅俗并兼。佩霞对东方文化悟性特高，她的博士专业是研究日本民俗音乐，她到日本留学，专访昭和时代遗留下来的老艺妓，跟她们学唱日本民歌。佩霞出师后，东瀛归来，手抱三味弦，轻拢慢捻，浅唱低吟，我的日本友人听后大为绝倒，以为有京都音。佩霞在我们加州大学圣芭芭拉分校音乐系教授民俗音乐，她常常来旁听我的中文课，也到过台湾进修中文。我力邀她参加我们的“翻译团队”，佩霞欣然同意，而且从头到尾干劲十足，也是因为《台北人》英译的机缘，我与佩霞结下了二十多年的深厚友谊。

我自己中文英译的经验有限，只有在爱荷华大学“作家工作室”念书的时候，把自己的几篇小说译成英文，作为硕士论文。“作家工作室”规定，硕士论文须用创作，严格说来，那不算翻译，只能说我用英文把自己的小说重写一遍。后来我把《谪仙记》也译成英文，经夏志清先生精心修改后收入他编的那本《中国二十世纪短篇小说》选集中，由哥伦比亚大学出版。英文不是我的母语，用于创作就好像左手写字，有说不出的别扭。我知难而退，就再没有用英文创作的打算。参加《台北人》的“翻译团队”可以说完全是一种巧合。

因为有高先生做我们的靠山，我与佩霞心中相当笃定，我们知道有这位译界高手把场，我们的翻译不至于滑边。佩霞与我定下一个原则，翻译三律“信、达、雅”我们先求做到“信”，那就是不避难不取巧，把原文老老实实逐句译出来——这已是了不得的头一关。当初写《台北人》，随心所欲，哪里想得到有一天自己也要动手把里面的故事一篇篇原封不动译成外国文字？当时只求多变，希望每篇不同，后来写出来十四篇小说各自异调，这就给译者出了一个大难题。翻译文学作品我觉得语调（tone）准确地掌握是第一件要事，语调语气不对，译文容易荒腔走板，原著的韵味，丧失殆尽。语调牵涉用字的轻重，句子的节奏、长短、结构，这些虽然都是修辞学的基本功，但也是最难捉摸的东西。我和佩霞合译的第一篇，又偏偏选中了《游园惊梦》，这是《台北人》系列结构比较复杂、语调多变化的一篇，而且还涉及特殊的中国文化背景。我先花了一番工夫对佩霞讲解《游园惊梦》里那一群昆曲艺人的戏梦人生，幸亏佩霞的古典文学底子深，《史记》、杜诗、《红楼梦》的英译本她都看过，而且极为倾倒，

《游园惊梦》的世界她很轻易便进去了。为了制造气氛，我们一边译，一边听梅兰芳的昆曲《游园惊梦》，佩霞经过音乐训练的耳朵，听几遍《皂罗袍》也就会哼了。然而把这篇小说转换成另外一种文字，却也费了我们九牛二虎之力。我们逐字逐句地琢磨，有时候找不到合适的英文字句，翻遍字典，搞发顿足也于事无补，我们两人拿着放大镜查遍 OED（牛津英语词典），偏偏就找不到 le mot juste（正确字眼）。《游园惊梦》里又引了几段《牡丹亭》的戏词，这几段戏词对整篇小说的主题颇为关键，《牡丹亭》早有白之（Cyril Brich）教授的英译本，白之的译文当然典雅，但佩霞觉得引用人家的译文到底不算本事，不如自己动手。她译出来的这几段戏文，颇有点伊丽莎白时代英语的味道，汤显祖的《牡丹亭》成于十六世纪，所以倒也不算时代错乱。

我们的初翻译稿只能算是一个相当粗糙的坯胎，这个粗坯要送到我们的主编高先生那里，仔细加工，上釉打彩，才能由达入雅。就在高先生修改润饰我们初稿的过程当中，我才深深体认到高先生英文的真功夫。他增删一字一句，往往点石成金，英文字在他手中，好像玩魔术，撒豆成兵，全变得活生生起来。改别人的译稿，最费工夫，改得太多，面目全非，失去改稿的初衷。高先生不仅是一位经验丰富而且也是最能体贴人心的编辑，他修改我们的稿子，虽然很细很严，但他总设法尽量保持原有架构，不使其失却原貌。我与佩霞每次接到高先生的修订稿，一面读一面赞叹，佩服得五体投地。佩霞多才多艺，对自己的文字功夫颇自负，要她服帖，并不容易，有时我们认为译得得意的地方，被高先生一笔勾销，不免心疼，再上诉一次，如果高先生觉得无伤大雅，也会让我们过关。宋淇先生在《鼠咀集》（乔志高著）的序文中对高先生有这样一段评语：

> 说起来奇怪，乔志高自己也许不知道，他本人就集中国人的德性于一身。同他接近的人都有一种如沐春风的感觉，来自他的和蔼性格，令人想起《论语》第一章的："夫子温、良、恭、俭、让以得之。"

这是知言，以高先生在翻译界名望之重，我们跟他一起工作，一点也不感到压力，真是如沐春风。他让我们任意驰骋，过了头的地方，自然会把我们兜转过来，但我们有一二创见，他也会替我们撑腰。例如《思旧赋》这篇小说，是以两个旧日官家老女佣的对话为主，我们最初是用普通英文，译出来调子完全不对。我对佩霞说，《思旧赋》里的罗伯娘，跟《飘》里的Mammy、福克纳《声音与愤怒》中的Dilsey这些美国南方黑人嬷嬷有几分类似，佩霞提议那何不用美国南方方言试试？果然，译出来生动得多，比较接近原文中对话的语气。从前美国南方一些世家的主仆关系，跟中国旧社会里大家庭的组织有相似之处，重人情讲义气，这两种文化有些地方是可以相通的。我们开始还有些担心高先生的想法，未料到高先生却认为可行，只删掉一些乡土气太重的词句。《台北人》十四篇译稿就这样一来一往，五年间，高先生为审订工作付出了惊人的心血与时间。他那些修正稿我都保存下来，捐给了我们学校的图书馆。日后如果有人对《台北人》的英译有兴趣研究，高先生的修正稿是重要参考。叶佩霞的执著精神也令人佩服，她后来不在我们学校教书了，却在圣芭芭拉多住下一年,就是为了要翻译这本书。那几年我自己正在写《孽子》，一边译《台北人》，创作、翻译同时进行，也不知道怎么磨蹭过来的。那时高先生住在华盛顿附近，我们各在美国东西两岸，只靠书信电话联络，可是我们三人小组却有一种团队的默契，我想那是由于高先生领导有方，他做事一丝不苟高效率的敬业态度，又是美国式的了。我们在翻译过程中，有摸索的艰苦，可是精神上却是其乐融融的，那是一次最愉快的合作。

我在这里随便举一两个例子，看看高先生的神来之笔。中文小说英译第一件令人头痛的事就是中文人名，作者替他小说中人物命名，总希望能对人物的个性、背景、命运等等有所提示，启发联想。张飞、诸葛亮、潘金莲、李瓶儿、贾宝玉、薛宝钗，这些人名取得好，涵意丰富，但译成英文用罗马拼音，那只剩下了音，失去了意，而且拼音不加四声连音也念不准。有些译者也把中文名字意译，那也不是每个中文名字都适合这样做的。王际真（C. C. Wang）的节译本《红楼梦》，王熙凤就直译为“Phoenix”，西方文化中的凤凰虽然有很不同的象征意义，但张牙舞爪的泼悍形象倒适合了凤辣子的个性。霍克斯（David Hawkes）译全本《红楼梦》时，熙凤便变成了“Xi-feng”。霍克斯的译本当然是项了不起的成就，但我觉得他把凤姐的名字罗马拼音化却是个败笔，我宁取王际真的意译。我们译《台北人》的人名，伤透脑筋，何时意译，何时拼音，煞费思量。《金大班的最后一夜》中，金大班本名金兆丽，这个名字用上海话念起来刮拉松脆，拼音以后，便觉暗然。我与佩霞一时也想不出合适的意译名字，只好向高先生求救，高先生寄回来的答案是“Jolie”。佩霞与我看了拍案叫绝，这原是个法国名字，发音起来，与上海话“兆丽”很相近，又有“美丽”之意，音与意都相符，而且“夜巴黎”我们用法文“Nuits de Paris”，因此“Jolie”又添了些舞厅里的巴黎味。高先生这一着棋，使得全盘皆活。《游园惊梦》里钱夫人的妹妹月月红也教人为难，月月红就是月季花，当然不能用拼音，但我们查遍了有关蔷微科的辞典，也找不到一个相当的花名，原因在“月月红”有个重叠词在里面，英文里哪里去找？只好又把这个难题抛给了高先生。他一下子就解决了：月月红就译成“Red-red Rose”。英国诗人彭斯（Robert Burns）有一句常为人引用的名诗句“My love is like a red red, rose.”，月月红的英译便有了出典，而且英文中也有个重叠词。月月红花呈粉红，随开随谢，原有几分浮花浪蕊，“Red-red Rose”念起来也很俏皮，十分相配。幸亏高先生想出这个英文名来，怎能不教人服气？

七〇年代中，高先生答应出任《台北人》英译的主编后，跟我通过一次电话，电话里他谈到这本书，他说他看了《冬夜》那篇小说颇有所感，那一刻我觉得似乎能够了悟到高先生的感触。高克毅先生那一代的知识分子，身经抗日战争，都怀有书生报国的一腔热情，那时高先生正在美国留学，在哥伦比亚大学念国际关系并获硕士学位，哥大国际关系研究所以培养外交人才著名。高先生当时便进入了国民政府中宣部驻美机构任职，从事宣传抗日的工作，那时连领袖群伦的头号书生胡适博士也投入了抗战行列，出任驻美大使。美国是抗战时期外交战场的第一线，美国参战，援助国民政府，是抗战胜利的一大主因。高先生以及他们那一代的中国知识分子在美国宣传抗日是件很重要的工作。我读到高先生写的一些回忆抗日的文章，深为感动。然而抗战胜利，不旋踵国民政府却把江山也给丢了，当年投身抗日为国奔走的书生们，情何以堪，《冬夜》就是写那一代知识分子黯淡的心情。编审《台北人》英译稿是件非常费神的工作，我想若不是高先生对这本书有份特殊感情，不会轻易接过这件无价的“苦差”。

书译完，我们这个“翻译团队”当然也就解散了，佩霞回到她的纽约老家。自从译过《台北人》后，佩霞对语言、翻译的兴趣大增，她本来就会法文、意大利文这些拉丁语系，回去纽约，她不要教书了，到纽约大学去专攻语言，土耳其文、波斯文她都修过，一边又从事翻译工作，佩霞认为活到老学到老乐在其中。这些年每次到纽约我总找佩霞出来吃饭叙旧，我们喜欢到城中的 Russian Tea Room 去吃俄国大餐，佩霞的祖父辈是从俄国来的，所以对俄国文化倍感亲切，她也热爱杜斯妥也夫斯基的小说。我们在一起叙旧，总忘不了要提到当年翻译《台北人》的苦与乐，也常怀念高先生对待我们的长者之风。佩霞说《台北人》里她最能认同的人物是金大班，她喜欢摹仿金大班的满口粗话——用英文讲，那篇小说中美式英语的粗话译得很生动，她认为那是她的得意杰作。“翻译团队”解散了，但团队精神却一直维系着我们这个三人小组。

印第安纳大学出版的《台北人》英译本，主要对象是英美人士，多数是对中国文化文学有兴趣的美国大学生，对《台北人》中的人物身份不一定弄得清楚，为了避免误解，我们便选了其中一篇篇名作为书名：*Wandering in the Garden, Waking from a Dream: Tales of Taipei Characters*。译回中文应该是：《游园惊梦：台北人物志》。这本书在印大发行了十来年，后来绝版了。两年前，又因高先生的引荐，香港中文大学有意将《台北人》出中英对照版。隔了将近二十年，我们这个“翻译团队”一下子又忙碌起来，于是高先生、佩霞与我，三个人各在一方，电话、传真又开始来来往往，一瞬间的错觉竟好像重回到从前的时光，高先生与佩霞对这本书的热情丝毫未减，我们把整个本子从头过滤一遍，做了若干修正，因为是中英对照，两种文字并排印行，更是一点都大意不得，有什么错一眼就看出来了。我们的团队这次加入了一位生力军，中大出版社的黄小华女士，她是一位心细如发（高先生语）的一流编辑，给我们提出不少宝贵意见，制作这本中英对照版，黄小华功劳很大。最后剩下封面设计，我去向至交好友奚淞借来一幅红山茶，茶花已开到极盛，风华秾丽中不免有些凄怆，倒合乎书中的人物身世，这是奚淞“光阴系列”中的极品。我的第一版晨钟出版社印行的《台北人》，封面就是请奚淞设计的，画了一只翩翩展翅飞向那无处的凤凰，那是一九七一年，已近三十年前。

香港是华人地区英文程度最高的地方，大学里普遍设有翻译中心，台湾的大学近年来也纷纷成立翻译系所，可见翻译工作在华人地区愈来愈受到重视。《台北人》中英对照本的读者就不再限于美国大学生，而应扩及港台等地对翻译有兴趣的人士。可以想见，这个版本也一定会受到更严格的眼光来审视，往细节里挑挑，我相信必然也会挑出来一些可以改进的地方。文学作品的译本恐怕没有最后定稿这回事，世世代代都可能有新译本出现，不过有一定成绩的旧译本也必会在原作品的翻译史上占有一席之地。翻译对于文化交流的影响毋须赘言，圣经英译、佛经中译可以改变整个文化。不知道曾否有人深入探讨二十世纪初期林纾那些西洋翻译小说对中国社会、中国读者产生过多大的冲击，我想可能不亚于后来居上的好莱坞电影。林琴南一句外文不识，与人合作用文言翻译，一面译，一面自由发挥，居然迻译出近两百种西洋小说，这不能说不是中国翻译史上一大奇迹。据说当年他译小仲马一本《茶花女遗事》就曾经赚取过多少中国读者的眼泪。我记得我在台大的法文教授黎烈文先生，他本身也是一位翻译名家，译过多本法国小说，就曾大大赞赏《茶花女遗事》的中译书名，说林琴南译得漂亮，如果“La Dame aux Camélias”译成“茶花太太”，岂不大煞风景。的确，翻译的巧妙就在这里，一个女字，尽得风流。

二〇〇〇年十二月三十一日

——二〇〇一年一月二日

《联合报》

为逝去的美造像

谈《游园惊梦》的小说与演出

各位同学、各位先生：

这次清华大学请我来，洪铭水教授已经替我把题目指定了，所以我没有选择的余地，只好讲自己的东西。

讲自己的作品最难。有一次，在美国威斯康辛大学演讲，也是周策纵先生替我指定题目的，要我讲自己的《游园惊梦》这篇小说——当时创作到底是受了什么刺激？有什么灵感？

我想，一个写作的人，有时候很难说是一个单一的事件使一篇小说成型，有时就不一样了。记得毛姆有一次坐船旅行，看见同船有一位牧师，还有一位妓女；妓女长得很可爱，牧师长得很可恶，所以他就同情妓女不同情牧师，写了一篇小说叫做《雨》(*The Rain*)，很有名的一篇作品。写一个牧师心中很爱一个妓女，可是不敢追求，就迫害那妓女。这就是藉着两个人把他们关联起来形成小说。

本来我从不想为什么自己会写那些小说，但是我对别人的小说倒是相当地好奇，问："你怎么会写出这样的东西？"我对自己倒是从没有发过这问题。后来因为洪铭水要我说《游园惊梦》，我就想了一下。

从"姹紫嫣红"，引出了根源

我想，最主要的恐怕是我在很早之前看《红楼梦》的时候，其中有一回是描写林黛玉听《牡丹亭》的几句戏词，那是《游园惊梦》的曲词："原来姹紫嫣红开遍，似这般都付与断井颓垣。"读这段时我还是个中学生，那是第一次对《牡丹亭》有印象，可是那时看不懂，却很喜欢这几句曲词。因此，如果要说根源的话，恐怕就是从那时开始。

我注意到《游园惊梦》的戏剧之后，就开始听昆曲的《游园惊梦》。这故事简单说来，就是杜家太守的女儿到花园里面去，看到牡丹盛开，突然对生命有一种渴求，就做了一个梦，梦中与一位书生柳梦梅幽会，醒来后为这段梦中的爱情相思，很渴切，郁郁寡欢而死。但是，果然有这么个书生，回来看到杜丽娘的一幅画像，也发生了爱情。阎王同情他们两个人，让杜丽娘又复活了，两人终于结合。

这个故事是极端浪漫的——爱情征服了死亡。我在浪漫时期的时候，很为"情种"所感动，决定我也来写段东西，描述爱情可以征服一切。后来我看昆曲唱这段《游园惊梦》，深深感觉昆曲是我们表演艺术最高贵、最精致的一种形式，它辞藻的美、音乐的美、身段的美，可以说别的戏剧形式都比不上，我看了之后叹为观止。那么精美的艺术形式，而今天已经式微了，从这里头我兴起一种追悼的感觉——美的事物竟都是不长久。从这些方面的来源，我开始想，如果把昆曲这种戏剧的意境融合到小说里面，不知道结果如何？正好在我很小的时候，也就是童年时期，曾经见过一位女士，她的风度，她的一切，我一生没有忘记过。后来听说她是位艺人，也听说她昆曲唱得很好。这种印象留下了之后，我想，如果我有这么一位女主角，讲这么一个故事，是不是就可以写小说了？这就是我《游园惊梦》里的钱夫人。我替她编了一个故事，就是对过去、对自己最辉煌的时代的一种哀悼，以及对昆曲这种最美艺术的怀念。这样一来，我就写下了这篇小说。

用“意识流”手法，捕捉昆曲旋律

写《游园惊梦》的过程相当曲折，写了好几遍都很不满意，表达不出来，离昆曲的意境相差太远，要把音乐用文字来表达是最困难的。我想，在中国文学里最成功的例子是白居易的《琵琶行》，他用文字表达音乐到了极致。怎么用文字来表现音乐、音乐的节奏，我花了很大的工夫，一个一个地尝试。后来我想，既然是回忆，便是用回忆的形式。尤其牵涉到心理的活动，特别是心理分析方面，用意识流手法写，跟音乐的旋律比较合适一点。这样，我写到差不多第五遍的时候，才觉得自己比较发挥了出来。

这是我写作比较辛苦的一篇东西。写完之后，没想到有一天会把它改成戏剧；我想小说和戏剧完全是两回事。

一九七九年我到香港，香港政府办中文文学周，请我去演讲的时候，他们同时就把《游园惊梦》改成了戏剧，由香港大学的海豹剧团演出。他们没演出之前，我没想到改编《游园惊梦》，因为我想小说和戏剧完全是两回事，而且这篇小说着重于回忆、富有音乐性，改成戏剧不知道会有什么样的效果。后来我看了香港的演出，还相当满意，虽然他们的规模很小，只有五十分钟的表演，完全按照小说形式。但是这启发了我一点灵感，如果把它扩大，用昆曲配音，昆曲的音乐也融入剧里头，是不是效果会更好？回来后，我和台湾文化界的朋友商量，大家都鼓励我尝试一下。“新象”的主持人许博允先生、樊曼侬女士两位很兴奋，就开始筹划。

卢燕、归亚蕾、胡锦，星光鼎足而立

开始计划时只是演出一出话剧，没有想到后来遭遇到很大的困难，必须花很多时间去克服它。我们从两年前开始筹备，幸运的，很多文化界的朋友都热心支持，许多团体和私人——甚至有不愿具名的长辈——大力支持，解决了经费过于庞大的困境。另外很重要的，几位理想的演员、导演、设计家，我们都找到了。尤其，这次我们花了很大的工夫，把演员敲定了，有很重要的三位女主角：卢燕女士、归亚蕾女士和胡锦女士，她们鼎足而三，都参加演出。

同时，这次我很感动的一点，因为演出预算很大，根本付不起演员、工作人员的费用，所以全部人员：演员、导演、设计……全都是义务参加，他们的兴致也很高。除此以外，话剧界前辈曹健先生、钱璐女士也参加了。我们的男主角是华视的演员金超群先生，曾演出《春望》。现在角色都敲定了，而且演员阵容确实相当坚强，因为这几位都有舞台剧的经验，这月二十八号正式开始排演。舞台设计请聂光炎先生，他运用相当新的手法和舞台光区的利用、各种道具的利用——因为我们剧里有虚景、实景，梦境的部分和现实的部分变换很多，要运用多媒体的方式，也用幻灯，也用一段电影，制造回忆的气氛。

开始我们计划比较小，发展到现在可以说是相当庞大，整个 teamwork 非常大。大约八月八日正式上演，至少演出七天。

只是写美人的迟暮与苦痛

筹备时期，遭遇的很多困难之一，就是很多人对我们的剧本看法不同，有些人对内容有很多意见，我们没想到的，他们解释了出来。我自己看自己的小说，是一个很简单的故事——美人迟暮的故事。可是别人的看法不尽如此，他们看得很细微，所以我们的剧本审查快一个半月才下来，而且好像大家都很认真。这其中很多人帮我们的忙，清华大学沈君山先生是其中的一位，他还替我对这戏剧做了一个报告，沈先生对戏剧也可能很有研究，他的解释我完全能接受。经过各方面的协助，最大的难关全部通过了。将来的工作完全是在制作方面，我们大家兢兢业业，希望不要辜负大家的期望、热心。我们也不知道结果如何,但是尽量去做,希望能够成功。盼望大家暑假时候来看我们的戏。

除了我简略报告《游园惊梦》戏剧以外，我希望跟清华大学同学有一次交谈，各位有任何问题，关于这个戏剧，或是小说，或是我能回答的其他问题，我希望能够利用这次机会交谈一下。

舞台演出，首重气氛表现

问：《游园惊梦》是文学创作，搬上舞台之后，有没有改过剧情?

答：大致的情节是跟小说一样的。小说可能花很多篇幅来写服装、外形，在戏剧就不必了，因为是化了妆出来的，所以文字用不上；可是另一方面来讲，小说里可能心里想得很多的意念，花在心理描写的很多文字，在舞台上全部要讲出来，所以对话增加了很多；也有许多描写单单用形象表现出来。舞台剧最主要是藉着对话来推展，但是我们也用和声、灯光、音响等设计来辅助。整个剧主要是气氛的制造。我个人觉得有点像契诃夫，不是有很大的戏剧冲突，是比较细微的对气氛、对心理变化加以表现。

问：《游园惊梦》小说有一部分是用意识流的手法来写，那么这在舞台上怎么表现？

答：意识流方面那几段，我大部分用独白。在独白的时候呢，如果讲到过去的情节，过去的人物也会上场；可是在很多片断部分是用独白方式，独白时候灯光会把其余角色变成背景“僵掉”，灯光打暗，变成一个人独白。也会加幻灯。主要还是靠卢燕的演技。

来自中国文学传统的沧桑感

问：想请教您关于《台北人》这部小说。《台北人》前面有一首刘禹锡的诗《乌衣巷》，《红楼梦》前面有一个跛足道人的《好了歌》，这两者的性质有些相近。因此，想请教您当初写《台北人》这些小说的时候，您的灵感是不是很多来自《红楼梦》？

答：《红楼梦》是我看了很多遍的一本书，对我的影响当然是很大。我想，一个人写作的时候，你看过的所有书总有一、两本书会影响特别深。《红楼梦》主题也是讲人世的辛酸、世事的无常，这是整个中国文学的传统，不只是《红楼梦》——它有一种兴衰感、历史感，这是中国民族文化最具特殊性的一点。欧洲人也有这种沧桑感，可是好像中国人的文学对这个主题特别地执著，从古至今说来说去，杜甫也好，李白也好，白居易也好，一直延续下来宋词、元曲……写来写去总是这个主题。《三国演义》开始的那阕词“青山依旧在，几度夕阳红”，这种主题对中国文学传统来讲，我想是相当重要的。我当然受中国传统文学影响很深——还有，历史的改变、世事的变迁，甚至我们中国的近代史这动乱最大的时代。我可以说是生丁忧患，出生是抗战那一年，童年时经过战乱，看到人事的兴衰，对我个人影响很大。《红楼梦》整个人生哲学，也是在整个中国大传统之下。

问：一般宴会邀请外埠亲友参加，总会事先联络，安排食宿。《游园惊梦》里钱夫人由南北上参加姐妹淘宴会，是坐计程车来，临走时下人提醒主人，似乎与常情不合，是否有特殊意义？

答：确实是有特殊意义。第一，这是写小说。第二，在钱夫人当时来讲，如果你自己没有车坐，而想到别人有车子的时候，就不会告诉大家你没有车子。最后钱夫人也没想到她没有车子会在那么窘迫的情形下离开。她们虽然是姐妹淘，可是请她的主人现在是很得意的时候，你不会请她派部车子来接，最好是坐计程车而没有人知道，走开就算了，被发现是相当窘迫。当然，另一方面是说世态的炎凉。从前，钱夫人自己也开过一个宴会来招待这批人，现在身份完全对调。

寄居国外的感念与成长——《纽约客》

问：除了早期的作品之外，好像您还有一些短篇小说并没有结集成书，像《纽约客》。是不是《纽约客》的构想也是像《台北人》一样，是一系列的，后来就停了？以作者而言，在台北写《台北人》（当然有一部分好像是在国外写的），完全是以台湾经验作为题材。到美国写《纽约客》这种题材的时候，在创作经验上有什么不同？当一个作者关怀的对象跟他所处的时空发生转变的时候，创作上是否有什么样的影响？

答：其实我写《纽约客》第一篇的时候，比《台北人》更早一点，就是《谪仙记》。我那时确实有心想把海外一些中国人的心态写出来。后来发现《台北人》更重要，就把《纽约客》搁下来，写《台北人》，一写《台北人》就不能自已，一篇一篇地把《台北人》写完，写完之后又时过境迁了。中间我也又写了一篇《纽约客》，但始终觉得《台北人》更重要。写完《台北人》之后，我写一个长篇拖了很多时间，在三年前才又写了一篇《纽约客》，零零碎碎。我是有这个心，因为在美国的经验是我很重要的一部分经验，有很多故事可以说，我也希望把《纽约客》写完。

问：您说美国的经验对您很重要，可不可以讲一些？

答：美国经验很重要，主要是我到外国去以后，感觉到对自己国家的看法起了很大的变化。在外面的时候——在座也有许多朋友是从国外回来的——对自己国家的文化反而特别感到一种眷念，看法也有了距离。如果我不出去的话，对我们历史的看法，可能因为身在其中而无法客观，但是到外面去以后，更觉得自己是中国人，对自己国家的命运更为关怀——外国经验的重要，其实是在外国对自己国家的看法、想法的一种感念与成长，并不是说我在外面吸收其他的东西。当然，西方文化我也学了，可是比起来还不如对我们自己国家历史、文化的深思与反省。

问：记得您曾计划把《玉卿嫂》改编成电影，现在又把《游园惊梦》改编成舞台剧，都是小说的题材改编成戏剧的形式，您对这种不同的形式有什么样的寄望？或者您对于不同的表现形式，认为它们对传述个人的思想、感情的效果，有什么差别？

答：《玉卿嫂》写的是一个很热情的女人。那种题材没法子搬上舞台，可是电影可以演出来。这篇小说我跟有些人谈起来，说我们中国电影比较缺少一些个性很强的女性形象和个人内心较激烈的刻画，所以希望把它改成电影，也有这份心愿在里头。《玉卿嫂》改成戏剧，只有电影最适合，舞台剧绝对不能演。

“尤物”的神秘传统——尹雪艳

问：《永远的尹雪艳》的女主角，和《游园惊梦》里的钱夫人，这两个女人在创作上的差异何在？

答：《永远的尹雪艳》是写一位经历过很多场面，接触过不少男人的一位女性，她能够迷惑所有接触过的人。那样一位女人，我想，跟钱夫人在创作态度上有很大的不同。

我开始写《台北人》，写尹雪艳的时候，对她保持很远的距离，我在描写她表面的形象，注重她比较神秘的感觉。而且，如果说有社会批判性的话，我们中国有一个传统，从飞燕、太真一直下来，中国称为“尤物”，这类女人不简单，很神秘。我写尹雪艳的时候比较采取一种批评的态度；但写钱夫人的时候，是同情的态度多于批评——现在一切已经消逝了，对她是同情的。

而且，我创作的态度也完全不一样，写尹雪艳的时候，是由外写到内，从外形揣测内心；写钱夫人，是从内写到外，由心理描写开始。

问：您对乡土文学的看法呢？是否要采用西方写作技巧的观点？尤其是对黄春明的小说。

答：采用什么方法不太重要。每位作家有他认为最适合的一套写作方法。我想，在《红楼梦》的时代并没有西方的技巧，却产生很伟大的小说。如果能运用西方写作技巧写得很好，也是非常好。黄春明的小说，有他自己创作的一套方法。我认为题材决定写作的方法，是怎么样的一种题材，作家可以有意无意地去选择最合适的方法来表现，绝不是因为某种方法优于另外一种，或是某种方法比较流行，我们才使用它，不是的。一个作家写作的时候是先有了题材，然后才是怎样表现这个题材的问题，慢慢地琢磨。当然，我不是否定西方的小说技巧，西方的小说有很高的成就，我们能够用的都可以用，但不必非用不可。

问：是否因为读外文系，使您运用意识流的方式写作？

答：意识流写作方法，也不过是二十、三十年代西方实验性的方法，不见得这个方法一定能把所有的文学作品表现得比较好。这个方法产生有它的时代背景，第一次大战以后，是传统社会第一次破裂，社会价值观混乱，于是作家研究一种写作上实验的技巧，与心理学有关，往内心探讨、自我的追寻等。

当然，我念了外文系以后，也看了一些小说是用这种技巧，我刚好写到《游园惊梦》的时候，认为可以运用就用了。

爱写过去的时代，别人的痛苦

问：您为什么在小说里选定一群被时代淘汰的人物为主题？

答：关于被时代淘汰，有一天我们都会被淘汰。时间是最残酷的。不能说有些人所在的文化形态、社会形态已经过去了就不写他们。我想，写作最主要是写人，是合乎时代还是不合时代，都没有关系。我写的那些人里头——虽然时代已经过去了，可是他们在他们的时代曾经活过，有些活得轰轰烈烈，有些很悲痛，有些失败。在他们的时代里，他们度过很有意义的一生，这种题材，我个人是很感兴趣的。

问：您学生时代以何种心态办《现代文学》？

答：那时我们懵懵懂懂办出来的，其实是一群热爱文学的人“以文会友”，没有一定为了什么，就是为了写作而创办一个刊物，慢慢产生一点影响，也是后来的事情。最初的心态完全是一种爱好。

问：您写小说是否为了解决痛苦？有时候是否为痛苦的伸延？尤其观察到中国劣根性的痛苦时？

答：第二句话倒对了。我想，文学创作恐怕是由于对现实生活有些不满，所以才自己去创造一个世界；如果你已经很满意现在的社会，怎么会再去造一个？我写自己的痛苦少，我看了别人痛苦的时候，创作比较多。大家都会感觉到，在看到别人痛苦那一刻，心里会感到很痛苦，说不出来的。因为那些人不是作家，没有办法写下来，我就很想替他们讲，我有那种的冲动。我很幸运，大的痛苦，父母那一代替我们扛了过去，我们成长时是相当幸福的一代。

作家对自己的民族看得更清楚，尤其是在看到自己民族的毛病时，会想：怎么会有这么大的毛病？我觉得在文学来说，倒不是件坏事情。

问：蓝田玉有什么特别的意义？

答：玉，中国来讲是最珍贵、最美的一件东西。我对那女主角大概蛮喜欢她，所以给她取了“蓝田日暖玉生烟”典故中最好的玉“蓝田玉”。名字取的时候，就觉得她像一块玉。

徐复观先生的一点点误会

问：您谈小说艺术与社会意识的时候，徐复观先生曾经反驳，您对这件事的看法如何？

答：徐先生是我最尊重的前辈，他的道德风范可以说精神长在，像他这样的人也不多，我现在乘机在此悼念。我曾在香港有一篇演讲词《小说艺术与社会意识》，我主要是驳斥一点，就是政治干涉文学，我对这点以一个作家的立场，绝不妥协。我想，徐先生对我有一点点误会，我没跟他讲清楚，他以为我说小说艺术与社会意识分开，其实我是说有某一些人不是关注文学艺术，是以政治目的来加在文学上面，所以谈的根本不是文学，谈的是当时的政治目的。譬如今天提倡什么政治口号的时候，文学就要跟着走，那不是社会意识而是政治手段。我说这，主要是针对“五四”以来的一些偏差。

问：欧阳子评《台北人》提到是否您写人物时，外表的服装对内心有所暗示？

答：写小说大概都是这样，写一个人的外形的时候，总是希望能表现内心。

问：中共把您的《永远的尹雪艳》收入台湾文学选，与乡土文学作品合编，您是否有意见？或有什么反应？

答：大陆一九八〇年政策有些改变，从前台湾作品绝对不能在大陆出版。他们现在出版台湾一些小说，当然有他们的目的……我要很公平地讲一讲，他们选的那本小说选，以文学的价值讲，选得不错，可以说台湾比较有名的几篇小说都选了。诗和散文选得极坏，不能代表台湾的水准，差劲透顶。不管他们目的如何，他们的台湾小说选可以使大陆人民看了之后真正了解台湾小说的风貌。

问：《永远的尹雪艳》描写的社会状态是非传统的，而是迁移到台湾的“新贵”的情况。对此说法您有什么意见？

答：我想，我写的是过去的文化形态、社会形态。

我的昆曲之旅

兼忆一九八七年在南京观赏张继青《三梦》

一

很小的时候我在上海看过一次昆曲，那是抗战胜利后的第二年梅兰芳回国首次公演，在上海美琪大戏院演出。美琪是上海首轮戏院，平日专门放映西片，梅兰芳在美琪演昆曲是个例外。抗战八年，梅兰芳避走香港留上胡子，不肯演戏给日本人看，所以那次他回上海公演特别轰动，据说黑市票买到一条黄金一张。观众崇拜梅大师的艺术，恐怕也带着些爱国情绪，景仰他的气节，抗战刚胜利，大家还很容易激动。梅兰芳一向以演京戏为主，昆曲偶尔为之，那次的戏码却全是昆曲：《思凡》、《刺虎》、《断桥》、《游园惊梦》。很多年后昆曲大师俞振飞亲口讲给我听，原来梅兰芳在抗战期间一直没有唱戏，对自己的嗓子没有太大把握，皮簧戏调门高，他怕唱不上去，俞振飞建议他先唱昆曲，因为昆曲的调门比较低，于是才有俞梅珠联璧合在美琪大戏院的空前盛大演出。我随家人去看的，恰巧就是《游园惊梦》。从此我便与昆曲，尤其是《牡丹亭》结下不解之缘。小时侯并不懂戏,可是《游园》中《皂罗袍》那一段婉丽妩媚、一唱三叹的曲调，却深深地印在我的记忆中，以致许多年后，一听到这段音乐的笙箫管笛悠然扬起就不禁怦然心动。

第二次在上海再看昆曲，那要等到四十年后的事了。一九八七年我重返上海，恰好赶上"上昆"演出《长生殿》三个多小时的版本，由蔡正仁、华文漪分饰唐明皇与杨贵妃。戏一演完，我纵身起立，拍掌喝彩，直到其他观众都已散去，我仍痴立不舍离开。"上昆"表演固然精彩，但最令我激动不已的是，我看到了昆曲——这项中国最精美、最雅致的传统戏剧艺术竟然在遭罹过"文革"这场大浩劫后还能浴火重生，在舞台上大放光芒。当时那一种感动，非比寻常，我感到经历一场母体文化的重新洗礼，民族精神文明的再次皈依。大唐盛世，天宝兴宝，一时呈现眼前。文学上的联想也一下子牵系上杜甫的《哀江头》、白居易的《长恨歌》："人生有情泪沾臆，江水江花岂终极"、"天长地久有时尽，此恨绵绵无绝期"。等到乐队吹奏起《春江花月夜》的时刻，真是到了令人"情何以堪"的地步。

从前看《红楼梦》，元妃省亲，点了四出戏:《家宴》、《乞巧》、《仙缘》、《离魂》，后来清楚原来这些都是昆曲，而且来自当时流行的传奇本子：《一捧雪》、《长生殿》、《邯郸梦》还有《牡丹亭》。曹雪芹成书于乾隆年间，正是昆曲鼎盛之时，上至王卿贵族如贾府，下至市井小民，对昆曲的热爱，由南到北，举国若狂。苏州是明清两代的昆曲中心，万历年间，单苏州一郡的职业演员已达数千之众，难怪贾府为了元妃省亲会到姑苏去买一班唱戏的女孩子回来。张岱在《陶庵梦忆》里记载了每年苏州虎丘山中秋夜曲会大比赛的盛况，与会者上千，彩声雷动，热闹非凡。当时昆曲清唱是个全民运动，大概跟现在台湾唱卡拉 OK 一样盛行，可见得中国人也曾是一个爱音乐爱唱歌的民族。由明万历到清乾嘉之间，昆曲独霸中国剧坛，足足兴盛了两百年，其流传之广，历时之久，非其他剧种可望其项背。而又因为数甚众上层文人的投入创作，将昆曲提升为“雅部”，成为雅俗共赏的一种精致艺术。与元杂剧不同，明清传奇的作者倒有不少是进士及第、做大官的。曹雪芹的祖父曹寅也写过传奇《续琵琶》，可见得当时士大夫阶级写剧本还是一件雅事。明清的传奇作家有七百余人，作品近两千种，存下来的也有六百多，数量相当惊人，其中名著如《牡丹亭》、《长生殿》、《桃花扇》等早已成为文学经典。但令人惊讶不解的是，昆曲曾经深入民间，影响我国文化如此之巨，这样精美的表演艺术，到了民国初年竟然没落得几乎失传成为绝响，职业演出只靠了数十位“昆曲传习所”传字辈艺人在苦撑，抗战一来，那些艺人流离失所，昆曲也就基本上从舞台消失。战后梅兰芳在上海那次盛大昆曲演出，不过是灵光一现。

南京在明清时代也曾是昆曲的重镇。《儒林外史》第三十回写风流名士杜慎卿在南京名胜地莫愁湖举办唱曲比赛大会，竟有一百三十多个职业戏班子参加，演出的旦角人数有六七十人，而且都是上了装表演的，唱到晚上，“点起几百盏明角灯来，高高下下，照耀如同白日。歌声飘渺，直入云霄”。城里的有钱人闻风都来捧场，雇了船在湖中看戏，看到高兴的时候，一个个齐声喝彩，直闹到天明才散。这一段不禁教人看得啧啧称奇，原来乾隆年间南京还有这种场面。夺魁的是芳林班小旦郑魁官，杜慎卿赏了她一只金杯，上刻“艳夺樱桃”四个字。这位杜十七老爷，因此名震江南。金陵是千年文化名城，明太祖朱洪武又曾建都于此，明清之际，金陵人文荟萃，亦是当然。

二

一九八七年重游南京，我看到了另一场精彩的昆曲演出：江苏昆曲剧团张继青的拿手戏《三梦》——《惊梦》、《寻梦》、《痴梦》。我还没有到南京以前，已经久闻张继青的大名，行家朋友告诉我："你到南京，一定要看她的《三梦》。"隔了四十年，才得重返故都，这个机会，当然不肯放过。于是托了人去向张继青女士说项，总算她给面子，特别演出一场。那天晚上我跟着南京大学的戏剧前辈陈白尘与吴白匋两位老先生一同前往。二老是戏曲专家，知道我热爱昆曲，颇为嘉许。陈老谈到昆曲在大陆式微，忿忿然说道："中国大学生都应该以不看昆曲为耻！"开放后，中国大学生大概都忙着跳迪斯科去了。当晚在剧院又巧遇在南京讲学的叶嘉莹教授，叶先生是我在台大时的老师，我曾到中文系去旁听她的古诗课程，受益甚大。叶先生这些年巡回世界各地讲授中国古典文学，抱着兴灭继绝的悲愿，在华人子弟中，散播中国传统文化的根苗。那天晚上，我便与这几位关爱中国文化前途的前辈师长，一同观赏了杰出昆曲表演艺术家张继青的《三梦》。

张继青的艺术果然了得，一出《痴梦》演得出神入化，把剧中人崔氏足足演活了。这是一出高难度的做工戏，是考演员真功夫的内心戏，张继青因演《痴梦》名震内外。《痴梦》是明末清初传奇《烂柯山》的一折，取材于《汉书·朱买臣传》，及民间马前泼水的故事。西汉寒儒朱买臣，年近半百，功名未就，妻崔氏不耐饥寒，逼休改嫁，后来朱买臣中举衣锦荣归，崔氏愧悔，然而覆水难收，破镜不可重圆，最后崔氏疯痴投水自尽。这是一出典型中国式的伦理悲剧：贫贱夫妻百事哀。

如果希腊悲剧源于人神冲突，中国悲剧则起于油盐柴米，更近人间。朱买臣休妻这则故事改成戏剧也经过不少转折。《汉书 · 朱买臣传》，崔氏改嫁后仍以饭饮接济前夫，而朱买臣当官后，亦善待崔氏及其后夫，朱买臣夫妇都是极厚道极文明的，但这不是悲剧的材料。元杂剧《朱太守风雪渔樵记》最后却让朱买臣夫妇团圆，变成了喜剧。还是传奇《烂柯山》掌握了这则故事的悲剧内涵，但是在《昆曲大全》老本子的《逼休》一折，崔氏取得休书后在大雪纷飞中竟把朱买臣逐出家门，这样凶狠的女人很难演得让观众同情。江苏昆剧团的演出本改得最好，把崔氏这个爱慕虚荣不耐贫贱的平凡妇人刻画得合情合理，恰如其分，让张继青的精湛演技发挥到淋漓尽致。她能把一个反派角色演得最后让人感到其情可悯、其境可悲，这不是件容易的事，这就要靠真功夫了。张继青演《烂柯山》中的崔氏，得自传字辈老师傅沈传芷的真传。沈传芷家学渊源，其父事"昆曲传习所"有"大先生"尊称的沈月亭，他自己也是个有名的"戏包袱"，工正旦。张继青既得名师指导，又加上自己深刻琢磨，终于把崔氏这个人物千变万化的复杂情绪，每一转折都能准确把握投射出来，由于她完全进入角色，即使最后崔氏因梦成痴，疯疯癫癫，仍让人觉得那是真的，不是在做戏。《烂柯山》变成了张继青的招牌戏，是实至名归。我们看完她的《痴梦》大家叹服，叶嘉莹先生也连声赞好。

在南京居然又在舞台上看到了《游园惊梦》！人生的境遇是如此之不可测。白天我刚去游过秦淮河、夫子庙，亦找到了当年以清唱著名的得月台戏馆，这些名胜正在翻修。得月台在秦淮河畔，是民国时代南京红极一时的清唱场所，当年那些唱平剧、唱昆曲的姑娘，有的飞上枝头，变成了大明星、官太太。电影明星王熙春便是清唱出身的。得月台，亦是秦淮水榭当年民国时代一瞬繁华的见证。我又去乌衣巷、桃叶渡，参观了"桃花扇底送南朝"李香君的故居媚香楼。重游南京，就是要去寻找童年时代的足迹。我是一九四六年战后国民政府还都，跟着家人从重庆飞至南京的，那时抗战刚胜利，整个南京城都荡漾着一股劫后重生的兴奋与喜悦，渔阳鞞鼓的隐患，还离得很远很远。我们从重庆那个泥黄色的山城骤然来到这六朝金粉的古都，到处的名胜古迹，真是看得人眼花缭乱。我永远不会忘记爬到明孝陵那些庞然大物的石马石象背上那种亢奋之情，在雨花台上我挖掘到一枚胭脂血红晶莹剔透的彩石，跟随了我许多年，变成了我对南京记忆的一件信物。那年父亲率领我们全家到中山陵谒陵，爬上那三百九十多级石阶，是一个庄严的仪式。多年后，我才体会得到父亲当年谒陵，告慰国父在天之灵抗日胜利心境。四十年后，天旋地转，重返南京，再登中山陵，看到钟山下面郁郁苍苍，满目河山，无一处不蕴藏着历史的悲怆，大概是由于对南京一份特殊的感情，很早时候便写下了《游园惊梦》，算是对故都无尽的追思。台上张继青扮演的杜丽娘正唱着《皂罗袍》：

原来姹紫嫣红开遍
似这般都付与断井颓垣
良辰美景奈何天
赏心乐事谁家院

在台下，我早已听得魂飞天外，不知道想到哪里去了。

三

离开南京前夕，我宴请南京大学的几位教授，也邀请了张继青，为了答谢她精彩的演出。宴席我请南大代办，他们却偏偏选中了“美龄宫”。“美龄宫”在南京东郊梅岭林园路上，离中山陵不远，当年是蒋夫人宋美龄别墅，现在开放，对外营业。那是一座仿古宫殿式二层楼房，依山就势筑成，建筑典雅庄重，很有气派，屋顶是碧绿的琉璃瓦，挑角飞檐，雕梁画栋，屋外石阶上去，南面是一片大平台，平台有花砖铺地，四周为雕花栏杆。台北的圆山饭店就有点模仿“美龄宫”的建筑。宴席设在楼下客厅，这个厅堂相当大，可容纳上两百人。陈白尘、吴白陶几位老先生也都到了，大家谈笑间，我愈来愈感到周围的环境似曾相识。这个地方我来过！我的记忆之门突然打开了。应该是一九四六年的十二月，蒋夫人宋美龄开了一个圣诞节“派对”，母亲带着四哥跟我两人赴宴，就是在这座“美龄宫”里，客厅挤满了大人与小孩，到处大红大绿，金银纷飞，全是圣诞节的喜色。蒋夫人与母亲她们都是民初短袄长裙的打扮，可是蒋夫人宋美龄穿上那一套黑缎子绣醉红海棠花的衣裙就是要比别人好看，因为她一举一动透露出来的雍容华贵，世人不及。小孩子那晚都兴高采烈，因为有层出不穷的游戏，四哥抢椅子得到冠军，我记得他最后把另外一个男孩用屁股一挤便赢得了奖品。那晚的高高潮是圣诞老人分派礼物，圣诞老公公好像是黄仁霖扮的，他背着一个大袋子出来，我们每个人都分到一只小红袋的礼物。袋子里有各色糖果，有的我从来没见过。那只红布袋很可爱，后来就一直挂在房间里装东西。不能想象四十年前在“美龄宫”的大厅里曾经有过那样热闹的场景。我一边敬南大老先生们的酒，不禁感到时空彻底的错乱，这几十年的颠倒把历史的秩序全部打乱了。宴罢我们到楼上参观，蒋夫人宋美龄的卧居据说完全维持原状。那一堂厚重的绿绒沙发仍旧是从前的摆设，可是主人不在，整座“美龄宫”都让人感到一份人去楼空的静悄，散着一股“宫花寂寞红”的寥落。

这几年来，昆曲在台湾有了复兴的迹象，长年来台湾昆曲的传承徐炎之先生及他弟子们的努力，徐炎之在各大学里扶导的昆曲社便担任了传承的任务。那是一段艰辛的日子，我亲眼看到徐老先生为了传授昆曲在大太阳下骑着脚踏车四处奔命，那是一幅令人感动的景象。两岸开放后，在台湾有心人士樊曼侬、曾永美、洪唯助、曹馨园等人大力推动下，台湾的昆曲欣赏有了大幅度的发展，大陆六大昆班都来台湾表演过了，每次都造成轰动。有几次在台湾看昆曲，看到许多年轻观众完全陶醉在管笛悠扬载歌载舞中，我真是高兴：台湾观众终于发觉了昆曲的美，其实昆曲是最能表现中国传统美学抒情、写意、象征、诗化的一种艺术，能够把歌、舞、诗、戏糅合成那样精致优美的一种表演形式，在别的表演艺术里，我还没有看到过，包括西方的歌剧、芭蕾：歌剧有歌无舞，芭蕾有舞无歌，终究有点缺憾。昆曲却能以最简单朴素的舞台，表现出最繁复的情感意象来。试看看张继青表演《寻梦》一折中的“忒忒令”，一把扇子就扇活了满台的花花草草，这是象征艺术最高的境界，也是昆曲最厉害的地方。二十世纪的中国人，心灵上总难免有一种文化的飘落感，因为我们的文化传统在这个世纪被连根拔起，伤得不轻。昆曲是中国现存最古老的一种戏剧艺术，曾经有过如此辉煌的历史，我们实在应该爱惜它、保护它，使它的艺术生命延续下去，为下个世纪中华文化全面复兴留一枚火种。

第六只手指

纪念三姊先明以及我们的童年

明姊终于在去年十月二十三日去世了，她患的是恶性肝炎，医生说这种病例肝炎患者只占百分之二三，极难救治。明姊在长庚医院住了一个多月，连她四十九岁的生日也在医院里度过的。四十九岁在医学昌明的今日不算高寿，然而明姊一生寂寞，有几年还很痛苦，四十九岁，对她来说，恐怕已经算是长的了。明姊逝世后，这几个月，我常常想到她这一生的不幸，想到她也就连带忆起我们在一起时短短的童年。

有人说童年的事难忘记，其实也不见得，我的童年一半在跟病魔死神搏斗，病中岁月，并不值得怀念，倒是在我得病以前，七岁的时候，在家乡桂林最后的那一年，有些琐事，却记得分外清楚。那是抗战末期，湘桂大撤退的前夕，广西的战事已经吃紧，母亲把兄姊们陆续送到了重庆，只留下明姊跟我，还有六弟、七弟。两个弟弟年纪太小，明姊只比我大三岁，所以我们非常亲近。虽然大人天天在预备逃难，我们不懂，我们在一起玩得很开心。那时候我们住在风洞山的脚下，东镇路底那栋房子里，那是新家，搬去没有多久。我们老家在铁佛寺，一栋阴森古旧的老屋，长满了青苔的院子里，猛然会爬出半尺长的一条金边蜈蚣来，墙上壁虎虎视眈眈，堂屋里蝙蝠乱飞。后来听说那栋古屋还不很干净，大伯妈搬进去住，晚上看到窗前赫然立着一个穿白色对襟褂子的男人。就在屋子对面池塘边的一棵大树下，日本人空袭，一枚炸弹，把个泥水匠炸得粉身碎骨，一条腿飞到了树上去。我们住在那栋不太吉祥的古屋里，唯一的理由是为了躲警报，防空洞就在邻近，日机经常来袭，一夕数惊。后来搬到风洞山下，也是同一考虑，山脚有一个天然岩洞，警笛一鸣，全家人便仓皇入洞。我倒并不感到害怕，一看见黑洞山顶挂上两个红球——空袭讯号——就兴奋起来：因为又不必上学了。

新家的花园就在山脚下，种满了芍药、牡丹、菊花，不知道为什么，还种了一大片十分笨拙的鸡冠花。花园里养了鸡，一听到母鸡唱蛋歌，明姊便拉着我飞奔到鸡棚内，从鸡窝里掏出一枚余温犹存的鸡蛋来，磕一个小孔，递给我说道：“老五，快吃。”几下我便把一只鸡蛋吮干净了。现在想想，那样的生鸡蛋，蛋白蛋黄，又腥又滑，不知怎么咽下去的，但我却吮得津津有味，明姊看见我吃得那么起劲，也很乐，脸上充满了喜悦。几十年后，在台湾，有一天我深夜回家，看见明姊一个人孤独地在厨房里摸索，煮东西吃，我过去一看，原来她在煮糖水鸡蛋，她盛了两只到碗里，却递给我道：“老五，这碗给你吃。”我并不饿，而且也不喜欢吃鸡蛋了，可是我还是接过她的糖水蛋来，因为实在不忍违拂她的一片好意。明姊喜欢与人分享她的快乐，无论对什么人，终生如此，哪怕她的快乐并不多，只有微不足道的那么一点。

我们同上一间学校中山小学，离家相当远，两人坐人力车来回。有一次放学归来，车子下坡，车夫脚下一滑，人力车翻了盖，我跟明姊都飞了出去，滚得像两只陀螺，等我们惊魂甫定，张目一看，周围书册簿子铅笔墨砚老早洒满一地，两人对坐在街上，面面相觑，大概吓傻了，一下子不知该哭还是该笑。突然间，明姊却咯咯的笑了起来，这一笑一发不可收拾，又拍掌又搓腿，我看明姊笑得那样乐不可支，也禁不住跟着笑了，而且笑得还真开心，头上磕起一个肿瘤也忘了痛。我永远不会忘记明姊坐在地上，甩动着一头短发，笑呵呵的样子。父亲把明姊叫苹果妹，因为她长得圆头圆脸，一派天真。事实上明姊一直没有长大过，也拒绝长大，成人的世界，她不要进去。她的一生，其实只是她童真的无限延长，她一直是坐在地上拍手笑的那个小女孩。

没有多久，我们便逃难了。风洞山下我们那栋房子以及那片种满了鸡冠花的花园，转瞬间变成了一堆劫灰，整座桂林城烧成焦土一片。离开桂林，到了那愁云惨雾的重庆，我便跟明姊他们隔离了，因为我患了可恶的肺病，家里人看见我，便吓得躲得远远的。那个时候，没有特效药，肺病染不起。然而我跟明姊童年时建立起的那一段友谊却一直保持着，虽然我们不在一起，她的消息，我却很关心。那时明姊跟其他兄姊搬到重庆乡下西温泉去上学，也是为了躲空袭。有一次司机从西温泉带上来一只几十斤重周围合抱的大南瓜给父母亲，家里的人都笑着说：是三姑娘种的！原来明姊在西温泉乡下种南瓜，她到马棚里去拾新鲜马粪，给她的南瓜浇肥，种出了一只黄澄澄的巨无霸。我也感到得意，觉得明姊很了不起，耍魔术似的变出那样大的一只南瓜来。

抗战胜利后，我们回到上海，我还是一个人被充军到上海郊外去养病，我的唯一玩伴是两条小狮子狗，一白一黑，白狮子狗是我的医生林有泉送给我的，他是台湾人，家里有一棵三尺高的红珊瑚树，林医生很照顾我，是我病中忘年之友。黑狮子狗是路上捡来的，初来时一身的虱子，毛发尽摧，像头癞皮犬。我替它把虱子捉干净，把它养得胖嘟嘟，长出一身黑亮的卷毛来。在上海郊外囚禁三年，我并未曾有过真正的访客，只有明姊去探望过我两次，大概还是偷偷去的。我喜出望外，便把那只黑狮子狗赠送了给她，明姊叫它米达，后来变成了她的心肝宝贝，常常跟她睡在一床。明姊怜爱小动物，所有的小生命，她一视同仁。有一次在台湾，我们还住在松江路的时候，房子里常有老鼠——那时松江路算是台北市的边陲地带，一片稻田——我们用铁笼捉到了一只大老鼠，那只硕鼠头尾算起来大概长达一尺，老得尾巴毛都掉光了，而且凶悍，龇牙咧齿，目露凶光，在笼子里来回奔窜，并且不时啃啮笼子铁线，冀图逃命。这样一个丑陋的家伙，困在笼中居然还如此顽强，我跟弟弟们登时起了杀机，我们跑到水龙头那边用铅桶盛了一大桶水，预备把那只硕鼠活活溺死，等到我们抬水回来，却发觉铁笼笼门大开，那只硕鼠老早逃之夭夭了。明姊站在笼边，满脸不忍，向我们求情道：“不要弄死人家嘛。”明姊真是菩萨心肠，她是太过善良了，在这个杀机四伏的世界里，太容易受到伤害。

民国三十七年我们又开始逃难，从上海逃到了香港。那时明姊已经成长为十五六岁的亭亭少女了，而我也病愈，归了队，而且就住在明姊隔壁房。可是我常常听到明姊一个人锁在房中暗自哭泣。我很紧张，但不了解，更不懂得如何去安慰她。我只知道明姊很寂寞。那时母亲到台湾去跟随父亲了，我的另外两个姊姊老早到了美国，家中只有明姊一个女孩子，而且正临最艰难的成长时期。明姊念的都是最好的学校，在上海是中西女中，在香港是圣玛丽书院，功课要求严格出名，然而明姊并不是天资敏捷的学生，她很用功，但功课总赶不上。她的英文程度不错，发音尤其好听，写得一手好字，而且有艺术的才能，可是就是不会考试，在圣玛丽留了一级。她本来生性就内向敏感，个子长得又高大，因为害羞，在学校里没有什么朋友，只有卓以玉是她唯一的知交，留了级就更加尴尬了。我记得那天她拿到学校通知书，急得簌簌泪下，我便怂恿她去看电影，出去散散心。我们看的是一出古诺的歌剧《浮士德与魔鬼》拍成的电影。“魔鬼来了！”明姊在电影院里低声叫道，那一刻，她倒是真把留级的事情忘掉了。

明姊是十七岁到美国去的，当时时局动乱，另外两个姊姊已经在美国，父母亲大概认为把明姊送去，可以去跟随她们。赴美前夕，哥哥们把明姊带去参加朋友们开的临别舞会。明姊穿了一袭粉红长裙，腰间系着蓝缎子飘带，披了一件白色披肩，长身玉立，裙带飘然，俨然丽人模样。其实明姊长得很可爱，一双凤眼，小小的嘴，笑起来，非常稚气。可是她不重衣着，行动比较拘谨，所以看起来，总有点羞赧失措的样子。但是那次赴宴，明姊脱颖而出，竟变得十分潇洒起来，那是我最后一次看到明姊如此盛装，如此明丽动人。

明姊在美国那三年多，到底发生过什么事，或者逐渐起了什么变化，我一直不太清楚。卓以玉到纽约见到明姊时，明姊曾经跟她诉苦（她那时已进了波士顿大学），学校功课还是赶不上。她渐渐退缩，常常一个人躲避到电影院里，不肯出来，后来终于停了学。许多年后，我回台湾，问起明姊还想不想到美国去玩玩。明姊摇头，叹了一口气说道：“那个地方太冷喽。”波士顿的冬天大概把她吓怕了。美国冰天雪地的寂寞，就像新大陆广漠的土地一般，也是无边无垠的。在这里，失败者无立锥之地。明姊在美国那几年，很不快乐。

明姊一九五五年终于回到台湾的家中，是由我们一位堂嫂护送回国的。回家之前，在美国的智姊写了一封长信给父母亲，叙述明姊得病及治疗的经过情形，大概因为怕父母亲着急，说得比较委婉。我记得那是一个冬天，寒风恻恻，我们全家都到了松山机场，焦虑地等待着。明姊从飞机走出来时，我们大吃一惊，她整个人都变了形，身体暴涨了一倍，本来她就高大，一发胖，就变得庞大臃肿起来，头发剪得特别短，梳了一个娃娃头。她的皮肤也变了，变得粗糙蜡黄，一双眼睛目光呆滞，而且无缘无故发笑。明姊的病情，远比我们想象得要严重，她患了我们全家都不愿意、不忍心、惧畏、避讳提起的一个医学名词——精神分裂症。她初回台湾时已经产生幻觉，听到有人跟她说话的声音。堂嫂告诉我们，明姊在美国没有节制地吃东西，体重倍增，她用剪刀把自己头发剪缺了，所以只好将长发修短。

明姊的病，是我们全家一个无可弥补的遗憾，一个共同的隐痛，一个集体的内疚。她的不幸，给父母亲晚年带来最沉重的打击。父母亲一生，于国于家，不知经历过多少惊涛骇浪，大风大险，他们临危不乱，克服万难的魄力与信心，有时到达惊人的地步，可是面临亲生女儿遭罹这种人力无可挽回的厄难时，二位强人，竟也束手无策了。我家手足十人，我们幼年时，父亲驰骋疆场，在家日短，养育的责任全靠母亲一手扛起。儿女的幸福，是她生命的首要目标，在那动荡震撼的年代里，我们在母亲卵翼之下，得以一一成长。有时母亲不禁庆幸，叹道："终算把你们都带大了。"感叹中，也不免有一份使命完成的欣慰。没料到步入晚境，青天霹雳，明姊归来，面目全非。那天在松山机场，我看见母亲面容骤然惨变，惊痛之情，恐怕已经达到不堪负荷的程度。生性豁达如母亲，明姊的病痛，她至终未能释怀。我记得明姊返国一年间，母亲双鬓陡然冒出星星白发，忧伤中她深深自责，总认为明姊幼年时，没有给足她应得的母爱。然而做我们十个人的母亲，谈何容易。在物质分配上，母亲已经尽量做到公平，但这已经不是一件易事，分水果，一人一只橘子就是十只，而十只大小酸甜又怎么可能分毫不差呢？至于母爱的分配，更难称量了。然而子女幼年时对母爱的渴求，又是何等的贪婪无餍，独占排他。亲子间的情感，有时候真是完全非理性的。法国文学家《追忆似水年华》的作者普鲁斯特小时候，有一次他的母亲临睡前，忘了亲吻他，普鲁斯特哀痛欲绝，认为被他母亲遗弃，竟至终身耿耿于怀，成年后还经常提起他这个童年的"创伤"。明姊是我们十人中最能忍让的一个，挤在我们中间，这场母爱争夺战中，她是注定要吃亏的了。明姊是最小的女儿，但排行第六，不上不下。母亲生到第五个孩子已经希望不要再生，所以三哥的小名叫"满子”，最后一个。偏偏明姊又做了不速之客，而且还带来四个弟弟。母亲的劳累，加倍又加倍，后来她晚年多病，也是因为生育太多所致。明姊的确不是母亲最钟爱的孩子，母亲对女儿的疼爱远在明姊未出世以前已经给了两个才貌出众的姊姊了。明姊跟母亲的个性了不相类，母亲热情豪爽，坚强自信，而明姊羞怯内向，不多言语，因此母女之间不易亲近。可是在我的记忆里，母亲亦从未对明姊疾言厉色过，两个姊姊也很爱护幼妹，然而明姊掩盖在家中三个出类拔萃的女性阴影之下，她们的光芒，对于她必定是一种莫大的威胁，她悄然退隐到家庭的一角，扮演一个与人无争的乖孩子。她内心的创痛、惧畏、寂寞与彷徨，母亲是不会知道，也注意不到的。明姊掩藏得很好，其实在她羞怯的表面中，却是一颗受了伤然而却凛然不可侵犯的自尊心。只有我在她隔壁房，有时深夜隐隐听得到她独自饮泣。那是一个兵荒马乱的时代，母亲整日要筹划白、马两家几十口的安全生计，女儿的眼泪与哭泣，她已无力顾及了。等到若干年后，母亲发觉她无心铸成的大错，再想弥补已经太迟。明姊得病回家后，母亲千方百计想去疼怜她，加倍地补偿她那迟来十几二十年的母性的温暖。可是幼年时心灵所受的创伤，有时是无法治愈的。明姊小时候感到的威胁与惧畏仍然存在，母亲愈急于向她示爱，她愈慌张，愈设法躲避，她不知道该如何去接纳她曾渴求而未获得的这份感情。她们两人如同站在一道鸿沟的两岸，母亲拼命伸出手去，但怎么也达不到彼岸的女儿。母亲的忧伤与悔恨，是与日俱增了。有一天父母亲在房中，我听见父亲百般劝慰，母亲沉痛地叹道：“小时候，是我把她疏忽了。那个女孩子，都记在心里了呢。”接着她哽咽起来：“以后我的东西，统统留给她。”

因为明姊的病，后来我曾大量阅读有关精神病及心理治疗的书籍。如果当年我没有选择文学，也许我会去研究人类的心理，在那幽森的地带，不知会不会探究出一点人的秘密来。可是那些心理学家及医学个案的书，愈读却愈糊涂，他们各执一词，真不知该信谁才好。人心唯危，千变万化，人类上了太空，征服了月球，然而自身那块方寸之地却仍旧不得其门而入。我们全家曾经讨论过明姊的病因：小时候没有受到重视，在美国未能适应环境，生理上起了变化——她一直患有内分泌不平衡的毛病。先天、后天、遗传、环境，我们也曾请教过医学专家，这些因素也许都有关系，也许都没有关系。也许明姊不喜欢这个充满了虚伪、邪恶、激烈竞争的成人世界，一怒之下，拂袖而去，回到她自己那个童真世界里去了。明姊得病后，完全恢复了她孩提时的天真面目。她要笑的时候就笑了，也不管场合对不对。天气热时，她把裙子一撈便坐到天井的石阶上去乘凉去，急得我们的老管家罗婆婆——罗婆婆在我们家到现在已有五十多年的历史——追在明姊身后直叫：“三姑娘，你的大腿露出来了！”明姊变得性格起来，世俗的许多琐琐碎碎，她都不在乎了，干脆豁了出去，开怀大吃起来。明姊变成了美食家，粽子一定要吃湖州粽，而且指定明星戏院后面那一家。开始我们担心她变得太胖，不让她多吃，后来看到她吃东西那样起劲，实在不忍剥夺她那点小小的满足，胖一点，又有什么关系呢？回到台湾明姊也变成了一个标准影迷，她专看武侠片及恐怖片，文艺片她拒绝看，那些哭哭啼啼的东西，她十分不屑。看到打得精彩的地方，她便在戏院里大声喝起彩来，左右邻座为之侧目，她全不理会。她看武侠片看得真的很乐，无论什么片子，她回到家中一定称赞："好看！好看！"

明姊刚回台湾，病情并不乐观，曾经在台大医院住院，接受精神病治疗，注射因素林，以及电疗，受了不少罪。台大的精神病院是个很不愉快的杜鹃窝，里面的病人，许多比明姊严重多了。有一个女人一直急切地扭动着身子不停在跳舞，跳得很痛苦的模样。他们都穿了绿色的袍子，漫无目的荡来荡去，或者坐在一角发呆，好像失掉了魂一般。护士替明姊也换上了一袭粗糙黯淡的绿布袍，把明姊关到了铁闸门的里面去，跟那一群被世界遗忘了的不幸的人锁在一起。那天走出台大医院，我难过得直想哭，我觉得明姊并不属于那个悲惨世界，她好像一个无辜的小女孩，走迷了路，一下子被一群怪异的外星人捉走了一般。我看过一出美国电影叫《蛇穴》，是奥丽薇·哈佛兰主演的，她还因此片得到金像奖。

她演一个患了精神分裂的人，被关进疯人院里，疯人院种种恐怖悲惨的场面都上了镜头，片子拍得逼真，有几场真是惊心动魄而又令人感动。最后一幕是一个远镜头，居高临下鸟瞰疯人病室全景，成百上千的精神病患者一起往上伸出了他们那些求告无援的手肢，千千百百条摆动的手臂像一窝蛇一般。我看见奥丽薇·哈佛兰关进“蛇穴”里惊惶失措的样子，就不禁想起明姊那天入院时，心里一定也是异常害怕的。

明姊出院后，回到家中休养，幸好一年比一年有起色，医生说过，完全恢复是不可能的了，不恶化已属万幸。明姊在家里，除了受到父母及手足们额外的关爱外，亲戚们也特别疼惜。父母亲过世后，他们常来陪伴她，甚至父母亲从前的下属家人，也对明姊分外的好，经常回到我们家里，带些食物来送给明姊。亲戚旧属之所以如此善待明姊，并不完全出于怜悯，而是因为明姊本身那颗纯真的心，一直有一股感染的力量，跟她在一起，使人觉得人世间，确实还有一些人，他们的善良是完全发乎天性的。父亲曾说过，明姊的字典里，没有一个坏字眼。确实，她对人，无论对什么人，总是先替人家想，开一罐水果罐头，每个人都分到，她才高兴，倒也不是世故懂事的体贴，而是小孩子办家家酒，排排坐吃果果大家分享的乐趣。这些年来，陪伴过她的大贵美、小贵美、余嫂——明姊叫她“胖阿姨”——都变成了她的朋友，她对她们好，出去买两条手巾，她一定会分给她们一条。她们也由衷地喜爱她，大贵美嫁人多年，还会回来接明姊到她基隆家去请她吃鱿鱼羹。父亲从前有一个老卫兵老罗，也是离开我们家多年了，他有一个女儿罗妹妹，自小没有母亲，明姊非常疼爱这个女孩子，每逢暑假，就接罗妹妹到家里来住，睡在她的房里，明姊对待她，视同己出，百般宠爱。明姊这一生，失去了做母亲的权利，她的母性全都施在那个女孩子的身上了。罗妹妹对明姊，也是满怀孺慕之情，不胜依依。每年明姊生日，我们家的亲戚、旧属及老家人们都会回来，替明姊庆生，他们会买蛋糕、鲜花，以及各种明姊喜爱的零食来，给明姊作生日礼物。明姊那天也会穿上新旗袍，打扮起来，去接待她的客人。她喜欢过生日，喜欢人家送东西给她，虽然最后那些蛋糕食物都会装成一小包一小包仍旧让客人带走。明姊的生日，在我们家渐渐变成了一个传统。父母亲不在了，四处分散的亲戚、旧属以及老家人都会借着这一天，回到我们家来相聚，替明姊热闹，一块儿叙旧。明姊过了四十岁也开始怕老起来，问她年纪，她笑而不答，有时还会隐瞒两三岁。事实上明姊的年龄早已停顿，时间拿她已经无可奈何。她生日那天，最快乐的事是带领罗妹妹以及其他几个她的小朋友出去，请她们去看武侠电影，夹在那一群十几岁欢天喜地的小女孩中间，她也变成了她们其中的一个，可能还是最稚气的一个。

然而明姊的生活终究是很寂寞的，她回到台湾二十多年，大部分的时间，仍然是一个人孤独地度过。我看见她在房里，独自坐在窗下，俯首弯腰，一针又一针在勾织她的椅垫面，好像在把她那些打发不尽的单调岁月一针针都勾织到椅垫上去了似的。有时我不免在想，如果明姊没有得病，以她那样一个好心人，应该会遇见一个爱护她的人，做她的终身伴侣。明姊会做一个好妻子，她喜欢做家务，爱干净到了洁癖的地步。厨房里的炊具，罗婆婆洗过一次，她仍不放心，总要亲自下厨用去污粉把锅铲一一擦亮。她也很顾家，每个月的零用钱，有一半是用在买肥皂粉、洗碗巾等日常家用上面，而且对待自己过分节俭，买给她的新衣裳，挂在衣橱里总也舍不得穿，穿来穿去仍旧是几件家常衣衫。其他九个手足从电视、冷气机、首饰到穿着摆设——大家拼命买给她，这大概也是我们几个人一种补赎的方式。然而明姊对物质享受却并不奢求，只要晚上打开电视有连续剧看，她也就感到相当满足了。当然，明姊也一定会做一个好母亲，疼爱她的子女，就好像她疼爱罗家小妹一样。

明姊得病后，我们在童年时建立起的那段友谊并没有受到影响，她幼时的事情还记得非常清楚，有一次她突然提起我小时候送给她的那只小黑狮子狗米达来，而且说得很兴奋。在我们敦化南路的那个家，明姊卧房里，台子上她有一个玩具动物园：有贝壳做的子母鸡、一对大理石的企鹅、一只木雕小老鼠——这些是我从垦丁、花莲，及日月潭带回去给她的，有一对石狮子是大哥送的，另外一只瓷鸟是二哥送的。明姊最宝贝的是我从美国带回去给她的一套六只玻璃烧成的滑稽熊，她用棉花把这些滑稽熊一只只包起来，放在铁盒里，不肯拿出来摆设，因为怕碰坏。有一次回台湾，我带了一盒十二块细纱手帕送给明姊，每张手帕上都印着一只狮子狗，十二只只只不同，明姊真是乐了，把手帕展开在床上，拍手呵呵笑。每次我回台湾，明姊是高兴的。头几天她就开始准备，打扫我的住房，跟罗婆婆两人把窗帘取下来洗干净，罗婆婆说是明姊亲自爬到椅子上去卸下来的。她怕我没有带梳洗用品，老早就到百货公司去替我买好面巾、牙膏、肥皂等东西——明姊后几年可以自己一个人出去逛街买东西了，那也变成了她消遣的方式之一。大部分的时间，她只是到百货公司去蹓跶蹓跶，东摸摸西弄弄，有时会耗去三四个钟头，空手而归，因为舍不得用钱。她肯掏腰包替我买那些牙膏肥皂，罗婆婆说我的面子算是大得很了。其实我洗脸从来不用面巾，牙膏用惯了一种牌子。但明姊买的不能不用，因为她会查询，看见她买的牙膏还没有开盒，就颇为不悦，说道："买给你你又不用！"

然而我每次返台与明姊相聚的时间并不算多，因为台湾的朋友太多，活动又频繁。有时整天在外，忙到深夜才返家，家里人多已安息，全屋暗然，但往往只有明姊还未入寝，她一个人坐在房中，孤灯独对。我走过她房间，瞥见她孤独的身影，就不禁心中一沉，白天在外的繁忙欢愉，一下子都变得虚妄起来。我的快乐明姊不能分享丝毫，我的幸福更不能拯救她的不幸，我经过她的房门，几乎蹑足而过，一股莫须有的歉疚感使得我的欢愉残缺不全。有时候我会带一盒顺成的西点或者采芝斋的点心回家给明姊消夜，那也不过只能稍稍减轻一些心头的负担罢了。眼看着明姊的生命在漫长岁月中虚度过去，我为她痛惜，但却爱莫能助。

去年我返台制作舞台剧《游园惊梦》，在国内住了半年，那是我返台逗留最长的一次，陪伴明姊的时间当然比较多些，但是一旦《游园惊梦》开始动工，我又忙得身不由己，在外奔走了；偶尔我也在家吃晚饭，饭后到明姊房中跟她一同分享她一天最快乐的一刻：看电视连续剧。明姊是一个十足的“香帅”迷，《楚留香》的每一段情节，她都记得清清楚楚，巨细无遗，有几节我漏看了，她便替我补起来，把楚留香跟石观音及无花和尚斗法的情景讲给我听，讲得头头是道。看电视纵有千万种害处，我还是要感谢发明电视的人，电视的确替明姊枯寂的生活带来不少乐趣。每天晚上，明姊都会从七八点看到十一点最后报完新闻为止。如果没有电视，我无法想象明姊那些年如何能捱过漫漫长夜。白天明姊跟着罗婆婆做家务，从收拾房间到洗衣扫地，罗婆婆年事已高，跟明姊两人互相扶持，分工合作，把个家勉强撑起。到了晚上，两人便到明姊房间，一同观赏电视，明姊看得聚精会神，而罗婆婆坐在一旁，早已垂首睡去。前年罗婆婆患肺炎，病在医院里，十几天不省人事，我们都以为她大限已到，没料到奇迹一般她又醒转过来，居然康复。罗婆婆说她在昏迷中遇见父母亲，她认为是父母亲命令她回转阳间的，因为她的使命尚未完成，仍须照顾三姑娘。我们时常暗地担心，要是罗婆婆不在了，谁来陪伴明姊？有一次我跟智姊谈起，明姊身体不错，可能比我们几个人都活得长，那倒不是她的福，她愈长寿，愈可怜，晚年无人照料。没想到我们的顾虑多余，明姊似乎并不想拖累任何人，我们十个手足，她一个人却悄悄地最先离去。

七月中，有一天，我突然发觉明姊的眼睛眼白发黄。我自己生过肝炎，知道这是肝炎病征，马上送她到中心诊所，而且当天就住了院。然而我们还是太过掉以轻心了，以为明姊染上的只是普通的B型肝炎，住院休养就会病愈。那几天《游园惊梦》正在紧锣密鼓地排演，我竟没能每天去探望明姊，由大嫂及六弟去照顾她，而中心诊所的医生居然没看出明姊病情险恶，住院一星期后竟让明姊回家休养。出院那天下午，我在巷子口碰见明姊一个人走路回家，大吃一惊，赶紧上前去问她："三姑娘，你怎么跑出来了？"明姊手里拿着一只小钱包，指了一指头发，笑嘻嘻地说："我去洗了一个头，把头发剪短了。"她的头发剪得短齐耳根，修得薄薄的，像个女学生。明姊爱干净，在医院里躺了一个礼拜，十分不耐，一出院她竟偷偷地一个人溜出去洗头去了，一点也不知道本身病情的危险，倒是急坏了罗婆婆，到处找人。明姊回到家中休养，毫无起色，而且病情愈来愈严重，虽然天天到中心诊所打针，常常门诊，皆不见效。后来因为六弟认识长庚医院张院长，我们便把明姊转到长庚去试一试，由肝胆科专家廖医生主治。明姊住入长庚，第三天检查结果出来，那晚我正在一位长辈家作客，突然接到六弟电话，长庚来通知明姊病情严重，要家属到医院面谈。我连夜赶到林口，六弟也赶了去，医生告诉我们，明姊患的肝炎非 B 型，亦非 A 型，是一种罕有病例。治愈的机会呢？我们追问，医生不肯讲。

那天晚上回到家中，心情异常沉重，彻夜未能成眠，敦化南路那个家本来是为明姊而设，明姊病重入院，家中突然感到人去楼空，景况凄凉起来。那一阵子，《游园惊梦》演出成功，盛况空前，我正沉醉在自己胜利的喜悦中，天天跟朋友们饮酒庆功。那种近乎狂热的兴奋，一夕之间，如醍醐灌顶，顿时冰消，而且还感到内疚，我只顾忙于演戏，明姊得病，也未能好好照料。本来我替明姊及罗婆婆留了两张好票的，明姊不能去，她始终没有看到我的戏。如果她看了《游园惊梦》，我想她也一定会捧场喝彩的。那时我在美国的学校即将开学，我得赶回去教书，然而明姊病情不明，我实在放不下心，便向校方请了一个星期假，又打电话给香港的智姊。智姊马上赶到台湾，一下飞机便直奔林口长庚医院去探望明姊去了。智姊心慈，又是长姊，她对明姊这个小妹的不幸，分外哀怜。我记得有一回智姊从香港返台探亲，明姊将自己的房间让出来给智姊睡——她对智姊也是一向敬爱的——还亲自上街去买了一束鲜花插到房间的花瓶里，她指着花羞怯地低声向智姊道："姊姊，你喜不喜欢我买给你的花？"智姊顿时泪如雨下，一把将明姊拥入了怀里。那几天，我几个在台的手足，大姊、大哥、六弟、七弟我们几个人天天轮流探病，好像啦啦队一般，替明姊加油打气，希望她度过危机。明姊很勇敢，病中受了许多罪，她都不吭声，二十四小时打点滴，两只手都打肿了，血管连针都戳不进去，明姊却不肯叫苦，顽强地躺在病床上，一副凛然不可侵犯的模样。她四十九岁生日那天，亲戚朋友、父母亲的老部下、老家人还是回到了我家来，替三姑娘庆生，维持住多年来的一个老传统，家里仍旧堆满了蛋糕与鲜花。大家尽量热闹，只当明姊仍旧在家中一般。那天我也特别到街口顺成西点铺去订了一个大蛋糕，那是明姊平日最喜爱的一种，拿到医院去送给她。我们手足几个人又去买了生日礼物，大家都费了一番心机，想出一些明姊喜爱的东西。我记得明姊去忠孝东路逛百货公司时，喜欢到一家商场去玩弄一些景泰蓝的垂饰，我选了几件，一件上面镂着一只白象，一件是一只白鹤，大概这两种鸟兽是长寿的象征，下意识里便选中了。这倒选对了，明姊看到笑道："我早想买了，可惜太贵。"其实是只值几百块钱的东西。智姊和七弟都买了各式的香皂——这又是她喜爱的玩意儿，那些香皂有的做成玫瑰花，有的做成苹果，明姊也爱得不忍释手。同去医院的还有父亲的老秘书杨秘书、表嫂、堂姊等人。明姊很乐，吃了蛋糕，在床上玩弄她的礼物，一直笑呵呵。那是她最后一个生日，不过那天她的确过得很开心。

我离开台湾，并没有告诉明姊，实在硬不起心肠向她辞行。我心里明白，那可能是最后一次跟她相聚了。回到美国，台北来的电话都是坏消息，明姊一天天病危，长庚医院尽了最大的努力救治，仍然乏术回天。十月二十三号的噩耗传来，其实心理早已有了准备，然而仍旧悲不自胜，我悲痛明姊的早逝，更悲痛她一生的不幸。她以童贞之身来，童贞之身去，在这个世上孤独地度过了四十九个年头。智姊说，出殡那天，明姊的朋友们都到了，亲戚中连晚辈也都到齐。今年二月中我有香港之行，到台湾停留了三天。我到明姊墓上，坟墓已经砌好，离父母的墓很近。去国二十年，这是我头一次在国内过旧历年，大年夜能够在家中吃一次团圆饭，但是总觉得气氛不对，大家强颜欢笑，却有一股说不出的萧瑟。明姊不在了，家中最哀伤的有两个人，六弟和罗婆婆。六弟一直在台湾，跟明姊两人可谓相依为命。罗婆婆整个人愣住了，好像她生命的目标突然失去了一般，她吃了晚饭仍旧一个人到明姊房中去看电视，一面看一面打瞌睡。

我把明姊逝世的消息告诉她学生时代唯一的好友卓以

玉。卓以玉吓了一跳，她记得八〇年她回台湾开画展，明姊还去参观，并且买了一只小花篮送给她。卓以玉写了一篇文章纪念明姊，追忆她们在上海中西女中时的学生生涯。卓以玉说，明姊可以说是善良的化身。她写了一首诗，是给明姊的，写我们一家十个手足写得很贴切，我录了下来：

十只指儿——怀先明

大哥会飞 常高翔
二姊能唱 音韵扬
你呢
你有那菩萨心肠
最善良 最善良
大姊秀俊 又端庄
二哥 三哥 名禄 交游广
你呢
你有那菩萨心肠
最善良 最善良
四弟工程 魁异邦
五弟文墨 世世传
你呢
你有那菩萨心肠
最善良 最善良

六弟忠厚 七弟精

爹妈心头手一双

十只指儿 有短长

疼你那

菩萨心肠

最善良 最善良

明姊弥留的时刻，大嫂及六弟都在场。他们说明姊在昏迷中，突然不停地叫起“妈妈”来，母亲过世二十年，明姊从来没有提起过她。是不是在她跟死神搏斗最危急的一刻，她对母爱最原始的渴求又复苏了，向母亲求援？他们又说明姊也叫“路太远——好冷——”或者母亲真的来迎接明姊，到她那边去了，趁着我们其他九个人还没有过去的时候，母亲可以有机会补偿起来，她在世时对明姊没有给够的母爱。

一九八三年八月十七日《联合报》

树犹如此

纪念亡友王国祥君

我家后院西隅近篱笆处曾经种有一排三株意大利柏树(Italian Cypress)。这种意大利柏树原本生长于南欧地中海畔，与其他松柏皆不相类。树的主干笔直上伸，标高至六七十呎，但横枝并不恣意扩张，两人合抱，便把树身圈住了。于是擎天一柱，平地拔起，碧森森像座碑塔，孤峭屹立，甚有气势。南加州滨海一带的气候，温和似地中海，这类意大利柏树，随处可见。有的人家，深宅大院，柏树密植成行，远远望去，一片苍郁，如同一堵高耸云天的墙垣。

我是一九七三年春迁入“隐谷”(Hidden Valley)这栋住宅来的。这个地区叫“隐谷”，因为三面环山，林木幽深，地形又相当隐蔽，虽然位于市区，因为有山丘屏障，不易发觉。当初我按报上地址寻找这栋房子，弯弯曲曲，迷了几次路才发现，原来山坡后面，别有洞天，谷中隐隐约约，竟是一片住家。那日黄昏驱车沿着山坡驶进“隐谷”,迎面青山绿树,只觉得是个清幽所在,万没料到,谷中一住迄今,长达二十余年。

巴塞罗那道(Barcelona Drive)九百四十号在斜坡中段,是一幢很普通的平房。人跟住屋也得讲缘分,这栋房子,我第一眼便看中了,主要是为着屋前屋后的几棵大树。屋前一棵宝塔松,庞然矗立,颇有年份,屋后一对中国榆,摇曳生姿,有点垂柳的风味,两侧的灌木丛又将邻居完全隔离,整座房屋都有树荫庇护,我喜欢这种隐遮在树丛中的房屋,而且价钱刚刚合适,当天便放下了定洋。

房子本身保养得还不错,不需修补。问题出在园子里的花草。屋主偏爱常春藤,前后院种满了这种藤葛,四处窜爬。常春藤的生命力强韧惊人,要拔掉煞费工夫,还有雏菊、罂粟、木槿,都不是我喜爱的花木,全部根除,工程浩大,绝非我一人所能胜任。幸亏那年暑假,我中学时代的至友王国祥从东岸到圣芭芭拉(Santa Barbara)来帮我,两人合力把我“隐谷”这座家园重新改造,遍植我属意的花树,才奠下日后园子发展的基础。

王国祥那时正在宾州州立大学做博士后研究,只有一个半月的假期,我们却足足做了三十天的园艺工作。每天早晨九时开工,一直到傍晚五六点钟才鸣金收兵,披荆斩棘,去芜存菁,消除了几卡车的废枝杂草,终于把花园理出一个轮廓来。我与国祥都是生手,不惯耕劳,一天下来,腰酸背痛。

幸亏圣芭芭拉夏天凉爽，在和风煦日下，胼手胝足，实在算不上辛苦。

圣芭芭拉附近产酒，有一家酒厂酿制一种杏子酒(Aprivert)，清香甘洌，是果子酒中的极品，冰冻后，特别爽口。邻舍有李树一株，枝桠一半伸到我的园中，这棵李树真是异种，是牛血李，肉红汁多，味甜如蜜，而且果实特大。那年七月，一树累累，挂满了小红球，委实诱人。开始我与国祥还有点顾忌，到底是人家的果树，光天化日之下，采摘邻居的果子，不免心虚。后来发觉原来加州法律规定，长过了界的树木，便算是这一边的产物。有了法律根据，我们便架上长梯，国祥爬上树去，我在下面接应，一下工夫，我们便采满了一桶殷红光鲜的果实。收工后，夕阳西下，清风徐来，坐在园中草坪上，啜杏子酒，啖牛血李，一日的疲劳，很快也就消除了。

圣芭芭拉有“太平洋的天堂”之称，这个城的山光水色的确有令人流连低回之处，但是我觉得这个小城的一个好处是海产丰富：石头蟹、硬背虾、海胆、鲍鱼，都属本地特产，尤其是石头蟹，壳坚、肉质细嫩鲜甜，还有一双巨螯，真是圣芭芭拉的美味。那个时候美国人还不很懂得吃带壳螃蟹，码头上的渔市场，生猛螃蟹，团脐一元一只，尖脐一只不过一元半。王国祥是浙江人，生平就好这一样东西，我们每次到码头渔市，总要携回四五只巨蟹，蒸着吃。蒸蟹第一讲究是火候，过半分便老了，少半分又不熟。王国祥蒸螃蟹全凭直觉，他注视着蟹壳渐渐转红叫一声："好！"将螃蟹从锅中一把提起，十拿九稳，正好蒸熟，然后佐以姜丝米醋，再烫一壶绍兴酒，那便是我们的晚餐。那个暑假，我和王国祥起码饕掉数打石头蟹。那年我刚拿到终身教职，《台北人》出版没有多久。国祥自加大伯克利毕业后，到宾州州大去做博士后研究是他第一份工作，那时他对理论物理还充满了信心热忱，我们憧憬的人生前景，是金色的，未来命运的凶险，我们当时浑然未觉。

园子整顿停当，选择花木却颇费思量。百花中我独钟情茶花，茶花高贵，白茶雅洁，红茶秾丽，粉茶花俏生生、娇滴滴，自是惹人怜惜。即使不开花，一树碧亭亭，也是好看。茶花起源于中国，盛产于云贵高原，后经欧洲才传到美国来。茶花性喜温湿，宜酸性土，圣芭芭拉恰好属于美国的茶花带，因有海雾调节，这里的茶花长得分外丰蔚。我们遂决定，园中草木以茶花为主调，于是遍搜城中苗圃，最后才选中了三十多株各色品种的幼木。美国茶花的命名，有时也颇具匠心：白茶叫"天鹅湖"，粉茶花叫"娇娇女"，有一种红茶名为"艾森豪威尔将军"——这是十足的美国茶，我后院栽有一棵，后来果然长得伟岸嵚崎，巍巍然有大将之风。

花种好了，最后的问题只剩下后院西隅的一块空地，屋主原来在此搭了一架秋千，架子撤走后便留空白一角。因为地区不大，不能容纳体积太广的树木，王国祥建议："这里还是种 Italian Cypress 吧。"这倒是好主意，意大利柏树占地不多，往空中发展，前途无量。我们买了三株幼苗，沿着篱笆，种了一排，刚种下去，才三四呎高，国祥预测："这三棵柏树长大，一定会超过你园中其他的树！"果真，三棵意大利柏树日后抽发得傲视群伦，成为我花园中的地标。

十年树木，我园中的花木，欣欣向荣，逐渐成形。那期间，王国祥已数度转换工作，他去过加拿大，又转德州。他的博士后研究并不顺遂，理论物理是门高深学问，出路狭窄，美国学生视为畏途，念的人少，教职也相对有限，那几年美国大学预算紧缩，一职难求，只有几家名校的物理系才有理论物理的职位，很难挤进去，亚利桑那州立大学曾经有意聘请王国祥，但他却拒绝了。当年国祥在台大选择理论物理，多少也是受到李政道、杨振宁获得诺贝尔奖的鼓励。后来他进伯克利，曾跟随名师，当时伯克利物理系竟有六位诺贝尔奖得主的教授。名校名师，王国祥对自己的研究当然也就期许甚高。当他发觉他在理论物理方面的研究无法达成重大突破，不可能做一个顶尖的物理学家，他就断然放弃物理，转行到高科技去了。当然，他一生最高的理想未能实现，这一直是他的一个隐痛。后来他在洛杉矶休斯（Hughes）公司找到一份安定工作，研究人造卫星。波斯湾战争，美国军队用的人造卫星就是休斯制造的。

那几年王国祥有假期常常来圣芭芭拉小住，他一到我家，头一件事便要到园中去察看我们当年种植的那些花木。他隔一阵子来，看到后院那三株意大利柏树，就不禁惊叹："哇，又长高了好多！"柏树每年升高十几呎，几年间，便标到了顶，成为六七十呎的巍峨大树。三棵中又以中间那棵最为茁壮，要高出两侧一大截，成了一个山字形。山谷中，湿度高，柏树出落得苍翠欲滴，夕照的霞光映在上面，金碧辉煌，很是醒目。三四月间，园中的茶花全部绽放，树上缀满了白天鹅，粉茶花更是娇艳光鲜，我的花园终于春意盎然起来。

一九八九年，岁属蛇年，那是个凶年，那年夏天……有一天，我突然发觉后院三棵意大利柏树中间那一株，叶尖露出点点焦黄来。起先我以为暑天干热，植物不耐旱，没料到才是几天工夫，一棵六七十呎的大树，如遭天火雷殛，骤然间通体枯焦而亡。那些针叶，一触便纷纷断落，如此孤标傲世风华正茂的长青树，数日之间竟至完全坏死。奇怪的是，两侧的柏树却好端端的依旧青苍无恙，只是中间赫然竖起槁木一柱，实在令人触目惊心，我只好叫人来把枯树砍掉拖走。从此，我后院的西侧，便出现了一道缺口。柏树无故枯亡，使我郁郁不乐了好些时日，心中总感到不祥，似乎有什么奇祸即将降临一般。没有多久，王国祥便生病了。

那年夏天，国祥一直咳嗽不止，他到美国二十多年，身体一向健康，连伤风感冒也属罕有。他去看医生检查，验血出来，发觉他的血红素竟比常人少了一半，一公升只有六克多。接着医生替他抽骨髓化验，结果出来后，国祥打电话给我：“我的旧病又复发了，医生说，是‘再生不良性贫血’。”国祥说话的时候，声音还很镇定，他一向临危不乱，有科学家的理性与冷静，可是我听到那个长长的奇怪病名，就不由得心中一寒，一连串可怕的记忆，又涌了回来。

许多年前，一九六〇年的夏天，一个清晨，我独自赶到台北中心诊所的血液科去等候化验结果，血液科主任黄天赐大夫出来告诉我：“你的朋友王国祥患了‘再生不良性贫血’。”那是我第一次听到这个陌生的病名，黄大夫大概看见我满面茫然，接着对我详细解说了一番“再生不良性贫血”的病理病因。这是一种罕有的贫血症，骨髓造血机能失调，无法制造足够的血细胞，所以红血球、血小板、血红素等统统偏低。这种血液病的起因也很复杂，物理、化学、病毒各种因素皆有可能。最后黄大夫十分严肃地告诉我：“这是一种很严重的贫血症。”的确，这种棘手的血液病，迄至今日，医学突飞猛进，仍旧没有发明可以根除的特效药，一般治疗只能用激素刺激骨髓造血的机能。另外一种治疗法便是骨髓移植，但是台湾那个年代，还没有听说过这种事情。那天我走出中心诊所，心情当然异常沉重，但当时年轻无知，对这种病症的严重性并不真正了解，以为只要不是绝症，总还有希望治愈。事实上，“再生不良性贫血”患者的治愈率，是极低极低的，大概只有百分之五的人，会莫名其妙自己复元。

王国祥第一次患“再生不良性贫血”时在台大物理系正要上三年级，这样一来只好休学，而这一休便是两年。国祥的病势开始相当险恶，每个月都需到医院去输血，每次起码五百cc。由于血小板过低，凝血能力不佳，经常牙龈出血，甚至眼球也充血，视线受到障碍。王国祥的个性中，最突出的便是他争强好胜，永远不肯服输的戆直脾气，是他倔强的意志力，帮他暂时抵挡住排山倒海而来的病灾。那时我只能在一旁替他加油打气，给他精神支持。他的家已迁往台中，他一个人寄居在台北亲戚家养病，因为看医生方便。常常下课后，我便从台大骑了脚踏车去潮州街探望他。那时我刚与班上同学创办了《现代文学》，正处在士气高昂的奋亢状态，我跟国祥谈论的，当然也就是我办杂志的点点滴滴。国祥看见我兴致勃勃，他也是高兴的，病中还替《现代文学》拉了两个订户，而且也成为这本杂志的忠实读者。事实上王国祥对《现代文学》的贡献不小，这本赔钱杂志时常有经济危机，我初到加州大学当讲师那几年，因为薪水有限，为筹杂志的印刷费，经常捉襟见肘。国祥在伯克利念博士拿的是全额奖学金，一个月有四百多块生活费。他知道我的困境后，每月都会省下一两百块美金寄给我接济《现文》，而且持续了很长一段时间。他的家境不算富裕，在当时，那是很不小的一笔数目。如果没有他长期的“经援”,《现代文学》恐怕早已停刊。

我与王国祥十七岁结识，那时我们都在建国中学念高二，一开始我们之间便有一种异姓手足祸福同当的默契。高中毕业，本来我有保送台大的机会，因为要念水利，梦想日后到长江三峡去筑水坝，而且又等不及要离开家，追寻自由，于是便申请保送台南成功大学，那时只有成大才有水利系。王国祥也有这个念头，他是他们班上的高材生，考台大应该不成问题，他跟我商量好，便也投考成大电机系。我们在学校附近一个军眷村里租房子住，过了一年自由自在的大学生活。后来因为兴趣不合，我重考台大外文系，回到台北。国祥在成大多念了一年，也耐不住了，他发觉他真正的志向是研究理论科学，工程并非所好，于是他便报考台大的转学试，转物理系。当年转学、转系又转院，难如登天，尤其是台大，王国祥居然考上了，而且只录取了他一名。我们正在庆幸，两人懵懵懂懂，一番折腾，幸好最后都考上与自己兴趣相符的校系。可是这时王国祥却偏偏遭罹不幸，患了这种极为罕有的血液病。

西医治疗一年多，王国祥的病情并无起色，而治疗费用的昂贵已使得他的家庭日渐陷入困境，正当他的亲人感到束手无策的时刻，国祥却遇到了救星。他的亲戚打听到江南名医奚复一大夫医治好一位韩国侨生，同样也患了“再生不良性贫血”，病况还要严重，西医已放弃了，却被奚大夫治愈。我从小看西医，对中医不免偏见。奚大夫开给国祥的药方里，许多味草药中，竟有一剂犀牛角，当时我不懂得犀牛角是中药的凉血要素，不禁啧啧称奇，而且小小一包犀牛角粉，价值不菲。但国祥服用奚大夫的药后，竟然一天天好转，半年后已不需输血。很多年后，我跟王国祥在美国，有一次到加州圣地亚哥世界闻名的动物园去观览百兽，园中有一群犀牛族，大大小小七只，那是我第一次真正看到这种神奇的野兽，我没想到近距离观看，犀牛的体积如此庞大，而且皮之坚厚，似同披甲戴铠，鼻端一角耸然，如利斧朝天，神态很是威武。大概因为犀牛角曾治疗过国祥的病，我对那一群看来凶猛异常的野兽，竟有一份说不出的好感，在栏前盘桓良久才离去。

我跟王国祥都太过乐观了，以为“再生不良性贫血”早已成为过去的梦魇，国祥是属于那百分之五的幸运少数。万没料到，这种顽强的疾病，竟会潜伏二十多年，如同酣睡已久的妖魔，突然苏醒，张牙舞爪反扑过来。而国祥毕竟已年过五十，身体抵抗力比起少年时，自然相差许多，旧病复发，这次形势更加险峻。自此，我与王国祥便展开了长达三年，共同抵御病魔的艰辛日子，那是一场生与死的搏斗。

鉴于第一次王国祥的病是中西医合治医好的，这一次我们当然也就依照旧法，国祥把二十多年前奚复一大夫的那张药方找了出来，并托台北亲友拿去给奚大夫鉴定，奚大夫更动了几样药，并加重分量，黄芪、生熟地、党参、当归、首乌等都是一些补血调气的草药，方子中也保留了犀牛角。幸亏洛杉矶的蒙特利公园市的中药行这些药都买得到。有一家叫“德成行”的老字号，是香港人开的，货色齐全，价钱公道。那几年，我替国祥去抓药，进进出出，“德成行”的老板伙计也都熟了。因为犀牛属于受保护的稀有动物，在美国犀牛角是禁卖的。开始“德成行”的伙计还不肯拿出来，我们恳求了半天，才从一只上锁的小铁匣中取出一块犀牛角，拿来磨些粉卖给我们。但经过二十多年，国祥的病况已大不同，而且人又不在台湾，没能让大夫把脉，药方的改动，自然无从掌握。这一次，服中药并无速效。但三年中，国祥并未停用过草药，因为西医也并没有特效治疗方法，还是跟从前一样，使用各种激素。我们跟医生曾讨论过骨髓移植的可能，但医生认为，五十岁以上的病人，骨髓移植风险太大，而且寻找血型完全相符的骨髓赠者，难如海底捞针。

那三年，王国祥全靠输血维持生命，有时一个月得输两次。我们的心情也就跟着他血红素的数字上下而阴晴不定。如果他的血红素维持在九以上，我们就稍宽心，但是一旦降到六，就得准备，那个周末，又要进医院去输血了。国祥的保险属于凯撒公司（Kaiser Permanente），是美国最大的医疗系统之一。凯撒在洛杉矶城中心的总部是一连串延绵数条街的庞然大物，那间医院如同一座迷宫，进去后，转几个弯，就不知身在何方了。我进出那间医院不下四五十次，但常常闯进完全陌生的地带，跑到放射科、耳鼻喉科去。因为医院每栋建筑的外表都一模一样，一整排的玻璃门窗反映着冷冷的青光。那是一座卡夫卡式超现代建筑物，进到里面，好像误入外星。

因为输血可能有反应，所以大多数时间王国祥去医院，都是由我开车接送。幸好每次输血时间定在星期六，我可以在星期五课后开车下洛杉矶国祥住处，第二天清晨送他去。输血早上八点钟开始，五百 cc 输完要到下午四五点钟了，因此早上六点多就要离开家。洛杉矶大得可怕，随便到哪里，高速公路上开一个钟头车是很平常的事，尤其在早上上班时间，十号公路塞车是有名的。住在洛杉矶的人，生命大部分都耗在那八爪鱼似的公路网上。由于早起，我陪着王国祥输血时，耐不住要打个盹，但无论睡去多久，一张开眼，看见的总是架子上悬挂着的那一袋血浆，殷红的液体，一滴一滴，顺着塑胶管往下流，注入国祥臂弯的静脉里去。那点点血浆，像时间漏斗的水滴，无穷无尽，永远滴不完似的。但是王国祥躺在床上，却能安安静静地接受那八个小时生命浆液的挹注。他两只手臂弯上的静脉都因针头插入过分频繁而经常淤青红肿，但他从来也没有过半句怨言。王国祥承受痛苦的耐力惊人，当他喊痛的时候，那必然已经不是一般人所能负荷的痛苦了。我很少看到像王国祥那般能隐忍的病人，他这种斯多葛（Stoic）式的精神是由于他超强的自尊心，不愿别人看到他病中的狼狈。而且他跟我都了解到这是一场艰巨无比的奋斗，需要我们两个人所有的信心、理性，以及意志力来支撑。我们绝对不能向病魔示弱，露出胆怯，我们在一起的时候，似乎一直在互相告诫：要挺住，松懈不得。

事实上，只要王国祥的身体状况许可，我们也尽量设法苦中作乐，每次国祥输完血后，精神体力马上便恢复了许多，脸上又浮现了红光，虽然明知道只是人为的暂时安康，我们也要趁这一刻享受一下正常生活。开车回家经过蒙特利公园时，我们便会到平日喜爱的饭馆去大吃一餐，大概在医院里磨了一天，要补偿起来，胃口特别好。我们常去“北海渔邨”，因为这家广东馆港味十足，一道“避风塘炒蟹”非常道地。吃了饭便去租录影带回去看，我一生中从来没看过那么多大陆港台的“连续剧”，几十集的《红楼梦》、《满清十三皇》、《严凤英》，随着那些东扯西拉的故事，一个晚上很容易打发过去。当然，王国祥也很关心世界大势，那一阵子，东欧共产国家以及“苏维埃社会主义共和国联盟”土崩瓦解，我们天天看电视，看到德国人爬到东柏林墙上喝香槟庆祝，王国祥跟我都拍手喝起彩来，那一刻，“再生不良性贫血”，真的给忘得精光。

王国祥直到八八年才在艾尔蒙特（El Monte）买了一幢小楼房，屋后有一片小小的院子，搬进去不到一年，花园还来不及打点好，他就生病了。生病前，他在超市找到一对酱色皮蛋缸，上面有姜黄色二龙抢珠的浮雕，这对大皮蛋缸十分古拙有趣，国祥买回来，用电钻钻了洞，准备作花缸用。有一个星期天，他的精神特别好，我便开车载了他去花圃看花。我们发觉原来加州也有桂花，登时如获至宝，买了两棵回去移植到那对皮蛋缸中。从此，那两棵桂花，便成了国祥病中的良伴，一直到他病重时，也没有忘记常到后院去浇花。

王国祥重病在身，在我面前虽然不肯露声色，他独处时内心的沉重与惧恐，我深能体会，因为当我一个人静下来时，我自己的心情便开始下沉了。我曾私下探问过他的主治医生，医生告诉我，国祥所患的“再生不良性贫血”，经过二十多年，虽然一度缓解，已经达到末期。他用“End Stage”这个听来十分刺耳的字眼，他没有再说下去，我不想听也不愿意他再往下说。然而一个令人不寒而栗的问题却像潮水般经常在我脑海里翻来滚去：这次王国祥的病，万一恢复不了，怎么办？事实上国祥的病情，常有险状，以至于一夕数惊。有一晚，我从洛杉矶友人处赴宴回来，竟发觉国祥卧在沙发上已是半昏迷状态，我赶紧送他上医院，那晚我在高速公路上起码开到每小时八十英里以上，我开车的技术并不高明，不辨方向，但人能急中生智，平常四十多分钟的路程，一半时间便赶到了。医生测量出来，国祥的血糖高到八百单位（mg/dI），大概再晚一刻，他的脑细胞便要受损了。原来他长期服用激素，引发血糖升高。医院的急诊室本来就是一个生死场，凯撒的急诊室比普通医院要大几倍，里面的生死挣扎当然就更加剧烈，只看到医生护士忙成一团，而病人围困在那一间间用白幔圈成的小隔间里，却好像完全被遗忘掉了似的，好不容易盼到医生来诊视，可是探一下头，人又不见了。我陪着王国祥进出那间急诊室多次，每次一等就等到天亮才有正式病房。

自从王国祥生病后，我便开始到处打听有关“再生不良性贫血”治疗的讯息。我在台湾看病的医生是长庚医学院的吴德朗院长，吴院长介绍我认识长庚医院血液科的主治医生施丽云女士。我跟施医生通信讨教并把王国祥的病历寄给她，与她约好，我去台湾时，登门造访。同时我又遍查中国大陆中医治疗这种病症的书籍杂志。我在一本医疗杂志上看到上海曙光中医院血液科主任吴正翔大夫治疗过这种病，大陆上称为“再生障碍性贫血”，简称“再障”。同时我又在大陆报上读到河北省石家庄有一位中医师治疗“再障”有特效方法，并且开了一家专门医治“再障”的诊所。我发觉原来大陆上这种病例并不罕见，大陆中西医结合治疗行之有年，有的病例疗效还很好。于是我便决定亲自往大陆走一趟，也许能够寻访到医治国祥的医生及药方。我把想法告诉国祥，他说道：“那只好辛苦你了。”王国祥不善言辞，但他讲话全部发自内心。他一生最怕麻烦别人，生病求人，实在万不得已。

一九九〇年九月，去大陆之前，我先到台湾，去林口长庚医院拜访了施丽云医师。施医生告诉我她也正在治疗几个患“再生不良性贫血”的病人，治疗方法与美国医生大同小异。

施医生看了王国祥的病历没有多说什么，我想她那时可能不忍告诉我，国祥的病，恐难治愈。

我携带了一大盒重重一叠王国祥的病历飞往上海，由我在上海的朋友复旦大学陆士清教授陪同，到曙光医院找到吴正翔大夫。曙光是上海最有名的中医院，规模相当大。吴大夫不厌其详以中医观点向我解说了“再障”的种种病因及治疗方法。曙光医院治疗“再障”也是中西合诊，一面输血，一面服用中药，长期调养，主要还是补血调气。吴大夫与我讨论了几次王国祥的病况，最后开给我一个处方，要我与他经常保持电话联络。我听闻浙江中医院也有名医，于是又去了一趟杭州，去拜访一位辈分甚高的老中医，老医生的理论更玄了，药方也比较偏。有亲友生重病，才能体会得到“病急乱投医”这句话的真谛。当时如果有人告诉我喜马拉雅山顶上有神医，我也会攀爬上去乞求仙丹的。在那时，抢救王国祥的生命，对于我重于一切。

我飞到北京后的第二天，便由社科院袁良骏教授陪同，坐火车往石家庄去，当晚住歇在河北省政协招待所。那晚在招待所遇见了一位从美国去的工程师，原本也是台湾留美学生，而且是成大毕业，他知道我为了朋友到大陆访医特来看我。我正纳闷，这样偏远地区怎会有美国来客，工程师一见面便告诉了我他的故事：原来他太太年前车祸受伤，一直昏迷不醒，变成了植物人。工程师四处求医罔效，后来打听到石家庄有位极负盛名的气功师，开诊所用气功治疗病人。他于是辞去了高薪职位，变卖房财，将太太运到石家庄接受气功治疗。他告诉我每天有四五位气功师轮流替他太太灌气，他讲到他太太的手指已经能动，有了知觉，他脸上充满希望。我深为他感动，是多大的爱心与信念，使他破釜沉舟，千里迢迢把太太护运到偏僻的中国北方来就医。这些年来我早已把工程师的名字给忘了，但我却常常记起他及他的太太，不知她最后恢复知觉没有。几年后我自己经历了中国气功的神奇，让气功师治疗好晕眩症，而且变成了气功的忠实信徒。当初工程师一番好意，告诉我气功治病的奥妙，我确曾动过心，想让王国祥到大陆接受气功治疗。但国祥经常需要输血，又容易感染疾病，实在不宜长途旅行。但这件事我始终耿耿于怀，如果当初国祥尝试气功，不知有没有复元的可能。

次晨，我去参观那家专门治疗“再障”的诊所，会见了主治大夫。其实那是一间极其简陋的小医院，有十几个住院病人，看样子都病得不轻。大夫很年轻，讲话颇自信，临走时，我向他买了两大袋草药，为了便于携带，都磨成细粉。我提着两大袋辛辣呛鼻的药粉，回转北京。那已是九月下旬，天气刚入秋，是北京气候最佳时节。那是我头一次到北京，自不免到故宫、明陵去走走，但因心情不对，毫无游兴。我的旅馆就在王府井附近，离天安门不远。晚上，我信步走到天安门广场去看看，那片全世界最大的广场，竟然一片空旷，除了守卫的解放军，行人寥寥无几……那天晚上，我的心境就像北京凉风习习的秋夜一般萧瑟。在大陆四处求医下来，我的结论是，大陆也没有医治“再生不良性贫血”的特效药。王国祥对我这次大陆之行，当然也一定抱有许多期望，我怕又会令他失望了。

回到美国后，我与王国祥商量，最后还是决定服用曙光医院吴正翔大夫开的那张药方，因为药性比较平和。石家庄医生的两大袋药粉我也扛了回来，但没有敢用。而国祥的病，却是一天比一天沉重了。头一年，他还支撑着去上班，但每天来回需开两小时车程，终于体力不支，而把休斯的工作停掉。幸亏他买了残障保险，没有因病倾家荡产。第二年，由于服用太多激素，触发了糖尿病，又因长期缺血，影响到心脏，发生心律不整，逐渐行动也困难起来。

一九九二年一月，王国祥五十五岁生日，我看他那天精神还不错，便提议到“北海渔邨”，去替他庆生。我们一路上还商谈着要点些什么菜，谈到吃我们的兴致又来了。“北海渔邨”的停车场上到饭馆有一道二十多级的石阶，国祥扶着栏杆爬上去，爬到一半，便喘息起来，大概心脏负荷不了，很难受的样子。我赶忙过去扶着他，要他坐在石阶上休息一会儿，他歇了口气，站起来还想勉强往上爬。我知道，他不愿扫兴，我劝阻道：“我们不要在这里吃饭了，回家去做寿面吃。”我没有料到，王国祥的病体已经虚弱到举步维艰了。

回到家中，我们煮了两碗阳春面，度过王国祥最后的一个生日。星期天傍晚，我要回返圣芭芭拉，国祥送我到门口上车，我在车中反光镜里，瞥见他孤立在大门前的身影，他的头发本来就有少年白，两年多来，百病相缠，竟变得满头萧萧，在暮色中，分外怵目。开上高速公路后，突然一阵无法抵挡的伤痛袭击过来，我将车子拉到公路一旁，伏在方向盘上，不禁失声大恸。我哀痛王国祥如此勇敢坚忍，如此努力抵抗病魔咄咄相逼，最后仍然被折磨得形销骨立。而我自己亦尽了所有力量，去回护他的病体，却眼看着他的生命一点一滴耗尽，终至一筹莫展。我一向相信人定胜天，常常逆数而行，然而人力毕竟不敌天命，人生大限，无人能破。

夏天暑假，我搬到艾尔蒙特王国祥家去住，因为随时会发生危险。八月十三日黄昏，我从超市买东西回来，发觉国祥呼吸困难，我赶忙打九一一叫了救护车来，用氧气筒急救，随即将他扛上救护车扬长鸣笛往医院驶去。在医院住了两天，星期五，国祥的精神似乎又好转了。他进出医院多次，我对这种情况已习以为常，以为大概第二天，他就可以出院了。我在医院里陪了他一个下午，聊了些闲话，晚上八点钟，他对我说道："你先回去吃饭吧。"我把一份《世界日报》留给他看，说道："明天早上我来接你。"那是我们最后一次交谈。星期六一早，医院打电话来通知，王国祥昏迷不醒，送进了加护病房。我赶到医院，看见国祥身上已插满了管子。他的主治医生告诉我，不打算用电击刺激国祥的心脏了，我点头同意，使用电击，病人太受罪。国祥昏迷了两天，八月十七日星期一，我有预感恐怕他熬不过那一天。中午我到医院餐厅匆匆用了便餐，赶紧回到加护病房守着。显示器上，国祥的心脏愈跳愈弱，五点钟，值班医生进来准备，我一直看着显示器上国祥心脏的波动，五点二十分，他的心脏终于停止。我执着国祥的手，送他走完人生最后一程。霎时间，天人两分，死生契阔，在人间，我向王国祥告了永别。

一九五四年，四十四年前的一个夏天，我与王国祥同时匆匆赶到建中去上暑假补习班，预备考大学。我们同级不同班，互相并不认识，那天恰巧两人都迟到，一同抢着上楼梯，跌跌撞撞，碰在一起，就那样，我们开始结识，来往相交，三十八年。王国祥天性善良，待人厚道，孝顺父母，忠于朋友。他完全不懂虚伪，直言直语，我曾笑他说谎舌头也会打结。但他讲究学问，却据理力争，有时不免得罪人，事业上受到阻碍。王国祥有科学天才，物理方面应该有所成就，可惜他大二生过那场大病，脑力受了影响。他在休斯研究人造卫星，很有心得，本来可以更上一层楼，可是天不假年，五十五岁，走得太早。我与王国祥相知数十载，彼此守望相助，患难与共，人生道上的风风雨雨，由于两人同心协力，总能抵御过去，可是最后与病魔死神一搏，我们全力以赴，却一败涂地。

我替王国祥料理完后事回转圣芭芭拉，夏天已过。那年圣芭芭拉大旱，市府限制用水，不准浇灌花草。几个月没有回家，屋前草坪早已枯死，一片焦黄。由于经常跑洛杉矶，园中缺乏照料，全体花木黯然失色，一棵棵茶花病恹恹，只剩得奄奄一息，我的家，成了废园一座。我把国祥的骨灰护送返台，安置在善导寺后，回到美国便着手重建家园。草木跟人一样，受了伤须得长期调养。我花了一两年工夫，费尽心血，才把那些茶花一一救活。退休后时间多了，我又开始到处蒐集名茶，愈种愈多，而今园中，茶花成林。我把王国祥家那两缸桂花也搬了回来，因为长大成形，皮蛋缸已不堪负荷，我便把那两株桂花移植到园中一角，让它们入土为安。冬去春来，我园中六七十棵茶花竞相开花，娇红嫩白，热闹非凡。我与王国祥从前种的那些老茶，二十多年后，已经高攀屋檐，每株盛开起来，都有上百朵。春日负暄，我坐在园中靠椅上，品茗阅报，有百花相伴，暂且贪享人间瞬息繁华。美中不足的是，抬望眼，总看见园中西隅，剩下的那两棵意大利柏树中间，露出一块楞楞的空白来，缺口当中，映着湛湛青空，悠悠白云，那是一道女娲炼石也无法弥补的天裂。

一九九九年一月二十四日至二十六日《联合报》

少小离家老大回

我的寻根记

去年一月间，我又重返故乡桂林一次，香港电视台要拍摄一部关于我的纪录片，要我“从头说起”。如要追根究底，就得一直追到我们桂林会仙镇山尾村的老家去了。我们白家的祖坟安葬在山尾村，从桂林开车去，有一个钟头的行程。一月那几天，桂林天气冷得反常，降到摄氏二度。在一个天寒地冻的下午，我与香港电视台人员，坐了一辆中型巴士，由两位本家的堂兄弟领路，寻寻觅觅开到了山尾村。山尾村有不少回民，我们的祖坟便在山尾村的回民墓园中。走过一大段泥泞路，再爬上一片黄土坡，终于来到了我们太高祖榕华公的祖墓前。

按照我们族谱记载，原来我们这一族的始祖是伯笃鲁丁公，光看这个姓名就知道我们的祖先不是汉人了。伯笃鲁丁公是元朝的进士，在南京做官。元朝的统治者歧视汉人，朝廷上任用了不少外国人，我们的祖先大概是从中亚细亚迁来的回族，到了伯笃鲁丁公已在中国好几代了，落籍在江南江宁府。有些地方把我的籍贯写成江苏南京，也未免扯得太远，这要追溯到元朝的原籍去呢。

从前中国人重视族谱，讲究慎终追远，最怕别人批评数典忘祖，所以祖宗十八代盘根错节的传承关系记得清清楚楚，尤其喜欢记载列祖的功名。大概中国人从前真的很相信“龙生龙，凤生凤”那一套“血统论”吧。但现在看来，中国人重视家族世代相传，还真有点道理。近年来遗传基因的研究在生物学界刮起狂飙，最近连“人类基因图谱”都解构出来，据说这部“生命之书”日后将解答许多人类来源的秘密，遗传学又将大行其道，家族基因的研究大概也会随之变得热门。其实我们每个人的身体里，好的坏的，不知负载了多少我们祖先代代相传下来的基因。据我观察，我们家族，不论男女，都隐伏着一脉桀骜不驯、自由不羁的性格，与揖让进退、循规蹈矩的中原汉族，总有点格格不入，大概我们的始祖伯笃鲁丁公的确遗传给我们不少西域游牧民族的强悍基因吧，不过我们这一族，在广西住久了，熏染上当地一些“蛮风”，也是有的。我还是相信遗传与环境分庭抗礼，是决定一个人的性格与命运的两大因素。

十五世，传到了榕华公，而我们这一族人也早改了汉姓姓白了。榕华公是本族的中兴之祖，所以他的事迹也特别为我们族人津津乐道，甚至还加上些许神话色彩。据说榕华公的母亲一日在一棵老榕树下面打盹，有神仙托梦给她，说她命中应得贵子，醒后便怀了孕，这就是榕华公命名的由来。后来榕华公果然中了乾隆甲午科的进士，当年桂林人考科举中进士大概是件天大的事，长期以来，桂林郡都被中原朝廷目为“遐荒化外”之地，是流放谪吏的去处。不过桂林也曾出过一个“三元及第”的陈继昌，他是清廷重臣陈宏谋的孙子，总算替桂林人争回些面子。

我们这一族到了榕华公大概已经破落得不像样了，所以榕华公少年时才会上桂林城，到一位本家开的商店里去当学徒，店主看见这个后生有志向肯上进，便资助他读书应考，一举而中。榕华公曾到四川出任开县的知县，调署茂州，任内颇有政绩。榕华公看来很有科学头脑，当时茂州农田害虫甚多，尤以蚂蟥为最，人畜农作都被啮伤，耕地因而荒芜，人民生活困苦。榕华公教当地人民掘土造窑烧石灰，以石灰撒播田中，因发高热，蚂蟥蔓草统统烧死，草灰作为肥料，农产才渐丰收，州民感激，这件事载入了地方志。榕华公告老还乡后，定居在桂林山尾村，从此山尾村便成了我们这一族人的发祥地。

榕华公的墓是一座长方形的石棺，建得相当端庄厚重，在列祖墓中，自有一番领袖群伦的恢宏气势。这座墓是父亲于民国十四年重建的，墓碑上刻有父亲的名字及修建日期。山尾村四周环山，举目望去，无一处不是奇峰秀岭。当初榕华公选择山尾村作为终老之乡是有眼光的，这个地方的风水一定有其特别吉祥之处，“文革”期间破四旧，许多人家的祖坟都被铲除一空，而榕华公的墓却好端端的，似有天佑，丝毫无损，躲过了“文革”这一浩劫。

从小父亲便常常讲榕华公的中兴事迹给我们听。我想榕华公苦读出头的榜样，很可能就是父亲心中励志的模范。我们白家到了父亲时，因为祖父早殁，家道又中落了，跟榕华公一样，小时进学都有困难。有一则关于父亲求学的故事，我想对父亲最是刻骨铭心，恐怕影响了他的一生。父亲五岁在家乡山尾村就读私塾，后来邻村六塘圩成立了一间新式小学，师资较佳，父亲的满叔志业公便带领父亲到六塘父亲的八舅父马小甫家，希望八舅公能帮助父亲进六塘小学。八舅公家开当铺，是个嫌贫爱富的人，他指着父亲对满叔公说道：“还读什么书？去当学徒算了！”这句话对小小年纪的父亲，恐怕已造成“心灵创伤”（trauma）。父亲本来天资聪敏过人，从小就心比天高，这口气大概是难以下咽的。后来得满叔公之助，父亲入学后，便拼命念书，发愤图强，虽然他日后成为军事家，但他一生总把教育放在第一位。在家里，逼我们读书，绝不松手，在前线打仗，打电话回来给母亲，第一件事问起的，就是我们在校的成绩。大概父亲生怕我们会变成

“纨绔子弟”，这是他最憎恶的一类人，所以我们的学业，他抓得紧紧的。到今天，我的哥哥姊姊谈起父亲在饭桌上考问他们的算术“九九”表还心有余悸，大家的结论是，父亲自己小时读书吃足苦头，所以有“补偿心理”。

父亲最爱惜的是一些像他一样家境清寒而有志向学的青年。他曾帮助过大批广西子弟及回教学生到外国去留学深造。我记得我大姊有一位在桂林中山中学的同学，叫李崇桂，就是因为她在校成绩特优，是天才型的学生，而且家里贫寒，父亲竟一直盘送她到北京去念大学，后来当了清华的物理教授。李崇桂现在应该还在北京。

会仙镇上有一座东山小学，是父亲一九四〇年捐款兴建的，迄今仍在。我们的巴士经过小学门口，刚好放学，成百的孩子，一阵喧哗，此呼彼应，往田野中奔去。父亲当年兴学，大概也就是希望看到这幅景象吧：他家乡每一个儿童都有受教育的机会。如果当年不是辛亥革命，父亲很有可能留在家乡当一名小学教师呢。他十八岁那年还在师范学校念书，辛亥革命爆发，父亲与从前陆军小学同学多人，加入了“广西北伐学生敢死队”，北上武昌去参加革命。家里长辈一致反对，派了人到桂林北门把守，要把父亲拦回去。父亲将步枪托交给同队同学，自己却从西门溜出去了，翻过几座山，老人山、溜马山，才赶上队伍。这支学生敢死队，就这样轰轰烈烈地开往武昌，加入了历史的洪流。父亲那一步跨出桂林城门，也就改变了他一生的命运。

从前在桂林，父亲难得从前线回来。每次回来，便会带我们下乡到山尾村去探望祖母，当然也会去祭拜榕华公的陵墓。那时候年纪小，五六岁，但有些事却记得清清楚楚。比如说，到山尾村的路上，在车中父亲一路教我们兄弟姊妹合唱岳飞作词的那首《满江红》。那恐怕是他唯一会唱的歌吧，他唱起来，带着些广西土腔，但唱得慷慨激昂，唱到最后“待从头收拾旧山河，朝天阙”，他的声音高亢，颇为悲壮。很多年后，我才体会过来，那时正值抗战，烽火连城，日本人侵占了中国大片土地，岳武穆兴复宋室，还我河山的壮志，亦正是父亲当年抵御外侮，捍卫国土的激烈怀抱。日后我每逢听到《满江红》这首歌，心中总有一种说不出的感动。

到桂林之前，我先去了台北，到台北近郊六张犁的回教公墓替父母亲走过坟。我们在那里建了一座白家墓园，取名“榕荫堂”，是父亲自己取的，大概就是向榕华公遥遥致敬吧。我的大哥先道、三姊先明也葬在“榕荫堂”内。榕华公的一支“余荫”就这样安息在十万八千里外的海岛上了。墓园内起了座回教礼拜的邦克楼模型，石基上刻下父亲的遗墨，一副挽吊延平郡王郑成功的对联：

孤臣秉孤忠五马奔江留取汗青垂宇宙

正人扶正义七鲲拓土莫将成败论英雄

一九四七年父亲因“二二八事件”到台湾宣抚，到台南时，在延平郡王祠写下这副挽联，是他对失败英雄郑成功一心恢复明祚的孤忠大义一番敬悼。恐怕那时，他万没有料到，有一天自己竟也星沉海外，瀛岛归真。

我于一九四四年湘桂大撤退时离开桂林，就再没有回过山尾村，算一算，五十六年。“四明狂客”贺知章罢官返乡写下他那首动人的名诗《回乡偶书》：

> 少小离家老大回，乡音无改鬓毛衰。
> 儿童相见不相识，笑问客从何处来。

我的乡音也没有改，还能说得一口桂林话。在外面说普通话、说英文，见了上海人说上海话，见了广东人说广东话，因为从小逃难，到处跑，学得南腔北调。在美国住了三十多年，又得常常说外国话。但奇怪的是，我写文章，心中默诵，用的竟都是乡音，看书也如此。语言的力量不可思议，而且先入为主，最先学会的语言，一旦占据了脑中的记忆之库，后学的其他语言真还不容易完全替代呢。我回到山尾村，村里儿童将我团团围住，指指点点，大概很少有外客到那里去。当我一开腔，却是满口乡音，那些孩子首先是面面相觑，不敢置信，随即爆笑起来，原来是个桂林老乡！因为没有料到，所以觉得好笑，而且笑得很开心。

村里通到祖母旧居的那条石板路，我依稀记得，迎面扑来呛鼻的牛粪味，还是五十多年前那般浓烈，而且熟悉。那时父亲带我们下乡探望祖母，一进村子，首先闻到的，就是这股气味。村里的宗亲知道我要回乡，都过来打招呼，有几位，还是“先”字辈的，看来是一群老人，探问之下，原来跟我年纪不相上下，我心中不禁暗吃一惊。从前踏过这条石径，自己还是“少小”，再回头重走这一条路，竟已“老大”。如此匆匆岁月，心理上还来不及准备，五十六年，惊风飘过。

我明明记得最后那次下乡，是为了庆祝祖母寿辰。父亲领着我们走到这条石径上，村里许多乡亲也出来迎接。老一辈的叫父亲的小名“桂五”，与父亲同辈的就叫他“桂五哥”。那次替祖母做寿，搭台唱戏，唱桂戏的几位名角都上了台。那天唱的是《打金枝》，是出郭子仪上寿的应景戏。桂剧皇后小金凤饰公主金枝女，露凝香反串驸马郭暖。戏台搭在露天，那天风很大，吹得戏台上的布幔都飘了起来，金枝女身上粉红色的戏装颤抖抖的。驸马郭暖举起拳头气呼呼要打金枝女，金枝女一撒娇便嘤嘤地哭了起来，于是台下村里的观众都乐得笑了。晚上大伯妈给我们讲戏，她说金枝女自恃是公主拿架子，不肯去跟公公郭子仪拜寿，所以她老公要打她。我们大伯妈是个大戏迷，小金凤、露凝香，还有好几个桂戏的角儿都拜她做干妈。大伯妈是典型的桂林人，出口成章，妙语如珠，她是个彻头彻尾的享乐主义者，她有几句口头禅：

> 酒是糯米汤，不吃心里慌。
> 烟枪当拐杖，拄起上天堂。

她既不喝酒当然也不抽大烟，那只是她一个潇洒的姿势罢了。后来去了台湾，环境大不如前，她仍乐观，自嘲是“戏子流落赶小场”。她坐在院中，会突然无缘无故拍起大腿迸出几句桂戏来，大概她又想起她从前在桂林的风光日子以及她的那些干女儿们来了。大伯妈痛痛快快地一直活到九十五。

祖母的老屋还在那里，只剩下前屋，后屋不见了。六叔、二姑妈的房子都还在。当然，都破旧得摇摇欲坠了。祖母一直住在山尾村老家，到湘桂大撤退前夕才搬进城跟我们住。祖母那时已有九十高龄，不习惯城里生活。父亲便在山尾村特别为她建了一幢楼房，四周是骑楼，围着中间一个天井。房子剥落了，可是骑楼的雕栏仍在，隐约可以印证当年的风貌。父亲侍奉祖母特别孝顺，为了报答祖母当年持家的艰辛。而且祖母对父亲又分外器重，排除万难，供他念书。有时父亲深夜苦读，祖母就在一旁针线相伴，慰勉他。冬天，父亲脚上生冻疮，祖母就从灶里掏出热草灰来替父亲渥脚取暖，让父亲安心把四书五经背熟。这些事父亲到了老年提起来，脸上还有孺慕之情。祖母必定智慧过人，她的四个媳妇竟没说过她半句坏话，这是项了不起的成就。老太太深明大义，以德服人，颇有点贾母的派头。后来她搬到我们桂林家中，就住在我的隔壁房。每日她另外开伙，我到她房间，她便招我过去，分半碗鸡汤给我喝，她对小孩子这份善意，却产生了没有料到的后果。原来祖母患有肺病，一直没有发觉。我就是那样被染上了，一病五年，病掉了我大半个童年。

我临离开山尾村，到一位“先”字辈的宗亲家里去小坐了片刻。“先”字辈的老人从米缸里掏出了两只瓷碗来，双手颤巍巍地捧给我看，那是景德镇制造的釉里红，碗底印着“白母马太夫人九秩荣寿”。那是祖母的寿碗！半个多世纪，历过多少劫，这一对寿碗居然幸存无恙，在幽幽地发着温润的光彩。老人激动地向我倾诉，他们家如何冒了风险收藏这两只碗。他记得，他全都记得，祖母那次做寿的盛况。我跟他两人抢着讲当年追往事，我们讲了许多其他人听不懂的老话，老人笑得满面灿然。他跟我一样，都是从一棵榕树的根生长出来的树苗。我们有着共同的记忆，那是整族人的集体记忆。那种原型的家族记忆，一代一代往上延伸，一直延伸到我们的始祖伯笃鲁丁公的基因里去。

香港电视台另一个拍摄重点是桂林市东七星公园小东江

上的花桥，原因是我写过《花桥荣记》那篇小说，讲从前花桥桥头一家米粉店的故事。其实花桥来头不小，宋朝时候就建于此，因为江两岸山花遍野，这座桥簇拥在花丛中，故名花桥。现在这座青石桥是明清两朝几度重修过的，一共十一孔，水桥有四孔，桥面盖有长廊，绿瓦红柱，颇具架式。花桥四周有几座名山，月牙山、七星山，从月牙山麓的伴月亭望过去，花桥桥孔倒影在澄清的江面上，通圆明亮，好像四轮浸水的明月，煞是好看，是桂林一景。

花桥桥头，从前有好几家米粉店，我小时候在那里吃过花桥米粉，从此一辈子也没有忘记过。吃的东西，桂林别的倒也罢了，米粉可是一绝。因为桂林水质好，榨洗出来的米粉，又细滑又柔韧，很有嚼头。桂林米粉花样多：元汤米粉、冒热米粉，还有独家的马肉米粉，各有风味，一把炸黄豆撒在热腾腾莹白的粉条上，色香味俱全。我回到桂林，三餐都到处去找米粉吃，一吃三四碗，那是乡愁引起原始性的饥渴，填不饱的。我在《花桥荣记》里写了不少有关桂林米粉的掌故，大概也是“画饼充饥”吧。外面的人都称赞云南的“过桥米线”，那是说外行话，大概他们都没尝过正宗桂林米粉。

“桂林山水甲天下”这句自古以来赞美桂林的名言，到现在恐怕还是难以驳倒的，因为桂林山水太过奇特，有山清、水秀、洞奇、石美之称，是人间仙境，别的地方都找不到。

这只有叹服造化的鬼斧神工，在人间世竟开辟出这样一片奇妙景观来。桂林环城皆山，环城皆水，到处山水纵横，三步五步，一座高峰迎面拔地而起，千姿百态，每座殊异，光看看这些山名，鹦鹉山、斗鸡山、雉山、骆驼山、马鞍山，就知道山的形状有多么戏剧性了。城南的象鼻山就真像一只庞然大象临江伸鼻饮水。小时候，母亲率领我们全家夏天坐了船，在象鼻山下的漓江中徜徉游泳，从象鼻口中穿来穿去，母亲鼓励我们游泳，而且带头游。母亲勇敢，北伐时候她便跟随父亲北上，经过枪林弹雨的，在当时，她也算是一位摩登女性了。漓江上来来往往有许多小艇子卖各种小吃，我记得唐小义那只艇子上的田鸡粥最是鲜美。

自唐宋以来，吟咏桂林山水的诗文不知凡几，很多留传下来都刻在各处名山的石壁上，这便是桂林著名的摩崖石刻，仅宋人留下的就有四百八十多件，是一笔丰富的文化遗产。在象鼻山水月洞里，我看到南宋诗人范成大的名篇《复水月洞铭》，范成大曾经到广西做过安抚使，桂林到处都刻有他的墨迹。洞里还有张孝祥的《朝阳亭诗并序》。来过桂林的宋朝大诗人真不少：黄庭坚、秦少游，他们是被贬到岭南来的。其实唐朝时就有一大批逐臣迁客被下放到广西，鼎鼎大名的当然是柳宗元，还有宋之问、张九龄，以及书法家褚遂良。这些唐宋谪吏到了桂林，大概都被这里的一片奇景慑住了，一时间倒也忘却了宦海浮沉的凶险恶苦，都兴高采烈地为文作诗歌颂起桂林山水的绝顶秀丽。贬谪到桂林，到底要比流放到辽东塞北幸运多了。白居易说“吴山点点愁”，桂林的山看了只会叫人惊喜，绝不会引发愁思。从桂林坐船到阳朔，那四个钟头的漓江舟行，就如同观赏南宋大画家夏珪的山水手卷一般，横幅缓缓展开，人的精神面便跟着逐步提升，四个多钟头下来，人的心灵也就被两岸的山光水色洗涤得干干净净。香港电视台的摄影师在船上擎着摄影机随便晃两下，照出来的风景，一幅幅“画中有诗”。漓江风光，无论从哪个角度来拍，都是美的。

晚上我们下榻市中心的榕湖宾馆，这个榕湖也是有来历的，宋朝时候已经有了。北岸榕树楼前有千年古榕一棵，树围数人合抱，至今华盖亭亭，生机盎然，榕湖因此树得名。黄庭坚谪宜州过桂林曾系舟古榕树下，后人便建榕溪阁纪念他。南宋诗人刘克庄曾撰《榕溪阁诗》述及此事：

> 榕声竹影一溪风，迁客曾来系短篷。
> 我与竹君俱晚出，两榕犹及识涪翁。

榕湖的文采风流还不止于此。光绪年间，做过几日“台湾大总统”的唐景崧便隐居榕湖，他本来就是广西桂林人，回到故乡兴办学堂。康有为到桂林讲学，唐景崧在榕湖看棋亭上，招待康有为观赏桂剧名旦一枝花演出的《芙蓉诔》。康有为即席赋诗："万玉哀鸣闻宝瑟，一枝浓艳识花卿。"传诵一时。想不到"百日维新"的正人君子也会作艳诗。

榕湖遍栽青菱荷花，夏季满湖清香。小时候我在榕湖看过一种水禽，鸡嘴鸭脚，叫水鸡，荷花丛中，突然会冲出一群这种黑压压的水鸟来，翩翩飞去，比野鸭子灵巧得多。

榕湖宾馆建于六〇年代，是当时桂林最高档的宾馆，现在前面又盖了一座新楼。榕湖宾馆是我指定要住的，住进去有回家的感觉，因为这座宾馆就建在我们西湖庄故居的花园里。抗战时我们在桂林有两处居所，一处在风洞山下，另一处就在榕湖，那时候也叫西湖庄。因为榕湖附近没有天然防空洞，日机常来轰炸，我们住在风洞山的时候居多。但偶尔母亲也会带我们到西湖庄来，每次大家都欢天喜地的，因为西湖庄的花园大，种满了果树花树，橘柑桃李，还有多株累累的金桔。我们小孩子一进花园便七手八脚到处去采摘果子。橘柑吃多了，手掌会发黄，大人都这么说。一九四四年，湘桂大撤退，整座桂林城烧成了一片劫灰，我们西湖庄这个家，也同时毁于一炬。战后我们在西湖庄旧址重建了一幢房子，这所房子现在还在，就在榕湖宾馆的旁边。

那天晚上，睡在榕湖宾馆里，半醒半睡之间，朦朦胧胧我好像又看到了西湖庄花园里，那一丛丛绿油油的橘子树，一只只金球垂挂在树枝上，迎风招摇，还有那几棵老玉兰，吐出成千上百夜来香的花朵，遍地的栀子花，遍地的映山红，满园馥郁浓香引来成群结队的蜜蜂蝴蝶翩跹起舞——那是另一个世纪、另一个世界里的一番承平景象，那是一幅永远印在我儿时记忆中的欢乐童画。

二〇〇一年五月二十一至二十三日《世界日报》

父亲与民国

父亲白崇禧将军，出生于公元一八九三年桂林山尾村，一个回民家庭。祖父志书公早逝，家道中落，父亲幼年在艰苦的环境中奋发勤学，努力向上，很小年纪便展露了他过人的毅力与机智。一九〇七年，父亲考入桂林陆军小学，这是他一生事业奠基的起点。父亲生长在一个革命思潮高涨的狂飙时代，大清帝国全面崩溃的前夕，桂林陆军小学正是革命志士集结的中心。一九〇五年孙中山成立同盟会，次年便派黄兴至桂林发展革命组织，陆小总办蔡锷等人鼓吹“推翻满清，建立民国”，父亲深受影响，与同学们纷纷剪去长辫，表示支持。

公元一九一一辛亥年，十月十日晚，武昌新军工程营的成员发出了第一枪，武昌起义，展开了辛亥革命的序幕。那一枪改变了中国几千年的帝制历史，亚洲第一个共和国中华民国诞生了。武昌起义那一枪也改变了父亲一生的命运。

武昌起义的消息传来，广西人士反应热烈，组军北上支援。父亲参加了陆军小学同学组织的广西学生军敢死队，共一百二十人，随军北伐。家中祖母知道父亲参加敢死队的消息，便命父亲的两位哥哥到桂林城北门去守候，预备拦截父亲，强制回家。谁知父亲暗暗将武器装备托付同学，自己却轻装从西门溜了出去，翻山越岭与大队会合。那年父亲十八岁。踏出桂林西门那一步，他便走出了广西，投身入滚滚洪流的中华民国历史长河中。

学生军敢死队水陆兼程，经湖南北上，父亲肩上荷七九式步枪一枝，腰间绑着一百五十发子弹的弹带，背着羊毡、水壶、饭盒、杂囊，身负重载，长途行军，抵达汉阳时，父亲与许多敢死队同学脚跟早已被草鞋磨破，身上都生了虱子，痒不可当。时清军据守汉口、汉阳，与武昌方面的革命军隔江对峙，广西北伐军和学生敢死队奉命，在汉阳蔡甸到梅花山一带，配合南军作战，威胁敌方侧后。一夜，父亲被派担任步哨，时适大雪纷飞，顷刻间父亲变成了一个雪人。那是父亲第一次上前线，而且参加一场惊天动地的革命行动，内心热情沸腾，刺骨寒风竟浑然不觉。那是父亲一段刻骨铭心的回忆，亲身参加武昌起义，对父亲具有重大意义。他见证了中华民国的诞生，由此，对民国始终持有一份牢不可破的“革命感情”。

辛亥革命成功后，父亲考入保定军校三期，接受完整的军事教育。父亲在保定前后期的同学，日后在国民革命军中皆任要职。保定毕业，父亲与二十多位同学自愿分发到新疆屯边，效法张骞、班超，立功异域。他曾经下工夫研究左宗棠治疆的功绩，中国边防一直是他战略思想的要点之一。治疆的抱负，后因俄国革命交通阻断，未能实现。

一九一七年，父亲返回广西，结识李宗仁、黄绍竑，共同从事统一广西的大业，时称“广西三杰”。一九二六年，北伐军兴，蒋介石总司令力邀父亲出任国民革命军参谋长，这是父亲军事事业第一个要职。当时北洋军阀各据一方，中国四分五裂，其中以孙传芳、吴佩孚势力最大。中国人民经过辛亥革命、“五四”运动，革命新思潮高涨，对国民革命军有高度期望，革命军遂能以少击众，从广州一路摧枯拉朽打到山海关。那是国民革命军士气最旺盛的时刻。北伐是民国史上头一等大事。

北伐时期，父亲立下大功，重要战役，几乎无役不与，充分展示他战略指挥的军事才能，尤其是一九二七年龙潭战役，关系北伐成败。时因宁汉分裂，蒋介石下野，国民革命军内部动荡不稳，孙传芳大军反扑，威胁南京，形势险峻。父亲临危受命，指挥蒋介石嫡系第一军，与孙传芳部决战于南京城郊龙潭，经过六昼夜激战，不眠不休，终于将孙军彻底击溃。行政院长谭延闿在南京设宴招待龙潭战役有功将领，特书一联赠予父亲：

指挥能事回天地；

学语小儿知姓名。

北伐后期，父亲任东路军前敌总指挥，率领第四集团军，挥戈北上。一九二八年六月十一日，父亲领军长驱直入北京，受到北京各界盛大欢迎，成为历史上由华南领兵攻入北京的第一人。天津《大公报》主笔、名记者张季鸾在六月十四日发表社评：广西军队之打到北京，乃中国历史上破天荒之事。当年太平天国的两广军队只进到天津，父亲时年三十五岁，雄姿英发，登上他戎马生涯的第一座高峰。

父亲继续率部至滦河，收拾张宗昌、褚玉璞残部，东北张学良易帜，最后完成北伐。

北伐期间，广西军屡建奇功，桂系势力高涨，功高震主，蒋介石决意“削藩”。一九二九年，发生蒋桂战争，掀起中原大战序幕，中国再度分裂。北伐成功，原为国民党统一南北、建设中国最佳良机。北伐甫毕，南京开编遣会议，计划裁军，父亲由北平拍数千言长电致国民党中央，请缨率领第四集团军至新疆实边，可惜未受采纳。中央派军攻打广西，父亲等人一度流亡安南。后再潜返广西，展开两广联盟，与中央对峙。期间父亲致力建设广西，不到七年，广西由一个贫穷落后的省份一跃而成为全国“三民主义模范省”。一九二三年，父亲曾在广州晋见孙中山先生，受到极大鼓励。父亲对孙中山创作的《三民主义》、《建国大纲》、《实业计划》中的建国理想及方针，心向往之。建设广西，如土地改革、“三自”、“三寓”地方自治等计划，可以说都在实践“三民主义”的精神。胡适等人参观广西，大加赞扬。建设广西，展现了父亲的政治抱负及行政才能。

一九三七年，七七事变，地方将领中，父亲第一个飞南京响应蒋介石抗日号召。日本有大报以头条新闻报道：“战神莅临南京，中日大战不可避免！”广西与中央对峙因一致对外而暂时化解。

父亲出任军事委员会副总参谋长，兼军训部长。对日抗战，父亲的贡献不小：

一九三八年，军事委员会在行都武汉开“最高军事会议”，父亲提出对日抗战大战略：“积小胜为大胜，以空间换时间”，以游击战辅助正规战，消耗敌人实力作持久战。日军军备远优于中国军队，与日军正面作战，难以制胜。八一三上海保卫战，中国军队伤亡超过十五万精兵，牺牲惨重。父亲认为，应该同时发动敌后游击战术，困扰敌人，不必重视一城一镇的得失，使敌人局限于点线的占领，将敌军拖往内地，拉长其补给线，使其陷滞于中国广大空间，从而由军事战发展为政治战、经济战，向敌发动长期总体战，以求得最后胜利。

父亲自承抗日战略思想，是受到俄法战争即俄国人拖垮拿破仑军队策略的启发。父亲的提议得到蒋介石委员长的采纳，并订为抗日战争最高指导原则，对抗战的战略方向，有指标性的作用。父亲有“小诸葛”之称，被誉为中国近代杰出军事战略家，他的抗日战略，显露出他高瞻远瞩的智慧。

抗日期间，父亲奔驰沙场，指挥过诸多著名战役：“徐州会战—台儿庄大捷”、“武汉保卫战”、“桂南会战—昆仑关之役”、“长沙第一、二、三次会战”等。其中，尤其以一九三八年“台儿庄大捷”至为关键。

时首都南京陷落，日军屠城，中国军队节节败退，全国悲观气氛弥漫。台儿庄一役给予日军迎头痛击，被国际媒体称为日军近代史上最惨重的一次败仗。全国人民士气大振，遂奠下八年长期抗战之根基。父亲与李宗仁等将领，登时被全国民众尊为“抗日英雄”。

民国命运，自始多乖，内忧外患，从未停息。抗战刚胜利，国共内战又起，而且不到四年间，国民党竟失去了大陆政权。国民党在大陆上的失败固然原因多重，然父亲在他的回忆录中却认定军事失利是导致国民政府全面崩溃的主因。抗战后，父亲出任首届“国防部长”，其后又调任“华中剿总司令”，虽然身居要职，但职权受限，并未能充分发挥其战略长才。国共战争，国民党军队在战略战术上犯下一连串严重错误，终至一败涂地。

首先，父亲极力反对战后贸然裁军，内战正在进行，处置不当，动摇军心。本来国民党军队有五百万人，共产党军队只有一百多万。裁军后，大批官兵尤其游杂部队，这些八年抗战曾为国家卖命的士卒，流离失所，众多倒向共产党军队，共产党军队军力因此大增。裁军计划由参谋总长陈诚主导，父亲的反对意见，未获高层支持。

一九四六年五、六月，第一次东北四平街会战，那是国共抗战后首度对阵，双方精英尽出，蒋介石派父亲往东北督战。旋即国民党军队攻进长春，林彪军队大败，往北急速撤退，孙立人率新一军追过松花江，哈尔滨遥遥在望。在此关键时刻，父亲向蒋介石极谏，自愿留在东北继续指挥，彻底打击林彪部队。蒋介石由于受到马歇尔调停内战的压力，以及对共产党军队情况的误判，没有采信父亲的建议，竟片面下停战令。林彪部队因此败部复活，整军反攻，最后横扫整个东北。事后多年，国民党检讨内战失败原因，蒋介石本人以及国民党军队将领咸认为那次片面停战，不仅影响东北战争，而且关系全盘内战。

一九四八年底一九四九年初之徐蚌会战，乃国共最后决胜负的一仗。原本蒋介石属意父亲指挥此次战役，父亲时任“华中剿总司令”，北伐、抗战父亲在淮北平原这一带多次交战，熟悉战略地形，他向蒋提出战略方针：“守江必先守淮”，应将军队集结于蚌埠，五省联防，由“华中剿总”统一指挥。

未料临时蒋介石却将指挥权一分为二，华东归刘峙指挥，而指挥中心却设在徐州。徐州四战之地，易攻难守。父亲曾如此警告："指挥权不统一，战事必败。"徐蚌会战开战前夕，国民党、共产党两军各六十万，严阵对峙，国民政府高层深感势态严峻，刘峙不足担当指挥大任，"国防部长"何应钦、"参谋总长"顾祝同联名向蒋介石建议，由父亲替代刘峙统一指挥。父亲飞抵南京开军事会议，发觉国民党军队战略部署全盘错误，大军分布津浦、陇海铁路两侧，形成"死十字"阵形。父亲判断大战略错误，败局难以挽回，况且开战在即，已无时间重新布置六十万大军，断然做了一项恐怕是他一生中最艰难的决定：拒绝指挥徐蚌会战。后徐蚌会战国民党军队果然大败，蒋介石下野，李宗仁出任代总统。蒋、白之间，嫌隙又生。

内战末期，林彪百万大军南下，父亲率领二十万部队盘桓周旋，激战数月，但当时大局已濒土崩瓦解，士气几近崩溃。父亲军队一路奋勇抵挡，由武汉入湖南，退至广西，战至最后一兵一卒。但孤军终难回天，父亲于一九四九年十二月四日离开大陆，由南宁飞海口。

父亲十八岁参加辛亥革命武昌起义，见证了民国的诞生。北伐军兴，父亲率部由广州打到山海关，最后完成北伐统一中国。抗日战争，父亲运筹帷幄，决战疆场，抵抗异族入侵，立下汗马功劳。内战时期，父亲率部战至一兵一卒，是战到最后的一支军队。为了民国，父亲奉献了他的一生。

评论　从当代到古典

谈小说批评的标准

读唐吉松《欧阳子的〈秋叶〉[1]》有感

小说这个文类被公认为一种严肃的艺术形式，还是近一个世纪的事情。在西方国家，小说在今天能够堂而皇之在最高学府内与诗歌戏剧分庭抗礼，让一些满腹经纶的学者教授批评家作为研究对象，这项荣耀得来实在不易，胜利的背后藏有许多不足为外人道的沧桑与凄凉。一个世纪以来，不知经过多少人的口诛笔伐，多少次的对簿公堂，小说才慢慢挤入文学界的上流社会，取得了合法的地位。福楼拜写《波华荔夫人传》，吃上官司；哈代写《玖德》也引起公愤，两本书同时被当时社会斥为“不道德”。然而现在这两本小说已被公认为十九世纪的杰作，尤其是前者，一些批评家更尊为西方现代小说的鼻祖，领风骚数十年。近代如乔哀思的巨著

1 《秋叶》，短篇小说集，共收十三篇，欧阳子著，晨钟出版社 1971 年出版。

《尤里西斯》和劳伦斯的《查泰莱夫人的情人》亦为当代人目为“淫书”，惨遭查禁，沉冤数十载，前十几年才得平反，重见天日，一跃而成为大学英国文学课程必读的经典。在中国，小说的命运更加悲惨，我们的祖父辈看小说还得要偷偷摸摸，掩掩藏藏，小说在那个时代是见不得人的，于是“红楼诲淫”、“水浒诲盗”，这些旷世杰作，通通被打入十八层地狱。幸亏“五四运动”一来，中国小说才抬了头，连胡适之先生那么一位德高望重的学者，也公然把小说当作正经学问来研究，在当时大概是十分惊世骇俗的。但是“五四”诸君子过犹不及，把小说过分抬举了，赋予小说崇高的使命：改造社会，救国救民。除了有数的几位天才作家能够在批判社会之外，亦能兼顾小说艺术，写了几部杰作，其余的作品，激昂慷慨，道德意识强烈有余，艺术成就不高，恐怕经不住时间的考验。小说是一种严肃的艺术，有其本身独立的尊严——这种观念在中国社会及学界好像还没有生根。有些中国读者与批评家仍旧把小说当作社会道德史来研究，不合乎现行道德常规的，一律贬低其价值。小说出身卑微，原属中产阶级市井小人的娱乐品，为上流贵族文墨之士所不屑。又因小说内容常常干犯当时社会的道德习俗，所以经常引起卫道者的攻讦，视之为伤风败德的洪水猛兽。但是一个社会的道德习俗不是绝对的，常因客观的社会情况迁异而改变。刚才提到的几本西洋小说名著，在七十年代的今天，我们看来，实在不觉得有什么特别“不道德”的地方，比起街上放映的一些好莱坞电影,这些书算是十分“道德”的了。而《红楼》、《水浒》在中国早已成为家传户喻的读物，甚至台湾的中学课本都选了这两本“诲淫诲盗”的小说文章来作为国文教材。可见得这几十年来，中外的道德观有了多么剧烈的改变，而用一些既有的道德常规来作为小说批评的标准又是多么不可靠。

西方文学批评，小说一门已经十分发达，各宗各派众说纷纷；在中国，小说批评虽然经常零星出现，但还未能构成批评传统。但如果综合各家批评学说，我们决定一本小说是否伟大成功，大致可以归纳成下面三项标准：

（一）作品的文字技巧及形式结构，是否成功地表达出作品的内容题材：这大概是小说批评的第一块试金石。没有一本伟大成功的小说，文字技巧低劣，形式结构松散的。《红楼梦》成为伟大的小说，条件有许多，但最基本的条件，是因为曹雪芹运用了精湛绝伦的文字技巧，把《红楼梦》那样一个复杂无比的世界，活生生地描绘了出来。例如《红楼梦》中的对话技巧，在中国小说史上是无出其右的。他这种技巧，西洋批评称为剧景法（scenic method），他能够把《红楼梦》中每一个剧景（scene）都处理得那样成功，整本《红楼梦》从头到尾都成功地戏剧化了，因此《红楼梦》呈现的世界是那样地生动活泼，历历如绘。又如杜斯妥也夫斯基，他的小说伟大当然也有许多条件，但是十分重要的一点是，杜氏能够善用戏剧法（他的小说是对话特多），将小说中时间浓缩，把他那样深刻玄奥的思想通通具体地戏剧化。美国批评家史坦勒（George Steiner）称杜氏为小说中的莎士比亚。我们看杜氏的小说，也真如同观莎翁悲剧一般，那样富有戏剧性及冲击力。一本小说的伟大成功，文字技巧的高超，形式结构的严谨自属必要。但是一个作家的文字技巧，为的是要表现作品的内容题材。没有一个严肃的作家为了要炫耀自己的文字技巧而写小说的。大凡一个作家决定小说题材之后，再开始选择适当的文字技巧、形式结构，去表现他的题材。题材愈复杂，文字技巧的要求愈高。而一本作品愈成功，文字技巧与内容题材愈相符合。文字技巧的本身并无优劣之分，全视是否适合作品题材而定。《儿女英雄传》的文字漂亮极了，可是表现的却是那样一个浅俗的故事，糟蹋一手好文字。美国近代小说，技巧结构最复杂的，恐怕要算福克纳那本压卷之作《声音与愤怒》(即《喧哗与骚动》)。福氏写这本书，数度易稿。每写一次，他都觉得他的技巧结构仍不够表达这本书的内容，直到他最后找到一套繁复的技巧结构为止。因为福克纳表现的是一个极端错综复杂的现代人的内心世界，所以他非得用意识流技巧及多头观点法的结构不可。这也是因为内容所需之故。

（二）一个作家作品中的世界观是否广袤，人生观是否成熟：这里是指作家表现在他作品中的世界与人生而言——一个作家本身的世界观与人生观，与他的作品有时不尽相符的。托尔斯泰、杜斯妥也夫斯基、曹雪芹的小说中的世界可以说是无所不包，上至天堂下至地狱，小说中人间世的幅度是那样的广袤，"伟大"二字足以当之，而他们又能从各种角度去透视人生：个人、社会、国家、宇宙，而存着一种悲天悯人的胸怀来看芸芸众生。所谓成熟的人生观，即是指能从多方面去了解人生，而对众生产生一种悲悯与恕道。有些作家的小说称得上一等佳品（如珍·奥斯汀的小说），但是其中的世界不够广大，还是不能与这几位大师相提并论。论到一个作家作品中的世界观及人生观，无疑地要牵涉到作品中的道德价值——这是本文要讨论的一项重要课题。没有一位伟大或严肃的小说家是缺乏强烈的道德意识的，但是他表现在作品中的道德观，不一定要依附某一种道德教条。他可能笃信基督，或者皈依释迦，或者尊崇孔孟，但他不一定要迷信《圣经》、佛典或《论语》、《孟子》。他可能对基督教、佛教或儒家思想，有他自己一套的创见：如同杜斯妥也夫斯基《卡拉马助夫兄弟们》中"宗教法庭庭长"那一章，或如卡缪的《堕落》，他们对基督教义都有自己一套与众不同的看法，甚至常常与现有的基督教义相反。他也可能什么既有的传统道德都不信，而在他作品中创出一套他的小说世界中特有的道德秩序——这种道德秩序也许不抵触我们既有的道德伦常，但也许离经叛道，冒大不韪。一个批评家最重要的工作，是进入一个作家的小说世界中，去批判那个世界中的道德秩序，是否统一可信、合情合理，而不是依据现有的某一种僵化的道德教条来衡量小说中道德价值的高低。如依据后者，我们拿儒家的伦理观念去衡量西方小说，会发觉杜斯妥也夫斯基的作品充满了违悖伦常的事情：弑父乱伦、谋财害命。福克纳、海明威的世界以儒家观点看来，也极为“荒淫无耻”，都是极“不道德”的。如果西方人拿他们的浪漫恋爱观来衡量贾宝玉，在他们眼中，贾宝玉简直成了一个“色鬼”，一点也不合乎他们那种骑士精神的崇高恋爱理想。施耐庵在《水浒》中创造了一个奇怪的道德秩序，一群强盗背君叛国，杀人放火。但是施耐庵却把他们写成了英雄好汉——因为他们遵守了他创造的道德律：义。一种生死不渝、异姓手足之义。只要遵守这种“义”，他便认为盗有“盗行”，便合乎了《水浒》世界中的“伦常”，杀人放火（有时还杀无辜妇孺）也不加谴责。无论中外道德，这都不能宽恕的（此点夏志清教授之《中国古典小说》论之甚详）。但是施耐庵在《水浒》中成功地创造了一套统一可信的道德秩序，因此那些杀人放火的强盗们遵守这套以“义”为尊的道德律，我们也认为他们是好汉了。曹雪芹赋予贾宝玉慈悲为怀的“佛性”，他显然认为贾宝玉这种天赋是人类最崇高的德性，所以贾宝玉整日与表姐妹、丫头“鬼混”，也无损于他高贵的气质了。《红楼梦》的世界，是极不合乎儒家伦常的世界，甚至往往是批判儒家教条的，但是在那样一个沉溺于贪嗔痴爱的世界中，我们会觉得佛道的解脱要比儒家的伦常更加来得迫切重要。我们看到贾宝玉出家，大概都会对他同情，而不忍责备。卡缪的名著《异乡人》中的异乡人麦索，恐怕是近代小说中最大的道德叛徒。异乡人的母亲死于养老院，他不但没有表示为人子应有的悲戚，而且当天便和一个素未谋面的女人发生关系，后来又糊里糊涂地杀了人。这种人以世俗道德来判断真是死有余辜。但是在《异乡人》里，卡缪把那个世界写得与一切世俗道德价值都脱了节，一切的世俗道德都与异乡人不相干，异乡人觉得他母亲直到临终都是快乐的，因此根本不必为她的死而悲悼，至于他杀人，是因为太阳使他眼睛昏眩之故，他自已并不觉得有罪。在那样一个与一切世俗道德价值脱了节的荒谬世界，我们好像也无法用任何世俗的道德标准去控诉异乡人有罪了。法国小说戏剧家几内的人物全是男盗女娼，最无道德观念的人物，但是萨特却许之为“圣人几内”，他认为几内的小说人物有一种超道德（amoral）的天真，那种天真，萨特认为是人类可贵的气质。在我看过的小说中，最违反世俗道德的小说世界恐怕要算白楼的《赤裸的午餐》了。那里面的人真是无“恶”不作；但是白楼在这本小说中却有他自己一种独特的道德视野（moral vision）：他把纽约的下流社会写成了人间地狱，在一个无神的世界中，那些没有圣宠的人们，永远被禁罚在人间地狱中，不得解脱。了解纽约的人，会觉得白楼的小说，实在有一种可怕的真实性。一个有创见的小说家，绝不肯人云亦云，接受一般世俗的道德成规的，他会认为人间世有种种道德的可能性，他会按他自己的创见，说出他认为最可贵的道德真理。因为一般世俗现行的道德成规经常改变，日新月异，不能依靠作为绝对标准。试看民国成立以来，这六十一年间，从裹小脚变到三点式的游泳衣，就可证明我们已经“人心不古”了。

（三）一个作家对于人性了解是否深刻：小说家的写作对象是人，因此，对人性是否有深刻的了解，实在是对作家一项严峻的考验。一个伟大作家，他的小说中的主角，大都是“周圆人物”（round character），性格有种种变化的可能，善恶并存，而人性中这种善恶的冲突，亦正是小说家最感兴趣的课题。冲突越多，人物的复杂性愈大——人与天的冲突（与上帝、宇宙等），个人与社会的冲突，人与人之间的冲突，人本身生而俱来的种种冲突。在现实生活中，也许有人禀赋特异，天生善良，内心没有恶性，亦没有冲突（这种好人恐怕不多），但这种人绝不是好的小说人物。对于人性了解最深刻的如杜斯妥也夫斯基，他的人物真正是“恶性”重大的。十二金钗中写得最好的，是最恶毒的王熙凤，好像伟大的小说家对人性的罪恶特别感兴趣。夏志清教授认为，中国人写小说不如西方人，那是因为中国人笃信儒家性善之说，抹煞了人性中之罪恶，对人性了解不完全；而西方人受基督教原罪的影响，承认人性中之罪恶，因而对之有深刻的研究。[1] 西方大小说家有道德的勇气，敢正视人性罪恶，则是事实。但孔子也说过："吾未见好德如好色者也。"夫子对于人性的了解真是一针见血。要是中国人肯花工夫研究我们为什么好色强过好德，也许会发现人性中本能的色欲与理性的道德有多大的冲突了——这正是小说家取之不尽的题材。我们也许会提出疑问，为什么小说家（或戏剧家）特别喜欢研究人性中的罪恶问题——从希腊悲剧到福克纳，锲而不舍，把人性中的罪恶毫不留情地挖掘出来。我想，还是如亚里士多德所说的，使我们了解到人生的"可怖，可悯"。了解人生的恐怖而生悲悯之情——这才是大师们剖析人性罪恶的宗旨。我想那些伟大的小说家，与宗教家的情怀初无二致，面对着充满罪恶的人心，一颗悲天悯人的爱心，不禁油然而生。

小说批评的标准也许还有许多，但是如果拿前面几项标准去衡量一本小说的高低，大致也不会太走样了。一九七二年五月十九日《中华日报》登载唐吉松君所写的《欧阳子的〈秋叶〉》一文，作为一篇小说评论来研究，我觉得有许多地方可以提出来讨论一下。唐君首先肯定《秋叶》形式完整，技巧熟练，那么欧阳子的小说已经通过第一项标准。唐君对

1 见夏志清著《爱情、社会、小说》，纯文学出版社，1970年出版，第5–6页。

此亦未再作深入的探讨，他整篇的论点侧重于《秋叶》中的道德价值与人性分析——这便是我们提到的第二、第三标准。唐君自称该文的论评基于“一半道德观念，一半民族文化”。唐君并未阐明他的道德观念何所本，但他在文中常常引用儒家经典，似乎是应用传统的儒家道德教条了。虽然他认为他“不同于宋儒，不属于义和团”，但他在评论这本小说集中第一篇《秋叶》时，认为其中男女主角的关系不合于“非礼勿视，非礼勿听，非礼勿动，非礼勿言”的传统美德，既然语出《论语》，这个“礼”大概是古礼了。古礼的规矩大得很，男女授受不亲，界限森严，如果拿这个“礼”来做标准，世界上的小说中描写的男女之情，一大半是“非礼”的。《秋叶》的故事发生在美国，拿“勿视、勿动”的古礼来衡量美国现代社会，那么也没有一样是合“礼”的。就算其中的男女主角是从台湾来的，应当遵守台湾的社会道德，台湾的社会遵从这项古礼到什么程度，还得做社会调查；但是如果严格遵守这项“勿视、勿听、勿动、勿言”的古礼，我们走到台北的西门町去，只有闭上眼睛装聋作哑了。西门町文化不合古礼的地方太多，这也不见得现代社会道德低落，只是与古代不同就是了。《秋叶》写的是一个中美混血儿与他年轻的中国后母发生了感情的故事。混血儿的美国母亲与人私奔，因此从小缺乏母爱，后母年轻丧夫，再嫁的丈夫，没有爱情，两个人偶然互相吐露隐痛时而产生了同情——这段是故事中写得最动人的。显然欧阳子认为，人与人之间这一瞬间的同情是人类最珍贵的情操，这便是作者的道德价值，但后母到底遵守了伦常，拒绝了混血儿对她肉欲的冲动。孔子对人在实际生活的修身齐家要求是严格的，但他的文学观我觉得却是相当宽容，尽管《诗经》甚多男女相悦之辞，有的还十分不守规矩，孔子却许为“思无邪”，连“郑声淫”而姑存之，没有删除。国风乐而不淫，小雅怨而无诽。孔子好像认为文学主要是抒情，只要不太流于淫乱的情感，是可以宣泄的，只是后来一些卫道者牵强附会，把诗三百解成了一本道德经，这是扭曲了圣人的原意。

唐君评《考验》，觉得“凡是血液中，有民族尊严的人不宜读此篇……假使阁下属于拍案大骂，或怒发冲冠的犹属小事，万一因血压升高而脑溢血，那才死得冤枉。”唐君很气愤，因为女主角说了一句话：

“就因为我们中国人对‘过去’过分自满——自我陶醉在已经过时，不合时代潮流的文明里，蒙蔽在自欺的自足感中关闭大门，不屑与外界接触，今日的中国才变得这样落伍！”

唐君认为女主角没有民族自尊，向美国人保罗“投怀送抱”，不配讲这种话。但唐君又说：“我不敢一读再读，就缺乏充分的了解，不能评论。”恐怕唐君对这篇小说真的缺乏了解。女主角就是因为有太多的民族自尊，使她最后不能向保罗“投怀送抱”。她为了悲愤中国文化的没落才会讲上面那种话，这绝不是因为她瞧不起中国文化之故，而她讲的却又符合历史的事实。中国文化在宋朝以前在世界上遥遥领先，而到了十九世纪，却远落西方文化之后，而遭到鸦片战争的浩劫。何以故？还不是由于我们“过分自满”，“自我陶醉”，“不屑与外界接触”所致吗？现在中国传统文化除了在台湾还能孤军奋战以外，在世界其他地方，不是遭受摧毁，就是被放进了博物馆。唐君的爱国热忱值得我们同情，但是我们文化落后的事实也得承认，承认落后才是进步的开端。唐君又批评欧阳子“对西方文化的崇尚，对传统文化的彷徨”，并称从她“所创造的人物，那种洋化的个性和思想，甚至语言，就可找到证据”。唐君这个断语下得可能很对，不独欧阳子，自从“五四”以来，中国知识分子都患了这种“崇尚西方文化，对传统文化彷徨”的文化认同危机（cultural identity crisis）。这几十年来，中国的知识分子被“中外古今”各种文化因素冲击得晕头转向，我们的文化危机方兴未艾，这种寒热还没有过去。冰冻三尺，非一日之寒，这也是百年积下来的病态了，并非任何个人的过错。至于欧阳子的小说人物个性、思想、语言“洋化”，这也是事实，因为欧阳子写的是中国现代社会的人，这些人的个性、思想、语言都不免多多少少已经“洋化”了。试看台湾社会（尤其是都市），穿西装西裙，吃冰淇淋，喝可口可乐，住公寓洋房，坐汽车火车——衣食住行，哪一样不“洋化”？实行议会政治制度，提倡自由恋爱，一夫一妻，看电视电影，这些也都是“洋玩意”。我们整个的生活方式都多多少少“洋化”了,思想个性难免不“洋化”。也许我们悲痛“文武衣冠异昔时”，但这对小说写作并不是障碍。受了“洋化”的中国人一样值得写，他们的问题更多，认同危机更大。欧阳子的小说人物，正因为他们的思想个性有某种程度的“洋化”，显得更复杂，更真实——因为他们是真正的现代中国人。

唐君批评《近黄昏时》，认为“采用这种乱七八糟的题材就像以金换铁，得不偿失”。又认为要是欧阳子“稍存伦理观念”，不会选用《魔女》这样的题材。这两篇小说都写为人母的两个女人，有了外遇的越轨行为。小说的题材本身，并不能决定道德价值的高低。理论上任何题材都可以写，其道德价值，全凭作家对他的作品赋予某种道德意义而定。欧洲两本写女性写得最深刻的小说：托尔斯泰的《安娜哀史》和福楼拜的《波华荔夫人传》，恰巧都是写为人母的女人与人私通的故事。但是两位大师把他们的女主角及其所处的社会写得那样合情合理，尤其是托尔斯泰付予安娜那样深厚的悲怜。我们看了这两本书，不但不觉得这两本书违背伦理，而且还启发我们对伦理道德的深思。以题材论题材，莎士比亚的四大悲剧全是“违背伦理”的:《马克白》弑君篡位,《哈姆雷特》杀兄妻嫂,《奥赛罗》杀妻,《李耳王》忤逆不孝——

为什么全世界各民族（包括中国人在内）都把这四大悲剧尊为经典呢？莎翁的初衷大概也是欲展示人生的“可怖”，要我们了解人生的“可怜”吧？欧阳子《魔女》的故事，是写一个女儿发现她最崇拜的最高贵圣洁的母亲，原来在她父亲生前竟与一个浪荡子私通并盲目地热恋他。女儿一时忌恨，离间母亲与浪荡子，引诱浪荡子爱上她年轻的同学。故事的高潮是写这位在女儿眼中那样崇高的母亲，突然跪在女儿面前，哀求她将那位浪荡子找回，因为她不能失去他，他是她整个生命的意义；更可怕的，女儿发现这位她忌恨的浪荡子竟是她的生父。我想欧阳子的主旨是写这种冤孽式的爱情之“可怖，可悯”，使人从高贵圣洁的母亲，变成卑微可怕的“魔女”。欧阳子在此，深刻地剖析了这种非理性的激情（passion），但欧阳子显然是对她的“魔女”怀有悲悯之心。看完了《魔女》，我们会对她为爱情所受的折磨引起无限的同情。其实这种冤孽式的爱情，是小说中亘古常新的题材，因为它正是人性中最不可解最无法抗拒的一种神秘力量。我个人认为，欧阳子这篇《魔女》是中国近代心理小说中罕有的佳作[1]，其结构之严谨，人性分析之深刻，都是值得称颂的。《近黄昏时》，是写母子之间种种错综复杂的感情，尤其是牵涉到所谓“伊底帕斯情结”的问题，这种题材，当然不是“乱七八糟”，其

1　见拙作《秋叶·序》，晨钟出版社，1971 年。

实常常出现在近代心理小说之中。

《觉醒》一篇，唐君说“有五成以上的自信，作者先受到 D.H. 劳伦斯底名著《儿子与情人》的影响”才写出来的，他又批评欧阳子“仅从肤发的模仿，致使《觉醒》蒙上东施效颦的耻辱”。《觉醒》是否受劳伦斯的影响，而模仿《儿子与情人》，这只有欧阳子本人才知道。但我认为这两个故事虽然同写母子之情，主题迥然不同。《儿子与情人》是从儿子保罗的观点写他母亲对他的爱的影响，因他母亲的爱太过强烈，占据了他整个心灵，致使他不能对别的女人发生正常爱情关系。而《觉醒》是从母亲的观点，写这位母亲发觉她在她儿子的心中，原来并不如她想象那么重要，因而感到失望，寂寞。她儿子的心灵并未被她占据。他的女朋友把他甩掉，是因为她觉得他一无可取之处，并不是因为他母亲的影响。这两则故事，毫无关联。即使欧阳子受了劳伦斯的影响，模仿他的小说，也不一定是“耻辱”。《安娜哀史》成书于《波华荔夫人传》之后，此书连载之时，托尔斯泰正在巴黎而且热衷于福楼拜的著作，有人甚至以为他写此书，就是要跟福楼拜较量一番。此二书题材相仿，主题雷同。但我们不能因托尔斯泰受福楼拜的影响，就贬低《安娜哀史》的艺术价值，甚至有些批评家认为《安娜哀史》远较《波华荔夫人传》伟大。《金瓶梅》是抄袭《水浒传》中一节故事，渲染而成。难道我们能不赞叹这本“模仿”而来的奇书，写实力之惊人，想象力之伟大吗？莎士比亚许多名剧都是因袭前人剧本的题材故事。福克纳说，每个作家都是贼，只要能偷的，连你母亲的东西也要偷。哪个作家敢说不受其他作家的影响？只要“模仿”得好，能“化腐朽为神奇”，也就拿他无可奈何了。

《秋叶》共有十三篇短篇小说，唐君都一一评论过，综合其观点，最使唐君不满的，是因为欧阳子在她的小说中，常常毫不留情地揭发人性“丑恶”的一面——其实人性的丑恶与美好也是见仁见智而不是绝对的——他称欧阳子为“心理的外科医生”，他以为“她的手术刀，总是选在丑恶的角落，并将那些污秽的心片，揭竿似的挥舞着”。“心理的外科医生”——我觉得这个名称对欧阳子十分恰当。医生不讳病，他对于人赤裸裸的肉体及心灵，有勇气正视。外科医生要解剖人体，以便观察，因此他需要加倍的胆识。欧阳子对于人心的剖析，正有这种外科医生的勇气和胆识。她的笔像爱克司光，照得人心中的七情六欲无法隐遁。她这种理性的、分析的、不姑息、不留情的风格，正是她小说的长处。她的小说有一种不带感伤气质的强韧性。但一个好医生不但有好医术，还要有好医德，那便是对他的病人的呵护与怜悯。我相信欧阳子是一个有医德的外科医生。她对她的小说人物无论怎样毫不姑息，将他们心中可怕的七情六欲呈示出来，但最后她对他们还是存着一颗悲悯之心的。悲悯他们是“人”，是“人”便有“人”生而俱来的七情六欲，与被这些七情六欲煎熬的苦难。念她的小说，也会对她的小说人物产生同情，因为我们发现，她小说人物的那些七情六欲，也正是我们本身所具有的。如果我们有勇气敢将内心中二十四小时的思念——连睡梦在内——毫不隐瞒地记下来，我们会发现，我们的心，跟欧阳子“魔女”的心差不多，一样可怕。

小说常常牵涉到道德问题，我想这是因为一般人对小说的功用及影响有许多过分的期望，和不必要的担心之故。在十九世纪，大众传播不发达，小说对社会道德也许有较大的影响，但在二十世纪七十年代的今天，大众传播的各种媒介如此兴盛，电视、电影、报纸对人民生活思想的影响力，要远超过小说百十倍。试看好莱坞电影及电视节目对我们的青年行动思想有多大的影响，就知道这种廿世纪的新媒介多么能左右人心了。现在很少有人再有耐性热忱坐下来看一本三五百页的小说，花时间去研究其中社会道德问题了。他们会去看报纸，看电视传真，那样比较快速简便，直截了当。何况小说中的社会道德问题都是虚构的呢？那么小说到底有什么功用？大概小说实际的效用会愈来愈小，对于个人的修身齐家，或是社会改革恐怕功效不大。不如熟读青年守则，身体力行，来得有实效。如果一定要说读小说有什么“用”，大概小说最大的用处是一种“情感教育”。读了一些伟大的小说，使我们的情感比较成熟敏锐，对人生的了解比较深刻。读通了《红楼梦》的人，对中国人的人情世故，以及我们的文化，恐怕有比较丰富的体会。可能小说会愈来愈变成是一种纯艺术品——这里是指有艺术价值的作品而言，一般通俗小说不在此例——这也是小说应有的尊严。就如同我们对唐诗宋画的崇敬一般，这两种艺术成就，是中华民族精神生活最高表现的铁证。十八世纪曹雪芹在中国艺术的疆域上竖立了一道新的里程碑，《红楼梦》的诞生，无疑是值得我们万分骄傲的。我们的精神文化，由于这部伟大的小说，而拓宽了如许的幅度。

一九七二年于美加州。原载于《中国时报》。

我想文学最后还是一个“人”字[1]

南方朔对谈白先勇（节选）

自在出入的文学人生

南：很多人都有个问题，大家都想问，却没问或是没想到要问。就是你的文学都很沉重，可是你的人一点也不沉重，这点我到目前为止都搞不清楚。我们知道很多文学家的文学或哲学很沉重的时候，人是沉重的，文章的皱纹是长在脸上的，可是你不是。

白：一次在东华大学演讲的时候，我穿了件红毛衣，大约讲起什么讲得兴高采烈。后来有个学生问了问题，口气颇为失望，他说，你怎么看起来跟你的文章一点都不像——很气的样子——你怎么这么阳光？仿佛“阳光”两个字是很不好的。文学是要有 darkness，要有沉重感。我那天大概讲得

1　施淑清记录整理。

高兴起来手舞足蹈的。我在写作时是变成另外一个人，变成看人、看别人、看人生的人。

南；可是那些都是你经历过的，你怎么可以写的时候很沉重、很沉重，一丢掉，咚的一声，就很快乐？其中恐怕是有什么东西在后面的。

白：人生的沧桑或痛苦，恐怕是一直在那里的，那些是我个人的，也是我看到人生里别人也有的，我一写就写到那边去了，很奇怪的。我写《纽约客》系列的第一篇小说《谪仙记》，是在爱荷华的春天时分，大概是四五月吧，大地回春，冰都消融了，我是面临爱荷华的河边写的，四处鸟语花香。但我写那篇小说时，整个人就进到那个世界，进到写作的那个阴暗、沉重的世界，心情一下子就进去了。后来我一出来，写完了，就又春天来了，蛮高兴的。

南：或者我们以《三国演义》第一章来看。整部《三国演义》在形容三国时群雄争伐，所以作者的心情是整个世界就是这样；然后就饮酒当歌，是另外一种豁达。是不是这样子，好像看破了所有事情？

白：真的看破了就不必写了，就修行去了，我有些朋友他们就比我看得破，到了这个年纪，他们真的把人生看得很透，很超然。好像我对生死大关，对于情，大概还是没破。可能我在写作的时候是完全投进去的，而且我感到的、看到的，痛的时候多。

南：会不会有时候你作品写完了，午夜梦回，你想到那些内容，然后就更难过一点？

白：我有时写作进到那世界，会有的，有那种感觉的。大概也有另外一种个性吧，有时候，可能会莫名其妙很 high 起来。

会讲故事的小说家

南：你小时候在桂林住到六岁，上海只住了两年半，香港住两年，为什么你的小说里上海的故事比例特别多？

白：我在重庆住了两年，给我的感觉都是黄泥土。重庆是山城，很落伍的，那时又轰炸，一天到晚躲防空洞，我那时又生肺病，所以我对重庆印象很不好，是一个愁云惨雾的童年。抗战胜利后到上海去，上海没有被破坏，那时歌舞升平，十里洋场，我们就像现在跑进好莱坞片子里一样，完全是另外一个花花世界，印象特别深，上海的一切对我来说都是新鲜，所以那两年多上海的影响对我很深很深。

南：所以你笔下上海比重特多，连很多字都是上海字。

白：因为我在上海念过书，上海话也学会了。严格说，到台湾来，家里还有一批上海来的朋友，他们还是那个上海味道，很多父母亲的朋友来自江浙的，家里还是上海那一套。

南：几个很会讲故事的小说家，如智利的伊莎贝拉·阿言德，她在传记里说，她小的时候，家里的老妈妈一天到晚跟她讲故事，所以她就很会讲故事。你也是很会讲故事的，写小说应该要很会讲故事，但要如何才能把故事讲得好？

白：现代小说要把故事抛掉的说法，我是不同意的，小说还是在看故事，故事不好看，写一大堆不晓得要讲什么。人生就是个故事，其实每个人的一生，会讲的话，都是一个很好听的故事。

南：但把故事讲得好、有意思，是很难的。你这能力是哪里来的？像你说过，家里的谁告诉你玉卿嫂的细节种种，你就兜出一个很好的故事。

白：我想跟桂林人很有关系，桂林人很会讲故事的，能讲会说。我们家里的那些老佣人，讲起来语言非常地活，很会讲人家的闲话（gossip），这家的媳妇偷人，那家又如何如何，好像他们在床底下看到似的，讲得让人睁大了眼。这些我从小就爱听。这些是中国人的说书传统，中国人就比美国人会讲。

南：西方古代也很好看的，如《十日谈》那个时代，很会讲故事。我们的像几刻“拍案惊奇”，也很会讲故事，到后来就不会讲故事了。

白：《三言二拍》也是，好看。

南：而且很多戏剧发源于此。我在好几个场合说，中文系教《三言二拍》，应该组织一个小说考察团，反正都会在苏杭遇到，如《杜十娘怒沉百宝箱》就在钱塘江，可以一个一个实地介绍，会很有意思的。

白：这是一个非常重要的传统，属于我们的小说传统。像张爱玲，她不太受“五四”的影响，她倒是从《红楼梦》、《金瓶梅》、《三言二拍》直接过来的，回头来看，她反而是正统。

南：近一百年的小说家，我认为只有三个人会讲故事，张爱玲、白先勇、沈从文。

白：所以我现在对“五四”这个新文学传统疑问越来越大，已经九十几年，不能迷信这个东西了。

南：这个话在目前这个时代有点“反动”的意思，很多人都不敢讲的。

白：就拿我和张爱玲来说，可以说师出同门，都是看中国古典小说的。当然也看巴金、鲁迅，但我好像从来没有想去学他们，对我来讲，所谓的旧小说，才会让我起劲。

南：鸳鸯蝴蝶派在上海的一位教父曾说，讲白话文学，将来历史会证明，我是比他们还早的。你跟张爱玲的不同，在于张爱玲基本上中国味重了点，她对西方的接受主要是电影的影响，小说里电影的手法很多。你是对西方文学知道得更多一些，某些技巧上受西方的影响，那个中国味还是在那里，而你们两个本质上是接近的。一九九九年《亚洲周刊》举办“二十世纪中文小说一百强”评选，我是委员之一，大家都说，这一百强是一百年来最好的小说，不能一条鞭解释的。我说，前面十个没有白先勇，没有张爱玲，不跟你玩了。

后来大家同意的。也就是除了“五四”的代表人物巴金、老舍跑不掉。这些很重要之外,讲故事也很重要,所以是并存的。

白：包括《老残游记》也入选的。就我们的文学传统来说,若回归正统的《三国》、《水浒》、《三言二拍》,一直到《老残游记》，从这边接下来的话，会是什么样的一个结果。

南：假如主流在那里，吸收不同的元素进来，可是本还在那里，会是完全的另一种发展。

白：韩愈的古文运动，“文起八代之衰”，反对魏晋的骈文，可是骈文那么美，我宁愿看那个也不看韩愈，对“文起八代之衰”再打一个问号。如果我们的美文从魏晋再发展，而非韩愈的散文，从那些美得不得了的文字，发展我们的文学，不知会怎样？在文字上，后来的文学，除非像韩柳欧苏，如前后《赤壁赋》、《醉翁亭记》，才够美。

南：因为魏晋已经搞得太虚了，所以后来扳回来实一点，文章总要有实的东西。近代文学也是搞得太虚了，文字很多，内容很少。

还差一部作品

南：另一个问题是，你还差一本书。

白：真的，我想了好多年了。我觉得，我们那个时代，一九四九年前后，那时代的故事还没写出来。

南：你真的还差一本书。你一九四九年以后的写作，如

《台北人》这些，《纽约客》又是另一段，与后来你开始碰到大陆的那一段，美国那部分将来可以把这些串联起来，第一段和第三段，再加上整个时代因素，会是一个有历史性的作品，你还差这个东西。

白：我酝酿了几十年，我想从历史的观点来看，一九四九年前后应该是我们整个民族，整个社会、文化、政治，最大的一个天翻地覆的大转弯，这个东西还没有真正的一部文学作品写出来。我想，可能以后有人写出来是另一种观点了。

南：这个东西很难写，要有层次，要有人的味道，我真的很关心这个问题，当代几乎没有人可以写。要看到这些东西，大陆人不行，没有看到台湾这一段，很多人流离到美国去也不知道，恐怕还是台湾人来写比较合适。而且现在开放了，去补大陆那一段也可以补得回来。这就是你的事情了。我常在想，法国大革命结束以后，雨果的《九十三年》好歹把那段时间的历史讲出个道理来。

白：罗贯中写了《三国演义》，他把那段历史成就了文学上的不朽，三国时候在我们的历史上是很混乱的，因为一部文学作品，把若干条理理出来了。我老早有这个想法，也许再往前推，抗日应该加在里头，最重要是四九年前面几年，后面则连到台湾来。

南：我在想差不多就是从令尊那些、从民国开始写，我们要把这一百年讲出个道理来，写出这痛苦的一百年。现在看这一百年差不多有点条理了，历史的演变可以找出脉络，应该有东西可以写了。

白：现在回头看发觉糟糕了，关于抗战的小说，找不出一本经典。如老舍的《四世同堂》，本来期望很高。

南：因为对于写作者，当历史正在跑的时候，写了一定失败，怎么知道将来往哪边跑。这种作品一定要在历史快要沉淀了、差不多的时候，文学作者再加把劲，把它沉淀下来。

白：如托尔斯泰写《战争与和平》。

南：还有巴斯特纳克写俄国革命（《齐瓦哥医生》，又译《日瓦戈医生》），都在若干年以后，写得很好，意思清楚了。所以百年的小说，要有比较大的时间视野。真的，你还差这部小说，绝不是《三国》加《红楼梦》那么简单的，而且只有你能写。

白：你给我那么大的责任，把那么大的重任托在我身上。

南：因为小说家中有那种“人”味的不多，你从《台北人》开始，“人”的味道一直在那里，不管我写流离、写小人物大人物的作品分析，都会看到你的小说人物属于“人”的味道。

白：我想，文学最后还是一个“人”字，人的分量有多重，就是文学的价值有多深。因为相对人的“量”的重要，其他环境都是配搭，主角在作品里的一切，含量有多重，决定了文学。

南：这不就是杜斯妥也夫斯基？你一天到晚讲他，你受他影响有多少？

白：蛮大的。他对于“罪”的宽容性，承认人的不完美，人的不完美就是人的大悲剧。他的女人则是太完美得可怕，其实他女人写得不好，写男人写得好，因为他的完美典型是女人，是圣母的化身，男人则是罪恶的。我喜欢罪恶的部分，罪人的成分他写得深。他的确给我很大的影响。我记得我看《卡拉马助夫兄弟们》，念书时看了两次，一次在台大，给我的撞击已经蛮大的，但还不是很懂，到爱荷华念书时，刚好选了一门“欧洲写实主义”，是英文系的课，有杜斯妥也夫斯基作品选读。外国人看书很快，看起英文来哗啦哗啦看过去，我则天天开夜车，终于第二天要报告了，一直看到早上八点钟，外面大雪一片。我看完那书之感动——虽然我不是基督徒，但是看完了以后真的相信有神，相信这个世界上有个更高的主宰来审判。人不能审判人，人不会高于人，有的也只是人为的法律，最后的审判一定是更高的主宰，必须道德上超乎人的。虽然最后仍没有信教，但我小时候在香港念过天主教学校，那些耶稣会的神父很严，很有学问的，是爱尔兰人。那两年我背《圣经》，虽没有知性上的接受，感性上教堂的音乐、气氛的感染，对我是有的，但我对文字如上帝一会儿发怒了的说法感到不解，我就想上帝为什么那么凶。

南：所以你小说里怜悯的成分比较多，是不是和这有关系？

白：我想可能有。也有《红楼梦》的影响，让我接受佛教、佛家，个性更近佛一点。是这部分产生怜悯，但天主教对我有影响的。

南：《红楼梦》的思想是宿命的，反正看破了，人世就是这样子，镜花水月，但怜悯不是宿命。

白：那是中国式的，我想。人的处境里，我看到、感受到的总是困境多，所以有怜悯。

南：你的同性恋文学第一篇是什么？《寂寞的十七岁》算不算？

白：《月梦》。《寂寞的十七岁》有一点。《台北人》有两篇，然后写《孽子》。

南：你最先写的都比较惨，到了后来，*Tea for Two* 就比较欢乐，是因为时代变了，不再那么挤压了，是否跟时代有关联？

白：跟时代变化有一些关系。同志运动在美国的发展，从我去的时候到现在也是变动很大。美国对同志的反应很两极，有纽约、旧金山这样友好的，也有像李安《断背山》描述的怀俄明州打死人的地方。

"揠苗助长"的栽培者

南：另外有一点，你自己这么忙碌，却对年轻人很照顾，花很多时间在年轻人身上。一般的文学工作者、大作家，常是自己做自己的事，为什么你会有这一面？我年轻时候生平第一次吃一个像样的饭馆，是你白大哥带我去的——云和楼。去了才知道什么叫过桥米线，什么叫做饵块，都是第一次吃到。

白：的确，我到现在还是如此。我喜欢种花，我看到那个花冒出来，开花结果，是我最大的喜悦。所以我对学生真的好。我有一个学生，现在是加州大学圣塔芭芭拉分校中文系系主任，叫做 Ron Eagar，中文名字艾朗诺。六〇年代末，我发现他这个洋人中文特别好，对中文文字特别敏感，念了两年中文，我教他《古诗十九首》，虽然文字浅，但意义深，他懂，所以我讲，这个人有那种中国式的感性（sensibility）。那时他的主修是英文，我劝他，以后教英文一个位子有几百上千人抢，中文那么好为什么不转系。一九六八年，我把他带到台湾来，请李元贞、汪其楣、陈真玲，三个台大中文系毕业的来教他中国现代文学，像汪其楣就教他读康芸薇的小说。后来他转系到哈佛念博士，论文写《左传》研究，后来还出版了《欧阳修评传》等著作，现在是汉学界的明星。他做学问很认真、低调，不像一般美国学界的人要推销自己，他不太会这一套，抢教职时都吃亏，我就叫他快到圣塔芭芭拉，刚好有个古典文学的空缺，后来便一直在我们学校教书。

我看到那些年轻学生，就像青春版《牡丹亭》，看到那一群年轻演员，好像要担负昆曲大任，好兴奋，我就揠苗助长一样，拼命拔拔拔，要把他们拔起来。

南：你这个 big brother 的东西是怎么跑出来的呀？你们家有没有这个东西？

白：我有两个哥哥两个弟弟，我有个弟弟常被我爸爸打，我从小照顾他，他书念得比较不好，我就一直觉得要帮助他。

南：这点真的是我读你的作品，认识你，看你这个人，却一直搞不懂的。我们有大大小小的文学教父，每个人基本上都是很孤僻的，或说孤芳自赏、独善其身，可是你不是啊。

白：我也有蛮孤僻的一面，但对于年轻人、年轻作家，像我以前办杂志也是，很鼓励他们。要不是你问起，我平常不大想这个问题。

南：因为那是你的本性。以前，记得你只要每次从美国回来，皮箱里总装了一堆书，然后一到了就赶快打电话，“回来了，回来了，赶快到我家来，选书选书选书。”我们那时候读书，很多都是你带回来的，这些我最记得了。那时很难读到外国书，像心理学、社会学等等，那是六〇年代中后期，西方正流行“疏离”研究，我们也跟着阅读这些思潮。最后再请问你对年轻作家的勉励。

白：我这几天忙着香港中文大学金圣华教授举办的新纪元全球华文青年文学奖的评审，我好几年没有参与文学奖评审了，因为蛮苦的，但因为这个奖是给大学生的，所以我参加。全球包括大陆、台湾、香港、澳门还有海外，去年冠军由台湾一个东吴大学的得奖，前年是马来西亚和中国内蒙两个人共同获奖，这是第三届。今年二十九篇小说，我看了以后的感受是，这些小孩子好像没有怎么看经典文学。我觉得这是一个很大的缺点，没有典范，讲自己比较多，幻想，独白，没有结构，很长很长的喃喃自语。我想是因为没有看中外文学的经典，应该至少要看海明威，乔哀思不用讲啰。短篇小说的经典,也如《三言二拍》这些,至少选个十几二十本，会对写作很有帮助。

南：表达的语言问题呢？因为你的语言是老百姓看得懂的，很有意思，很有学问，很优雅，很深刻，这是你的东西很好看的关键原因。可是现在的小说，跟经验有关的文字驾驭不够，已经不知道在写什么东西了。

白：文字驾驭是个大问题，一个短篇小说一万字，这里面几乎每一行、每一个字都要有用才行。长篇小说有一个段落（passage）是多余的还不太显，短篇小说几行多了或岔掉了，就冒出来的。他们对整个结构、架构完全不管，没有一个形式（form），把这个打破了，完全不受拘束。这个不行，文学本来有格律的，就像绝句一样。

南：我看过好多人谈你的小说，是短篇小说里写得很紧凑的，每一个句子、每一个动作都是有意思的，故事很完整。另一个说法是，文字是受到故事影响，假设没有故事，字多一点少一点没关系。

白：我在写《台北人》那个时候，的确对自己有一种纪律，每一篇我都想用不同方法。现在回头想，到爱荷华是有帮助的，不是老师对你实际的帮助，而是提醒你要你自觉地去找一个形式，来表达自己的东西。那时有一门课叫“小说形式”(form of fiction)，老师选了十六本小说，有卡夫卡的短篇小说集、康拉德的短篇小说集，其他大部头的像《声音与愤怒》、《波华荔夫人传》这些所谓经典；而且念了之后要在课堂讨论的，第一句就问，这是从谁的观点讲的。让我自觉到小说是有形式的，形式很重要，形式与内容是合而为一的。我想，以前的名家，如福楼拜他们写的时候，未必那么清楚地想要有什么形式，但他们不自觉地写出如《波华荔夫人传》，就创造了小说的形式。我们现在看的那些了不得的小说，都是一种形式的创新、创造，都造就了属于那些小说独特的新形式。

有了那样的训练，我在开始写《台北人》以后，有一个想法，是不是每一篇都赋予不同的表达方式？因为我写的人物都差不多，差不多的年纪、背景，都从大陆来的，我就想用不同的语言来表达他们的身份、人物特性。

南：所以《国葬》就写得古雅一点，《永远的尹雪艳》、《金大班的最后一夜》就写得佻达一点，《一把青》就放荡一点。

白：拿《花桥荣记》这篇来讲，很乡愁，描述一群广西人，有广西味道——一位广西老乡说地理味道很足，诸如此类的。

除了写实的笔法相同，拿《尹雪艳》和《金大班》来讲，两个同是百乐门的红舞女,《尹雪艳》我是抽开,距离远远的,《金大班》我好像是进到她的世界里面去写的。那时我是先有了故事，再想好像这样讲才对、那样讲才对。

南：现在的年轻人还有一个问题，你那个时代的大山大水你看过了，我们没有啊，我们活在今天的台北，只能马马虎虎过日子，怎么写出你笔下那些丰富的人、事？没有东西可写呀。

白：台北也有几十年了，有另外新的沧桑。如果是我，会写四十几岁的人，也许大学毕业去留了学，在外面做了一些事情，然后就跑回来了，也许又创业了。四十几岁的人已经有很多故事了。

南：就是人生的琐琐碎碎吧。你是大时代活过来的，现在没有大时代了，要怎么办呢？

白：文学不以大小分优劣。我借用王国维讲杜甫的诗，"'细雨鱼儿出，微风燕子斜'，何遽不若'落日照大旗，马鸣风萧萧'"，这两个都好。因为人生的几个大题目都一样，就是生老病死，谁也逃不掉。其实人生最大的就是这个，可能外界的转变大起大落，但生老病死的定律，是注定的，谁也抵挡不了。

与奚淞对谈三章

1

一九七一年九月，奚淞在白先勇主编的《现代文学》杂志里，发表短篇小说《封神榜里的哪吒》，震动文坛。但他随后赴巴黎念美术、钻研佛经投入宗教世界，极少动笔创作，看似断了文学俗缘。

去年奚淞《文讯》杂志义卖白描观音，意外捡到一尊哪吒神像，竟将他这四十年来从哪吒到观音、从文学到宗教的摸索过程串在一起。他认为生命的感触不止通向文学，也会提升至宗教境界。曹雪芹的《红楼梦》和白先勇的《孽子》，是文学也是宗教。这次的文学相对论，便请白先勇与奚淞对谈“三个孽子：哪吒、贾宝玉和龙子”。

人的生命就像种子

奚淞（以下简称“奚”）：多年前我母亲生病。深夜我坐在母亲病床前，拿起白报纸写《哪吒》，笔下文字就像一串珍珠，一个拉一个。一夜之间，我把对文学的向往倾泻而出，经历写作的狂喜。发表后，我从此不再看这篇作品，再也抓不住这种感觉，转到巴黎念美术。这篇小说成为我的弃婴，一弃就是四十年。

白先勇（以下简称“白”）：没想到，奚淞和哪吒其实结了一辈子的缘。

奚：母亲去世后，我一直在佛法中摸索。我画了卅年的观音，画观音对我来说就是禅修。几个月前，我画了一尊观音，身体趺坐、侧身看着岸边一朵莲花。我画观音时，觉得人生真是奇妙。

我当年写《哪吒》的头尾，是哪吒的师父看着岸边的莲花，说哪吒就莲花化身。我那时怎知道，四十年后我居然摸索佛学，还在画这朵莲花。

人初生的生命就像种子，努力迸发萌芽时，可能会预见到未来的样子。我觉得先勇年轻时所写的小说就是这样，他所写的世界不是年轻人所认识的世界，而是他用生命爆发出来，所看到的世界。

去年我接到《文讯》杂志的信，希望我捐一些书画义卖，我准备捐这幅观音像。第二天早上，我骑着脚踏车经过一间庙，发现庙前的垃圾堆里放了一尊木雕。一看，竟然是哪吒。

庙里的人说不是他们的，我便将神像放在车篮中带回家。洗去灰尘后，发现这尊木雕年代悠远，可能是出自大陆唐山雕刻师傅之手。

上网查资料，才发现三太子在台湾很红。传说《封神榜》里的哪吒，是托塔天王李靖的儿子，因为误杀龙王之子，龙王到玉皇大帝前告状。李靖回去教训儿子，哪吒回道：我来到这世上不是自愿的，既然犯了天条，我便剔肉还骨，偿还这罪便是了。

但网路上一直追问：哪吒是不是印度人？原来哪吒的身世也一直有学者在探究。我这才知道，哪吒是唐代大乘佛教盛行时，随印度神话一起进入中土。哪吒原本是护持佛法四大天王中北方毗沙门天的第三个儿子，这个故事后来演化成道教的神话，哪吒也成为道教最年轻的神，在台湾拥有普遍的信仰，我在这里找到哪吒和佛教的渊源。

难怪我老觉得“剔肉还骨”不是中国的故事，中国人讲“身体发肤，受之父母”，不会编出这么离谱的故事。我还请印度的师父帮我查，他说这也是一个印度遗失的神话故事，但经典的确记载毗沙门天有个名叫那咤俱伐罗的儿子。再继续追查下去，才赫然发现《普门品》中谈到观音菩萨的变化身时，毗沙门天也是观世音菩萨的化身之一。

阿弥陀佛和观音是中国人最重要的信仰，尤其观音代表慈悲心，被中国人逐渐转化成女性，以一个母亲的性格出现。进入历史期的人类社会是一个由男神主宰、表面理性却充满了战争和经济掠夺的社会，底下却潜藏着爱与慈悲的女神所支撑的、不可思议的世界。其实，早在石器时代就是一个女神的社会，却被人类文明压制下去了。

卅年来，我追寻母亲慈悲的容颜，走了这么大一圈，从哪吒找到观世音菩萨。我这卅年来，就像认祖归宗，又像苦儿流浪记，终于找到家门。

我家中供奉哪吒像，上面是他父亲毗沙门天，底下供着《妙法莲华经普门品》，里头记载观音可以化身为毗沙门天的经文。下面有一张照片，是我捐给《文讯》拍卖的“观莲菩萨”，旁边有一张三太子当初被弃置时蒙在脸上的红纸。底下写着“花开证法，归根成静”偈句，意为莲花的开放象征着觉悟，当他认识自己的本源时，心里是安静的。哪吒虽然脚踏风火轮、拿着武器，只要找到本源，心里却是沉静的，因此我画的哪吒，手里拿的不是武器，是一朵莲花。

文学最高的境界就是宗教的境界

白：像哪吒对奚淞一样，《红楼梦》对我来说也是一生一世。我九岁在上海听广播电台讲《红楼梦》，看《红楼梦》的连环画、小人书，还集了好多贾宝玉、林黛玉的公仔牌。我退休前教了廿九年的书，以为自己可以不再教书了，没想最近因缘际会，又在台大开《红楼梦》课程。

现在的年轻人，很少人愿意从头到尾好好读《红楼梦》。这本书是“天书”，不能不看的。我上课讲到贾宝玉出场时，说他带了一身装饰，“面若中秋之月，色如春晓之花”，长得就像是神的样子。我到奚淞家看到三太子的神像，一惊，这不就是贾宝玉！

贾宝玉是神瑛侍者，到贾家十九年还满俗缘便走了。他就像哪吒转世，离开也像哪吒剔肉还骨，肉身给贾府留下一个孩子和功名，佛身则走了。

哪吒和贾宝玉，都是中国神话文学中的“孽子”系列。他们都是叛徒。哪吒是天庭的叛徒，儒家社会容不下贾宝玉。他们被制式社会赶除，遭到流放的命运，不同的是贾宝玉选择的是自我流放。

奚：贾宝玉非常敏感，他经历大观园中众生的悲苦，这不就是白先勇吗？

白：《红楼梦》在某方面就像是佛陀传，宝玉就像悉达多太子，经历生老病死。

奚：悉达多太子的敏感，跟他从小失去母亲有关。他的母亲摩耶夫人，在莲花池边生下悉达多，七天后便去世。他的生命中有一种惘惘然的缺失没有补上，让他会去关怀世间的苦。

白：悉达多太子、耶稣和贾宝玉，他们都看尽世间的苦，想要找一种救赎。

奚：他们想翻转这种苦，“苦”成为一种入道之门，藉“苦”去看生命的真相。一般人养尊处优，没有这种敏感去体悟生命之苦。

白：“救赎”一直是文学的主题。我在《孽子》中写龙子也是如此，他死过一次回来后，想在阿青、跛脚小孩的身上，找回生命的救赎。

奚：生命的大痛不止会通到文学的深处，也会提升至宗教的境界，这也是连结宗教和哲学、文学之处。

白：文学要达到很高的高度，必须观照整个人生，必须跟宗教有所结合。文学最高的境界，也是宗教的境界。

《红楼梦》对女性的尊重，没别的小说比得上

奚：很少有一部文学可以像《红楼梦》一样，把世间的繁华盛景，架构在宗教、神话的结构之下。

白：《红楼梦》用灿烂华美的文字，表现“空”的哲学，一片白茫茫大地真干净。

奚：年轻时看到《红楼梦》结尾，贾宝玉穿着大红猩猩斗篷在雪地中匆匆三拜，会感到一种惆怅，那是因为年轻的心对堆金砌玉的世间繁华还有留恋。现在活到一把年纪，开始感到浮生若梦，梦不是假的，而是把真实的东西翻过来，让你看到真相。现在再读贾宝玉雪地三拜，不再感到悲怆，而是看到一种开悟的境界。《红楼梦》不是《追忆似水年华》，

而是把“有”和“无”翻转过来，把东西翻转给你看是空的。

白:奚淞的画室有一个对联:“天地同流眼底群生皆赤子，千古一梦人间几度续黄粱”，我在台大开课时，就用这副对联来说《红楼梦》的境界。

奚:这是在丝路张掖古庙里的对联。我们一群人走丝路时，一名学佛的人突然有了灵感，找到了一间斑驳美丽的古庙，里头有一座卧佛。庙里的对联都是斑驳不清，只有这对是清楚的。它是西夏国的对联，但用的是中文。在戈壁沙漠那种茫茫然的天地线下前进，你会产生“天问”:问天地之间我的存在是什么?人们在黄沙中不断追逐地平线、永远不会抵达，就像世间人都在寻找幸福，却永远不会找到。我们都活在时间和空间的幻觉中，就像史特林堡的《梦幻剧》或柏格曼的电影《芬妮与亚历山大》里所传达的精神。

白:就像汤显祖在《牡丹亭》中所言,梦中之情,未必非真。

奚:《红楼梦》一开场便出现“女娲补天”的故事。这跟我这卅年追寻有关，祂是一个女神、女性世界的复活。曹雪芹在大观园的女性中寻找爱的本质,是一种“女性”的探寻,就从女娲补天开始。

人类文明的表象世界，是一个理性逻辑的社会，充满政治、经济、战争和掠夺，得靠女性来扭转。就像天庭男神吵架把天柱弄断了，要找女娲来补天，因此永远会有一个“大地之母”的神话。

白：《红楼梦》跟《水浒传》所代表男性的世界，形成两种极端。《红楼梦》对女性的尊重，没有别的小说比得上。

奚：《孽子》里围着新公园团团转的一干主角，都在追寻父亲的认同，但他们所踏的土地，却是清代天后宫的遗址，供奉女神妈祖。

白："亲子"之间的关系很神秘的，父母给你生命，中间却是一连串问号。龙子这么怨他父亲，根源是对自己存在的惶惑与追寻。

奚："孽子"代表生命中的受伤与受苦的人，以及他们生命的可能性，他们所发出的"大问"与可能的翻转。在这点上，我和先勇很能共鸣。

白：我虽然没有研究宗教，但心境上却是。我对佛教的兴趣，便来自《红楼梦》给我的文学的引导。

2

从《秋夜》、《东山一把青》，唱到《我要你》、《我等着你回来》。在对谈"白光：时代的歌声"的过程中，白先勇与奚淞先后合唱了四、五首白光的歌。唱歌时，他们脸上散发青春的光彩，仿佛随着歌声回到二战后颓废沧桑的旧梦中国。对他们来说，白光不止是少年时代的偶像，她的歌声是《台北人》的主调、时代的声音，更成为他们生命、性格中的一部分。

唱出战后人类心灵的沧桑

奚：我跟先勇认识时，他正在写《台北人》，包括《一把青》、《永远的尹雪艳》，《一把青》直接用了白光唱的《东山一把青》歌词。那个时代，大街小巷播的都是周璇、白光的歌曲。她们的歌声，是我们生命中最重要的声音。

白：那时候没有电视，只有收音机。二次世界大战后，白光的歌声响遍中国，尤其是上海。

奚：在那样剧烈变动的时代，总会出现一种歌声，传递出既颓废又深情的时代情感，这种歌声只会在都市文明成熟发展的城市中出现。如柏林的玛琳·黛德丽、巴黎的伊迪丝·琵雅芙，她们的歌声流露女性受到创伤后的坚强，知道朝不保夕，又有一种颓废。

白：她们的歌声唱出战后人类心灵的沧桑、都市文明的颓废。只有在巴黎、柏林、上海这种遭战火洗礼的大城市，一切都烧完了只剩下废墟，才会出现这种歌声。她们的歌也可以说是挽歌，对时代与生命致哀的挽歌。

奚：我喜欢她们的歌声，多少是因为父亲。他们那一代的所有家当在大陆一放就没了，漂洋过海、流离失所。我从父亲的收音机中认识白光的歌声。

我们这一代跟着父母来到台湾的人，有一种“失乐园”的情怀，觉得有什么东西失落在大陆了，到底失落了什么，勾起我们的探寻。

白光的歌是父亲那一代人流露情感的方式。他们会有七十八转的老唱片，放着白光的《我等着你回来》，因为太太或情人就在大陆等着。我们没见过那个时代，只是透过这些歌曲观望、想象那一个时代。我认识白先勇后，发现他竟然认识白光。

楼上住着李丽华，巷子住着白光

白：一九五〇年我到香港，住在尖沙咀，那时候上海的难民都住在这。我的邻居许多是上海的明星，楼上住着李丽华、巷子口住着白光。我第一次见到白光是在理发院，她为理发院剪彩。她是一个好玩、潇洒的人，对那些理发师说“来来来照相吧”，完全没有大明星的架子。

奚：有人问白光，她的艺名怎么来。她回答，我拍电影，电影不就一道白光吗。她来台湾，记者问她，为什么老把“魂萦旧梦”唱成“魂‘荣’旧梦”。她说，啊，我一直以为是魂“荣”旧梦。白姐儿非常有意思、很豪气。

我第一次听白光唱歌，是白先勇的二哥白先德带我去的。那一年她在高雄的蓝宝石大歌厅首演，灯光打下去，白光穿着全身都是花的长旗袍，一束光照在身上，幽幽开嗓：“我爱夜、我爱夜”，全场起立致敬，对她与那一个时代。

“我爱夜 / 我爱夜 / 更爱皓月高挂的秋夜 / 几株不知名的树已卸下了黄叶 / 只有那两三片 / 多么可怜 / 在枝上抖怯 / 它们感到秋来到 / 要与世界离别”(《秋夜》歌词)。天啊，“几株不知名的树”，把那一代的感情完全写出来了。

《秋夜》的歌词这么简单，却马上碰触到深刻的情感。那个时候的歌曲和诗词没有断绝，《秋夜》虽然是白话文，但歌词充满了诗意。

听完白光唱歌，我和白二哥跑到后台，想唱白光的歌给白光听。我和白二哥站在她面前唱《魂萦旧梦》，白光眼睛瞪得好大。

歌声带给白先勇创作的灵感

白：她曾拍过一部好红的电影《血染海棠红》，《一把青》就来自那部电影。没有她的《一把青》，就没有我的《一把青》(《东山一把青》是《血染海棠红》的插曲)。

我在香港的快乐戏院里看《血染海棠红》。那时的大明星都会随片登台。只见白光头上插着花，穿着大红旗袍，手一挥就唱了，一边跳舞就一边唱歌。

“今朝呀鲜花好 / 朝朝呀落花飘 / 飘到哪里不知道 / 郎呀寻花要趁早啊 / 哎呀哎哎哟 / 郎呀寻花要趁早啊 / 今朝呀走东门 / 明朝呀走西口 / 好像那山水往下流 / 郎呀流到几时

方罢休”（《东山一把青》的歌词）。如果没有经过战争、死亡与飘零，歌声里不会沉淀这种沧桑的情感。

奚：她们就像永不屈服的女神，虽然粉身碎骨，依然不屈不挠，象征永恒的母性，拥有一种女神的本质。

白：这种歌声男生唱不出来的。我曾问过白光，喜不喜欢玛琳·黛德丽和伊迪丝·琵雅芙，她说，我就喜欢她们两个。

奚：白光用歌声，抓住了白先勇小说中女性的原型。

白：我并非以白光为原型创造角色，而是她的歌声带给我创造角色的灵感。如果我的小说中有沧桑感，那种沧桑感跟白光的歌声是一样的。

奚：这是一种灵感的原型。当你塑造出一个角色时，心中会有一种感觉、直觉。

白：就像母亲唱安眠曲安慰孩子听，白光用沧桑的歌声，安慰这些饱受战乱流离的人。

她演的不是戏，而是人生

白：一九八〇年代，我曾跟白光在香港海边散步。我问她最喜欢哪一首歌。她说是《我要你》。

奚：“我要你 / 常在我身边 / 厮守着黑夜 / 直到明天 / 我要你 / 常在我身边 / 忘却了烦忧 / 互相慰安 / 夜长漫漫 / 人间凄寒 / 只有你能 / 带给我一点儿温暖”（《我要你》歌词）。“一点儿温暖”就是那个时代的感觉。

这首歌把那个时代朝不保夕、万事明天化为云烟、过了今天可能没有明天的氛围，唱了出来。看过费雯·丽和劳勃·泰勒演的电影《魂断蓝桥》就会知道这种感觉。

一九九三年，七十多岁的白光与她最后一名情人颜龙，在电影资料馆的高肖梅陪同下来到我家。我问她，怎么可以把《血染海棠红》中的坏女人演得这么好。她说，谁是坏女人？我就自自然然地演她。我这才明白了。后来李丽华也演过这个角色，她把她当作“坏女人”来演，她的演技很好，却不感动人。

白：还有《荡妇心》和《一代妖姬》，白光演得真是好。她演的不是戏，而是人生；她把人生演出来了，而不是做戏。白光唱歌也是，她不止唱歌，还唱出人生。

奚：在我眼中，白光是一尊敦煌菩萨，她那个高挑的方脸，分明就是一个敦煌菩萨。她的迷人之处，是超越了好女人、坏女人，进入一个女性的本质，拥有一个大悲心。她就像白先勇小说里的金大班，看到小舞女出事，一个钻戒就丢出去了。

白：白光是时代之声。就像邓丽君用歌声安抚了飘零到台湾的人，白光抚慰了战后中国受伤的灵魂。

奚：邓丽君的歌声像大地回春，有一种生命温柔的喜悦，像新生的爱情。白光则是战争的沧桑，但底下也潜藏一种女性的抚慰，她也是一种地母型的人。

我在巴黎念书时，有一次电影中心挂出要演《荡妇心》。

那时巴黎的中国人老死不相往来、不大见面，一看要演《荡妇心》，嘿，到处都钻出中国人来了。结果电影中心的人说搞错了，要演的是《天下父母心》，不是《荡妇心》，引起观众群起抗议。那时我才明白，白光是秘密社会，天涯海角都会有白光迷，每个时代都会有白光的粉丝，因为她的歌曲已经超越了流行。

大家在欢乐的轻歌曼舞后，免不了会碰触到人生的沧桑、深刻的颓废，这时候就会碰见白光、伊迪丝·琵雅芙，她们是流行中的古典。

白：白光的歌就是《台北人》的调子。她歌里的沧桑，就是《台北人》的沧桑。

奚：她的歌声已进入我们这一代的生命，成为性格中的一部分，永远不会消失。

3

对作家白先勇和画家奚淞来说，日本电影导演黑泽明不只是“大师”，更是影响他们性格与创作的灵魂人物。此次，他们携手对谈黑泽明的四部电影：《罗生门》、《生之欲》、《红胡子》、《梦》，分析黑泽明电影中的人道主义，以及他所承受的痛苦与突破、冲突与和解。

奚：黑泽明是人道主义大师，他和那个年代的电影，塑造了我们一代人的性格。黑泽明的传记《蛤蟆的油》，书名和他的电影哲学相当贴切。日本民间传说，山上有一种蛤蟆不止长相丑恶，还多长了好几只脚。人们把它抓来放在玻璃缸里，它从玻璃反射看到自己的丑相，会吓出一身油。乡民拿这种油来治疗烫伤。

“蛤蟆的油”是黑泽明面对人生与戏剧最好的隐喻。他面对人性的歪曲和丑恶，受到惊吓，不断思考未来要怎么走下去，“人道主义”由此发展出来。

黑泽明的文学背景跟我们很贴近。我最喜欢的作家是日本的芥川龙之介和俄国的杜斯妥也夫斯基，在我们的时代里，他们的作品是最重要的文学课程，非读不可，但现在好像少人读了。

罗生门

奚：黑泽明电影《罗生门》改编自芥川龙之介的小说《竹薮中》、《罗生门》。《罗生门》描述兵荒马乱的世界里，城门半毁，难民躲在罗生门中，只能剥死人的衣服、甚至拔死人的头发谋生，完全不顾人性尊严。原作者芥川龙之介对人性是悲观的，黑泽明却抱一分乐观。他电影的结尾翻转原作的悲观，成为人道的世界，对未来产生光明与希望。这也开展黑泽明未来的作品系列。如今重看，对现代人有很大的启发作用。

《罗生门》前半段描述人们出于无明和贪爱，不自觉地说谎、隐蔽事实，真相因此暧昧不明，结尾却将故事的悲观基调整个翻转。

电影结束前，倾颓的大殿后面传来婴儿哭声。乞丐发现弃婴身上裹着袍子，便冲上前去把袍子剥下。樵夫跟和尚赶紧跑过来，指责乞丐的行为。乞丐说，你们别假惺惺了，世界上没有谁是好人。和尚把弃婴抱在怀里，樵夫也上前准备接住孩子。和尚吓得向后直退，以为樵夫还想要剥除婴儿残余的衣服。此时志村乔所演的樵夫却眼露哀怜地说，我家有六个小孩，不差这一口饭，请就交给我吧。和尚听出了他的诚意，向他道歉，将婴儿交给了他。这时候罗生门前的雨停了，樵夫怀抱婴儿，躬身走在阳光洒下的道路上。

这个结尾就像是“蛤蟆的油”，你在惊吓中看清楚人类的弱点，也知道如何用蛤蟆的油来治疗人的伤痛。《罗生门》是亚洲第一部得到世界性荣誉的电影。

白：我在美国爱荷华大学念书时，当地有艺术电影院，黑泽明的《罗生门》、《生之欲》都是在那里看的，《罗生门》还是和同学欧阳子一起看的，看完我们讨论了一夜的“人心惟危”。芥川龙之介对人性是悲观绝望的，黑泽明的翻转却很厉害，他的电影都在找人性的救赎，几乎是一种宗教的信仰。

奚：黑泽明电影中还有一种现代失落的美学：为人生而艺术，而不是为艺术而艺术；艺术不只是为了探索感官世界，而是为了思考生命。

白：那时的日本电影包括小津安二郎，每部电影都是在讲出人性的一面，引领观众认识你自己。当时拍电影很艰困，黑泽明还为此曾自杀过。他视电影为透彻人性的艺术，电影对他来说是一种传道。

《罗生门》上映两年后，黑泽明拍了《生之欲》。这部电影让我吓出一身油来。

生之欲

白：廿七、八岁时，我一个人去看《生之欲》。那是一个大雪夜，看完电影，我在雪地中哭着回去。我从电影中仿佛看到今天的自己，看到老的自己、看到人生是怎么一回事。想到自己到了年老时，突然发觉一生可能是白活了，就会吓出一身冷汗。我年轻的时候就有一个老灵魂。

《生之欲》描述在市政厅工作的渡边勘治（志村乔饰），是卅年全勤的模范公务员。妻子早逝，他将所有寄托都放在独子身上，为独子储蓄一辈子养老金，某天突然发现自己身患绝症。

他想告诉独子生命所剩无多时，却无意中听到媳妇批评自己是守财奴，计算他的养老金。他的希望破灭，觉得一生白活了。开始运用生命最后的几个月，反省生命的意义。

他原本想拿钱寻欢作乐，却不知道要去哪里。一位偶然认识的作家，带渡边及时行乐，追求感官的快乐，他却不觉得快乐。在音乐酒吧里，老先生要求琴师奏一曲老歌，他哼唱这首歌，眼睛充满人生的哀愁。

“生命多短促／少女快谈恋爱吧／趁红唇还没褪色前／趁热情还没变冷／谁都不知明天事／谁都不知明天事／生命多短促／少女快谈恋爱吧／趁黑发还没褪色前／趁爱情火焰还没熄灭／今天一去不复来／今天一去不复来”

奚：渡边遇到一位离职的女同事，像抓住最后一根稻草般，渡边追问她，你为什么可以这么快乐？你到底找到了什么？女孩告诉他，离开了那死气沉沉、白混日子的公家机关，到玩具工厂工作，说着便从手袋里掏出一个可以在桌上蹦跳的玩具兔子。

渡边忽然仿佛领悟到了什么。他想到，自己服务的地区有一块臭烂的沼泽地，一群当地妇女希望把沼泽地变成儿童可以嬉戏的公园，到市政厅申请，却遭官员们互踢皮球，不能成功。灵光乍现的渡边决心促成此事，他回到办公室，拿着公文一关关让官员们签署，官员不签，他便赖着不肯走。中间还遭遇黑社会阻拦、恐吓，渡边却豁出性命，以勇气震慑了黑道老大。整个签署过程让我想起耶稣背上十字架走苦路——这是一个背着胃癌十字架的基督。电影结尾，渡边一个人来到他争取完成的公园，在秋千架上快乐地唱《生命多短促》。

白：这首歌在电影中出现两次，代表男主角截然不同的心境。第二次哼这首歌时，渡边找到了生命的意义，接受了死亡，完成了身为公务员的使命，生命也圆满了。他唱这首歌时，声调是欢悦的。

奚：《生之欲》就像俄国文豪托尔斯泰的《伊凡·伊里奇之死》，故事描述一个法官平步青云、准备大肆布置新房时，却得了怪病，被迫面对死亡。在面对赤裸裸的生死大疑和大痛中，他发现从家庭到社会上的成规与体面竟如此不堪一击、竟都化为虚诳。甚至质疑自己有什么资格审判别人？

白：中产阶级有一种自私、自满与自傲，《伊凡·伊里奇之死》出版时，撼摇了整个中产阶级自以为是的价值，《生之欲》亦是如此。

奚：伊凡·伊里奇面对病痛，最后迈向死亡。《生之欲》里渡边面对死亡的恐慌的转变，却与托尔斯泰截然不同。

这些电影、小说都在告诉我们，能不能从个性中活出人性，从人性中看到天性？

我们的教育都在教明天会更好，教我们如何追求快乐与幸福，却没教我们如何面对死亡与痛苦、面对生命的真相。但在传统教育里，这方面的教育是清清楚楚的。在大家庭的结构下，大家处于生死场中，生老病死都可以预习。

红胡子

奚：《红胡子》描述刚毕业的年轻医生保本，来到一个位于贫民窟的小医院实习，老师是一位被称作“红胡子”的古怪医师。红胡子由三船敏郎饰演。年轻医师原本想快快完成实习，转到为贵族服务的医院工作。然而在实习过程中他接触了雏妓、小偷等中下阶层的人，经历了种种生老病死苦，最后决定留在贫民窟，坚持一个作为医生的使命。

这部电影讲一个“爱”的问题，包括因为“爱”而产生的心病，以及如何治疗心病。红胡子和保本治疗的疾病，不只是肉体的疾病，还包括心灵的疾病，包括疯狂、面对死亡、雏妓被凌虐。这一群被污辱和被损伤的人，该如何治疗与复健。

白：《红胡子》描写的族群，也是俄国文豪杜斯妥也夫斯基想用小说描写的中下阶层，这是最受伤和受污辱的一群人。

奚：这群人，你给他温暖他也未必接受，你要如何让他们从受屈辱的世界慢慢爬出来。医生不只要治疗身体的疾病，还必须治疗心灵的损伤，把底层的人从受屈辱的地狱中慢慢拉出来。

白：保本出身有教养的中产阶级，贫民窟给他很大的震撼，让他知道人生有这么多痛苦、屈辱。他原本不愿脱掉中产阶级的衣服，经历一次次震撼后，他终于卸掉原来的衣服，穿上医院给他的制服，找到成为医生的使命感。

奚：现代心理学有一个谬误，以为快乐是健康的，痛苦便是病。但痛苦不一定代表生病。佛法说，烦恼是病，痛苦不是病，痛苦甚至可以成为入道开悟之门。就像日本传说里：蛤蟆照见自己的丑模样吓出一身油，这油反而成为治疗心灵烫伤的良药……快乐反而会让你看不到生命的真相。现在大家只要不快乐，就认为得了忧郁症；只要躁动不安，就说得了躁郁症。

梦

奚：二〇一一年三一一大地震、福岛核电厂核能外泄时，我正好在朋友家里，马上联想到黑泽明最后一部电影《梦》中的“红色富士山”段落。我在网上查到“红色富士山”，朋友吓坏了，以为这个电影场景就是灾害现场。片中的人们逃到海边，问，为什么当时建核电厂的人都说没问题？很奇怪，《梦》是廿多年前的电影，福岛事件也三年多了，却很少有人提到两者之间的关联，以及《梦》的预告性，太怪了。

白：“红色富士山”让我想到奚淞在《大树之歌》佛传油画系列里的画作《火宅》，燃烧的火焰其实是人心。

奚：佛陀曾领着一群弟子登上伽耶山，俯瞰山下的野火。佛陀便问弟子，这世界是怎么燃烧起来的？

佛陀说，世界上的火种，藏在人的眼、耳、鼻、舌、身、意，以及外在的色、声、香、味、触、法中。当六根与六尘接触时，就点燃星星之火。星星之火容易扑灭，但也可因为贪、嗔、痴的助长而蔓延成燎原的熊熊大火。每次星星之火燃起时，如果人们以为是外界的火，就会任由烦恼心助长让火焰蔓延到全世界；但如果你能用安定的心看待不顺心的事、驯服心中的烦恼与贪念，你就可以成为扑灭世界大火的勇士。我们不能够光从外界事物寻找答案，而是要回归到自己的心灵，从根本处做起。

《梦》分为八个片段，在说黑泽明自己一生最重要的经验．他跟心理学家荣格一样，不是用具体的事来写自传，而是用梦来写自传，梦比现实还要真实。

在第一段《太阳雨》中，母亲警告小男孩，下太阳雨时不可以随便跑出去，因为狐狸在此时嫁女儿。若是被狐狸发现，会发生可怕的事情。但小男孩很好奇，躲在树后偷看到狐狸娶亲。

小男孩回到家，母亲告诉他：你犯了禁忌，狐狸来这里留下一把刀，说你必须为此偿命．我现在无法救你，你必须自己到狐狸所住的彩虹之地，向它们求取原谅。

《太阳雨》讲的是人的出生，我们出生不知是为了什么？我们有原罪吗？我们怎么样才能得到生命的谅解？而我们都必须面对死亡。拿着刀的小孩走到繁花遍野之处，看着远方的彩虹，这就是人的“出生”。

在《暴风雪》段落中，人类的文明登到高峰，却是灾难的开始。一群登山队伍在风雪中挣扎，找不到安身立命的地方，许多人都倒了。其中一个人倒下时，天空飘下一身银白的“雪女”，手中拿着闪亮的银裘，想要盖住他的身体。雪女说：“雪是温暖的。”这代表死的欲望。那人在迷迷糊糊中，突然睁开眼睛，推开雪女，雪女瞬间变成狰狞的鬼脸消失。他赶紧拉醒身边的人，天也亮了。

《暴风雪》隐喻曾经自杀的黑泽明，他经历死亡的诱惑，最后选择活下去。

白：人们经常浮沉于挣扎于生与死之间。

奚：《隧道》讲的是第二次世界大战，一个返乡的军官走过黑暗的隧道回家，在隧道中居然遇到曾经死在他怀中的小兵鬼魂，小兵说：“我要回家，我想吃母亲亲手为我做的饼。”

在那么一个科技辉煌的时代，人类想以此创造富裕的物质文明，科技却变成了四面八方来的摧毁武器，让无数人变成无主冤魂。

白：这对日本的军国主义有强烈的批判。

奚：喜欢黑泽明电影的人多半不喜欢《梦》，觉得这部电影没头没脑，以为老先生不行了，满口道德教训、缺乏艺术性。其实《梦》就是自传，是年老的黑泽明不吐不快、对后世人的忠告。我刚看时也不喜欢，但到了“蛤蟆吓出一身油”的年龄，我终于看懂了。

白：从《梦》中可以看出，黑泽明的晚年，与自然、生命取得和谐，早年电影中的冲突和怀疑，找到了和解与答案。

昆曲的魅力 演艺的绝活

与昆曲名旦华文漪对谈

每个民族都有一种高雅精致的表演艺术，深刻地表现出那个民族的精神与心声，希腊人有悲剧、意大利人有歌剧、日本人有能剧、俄国人有芭蕾、英国人有莎剧、德国人有古典音乐，他们对自己这种民族“雅乐”都极端地引以为傲。我们中国人的“雅乐”是什么？我想应该是昆曲。这个曾有四百多年历史，雄霸中国剧坛，经过无数表演艺术家千锤百炼的精致艺术，迄今已濒临绝种之危，如何保存我们唯一现存的“雅乐”，应是文化工作者的当务之急。笔者访问中国当今昆曲第一名旦华文漪女士，畅谈她对昆曲的看法及学艺经过，希望能够引起文化界的注意，共同爱护保存昆曲这项珍贵的民族文化遗产。

白：我先跟中国昆剧第一名旦华文漪女士作一个对谈，

主要围绕昆剧来发问。听说你九月份被邀请参加洛杉矶国际艺术节的演出是吗？

华：是的，洛杉矶国际艺术节委托我组织昆剧团，来代表中国艺术参加演出。这次国际艺术节有二十几个国家，一百多个艺术团体，共九百多个艺术家参加，其中主要宣传十个艺术家，我是其中一个。我想这是个宣传、发扬昆剧艺术的好机会，希望通过这次演出，能有更多的朋友了解中国艺术，喜欢昆剧艺术。

白：这次演哪几个戏？你演什么？

华：这次演出三个戏。有活猴王之称的陈同申和名花旦史洁华合演《孙悟空借扇》，有名花脸钟维德和名小丑蔡青霖合演《鲁智深醉打山门》；我和名小生尹继芳、史洁华合演《牡丹亭》其中二折《游园惊梦》。

白：我看过你演《牡丹亭》的录影带，演得非常好。《游园》与《寻梦》一戏形成强烈的对比，很好。《游园》是对春天的喜悦、惊喜，《寻梦》是春末凋谢以后的暮春，那种哀悼。我相信外国人看这出戏会受感动，这么多年在美国还没有正式演过。

华：我们在英国伦敦，以及香港等地都演过此戏，演出结束后都有年轻妇女观众上台与我握手，感动得掉泪。过去只是在历史材料中看见，有的演员在台上演杜丽娘竟身临其境，感动得死在台上。还有的看了《牡丹亭》的书，因此郁郁而死。当今妇女看了此戏，也是如此受感动。这都说明伟大的剧作家汤显祖写出了妇女的心声，我着重体现原著的精神。

白：请你谈谈为什么《游园惊梦》会成为昆剧的经典巨作，你又是怎样演的？

华：《牡丹亭》表现出几百年前封建社会里的一般女子，受到旧家庭、旧礼教的束缚的苦闷，在恋爱上渴望自由的心情，是并无今昔之异的。从艺术上来讲，这是当年一出常唱的戏，经过许多前辈艺术家们在音乐身段上耗尽心血、千锤百炼，才留下来这样一个珍贵的作品。后来再加上梅兰芳先生的细细推敲、斟酌演出时，就成为一个很完美的戏剧杰作了。

白：我插一句，据我了解，你与梅先生曾同台演出。

华：我曾参加过梅先生拍摄的昆剧电影《游园惊梦》的演出，扮演花神，那时我才二十出头，受他的影响很深，对我以后演好此戏起了很大的作用。

白：那是你怎样揣摩此戏的呢？

华：我着重体现汤显祖原著的精神，抓住反对封建礼教，妇女要求自由解放的精神，加以突出。此戏不像祝英台抗婚和《西厢记》里的莺莺，有个父母的对立面，杜丽娘只有心里的冲突的矛盾，是以触景生情的心态来体现。在封建礼教家庭中的压抑和心里的追求，是一种非常细微的内心戏，全要在有意无意之间来透露出一点剧中人的内心感情，所以相当不好演。另外此戏身段繁重，几乎每一句台词都有身段，要在身段的基础上下功夫，为求做到动作优美，如诗如画，并能准确表达词意，我要求自己像个舞蹈演员一样，能够说话做动作，就能把人物内心表达得一清二楚。

白：我非常赞成这样的演法，我在一九八七年的时候去上海，看过昆剧《长生殿》，第一次看到上海昆剧团的表演，当时我就大吃一惊，剧团艺术水准这么高，所以对剧团历史很感兴趣。我想今天请你谈谈，因为你曾经做过上海昆剧团团长，对该团历史一定很清楚，它是怎样产生的？上海昆剧团在“文革”前后的历史。

华：我想分“文革”前后来讲。“文革”以前，我们的团叫“上海青年京昆剧团”，成员是由上海戏曲学校京、昆第一班（也称大班）毕业生组成。“文革”中因江青的一句话，昆剧被砍掉了。她说昆剧是最典型的帝王将相，才子佳人，封、资、修的东西。这样一来，我们学昆剧的人就惨了，大都改行到工厂当工人，好一点的则在沪剧、淮剧、越剧学馆里当老师。那时我被调到上海京剧院《智取威虎山》剧组，改唱京剧样板戏，一直到“四人帮”被打倒后，一九七八年经大家要求重新成立剧团，叫“上海昆剧团”，成员由昆剧大、小二班组成。

白：那时候大家都回来了，成立剧团演过哪些戏？

华：本来都散在各单位，后又进行集中。剧团成立时，第一个戏是演现代戏《琼花》，即《红色娘子军》；后来就演全本《白蛇传》，新排历史剧《蔡文姬》、武戏《三打白骨精》；恢复大戏有《墙头马上》、《贩马记》、《烂柯山》、折子戏《思凡下山》等等。

白：据我了解，《长生殿》很风光，《牡丹亭》、《潘金莲》、《钗头凤》，还有莎士比亚名剧《马克白》改编的《血手记》，我都很喜欢。你再谈谈大、小班的情形。

华：大班招生的时候是一九五四年，报名有一千多名，只取三百六十名，年龄都在十一、十二岁，这是上海戏曲学校的前身，叫华东戏曲研究院昆剧演员训练班。后来成立了上海戏曲学校，才招了第二班，也就是昆小班。

白：除了俞振飞、言慧珠二位校长外，你们“传”字辈老师有几位在学校教学？

华：有十几位老师任教，充分发挥艺术人员的才能。

白：昆剧团给我最深刻的印象是行当齐全，各行都能独当一面，你再谈谈大班同学和搭档。

华：我与两个小生搭档较多，蔡正仁和岳美缇。美缇是女小生，主要唱巾生，和她一起演的戏有《牡丹亭》、《玉簪记》、《墙头马上》等，她的表演十分细腻，身段很讲究。正仁主要唱官生，和他一起演过《长生殿》、《贩马记》、《断桥》等，蔡正仁的嗓子特别宏亮，很像俞振飞老师的嗓音，表演大方，表现力强。另外还与演老生的计镇华同学合作过新编历史剧《蔡文姬》与《钗头凤》，计镇华的特点是会表演，在台上很有光彩，并有创新精神，他们三位都对我启发很大。

白：我看过你和岳美缇的《牡丹亭》录影带，蔡正仁也与你配搭得很好，简直天衣无缝。

华：主要是和他们长期合作，互相有相当的了解和熟悉，艺术观点比较一致，所以在台上很有默契。

白：你和蔡正仁在《长生殿》中配合得好极了，尤其是演到《埋玉》那段，两个人生离死别的感情有淋漓尽致的发挥，很感动人，相当成功。你和蔡正仁、岳美缇配戏时感觉有什么不同？

华：岳美缇比较细腻，恰如其分，蔡正仁比较夸张，幅度较大，这大概和戏路子不同有关系。

白：他们两个人是你重要的搭档，而计镇华与他们有什么不同？

华：计镇华比较能革新，除了传统以外，能吸收新文艺界对情感的诠释，讲究感情的真挚，很会表演。

白：你另外几个同学也很出色，像《思凡下山》、《活捉》中的二位。

华：对。这几出戏是梁谷音、刘异龙的绝活，他们合作的《潘金莲》也很出色。

白：你们的武旦也了不起，武功应该很高。

华：是啊！王芝泉从小勤学苦练，能这样几十年坚持不懈，是很不容易的。

白：还有陈同申，有猴戏的绝活。

华：对，他的猴戏，也下了很大功夫，十分感人。在这里我还要向你介绍，这次国际艺术节和我合作的几位同学，花脸钟维德、花旦史洁华、小丑蔡青霖，都是我们团里的尖子、业务骨干，这次还特别邀请尹继芳小姐唱小生，她原来是苏州昆剧团的，根底也相当扎实，表演也有分寸，希望您能来观看我们的演出。

白：这台戏都是专家演出，一定好看，我非常愿意看。一九八七年我去上海看《长生殿》，你正担任团长，谈谈担任团长的心得，我想是不容易的；昆剧的文学性能打动知识分子的热情。

华：我是一九八五年当团长的，当时较缺团务经验，只是一种直觉，一定要提高专业人员的积极性，充分发挥艺术人员的才能，尽量支持他们的创作活动。一个团的兴旺，主要看它有多少好剧目及好演员。在这方面做了一些工作，增加了不少新剧目。但由于剧团人才济济，经费却不足，所以还有不少好演员轮不到发挥的机会，这是最伤脑筋和遗憾的事情了。

白：你们一年要演多少场戏？能完成吗？

华：每年演八十五场戏。能完成，想点办法就好了。

白：有那么多观众？

华：观众是要培养的。我们也做了一点工作，如举办“每周一曲”，每星期日唱一曲，吸收一些爱好者来听课及学唱，培养他们的兴趣。还到各大学去讲课和演出。

白：我有一个想法，据我的看法，昆剧的文学性很高，欣赏的层面主要是知识分子，我认为在大专院校培养观众很要紧的，是重要的一部分，应该到各大专院校去演出，在院校鼓励成立昆剧社，你们可以去指点。在台湾，京剧、昆剧的年轻观众很少，怎么吸收年轻观众到戏院里去，这是重要的课题。我认为台湾的郭小庄做得很成功，她能够打动大学生的热情，不辞辛苦，经常去大学讲课、示范，和大学生打成一片，所以她的观众最多。

华：这经验很重要。以后有机会一定要向郭小姐“取经”。

白：传统戏曲要打入观众不是不可能。下面是否能谈谈您个人的学艺经过？您的恩师是朱传茗老师，他的表演风格和特点在哪里？

华：朱老师的表演特点，是有大家闺秀的风度，手、眼、身、法、步讲究准确的规范，动作优美，大方自然，表情不温不火，恰如其分。他接触的京剧艺术家较多，如梅先生、言慧珠、李玉茹等，所以，能吸收其他剧种的优点，不故步自封。

白：据我了解，他是旦角里的头牌。你的眼神表情那么好，眼神能罩住全场，这很重要，也很难，他是怎样教你的？

华：眼睛是心灵的窗户，你心里想什么，看眼神就知道了，你注意观众看戏，首先看的是眼睛，所以眼神很重要。朱老师教我最主要的一点，就是眼神收放运用，不要在台上傻瞪眼，必须做到欲放先收，欲收先放，而且眼睛要有戏，有内容，不能空洞，这样眼神才能发光。

白：对表演艺术家来说，眼神能掌握观众的情绪，这很要紧。你演我的小说改编的话剧《游园惊梦》，这套功夫使你占了很大的便宜，你一出场，眼神就有戏了，独白时的眼神抛出去能掌握观众的情绪。

华：一九八八年演你的话剧《游园惊梦》，是我艺术生涯中的又一个高潮。感谢您给我这样一个崭新的艺术经验，得益不浅。

白：你演话剧《游园惊梦》是昆剧艺术在跨行，昆剧艺术融进话剧里去，在短短期间内，一下子改过来，改得那么成熟，一点灵犀通，是个很聪慧的人。

华：在广州演出前夕，幸亏您来参加排戏，否则摸不到窍门。

白：我认为你演话剧，把昆剧的味道、身段、手势，驾轻就熟地转到话剧里来，如你没有昆剧底子，就很难了。我对中国的话剧不算内行，我是玩票的。我对中国的话剧有批评，肢体语言不够美，没找到大方向，把西洋话剧照样搬来。

有中国味道是要在血液里面的、骨子里头的，把中国传统都抛掉，不是中国人的，不适合中国的味道，洋腔洋调的。每一个民族的表演艺术都有绝活，代表整个民族最高雅的艺术，如意大利的歌剧、日本的能剧、英国的莎剧、希腊的悲剧，每一个国家都有古典、高雅的戏，中国选择什么剧种代表呢？最能代表的是昆剧，它有六百多年的历史、艺术家的锤炼，无论音乐、舞蹈都到了高雅艺术的境界。我有个法国朋友班文干教授，在巴黎大学专门研究中国文学、戏曲，收集中国戏曲资料，建立一个图书馆。法国人最能欣赏的是昆剧。法国人修养很高，以他的看法，昆剧最能代表中国的“雅乐”。

华：听了您的这番话很高兴，您是昆剧的知音，希望今后能给予昆剧更多的帮助和支持，让它更加发扬光大，多谢！

原刊于一九九〇年九月七日《联合早报》副刊

大观红楼

二〇一四年春季，台湾大学文学院由趋势教育基金会赞助的“白先勇人文讲座”开课，种种因缘巧合，这次轮到我担任讲座教授。自从一九九四年我在加州大学提前退休后，二十年来，虽然曾在多所大学演讲，参加讲座，但从未全程授课。教书对我来说，责任重大，必须全心投入，全力以赴，所以不敢轻易答应。此次面对台大“白先勇人文讲座”，不免有些踌躇。张淑香教授劝我道 :“你应该在台大教《红楼梦》。”她说现在大学生很少有耐心看大部头的经典作品了，这对学生的人文教育有很大的影响。她这番话恰恰触动了我的心思，“五四”以来，我们的教育政策一向重理工、轻人文，尤其偏废中国传统文化课程，造成学生文化认同混淆，人文素养低落，后遗症甚大。近年来，我致力推广昆曲，替北大、香港中大、台大设立昆曲讲座，就是希望这些龙头大学的青年学子有机会欣赏到昆曲之美，希望他们重新亲近我们的传统文化。我在美国加州大学也曾教过多次《红楼梦》，但回到母校教授自己的学弟学妹，心情到底不同。至少选我课的同学，有机会跟着我，把这本旷世经典从头细读一遍，希望透过这部古典文学杰作，同学们也会对我们的传统文化，有所感悟，受到启发。

《红楼梦》本来就应该是大学人文教育必读的文学经典：首先，《红楼梦》是中国文学最伟大的小说，如果说文学是一个民族心灵最深刻的投射，那么《红楼梦》在我们民族心灵构成中，应该占有举足轻重的地位。十九世纪以前，放眼世界各国的小说，似乎还没有一部能超越《红楼梦》，即使在二十一世纪，在我阅读的范围内，要我选择五本世界最杰出的小说，我一定会包括《红楼梦》，可能还列在很前面。

《红楼梦》是一本天书，有解说不尽的玄机，有探索不完的秘密。自从两百多年前《红楼梦》问世以来，关于这本书的研究、批评、考据、索隐，林林总总，汗牛充栋，兴起所谓“红学”、“曹学”，各种理论、学派应运而生，一时风起云涌，波澜壮阔，至今方兴未艾，大概没有一本文学作品，会引起这么多人如此热切的关注与投入。但《红楼梦》一书内容何其复杂丰富，其版本、作者又问题多多，任何一家之言，恐怕都难下断论。我在台大开设《红楼梦》导读课程，正本清源，把这部文学经典完全当作小说来导读，侧重解析《红楼梦》的小说艺术：神话架构、人物塑造、文字风格、叙事手法、观点运用、对话技巧、象征隐喻、平行对比、千里伏笔，检视《红楼梦》的作者曹雪芹如何将各种构成小说的元素发挥到极致。曹雪芹是不世出的天才，他成长在十八世纪的乾隆时代，那正是中国文化由盛入衰的关键时期，曹雪芹继承了中国文学诗词歌赋、小说戏剧的大传统，但他在《红楼梦》中却能样样推陈出新，以他艺术家的极度敏感，谱下对大时代的兴衰、大传统的式微，人世无可挽转的枯荣无常，人生命运无法料测的变幻起伏，一阕史诗式、千古绝唱的挽歌。

十九、二十世纪西方小说的新形式，层出不穷，万花竞艳，但仔细观察，这些现代小说技巧，在《红楼梦》中其实大都具体而微。《红楼梦》在小说艺术的成就上，远远超过它的时代，而且是永恒的。例如现代小说非常讲究的叙事观点之运用，曹雪芹在《红楼梦》中用的是全知观点，但作者是隐形的，神龙见首不见尾，完全脱离了中国小说的说书传统，亦没有十八、十九世纪一些西方小说作者现身干预说教，作者对于叙事观点的转换，灵活应用，因时制宜。例如大观园的呈现：大观园是《红楼梦》最主要的场景，如何介绍这些主景？读者第一次游大观园是跟贾政进去的。第十七回大观园落成，贾政率领众清客以及宝玉，到园内巡视题咏，因此大观园的一景一物，一草一木，都是随着贾政的视角而涌现，贾政是《红楼梦》中儒家系统宗法社会的代表人物，在他眼中，大观园是为了元妃省亲而建造的园林场所，是皇妃女儿的省亲别墅、家庭聚会的地方。功能意义完全合乎儒家伦理的社会性，因此透过贾政视角的大观园是写实的、静态的，读者这时看到的大观园就如同一幅中规中矩的工笔画。我们第二次再游大观园的时候，导游换成了刘姥姥，从刘姥姥的观点看出去，大观园立刻完全换了一幅景象。第四十回“史太君两宴大观园，金鸳鸯三宣牙牌令”，由于刘姥姥的出现，大观园似乎突然百花齐放，蜂飞蝶舞，热闹起来。刘姥姥是个乡下老妪，她眼中看到的大观园，无一处不新奇，大观园变成了游乐园，如同哈哈镜中折射出来的夸大了数倍的景物。刘姥姥进大观园，我们跟着这位“乡巴佬”游览，也看尽了园中的奇花异草，但刘姥姥这个人物远不止于一位乡下老妪，在某种意义上，她可以说是一个土地神祇——中国民间传说中的土地婆。她把大地的生机带进了大观园，使得大观园的贵族居民个个喜上眉梢，笑声不绝。刘姥姥把“省亲别墅”的牌坊看成“玉皇宝殿”，事实上大观园的设计本来就是人间的“太虚幻境”，只是太虚幻境中时间是停顿的，所以草木长春，而人间的“太虚幻境”大观园中时间不停运转，春去秋来，大观园最后终于倾颓，百花凋谢。利用不同的叙事观点，巧妙地把大观园多层次的意义，一一展现出来，这是《红楼梦》的“现代性”之一。

《红楼梦》的中心主题是贾府的兴衰，也就是大观园的枯荣，最后指向人世的沧桑、无常，“浮生若梦”的佛道思想。大观园鼎盛的一刻在第四十回，贾母两宴大观园的家宴上，刘姥姥这位土地神仙把人间欢乐带进了贾府，她在宴会上把贾府上下逗得欢天喜地，乐得人仰马翻，那一段描写各人的笑态，是《红楼梦》最精彩的片段，整个大观园都充满了太平盛世的笑声。第一百零八回“强欢笑蘅芜庆生辰，死缠绵潇湘闻鬼哭”，此时贾府已被抄家，黛玉泪尽人亡，贾府人丁死的死，散的散。贾母为了补偿宝钗仓促成婚所受的委屈，替宝钗举行一场生日宴，可是宴上大家各怀心思，强颜欢笑，鼓不起劲来；一场尴尬的宴席，充分暴露了贾府的颓势败象，宝玉独自进到大观园中，“只见满目凄凉”，几个月不到，大观园已瞬息荒凉，宝玉经过潇湘馆，闻有哭声，是黛玉的鬼魂在哭泣，于是宝玉大恸。荒凉颓废的大观园里，这时只剩下林黛玉的孤魂，夜夜哭泣。曹雪芹以两场家宴，用强烈的对比手法说尽了贾府及大观园的繁盛与衰落，一笑一哭，大观园由人间仙境沉沦为幽魂鬼域。

大观园走向败落的关键在第七十四回“惑奸谗抄检大观园，矢孤介杜绝宁国府”，贾府自己抄家，因而晴雯被逐冤死，司棋、入画、四儿等人皆被赶出大观园，芳官等几个小伶人也被发放，连宝钗避嫌也搬出大观园，一夕间，大观园顷刻萧条，黯然失色。抄大观园的起因是在大观园中，贾母丫鬟傻大姐拾到了一只绣春囊，一只绣春囊颠覆了贾府儒家系统宗法社会的整个道德秩序，这只绣春囊不过是司棋及其表弟潘又安两人互赠的纪念物，一对小情侣互通私情的表记。可是在贾府长辈王夫人、邢夫人的眼中，就如同“伊甸园中爬进了那条大毒蛇”（夏志清语），危及了大观园内小姐们的纯真。这就牵涉到儒家宋明理学“存天理灭人欲”的极端主张，对人的自然天性有多大的斫伤了。这也是曹雪芹借宝玉之口，经常提出的抗议。可是曹雪芹毕竟是个天才中的天才，他竟然会将这只绣春囊偏偏交在一个十四岁“心性愚顽，一无知识”的傻大姐手里，傻大姐没有任何道德偏见，也无从做任何道德判断，绣春囊上那对赤条条抱在一起的男女，在这位天真痴傻的女孩眼里，竟是一幅“妖精打架图”。这对王夫人、邢夫人这些冥顽不化的卫道者又是多大的讽刺。

多年来一些红学家四处勘查，寻找《红楼梦》里大观园的原址，有人认定是北京恭王府，也有人断定是南京江宁织造府的花园，还有人点名袁枚的随园，但很可能大观园只存在曹雪芹的心中，是他的“心园”，他创造的人间“太虚幻境”。大观园是一个隐喻，隐喻我们这个红尘滚滚的人世间，其实我们都在红尘中的大观园里，“乱烘烘你方唱罢我登场，反认他乡是故乡”。最后宝玉出家，连他几曾流连不舍的大观园，恐怕也只是镜花水月的一个幻境罢了。

《红楼梦》的版本问题极其复杂，是门大学问。要之，在众多版本中，可分两大类：即带有脂砚斋、畸笏叟等人评语的手抄本，止于前八十回，简称脂本；另一大类，一百二十回全本，最先由程伟元与高鹗整理出来印刻成书，世称程高本，第一版成于乾隆五十六年（一七九一），即程甲本，翌年（一七九二）又改版重印程乙本。程甲本一问世，几十年间广为流传，直至一九二七年，胡适用新式标点标注、由上海亚东图书馆印行的程乙本出版，才取代程甲本，获得《红楼梦》“标准版”的地位。早年台湾远东图书公司、启明书局出版的《红楼梦》都是根据亚东程乙本。一九八三年，台湾桂冠图书公司出版《红楼梦》，这个版本也是以程乙本为底本，并考照其他众多主要版本，详加勘校，改正讹错，十分讲究，并附有校记，以作参考。其注解尤其详尽，是以国学大师启功的注释本为底本，由唐敏等人重新整理而成，其中诗词并有白话翻译，作为教科书，对学生帮助甚大。我在美国加州大学教《红楼梦》，一直采用桂冠版。这次在台大开课教授《红楼梦》，我用的却是台北里仁书局出版、由冯其庸等人校注、以庚辰本为底本的版本，后四十回乃截取程高本而成。因为桂冠版《红楼梦》已经断版，而里仁书局的庚辰本《红楼梦》，其注释十分详细，有助于初读《红楼梦》的学生。这种以庚辰本为主的《红楼梦》版本，自从一九八二年由人民文学出版社出版以后，渐渐大行其道，近来甚至有压倒程乙本之趋势。拥护这个版本的红学家认为，庚辰本是诸脂本中比较完整的一个，共七十八回，其底本年代早在乾隆二十五年（一七六〇），他们认为这是最接近曹雪芹原作的本子。这是我第一次采用庚辰本做教科书，有机会把里仁版庚辰本《红楼梦》与桂冠版程乙本从头到尾仔细对照比较了一次。我发觉庚辰本其实也隐藏了不少问题，有几处还相当严重，我完全从小说艺术、美学观点来比较两个版本的得失。

人物塑造是《红楼梦》小说艺术最成功的地方，无论主要、次要人物，无一不个性鲜明，举止言谈，莫不恰如其分。例如秦钟，这是一个次要角色，出场甚短，但对宝玉意义非凡。宝玉认为“男人是泥作的骨肉”，“浊臭逼人”，尤其厌恶一心讲究文章经济、追求功名利禄的男人，如贾雨村之流，连与他形貌相似而心性不同的甄宝玉，他也斥之为“禄蠹”。但秦钟是《红楼梦》中极少数受宝玉珍惜的男性角色，两人气味相投，惺惺相惜，同进同出，关系亲密。秦钟夭折，宝玉奔往探视，庚辰本中秦钟临终竟留给宝玉这一段话：

> “以前你我见识自为高过世人，我今日才知自误了。以后还该立志功名，以荣耀显达为是。”

这段临终忏悔，完全不符秦钟这个人物的个性口吻，破坏了人物的统一性。秦钟这番老气横秋、立志功名的话，恰恰是宝玉最憎恶的。如果秦钟真有这番利禄之心，宝玉一定会把他归为“禄蠹”，不可能对秦钟还思念不已。再深一层，秦钟这个人物在《红楼梦》中又具有象征意义，秦钟与“情种”谐音，第五回贾宝玉游太虚幻境，听警幻仙姑《红楼梦》曲子第一支〔红楼梦引子〕：开辟鸿蒙，谁为情种？“情种”便成为《红楼梦》的关键词，秦钟与姐姐秦可卿其实是启发贾宝玉对男女动情的象征人物，两人是“情”的一体两面。“情”是《红楼梦》的核心。秦钟这个人物象征意义的重要性不言而喻。庚辰本中秦钟临终那几句“励志”遗言，把秦钟变成了一个庸俗“禄蠹”，对《红楼梦》有主题性的伤害。程乙本没有这一段，秦钟并未醒转留言。脂本多为手抄本，抄书的人不一定都有很好的学识见解，庚辰本那几句话很可能是抄书者自己加进去的。作者曹雪芹不可能制造这种矛盾。

比较严重的是尤三姐一案。《红楼梦》次要人物榜上，尤三姐独树一帜，最为突出，可以说是曹雪芹在人物刻画上一大异彩。在描述过十二金钗、众丫鬟等人物后，小说中段，尤氏姐妹二姐、三姐登场，这两个人物横空而出，从第六十四回至六十九回，六回间二尤的故事多姿多彩，把《红楼梦》的剧情又推往另一个高潮。尤二姐柔顺，尤三姐刚烈，这是作者有意设计出来一对强烈对比的人物。二姐与姐夫贾珍有染，后被贾琏收为二房。三姐“风流标致”，贾珍亦有垂涎之意，但她不似二姐随和，因而不敢造次。第六十五回，贾珍欲勾引三姐，贾琏在一旁怂恿，未料却被三姐将两人指斥痛骂一场。这是《红楼梦》写得最精彩、最富戏剧性的片段之一,三姐声容并茂,活跃于纸上。但庚辰本这一回却把尤三姐写成了一个水性淫荡之人,早已失足于贾珍,这完全误解了作者有意把三姐塑造成贞烈女子的企图。庚辰本如此描写:

> 当下四人一处吃酒。尤二姐知局,便邀他母亲说:"我怪怕的,妈同我到那边走走来。"尤老也会意,便真个同他出来,只剩小丫头们。贾珍便和三姐挨肩擦脸,百般轻薄起来。小丫头子们看不过,也都躲了出去,凭他两个自在取乐,不知作些什么勾当。

这里尤二姐支开母亲尤老娘,母女二人好像故意设局让贾珍得逞,与三姐狎昵。而刚烈如尤三姐竟然随贾珍"百般轻薄"、"挨肩擦脸",连小丫头们都看不过,躲了出去。这一段把三姐糟蹋得够呛,而且文字拙劣,态度轻浮,全然不像出自原作者曹雪芹之笔。程乙本这一段这样写:

> 当下四人一处吃酒。二姐儿此时恐怕贾琏一时走来,彼此不雅,吃了两钟酒便推故往那边去了。贾珍此时也无可奈何,只得看着二姐儿自去。剩下尤老娘和三姐儿相陪。那三姐儿虽向来也和贾珍偶

> 有戏言，但不似他姐姐那样随和儿，所以贾珍虽有垂涎之意，却也不肯造次了，致讨没趣。况且尤老娘在傍边陪着，贾珍也不好意思太露轻薄。

尤二姐离桌是有理由的，怕贾琏闯来看见她陪贾珍饮酒，有些尴尬，因为二姐与贾珍有过一段私情。这一段程乙本写得合情合理，三姐与贾珍之间，并无勾当。如果按照庚辰本，贾珍百般轻薄，三姐并不在意，而且还有所逢迎，那么下一段贾琏劝酒，企图拉拢三姐与贾珍，三姐就没有理由，也没有立场，暴怒起身，痛斥二人。《红楼梦》这一幕最精彩的场景也就站不住脚了。后来柳湘莲因怀疑尤三姐不贞，索回聘礼鸳鸯剑，三姐羞愤用鸳鸯剑刎颈自杀。如果三姐本来就是水性妇人，与姐夫贾珍早有私情，那么柳湘莲怀疑她乃“淫奔无耻之流”并不冤枉，三姐就更没有自杀以示贞节的理由了。那么尤三姐与柳湘莲的爱情悲剧也就无法自圆其说。尤三姐是烈女，不是淫妇，她的惨死才博得读者的同情。庚辰本把尤三姐这个人物写岔了，这绝不是曹雪芹的本意，我怀疑恐怕是抄书的人动了手脚。

第七十七回“俏丫鬟抱屈夭风流”写晴雯之死，是《红楼梦》全书最动人的章节之一。晴雯与宝玉的关系非比一般，她在宝玉的心中地位可与袭人分庭抗礼，在第三十一回“撕扇子作千金一笑”、第五十二回“勇晴雯病补雀金裘”中，两人的感情有细腻的描写。晴雯貌美自负，“水蛇腰，削肩膀儿，眉眼像林妹妹”，可是“心比天高，身为下贱，风流灵巧招人怨”，后来遭谗被逐出大观园，含冤而死。临终前宝玉到晴雯姑舅哥哥家探望她，晴雯睡在芦席土炕上：

> 幸而被褥还是旧日铺盖的，心内不知自己怎么才好，因上来含泪伸手，轻轻拉他，悄唤两声。当下晴雯又因着了风，又受了哥嫂的歹话，病上加病，嗽了一日，才朦胧睡了。忽闻有人唤他，强展双眸，一见是宝玉，又惊又喜，又悲又痛，一把死攥住他的手，哽咽了半日，方说道:“我只道不得见你了！”接着便嗽个不住。宝玉也只有哽咽之分。晴雯道:“阿弥陀佛！你来得好，且把那茶倒半碗我喝。渴了半日，叫半个人也叫不着。”宝玉听说，忙拭泪问:“茶在那里？”晴雯道：“在炉台上。”宝玉看时，虽有个黑煤乌嘴的吊子，也不像个茶壶。只得桌上去拿一个碗，未到手内，先闻得油膻之气。宝玉只得拿了来，先拿些水，洗了两次，复用自己的绢子拭了，闻了闻，还有些气味，没奈何，提起壶来斟了半碗，看时，绛红的，也不大像茶。晴雯扶枕道：“快给我喝一口罢！这就是茶了。那里比得咱们的茶呢！”宝玉听说，先自己尝了一尝，并无茶味，咸涩不堪，

只得递给晴雯。只见晴雯如得了甘露一般，一气都灌下去了。

这一段宝玉目睹晴雯悲惨处境，心生无限怜惜，写得细致缠绵，语调哀婉，可是庚辰本下面突然接上这么一段：

宝玉心下暗道："往常那样好茶，他尚有不如意之处；今日这样。看来，可知古人说的'饱饫烹宰，饥餍糟糠'，又道是'饭饱弄粥'，可见都不错了。"

这段有暗贬晴雯之意，语调十分突兀。此时宝玉心中只有疼怜晴雯，哪里还舍得暗暗批评她，这几句话，破坏了整节的气氛，根本不像宝玉的想法，看来倒像手抄本脂砚斋等人的评语，被抄书的人把这些眉批、夹批抄入正文中去了。程乙本没有这一段，只接到下一段：

宝玉看着，眼中泪直流下来，连自己的身子都不知为何物了……

庚辰本对袭人、晴雯、芳官等人的描写，也有可商榷的地方，我在课堂上都一一指出来讨论过了，一些明显的误漏，也加以改正。例如第四十六回，鸳鸯骂她的嫂子是"九国贩骆驼的”，当然应该是“六国”。第七十四回“惑奸谗抄检大观园”，庚辰本有一处严重错误。绣春囊事件引发了抄检大观园，凤姐率众抄到迎春处，在迎春的丫鬟司棋箱中查出一个“字帖儿”，上面写道：

> 上月你来家后，父母已察觉你我之意。但姑娘未出阁，尚不能完你我之心愿。若园内可以相见，你可托张妈给一信息。若得在园内一见，倒比来家得说话，千万，千万。再所赐香袋二个，今已查收外，特寄香珠一串，略表我心。千万收好。表弟潘又安拜具。

司棋与潘又安是姑表姐弟，两人青梅竹马，长大后二人互相已心有所属，第七十一回“鸳鸯女无意遇鸳鸯”，司棋与潘又安果然如帖上所说夜间到大观园中幽会被鸳鸯撞见。绣春囊本是潘又安赠给司棋的定情物，庚辰本的字帖上写反了，写成是司棋赠给潘又安的，而且变成两个。司棋不可能弄个绣有“妖精打架”春宫图的香囊给潘又安，必定是潘又安从外面坊间买来赠予司棋的。程乙本的帖上如此写道：

> 再所赐香珠二串，今已查收。外特寄香袋一个，略表我心。

绣春囊是潘又安给司棋的，司棋赠给潘又安的则是两串香珠。绣春囊事件是整本小说的重大关键，引发了抄查大观园，大观园由是衰颓崩坏，预示了贾府最后被抄家的命运。像绣春囊如此重要的物件，其来龙去脉，绝对不可以发生错误。

庚辰本作为研究材料，是非常珍贵重要的版本，因为其时间早，前八十回回数多，而且有“脂评”，但作为普及本，有许多问题，须先解决，以免误导。

自程高本出版以来，争议未曾断过，主要是对后四十回的质疑批评。争论分两方面，一是质疑后四十回的作者。长期以来，几个世代的红学专家都认定后四十回乃高鹗所续，并非曹雪芹的原稿。因此也就引起一连串的争论：后四十回的一些情节不符合曹雪芹的原意、后四十回的文采风格远不如前八十回，这样那样，后四十回遭到各种攻击，有的言论走向极端，把后四十回数落得一无是处，高鹗续书变成了千古罪人。我对后四十回一向不是这样的看法。我还是完全以小说创作、小说艺术的观点来评论后四十回。首先我一直认为后四十回不可能是另一位作者的续作，世界经典小说，还没有一本是由两位或两位以上作者合写而成的例子。《红楼梦》人物情节发展千头万绪，后四十回如果换一个作者，怎么可能把这些无数根长长短短的线索一一理清接榫，前后成为一体。例如人物性格语调的统一就是一个大难题。贾母在前八十回和后四十回中绝对是同一个人，她的举止言行前后并无矛盾。第一百零六回“贾太君祷天消祸患”，把贾府大家长的风范发挥到极致，老太君跪地求天的一幕，令人动容。后四十回只有拉高贾母的形象，并没有降低她。

《红楼梦》是曹雪芹带有自传性的小说，是他的《追忆似水年华》，全书充满了对过去繁华的追念，尤其后半部写到贾府的衰落，可以感受到作者的哀悯之情，跃然纸上，不能自已。高鹗与曹雪芹的家世大不相同，个人遭遇亦迥异，似乎很难由他写出如此真挚的个人情感来。近年来红学界已经有越来越多的学者相信高鹗不是后四十回的续书者，后四十回本来就是曹雪芹的原稿，只是经过高鹗与程伟元整理过罢了。其实在程甲本程伟元序及程乙本程伟元与高鹗引言中早已说得清楚明白，后四十回的稿子是程伟元搜集得来，与高鹗“细加厘剔，截长补短”修辑而成，引言又说“至其原文，未敢臆改”。在其他铁证还没有出现以前，我们就姑且相信程伟元、高鹗说的是真话吧。

至于不少人认为后四十回文字功夫、艺术成就远不如前八十回，这点我绝不敢苟同。后四十回的文字风采、艺术价值绝对不输前八十回，有几处可能还有过之。《红楼梦》前大半部是写贾府之盛，文字当然应该华丽，后四十回是写贾府之衰，文字自然比较萧疏，这是应情节的需要，而非功力不逮。其实后四十回写得精彩异常的场景真还不少。试举一两个例子：宝玉出家、黛玉之死。这两场是全书的关键，可以说是《红楼梦》的两根柱子，把整本书像一座大厦牢牢撑住。如果两根柱子折断，《红楼梦》就会像座大厦轰然倾颓。

第一百二十回宝玉出家，那几个片段的描写是中国文学中的一座峨峨高峰。宝玉光头赤足，身披大红斗篷，在雪地里向父亲贾政辞别，合十四拜，然后随着一僧一道飘然而去，一声禅唱，归彼大荒，落了片白茫茫大地真干净。《红楼梦》这个画龙点睛式的结尾，恰恰将整本小说撑了起来，其意境之高、其意象之美，是中国抒情文字的极致。我们似乎听到禅唱声充满了整个宇宙，天地为之久低昂。宝玉出家，并不好写，而后四十回中的宝玉出家，必然出自大家手笔。

第九十七回"林黛玉焚稿断痴情"，第九十八回"苦绛珠魂归离恨天"，这两回写黛玉之死又是另一座高峰，是作者精心设计、仔细描写的一幕摧人心肝的悲剧。黛玉夭寿、泪尽人亡的命运，作者明示暗示，早有铺排，可是真正写到苦绛珠临终一刻，作者须煞费苦心，将前面铺排累积的能量一股脑儿全部释放出来，达到震撼人心的效果。作者十分聪明地用黛玉焚稿比喻自焚，林黛玉本来就是"诗魂"，焚诗稿等于毁灭自我，尤其黛玉将宝玉所赠的手帕（上面题有黛玉的情诗）一并掷入火中，手帕是宝玉用过的旧物，是宝玉的一部分，手帕上斑斑点点还有黛玉的泪痕，这是两个人最亲密的结合，两人爱情的信物。如今黛玉如此决绝将手帕扔进火里，霎时间，弱不禁风的林黛玉形象突然暴涨成为一个刚烈如火的殉情女子。手帕的再度出现，体现了曹雪芹善用草蛇灰线、伏笔千里的高妙手法。

后四十回其实还有其他许多亮点：第八十二回“病潇湘痴魂惊噩梦”；第八十七回“感秋深抚琴悲往事”，妙玉听琴；第一百零八回“死缠绵潇湘闻鬼哭”，宝玉泪洒潇湘馆；第一百十三回，“释旧憾情婢感痴郎”，宝玉向紫鹃告白。

张爱玲极不喜欢后四十回，她曾说一生中最感遗憾的事就是曹雪芹写《红楼梦》只写到八十回没有写完。而我感到这一生中最幸运的事情之一，就是能够读到程伟元和高鹗整理出来的一百二十回全本《红楼梦》，这部震古烁今的文学经典巨作。

在当代接续古典

我心中的《牡丹亭》、《红楼梦》

历史上西方文化的影响力是怎么来的呢？我是学西方文学的，有一点粗浅了解。最重要的恐怕是由于欧洲从十四至十六世纪重要的文艺思潮运动，即他们的“文艺复兴”。人们重新发掘古希腊、古罗马文明，又将文明的种子经意大利撒播到法国、英国、西班牙等国家，直接影响了西方文化后来的成就。从这一点我联想到中国。我在念书时就有一种希望，希望有一天我们的文化也像欧洲那样来一个“文化复兴”，重新获得新的生命和面貌，让全世界欣赏、了解和尊重我们的文化。这是我的渴望，相信我们整个民族这两个世纪以来也都有这种渴望。

西方文艺复兴始于文学和戏剧，我们的“文艺复兴”也可以从文学、戏剧、小说和诗歌着手，从我们的古典文化里寻找灵感。因缘际会，二〇〇三年起我开始制作昆曲青春版

《牡丹亭》。和昆曲结缘大概是在十岁时。当时在上海美琪戏院第一次听《牡丹亭》“游园惊梦”一折，梅兰芳先生和俞振飞先生主演。我那时还不太懂戏，但是“游园惊梦”像唱片一样刻在脑海里。三十九年后我又回到上海，看到了上海昆剧院全本《长生殿》，非常感动，不光是因为戏，更是因为看到了不起的古典文化在舞台上浴火重生，光芒万丈，让我相信优秀传统文化还有重生的机会。那时候我就动心起念，希望为振兴昆曲做一点事情。

昆曲有五六百年历史，这么古老的文化，如果和现代美学结合起来，是不是可以“还魂”？假如做到了，我们整个优秀传统文化很可能也像昆曲一样，有再度复兴的希望。当然想是容易，做起来是非常困难的。我做了十三年，把青春版《牡丹亭》带到全国乃至全球巡演。在国外演出时，西方观众最喜欢昆曲水袖动作，觉得表演那么优雅、那么丰富，这就是昆曲的线条美。它的音乐、笛音、唱腔也都是线条的，昆曲这一套美学是中国传统文化顶尖美学。如果表演艺术的美学高到一定程度，是会超越文化阻隔的。后来我在北京大学、香港中文大学、台湾大学设立昆曲讲座，就是希望更多年轻人有机会欣赏到昆曲之美。

戏曲我们有《牡丹亭》，文学我们有《红楼梦》，《红楼梦》绝对是中国古典文化一个很高的标杆。自少年时代我便耽读《红楼梦》，后来一直在美国加州大学教《红楼梦》，可是直到接近耄耋之年，从头再细细研读一次，我才有十足信心宣称《红楼梦》是天下第一书。

《红楼梦》创作于十八世纪，可它是超越时代的。今天再看它的结构、内容、手法，依然非常现代，不输于任何西方现代经典小说。现代小说技巧里所谓象征性、预言式、魔幻式，在《红楼梦》中都有。某种程度上，《红楼梦》就是一部象征主义小说。它的宇宙是神话的、象征的、超现实的，如书中的太虚幻境、女娲、和尚、道士；另一方面又是写实的，那就是贾府大观园。了不起的是，写实写得最深刻的时刻也是最象征的。一道菜、一件衣服、两块手帕都有象征，背后意蕴一层又一层。除却文学技巧，《红楼梦》讲哲学和宗教思想也讲得很深刻，中心主题是贾府兴衰也就是大观园枯荣，最后指向的是人世沧桑无常，"浮生若梦"的佛道思想。它将中国人的哲学以最鲜活动人的故事和人物具体呈现出来。《红楼梦》在我们民族心灵构成中都占有举足轻重的地位。

《红楼梦》是一本天书，有解说不尽的玄机，关于它的研究、考据很多，尤其版本问题是门大学问。众多版本中尤以庚辰本和程乙本最为要紧。一直以来我自己看的、在美国教书用的都是程乙本，直到后来在台湾开设《红楼梦》课程才开始用庚辰本，才把两个版本仔细对照一次，发现差异很大，有的差异会影响人物个性乃至整个主题。

各个版本价值不同，庚辰本虽然只有七十八回，但是脂批最多，作为研究材料，非常珍贵。但是从小说艺术、美学角度比较，我认为程乙本最适合普及，它在人物描述和主题呈现方面更加完整统一，尤其文字更为高明。我自己写小说，小说一字之差就相差很远。如第五回讲贾宝玉跟薛宝钗的婚姻，程乙本是“悲金悼玉”，庚辰本是“怀金悼玉”，“悲”字高出很多。还有秦钟之死、晴雯之死、尤三姐一案等关键情节，对袭人、芳官等人的描写，庚辰本中都有很值得商榷的地方。

我个人从《红楼梦》中受益良多，可以说，我是曹雪芹的弟子，《红楼梦》就是我的“文学圣经”。现在，我把对它的理解都写在了《细说红楼梦》这本书里。我感到这一生中最幸运的事情之一，就是能够读到程伟元和高鹗整理出来的一百二十回全本《红楼梦》。在中华“文艺复兴”到来的那一天，《红楼梦》必定会占有重要地位。

在彷徨的青年时代，我移居海外，如今半个多世纪过去，人家优点看到了，弱点也看到了。这时回头看自己，清楚了自己美的地方在哪里。如今国力强盛是宝贵机遇，我们更要守住自己的根基，通过振兴古典文化让当代中国在文化上强起来。

原刊于二〇一八年四月六日《人民日报》副刊